DANS LA COLLECTION
NUITS NOIRES

UNE SECONDE D'INATTENTION

Une femme sous contrôle, Flammarion, 1997, et Pocket, 1999
Une triche si parfaite, Flammarion, 1998, et Pocket, 2000
La Simple Vérité, Belfond, 1999, et Pocket, 2001
Sous haute protection, Belfond, 2001, et Pocket, 2003
Un homme sous influence, Belfond, 2003, et Pocket, 2004

DAVID BALDACCI

UNE SECONDE D'INATTENTION

Traduit de l'américain
par Hélène Prouteau

belfond
12, avenue d'Italie
75013 Paris

Titre original :
SPLIT SECOND
publié par Warner Books, Inc., New York.

Si vous souhaitez recevoir notre catalogue
et être tenu au courant de nos publications,
vous pouvez consulter notre site Internet :
www.belfond.fr
ou envoyer vos nom et adresse
aux Éditions Belfond,
12, avenue d'Italie, 75013 Paris.
Et, pour le Canada,
à Interforum Canada Inc.
1050, bd René-Lévesque-Est,
Bureau 100,
Montréal, Québec, H2L 2L6.

ISBN 2-7144-4063-0

À mon père,
la plus grande source d'inspiration qu'un fils puisse avoir

Prologue

Cela ne prit qu'une fraction de seconde. Pour l'agent de l'US Secret Service Sean King, elle dura une éternité.

C'était sur la route de la campagne électorale, devant un de ces hôtels qui organisent des meetings, dans un bled tellement perdu que pour y téléphoner il fallait passer par les appels longue distance. Debout derrière son protégé, King scrutait la foule. Son oreillette grésillait sporadiquement tandis que son équipe lui relayait des informations dans la grande salle, où il faisait une chaleur épouvantable, avec plein d'excités qui agitaient des fanions « Votez pour Clyde Ritter ». On tendait des ribambelles d'enfants en bas âge au candidat souriant. La hantise de King. Les bébés avaient tôt fait de masquer une arme et puis il était trop tard. Les mômes se succédaient, Clyde les embrassait et, devant ce spectacle toujours susceptible de mal tourner, les aigreurs d'estomac de King lui laissaient craindre un ulcère.

La foule s'avança jusqu'aux cordons qui marquaient la ligne à ne pas franchir. King réagit en se rapprochant de Ritter. Sa main était posée sur le dos du candidat en bras de chemise afin de pouvoir le jeter à terre au cas où. Il se voyait mal passer devant lui, le candidat appartenait au peuple ! Avec Ritter, le rituel ne variait pas d'un pouce : il serrait des mains, saluait, souriait, envoyait une phrase percutante juste à temps pour le bulletin de six heures, puis se penchait pour embrasser un bébé grassouillet. Pendant ce temps-là, King aux aguets scrutait le public, la main sur la chemise trempée de sueur de Ritter.

De loin, quelqu'un lança une plaisanterie, Ritter renvoya la balle et la foule éclata d'un rire bon enfant. À quelques personnes près. Il y avait des gens qui détestaient Ritter et tout ce qu'il représentait.

Pour ceux qui étaient habitués à les déchiffrer, les visages ne mentaient pas, et King lisait sur les visages aussi bien qu'il tirait. Voilà à quoi se résumait sa vie professionnelle : sonder les cœurs et les âmes des hommes en interprétant leurs tics et leurs regards.

Son attention se fixa sur deux types à quatre mètres de lui sur la droite. Ils avaient des têtes à causer des ennuis, même vêtus de chemisettes à manches courtes et de pantalons serrés qui a priori ne dissimulaient pas d'arme, ce qui les faisait redescendre de plusieurs degrés sur l'échelle du danger. Les assassins avaient un goût prononcé pour les vêtements larges et les revolvers discrets. Il exprima néanmoins ses doutes par quelques mots grommelés dans son micro. Puis il jeta un bref coup d'œil à la pendule derrière lui : 10 h 32. Encore cinq minutes avant de reprendre la route pour la ville suivante, où ce serait à nouveau la ronde des poignées de main, des phrases percutantes, des baisers aux bébés et des visages à déchiffrer.

Un bruit non identifié avait attiré le regard de King et puis il y avait eu cette vision incongrue. Face à la foule et derrière un Ritter occupé à ferrailler, il était le seul à voir. Le temps s'étira démesurément et il ne réagissait toujours pas. Mais qui aurait pu le blâmer d'avoir été incapable de s'arracher à la contemplation de *ça* ? Tout le monde, en fin de compte. Et lui avec.

King entendit la détonation, comme un livre qui tombe par terre. Et puis il sentit la moiteur de sa paume, à l'endroit où il avait posé sa main sur le dos de Ritter. Cette moiteur n'était pas juste due à la transpiration. Sa main le brûlait là où la balle, en ressortant du corps du candidat, lui avait sectionné un morceau de majeur avant d'arrêter sa course dans le mur derrière lui. Le temps de la chute de son protégé, King se sentit comme une comète fonçant à un train d'enfer vers un objectif situé à un milliard d'années-lumière.

Les hurlements qui s'élevaient de la foule se fondirent en un long gémissement inhumain. Les visages étaient distordus comme dans les miroirs déformants d'une baraque foraine. Puis la confusion le frappa avec la force d'une grenade qui explose, les pieds martelaient, les corps tournoyaient, les cris fusaient de toutes parts. Les gens tiraient, poussaient, se baissaient pour mieux s'enfuir. Plus tard, il se rappela avoir pensé : il n'y a pas de plus grand chaos qu'une mort violente et rapide qui s'invite au milieu d'une foule sans méfiance…

Et maintenant, l'ex-candidat à la présidence Clyde Ritter était étendu à ses pieds sur le plancher, une balle dans le cœur. Le regard de King passa du décédé de fraîche date au tireur, un homme grand, beau, portant une veste en tweed et des lunettes. Le Smith & Wesson 44 visait toujours l'endroit où s'était tenu Ritter, comme si le tueur attendait que la cible se redresse pour remettre ça. La foule prise de panique empêchait les gardes de remonter jusqu'à eux, King et le tueur étaient seuls à la fête.

King pointait son arme sur la poitrine de l'assassin. Il ne lança aucune sommation, il ne l'informa pas de ses droits constitutionnels, il tira une première fois et recommença, bien que ce ne fût pas nécessaire. L'homme s'effondra sur lui-même sans prononcer un mot, comme s'il s'attendait à mourir pour son acte et, en bon martyr, acceptait les termes du contrat. Or tous les martyrs laissaient derrière eux des gens qui allaient porter le chapeau pour n'avoir pas su prévenir les événements. En réalité, trois hommes avaient trouvé la mort ce jour-là, dont King.

Sean Ignatius King, né le 1er août 1960, décédé le 21 septembre 1996, dans un endroit dont il n'avait jamais entendu parler jusqu'à son dernier jour. Et pourtant, des trois qui étaient tombés, son sort à lui était le moins enviable. Les autres étaient sagement rangés dans leurs cercueils, pleurés par ceux qui les aimaient – eux ou les idées qu'ils défendaient. Le futur ex-agent de l'US Secret Service King n'avait pas eu cette chance.

1

Huit ans plus tard

Un cortège d'automobiles pénétra dans le parking ombragé, où il déversa une kyrielle de gens fatigués, suffoqués par la chaleur et sincèrement malheureux. Le petit bataillon se dirigea d'un pas martial vers un bâtiment de brique blanche très laid qui avait servi à des fonctions diverses. Actuellement, il abritait un dépôt mortuaire décrépi et pourtant prospère pour la bonne raison qu'il n'y avait pas d'autres établissements du même genre à cinquante kilomètres à la ronde et qu'il fallait bien que les morts aillent quelque part. Des messieurs à la mine de circonstance se tenaient près de fourgons mortuaires d'un noir assorti à leurs costumes. Quelques endeuillés sortirent à la queue leu leu, étouffant des sanglots dans leurs mouchoirs. Un vieil homme assis sur un banc près de l'entrée, vêtu d'un costume dépenaillé trop grand pour lui, un Stetson graisseux et informe vissé sur la tête, taillait un bout de bois avec son couteau. Car c'était une paroisse de ce genre, rurale à mort, courses de stock-car et rengaines bluegrass.

Le vieil homme leva la tête avec curiosité tandis que la procession passait près de lui, escortant avec solennité un homme grand et distingué. Le vieux type secoua la tête et sourit à ce spectacle, découvrant quelques chicots tachés de nicotine. Puis il sortit une flasque de sa poche, but un coup pour se « rafraîchir » et retourna à son bout de bois.

La femme, à peine plus de trente ans, vêtue d'un tailleur-pantalon noir, réglait son pas sur celui de l'homme distingué tout en se tenant un peu en retrait. L'arme qu'elle portait dans un étui de ceinture frottait sur sa hanche. Par le passé, cela lui avait valu une escarre

13

mais elle avait résolu le problème en cousant une pièce de tissu à l'intérieur de ses chemisiers pour soulager l'irritation à cet endroit, qui malgré tout restait sensible. Elle avait eu sa dose de plaisanteries masculines sur les nanas qui auraient avantage à porter deux étuis d'épaule qui leur feraient des gros nichons tout en leur économisant des frais de chirurgie esthétique. Dans ce monde-là, le niveau de testostérone faisait exploser tous les instruments de mesure.

L'agent de l'US Secret Service Michelle Maxwell était lancée sur une voie à très grande vitesse. Elle ne faisait pas encore partie de la garde rapprochée du Président des États-Unis mais elle n'en était pas loin. Neuf ans à peine passés au Service et elle se retrouvait déjà à la tête d'un détachement de protection. La plupart des agents commençaient par une dizaine d'années de travail d'investigation avant d'être intégrés à une unité de ce genre, mais Michelle Maxwell atteignait ses objectifs avant les autres.

Ce job était son examen d'entrée pour une affectation quasi certaine à la Maison-Blanche et cet arrêt improvisé la contrariait. Il n'y avait pas eu d'éclaireurs et l'encadrement serait limité. Point positif : il s'agissait d'une étape imprévue, donc on ignorait leur présence ici.

Quand ils arrivèrent devant l'entrée, Michelle arrêta l'homme distingué d'une main ferme et lui dit d'attendre un instant, le temps d'une vérification.

Cet endroit calme respirait la mort et le désespoir avec des poches d'affliction concentrées autour des cercueils dans chacun des salons d'exposition. Elle posta des agents à divers points clés du trajet du candidat ; dans le jargon du Service, on appelait ça « se montrer ». Le simple fait d'avoir un professionnel avec une arme et des moyens de communication à l'entrée d'une pièce accomplissait des merveilles.

Michelle parla dans son talkie-walkie et John Bruno, l'homme distingué, fut introduit à l'intérieur. Elle le conduisit le long du couloir et, tandis qu'ils passaient devant les différents salons, les têtes se tournaient dans leur direction. Un politicien et son entourage sur une route de campagne électorale avaient tout du troupeau d'éléphants, autant dire que la légèreté n'était pas leur fort. Gardes du corps, chefs d'équipe, spécialistes en communication, préposés aux discours, secrétaires et sous-fifres ébranlaient le sol. S'il ne vous

14

faisait pas rigoler, ce spectacle vous causait de vives inquiétudes quant à l'avenir du pays.

John Bruno briguait la présidence des États-Unis d'Amérique et n'avait aucune chance de gagner. Ce candidat indépendant, qui ne paraissait pas ses cinquante-six ans, était soutenu par une frange agressive de l'électorat rejetant les notions politiques les plus communément admises et ces gens lui avaient permis d'obtenir un nombre suffisant de votes dans chaque État. Le Service lui avait donc accordé une protection rapprochée, mais plus restreinte que pour un candidat sérieux. Le travail de Michelle Maxwell consistait à le garder en vie jusqu'à l'élection. Elle comptait les jours.

Quant à Bruno, un ancien procureur du genre féroce, il ne comptait plus les ennemis qui n'étaient pas derrière les barreaux. Son programme ne s'embarrassait pas de nuances, il prônait un gouvernement qui fiche la paix aux gens et la libre entreprise sans contrainte. Les pauvres et les faibles, incapables de s'adapter à une compétition sans merci, mouraient dans toutes les espèces, seuls les plus forts s'en sortaient et la race humaine ne fonctionnait pas différemment des autres. Cette position extrémiste lui barrait le chemin de la victoire. L'Amérique avait beau aimer les « durs », elle ne votait pas pour des dirigeants qui ne manifestaient aucune compassion pour les miséreux et les laissés-pour-compte, car ces derniers pouvaient à tout moment constituer la majorité.

Les problèmes commencèrent quand John Bruno pénétra dans le salon funéraire avec sur les talons son chef d'équipe, deux assistants, Michelle et trois de ses hommes. La veuve, prostrée devant le cercueil de son mari, se redressa brusquement. Son visage disparaissait derrière une voilette mais Michelle imagina sa surprise en voyant des intrus envahir ce lieu sacré. La vieille femme se leva de sa chaise et se retira dans un coin, choquée.

Le candidat se tourna vers Michelle.

— Cet homme était un de mes amis, lança-t-il sur un ton sans réplique, et je n'ai pas l'intention de parader ici avec une armée. Sortez.

— Je resterai ici, mais seule, grinça Michelle.

L'autre secoua la tête. Ce n'était pas leur première algarade. Savoir qu'il n'avait aucune chance de gagner n'empêchait pas Bruno de se battre avec acharnement. Le rythme de la campagne avait été harassant, la logistique de protection un vrai cauchemar.

— Il s'agit d'un entretien privé ! gronda Bruno.

Il jeta un coup d'œil à la femme qui tremblait de tous ses membres.

— Bon Dieu, vous l'avez terrorisée ! C'est scandaleux.

Une fois de plus, Michelle revint à la charge mais il se montra inflexible et les reconduisit hors de la pièce en les admonestant vertement. Que pouvait-il bien lui arriver dans un endroit pareil ? Qui craignaient-ils ? Le cadavre ? Cette vieille dame de quatre-vingts ans ? Michelle comprit qu'il était bouleversé, elle lui faisait perdre un temps de campagne précieux, et lui rappeler qu'ils étaient venus ici à sa demande ne servirait à rien.

Ce type qui n'avait aucune chance de l'emporter dans la course à la présidence se comportait comme s'il était déjà au sommet ! Heureusement, le jour approchait où les électeurs, dont Michelle, le renverraient d'où il venait, d'un bon coup de pied au cul.

En attendant, Michelle prenait son mal en patience. Elle exigea deux minutes pour inspecter la pièce et ses hommes accomplirent leur tâche en silence tandis qu'elle s'efforçait de se calmer. Mieux valait garder son énergie pour des affrontements qui en valaient la peine.

Ses hommes revinrent cent vingt secondes plus tard. Rien de particulier à signaler : une seule porte, pas de fenêtres, une vieille dame et un cadavre. Pas de quoi s'affoler. Michelle hocha la tête en direction du candidat. L'entrevue était accordée.

Bruno referma la porte du salon funéraire derrière lui et se dirigea vers le cercueil ouvert, non loin d'un autre cercueil vide, sur une table roulante le long d'un mur. Celui du défunt reposait sur une plate-forme entourée d'un juponnage blanc et d'une profusion de très belles fleurs.

— Au revoir, Bill, murmura Bruno en s'arrêtant une minute devant le corps.

Puis il se tourna vers la veuve qui avait réintégré sa chaise. S'age-nouillant près d'elle, il lui prit la main.

— Je suis vraiment désolé, Mildred. C'était un homme bon.

Derrière son voile, l'endeuillée leva les yeux vers lui, sourit et les baissa de nouveau. Bruno changea d'attitude, jeta un coup d'œil méfiant autour de lui, bien que l'autre occupant de la pièce ne fût pas vraiment en situation de les espionner, et chuchota :

— Vous avez mentionné quelque chose dont vous vouliez me parler. En privé.

— Oui, murmura la veuve.

— Excusez-moi, Mildred, mais je n'ai pas beaucoup de temps. De quoi s'agit-il ?

Pour toute réponse, elle avança la main, la lui posa sur le visage, puis ses doigts glissèrent sur son cou. Bruno grimaça sous l'effet de la piqûre et glissa sur le sol, inconscient.

2

Michelle faisait les cent pas dans le couloir, surveillant sa montre tandis qu'une musique sirupeuse noyait tout le bâtiment. Si vous n'étiez pas triste, déprimé ou suicidaire avant d'arriver ici, songea-t-elle, cinq minutes de ces violons anesthésiants suffisaient à vous précipiter dans la dépression. Bruno avait fermé la porte, elle était furieuse. Vous étiez supposé ne pas quitter des yeux votre protégé mais les réalités de la vie prenaient parfois le pas sur le règlement.

— Vous êtes absolument certain que tout est OK ? demanda-t-elle pour la cinquième fois à l'un de ses hommes.

Il hocha la tête.

Elle compta jusqu'à dix et alla frapper à la porte.

— Monsieur Bruno ? Nous allons être en retard sur notre itinéraire.

Aucune réponse. Michelle laissa échapper un soupir. Elle savait que les agents de son unité, qui avaient tous plus d'expérience qu'elle dans le Service, guettaient sa réaction. Comment allait-elle s'en tirer ? Sur deux mille quatre cents agents sur le terrain, l'agence comptait sept pour cent de femmes, dont une infime proportion à des postes importants. Cela n'avait rien d'une sinécure

Elle frappa de nouveau.

— Monsieur ?

Puis elle tourna la poignée de la porte, qui ne s'ouvrit pas. Quand elle fit volte-face vers l'agent derrière elle, son visage trahissait une incrédulité croissante.

— C'est fermé.

— Manquait plus que ça, grommela l'agent.

— Monsieur Bruno, tout va bien ? cria Michelle.

Elle marqua une pause.

— Monsieur, répondez-moi ou nous entrons.

— Juste une minute !

La voix de Bruno. Aucun doute là-dessus.

Deux minutes s'écoulèrent. Michelle secoua la tête et alla cogner à la porte.

— Monsieur, il faut nous dépêcher !

Pas de réponse.

Elle jeta un coup d'œil au chef d'équipe de Bruno, Fred Dickers.

— Fred ?

À force de travailler ensemble vingt-quatre heures sur vingt-quatre, le chef du détachement et le chef d'équipe se comprenaient à demi-mot. Ils n'avaient pas toujours la même conception des choses mais, là, ils partageaient la même inquiétude.

Dickers hocha la tête et s'avança d'un pas :

— John, c'est Fred. On ne peut pas attendre plus longtemps. John, vous m'entendez ?

Michelle sentit une boule se former dans son estomac. Quelque chose clochait. Elle écarta Dickers et frappa à la porte à coups redoublés.

— Monsieur Bruno, que se passe-t-il ?

Pas de réponse. Son front se couvrit de sueur.

— Monsieur ! Votre femme au téléphone ! Un de vos enfants a eu un grave accident.

La réponse les glaça.

— Juste une minute !

— Enfoncez la porte ! hurla-t-elle à l'adresse des agents. Vite !

La serrure vola en éclats et ils s'engouffrèrent dans la pièce.

Elle était vide, à l'exception du cadavre.

3

Un convoi mortuaire venait de démarrer. Il ne comportait qu'une douzaine de voitures et se dirigeait vers l'allée bordée d'arbres. Avant que la dernière eût rejoint la route, Michelle et son équipe se précipitaient hors du bâtiment et se dispersaient dans toutes les directions.

— Bouclez le secteur, hurla-t-elle aux agents qui se tenaient près des voitures de Bruno.

Ils bondirent pour exécuter ses ordres.

— J'ai besoin de renforts immédiatement, dit-elle dans son talkie-walkie. Je me fiche d'où ils viennent. Et appelez-moi le FBI.

Son regard se fixa sur les dernières voitures du convoi. Des têtes allaient tomber. La sienne la première. Mais pour le moment il fallait récupérer John Bruno. Vivant, de préférence.

Elle vit des reporters et des photographes sortir précipitamment du camion des médias. Malgré la belle séance photo en perspective et la requête insistante de Fred Dickers, Bruno s'était refusé avec fermeté à les laisser entrer dans le dépôt mortuaire. Ils l'avaient plutôt mal pris. Maintenant, ils flairaient le scoop et avaient déjà oublié les images émouvantes d'un candidat rendant un dernier hommage à un ami disparu.

Avant qu'ils aient pu la rejoindre, Michelle posa la main sur l'épaule d'un vigile hors d'haleine qui s'était précipité vers elle et attendait des instructions.

Elle pointa l'allée du doigt.

— Vous êtes chargé de la sécurité, ici ?

Il hocha la tête, blême, les yeux écarquillés. Il avait l'air sur le point de s'évanouir ou de pisser dans son froc.

— Ils enterrent qui ?

— Harvey Killebrew, ils l'emmènent à Memorial Gardens.

— Arrêtez le convoi.

— L'arrêter ? répliqua l'autre d'un air niais.

— Quelqu'un a été kidnappé. Vous ne croyez pas que ce serait un excellent moyen de le sortir d'ici ?

— Oui, OK, articula-t-il avec difficulté.

— Je veux que vous fouilliez chaque véhicule et tout particulièrement le corbillard.

— Le corbillard ? Mais, m'dame, Harvey est dedans.

Michelle regarda avec consternation son uniforme de vigile. Ce n'était pas le moment de se montrer difficile. Elle jeta un coup d'œil à son badge et reprit d'une voix très calme :

— Agent Simmons, ça fait combien de temps que vous travaillez dans la sécurité ?

— Environ un mois, m'dame. Mais j'ai un port d'arme. Chasse depuis l'âge de huit ans. Peux faire mouche à cent pas.

— Génial.

Un mois... il avait l'air d'avoir été embauché la veille.

— Très bien, Simmons. Écoutez-moi attentivement. La personne que nous recherchons est probablement inconsciente. Et un corbillard serait une excellente façon de la transporter, d'accord ?

Il hocha la tête et elle lança d'une voix coupante :

— Et maintenant bougez-vous le cul, arrêtez ce cortège et fouillez-moi ces véhicules !

Simmons partit comme une flèche. Michelle donna l'ordre à certains de ses hommes de le suivre pour superviser l'opération et à d'autres de passer le bâtiment au peigne fin. Bruno pouvait tout aussi bien être encore à l'intérieur du funérarium. Se frayant un chemin au milieu des photographes et des reporters, elle pénétra à l'intérieur, se trouva un endroit où installer son QG et, pendue à son téléphone, elle coordonna toutes les forces disponibles dans un rayon de deux kilomètres tout en consultant des cartes locales. Puis elle téléphona à ses supérieurs pour prononcer les mots qui resteraient pour toujours attachés à son nom et signeraient l'arrêt de sa carrière à l'US Secret Service.

— Ici l'agent Michelle Maxwell, chef de détachement de protection pour John Bruno. Je signale que nous... que j'ai perdu le protégé. Apparemment, John Bruno a été kidnappé. Les recherches se poursuivent. Les forces de l'ordre locales et le FBI ont été contactés.

La hache destinée à lui trancher le cou allait s'abattre.

Puis elle rejoignit ceux qui devaient explorer le bâtiment sans déranger les lieux du crime, mission pour le moins problématique puisqu'ils devaient rechercher le candidat disparu sans interférer dans l'enquête qui n'avait pas officiellement commencé.

À l'intérieur du salon funéraire où on avait vu Bruno pour la dernière fois, Michelle s'adressa à l'un des agents qui avaient examiné la pièce avant que le candidat n'y pénètre.

— Mais enfin, bon Dieu, comment cela a-t-il pu se passer ?

Le vétéran du Service, un bon élément, secoua la tête d'un air incrédule.

— Cet endroit était parfaitement net, Mick.

Au travail, on l'appelait souvent Mick, une manière comme une autre de mieux l'intégrer dans le boys band. Elle avait fini par s'y habituer.

— Vous avez vérifié la fenêtre ? Vous avez parlé à la veuve ?

Il lui jeta un regard sceptique.

— On n'allait quand même pas la déshabiller, une vieille femme dont le mari était dans son cercueil à trois mètres de là ! On a regardé dans son sac mais je me voyais mal lui faire une fouille au corps.

Il ajouta :

— Vous nous aviez donné deux minutes. On ne peut pas faire un travail correct en deux minutes.

Michelle se raidit. Tout le monde allait s'empresser de protéger ses arrières et son régime de retraite fédérale. En y réfléchissant, elle avait été idiote de leur accorder deux minutes. Elle vérifia le bouton de la porte. Il avait été coincé en position fermée de l'intérieur.

Elle avisa le cercueil couleur cuivre à trois mètres. On alla chercher le directeur du dépôt, dont le visage était d'une pâleur excessive, même pour un homme de sa profession. Michelle lui demanda si le corps était bien celui de Bill Martin.

— Oui, répondit l'homme.

— Et vous êtes sûr que la femme qui se tenait ici était sa veuve ?

— De qui parlez-vous ?

— Une femme en grand deuil, avec une voilette sur le visage, qui se tenait dans cette pièce.

— J'ignore s'il s'agissait de Mme Martin, je ne l'ai pas vue entrer.

— Trouvez-moi le téléphone de Mme Martin. Et personne ici n'est autorisé à quitter les lieux avant l'arrivée du FBI. Compris ?

L'homme était maintenant blanc comme un linge.

— Le FBI ?

Michelle le congédia, se pencha, ramassa quelques pétales de rose tombés autour du cercueil puis, en se redressant, elle tendit brusquement la main par-dessus les fleurs et tira sur le juponnage, révélant des panneaux de bois. Ils sonnaient creux. Elle enfila des gants et, aidée d'un autre agent, souleva l'un des panneaux, révélant un espace qui pouvait facilement dissimuler un adulte. Michelle baissa la tête. Elle n'avait vraiment pas assuré.

Un de ses hommes arriva avec un appareil dans un sac de plastique fermé.

— Un magnétophone numérique, précisa-t-il.

— Cela explique la voix de Bruno.

— Oui, ils ont dû isoler un échantillon de discours qu'ils ont utilisé pour nous tenir à distance pendant qu'ils s'éclipsaient. Ils ont pensé que la phrase « Juste une minute » répondrait à la plupart de nos questions. Vous les avez pris de court avec votre remarque sur les enfants de Bruno. Il doit y avoir un micro espion caché quelque part.

Michelle soupira.

— Pour déclencher leur magnéto au bon moment, bien sûr.

— Exact.

Il désigna un mur dont l'isolant avait été en partie arraché.

— Là, il y a une porte donnant sur un couloir qui longe ce mur.

— Donc ils sont sortis par là.

Elle lui rendit le sac.

— Remettez ça où vous l'avez trouvé. Je ne suis pas d'humeur à recevoir une leçon du FBI sur l'inviolabilité des lieux d'un crime.

— Il a dû y avoir de la bagarre. Je suis surpris que nous n'ayons rien entendu, remarqua l'agent.

— Pas étonnant avec cette musique funèbre qui nous casse les oreilles, répliqua-t-elle d'un ton exaspéré.

Puis ils se rendirent dans le couloir. Le cercueil vide, posé sur une table roulante, avait été abandonné à l'autre bout du couloir. Là, une porte donnait sur un recoin isolé par un mur à l'arrière du bâtiment. Ils retournèrent dans le salon, le directeur du dépôt funéraire fut rappelé et on lui montra la porte dissimulée dans la pièce.

— Ça alors ! murmura-t-il d'un air perplexe.

— Ne me dites pas que vous êtes surpris, lâcha Michelle, incrédule.

— Cela ne fait pas deux ans que nous dirigeons cette affaire. Le seul établissement de ce genre dans la région venait de fermer. Et nous n'utilisions pas ce bâtiment, qui avait été condamné. Avant, cet endroit a servi à de multiples fonctions. Les propriétaires actuels n'ont entrepris que les travaux strictement nécessaires. En réalité, ces salons sont restés plus ou moins en l'état. C'est la première fois que je vois cette porte et ce couloir.

— Quelqu'un était certainement mieux renseigné que vous, répliqua Michelle. Et la porte extérieure, à l'autre bout du couloir, vous ignoriez aussi son existence ?

— Cette partie des locaux est utilisée comme entrepôt et on y a accès par l'intérieur de l'établissement.

— Avez-vous remarqué une voiture garée à cet endroit ?

— Non, mais je me promène rarement dans ce secteur.

— Quelqu'un a-t-il vu quelque chose ?

— Il faut que je me renseigne.

— Non, j'y vais.

— Nous sommes une maison très respectable, je vous assure.

— Apparemment, les problèmes de sécurité ne vous causent pas beaucoup d'inquiétude.

Il la regarda d'un air interdit.

— Nous vivons dans une petite ville où la criminalité est très peu élevée.

— Était. Une nouvelle ère s'ouvre devant vous. Vous avez le numéro de téléphone de Mme Martin ?

Il lui tendit un papier et Michelle composa le numéro. Personne ne répondit.

Restée seule, Michelle fit quelques pas et s'immobilisa au milieu de la pièce. Toutes ces années de travail passées en pure perte à prouver qu'elle pouvait faire du bon boulot… Elle n'avait même pas la consolation de s'être précipitée au-devant d'un meurtrier pour protéger celui dont elle avait la charge. Michelle Maxwell appartenait maintenant à l'histoire. Sa carrière à l'US Secret Service était terminée.

4

Le convoi funéraire fut stoppé et chaque véhicule fouillé, corbillard compris. Quand ils ouvrirent le cercueil, ils se retrouvèrent face au cadavre d'Harvey Killebrew, père, grand-père et mari dévoué. La plupart des proches du défunt étaient âgés, effrayés par tous ces hommes en armes. Il aurait été bien surprenant que les kidnappeurs se dissimulent dans ce groupe de braves gens mais les agents firent tout de même rebrousser chemin au cortège.

Le vigile Simmons s'approcha de l'agent du Service qui montait dans sa limousine pour ramener la caravane au dépôt.

— Et maintenant, monsieur, je fais quoi ?

— Surveillez cette allée. Vous arrêterez toute personne qui tentera de sortir, et vous vérifierez les accréditations de ceux qui veulent entrer. On vous enverra du renfort dès que possible. D'accord ?

Simmons paraissait très nerveux.

— C'est du sérieux, hein ?

— Oui, un gros coup. Le truc le plus sérieux qui vous soit jamais arrivé. Espérons que ça va s'arranger mais j'ai comme un mauvais pressentiment.

À cet instant, un autre agent, Neal Richards, les rejoignit.

— Je reste avec lui, Charlie, je ne pense pas que ce soit une bonne idée de le laisser seul.

Charlie jeta un coup d'œil à son collègue.

— Tu veux vraiment pas te joindre à la fête, Neal ?

Richards eut un sourire crispé.

— Si tu n'y vois pas d'inconvénient, je préfère me tenir à distance de Michelle Maxwell. Je reste avec le gamin.

Richards grimpa dans le véhicule de Simmons, qui s'était installé au volant de sa camionnette pour la mettre en travers de la route. La caravane des agents et de la famille du défunt disparut et ils scrutèrent en silence la campagne environnante. Personne à l'horizon. Simmons serrait fermement la crosse de son revolver de sa main gantée de cuir noir. Il augmenta le volume de son talkie-walkie tout en jetant des coups d'œil nerveux à l'agent Richards.

— Je sais que vous pouvez sans doute rien me dire, mais enfin, bon Dieu, qu'est-ce qui s'est passé là-dedans ?

— Vous avez raison, je ne peux rien vous dire, répondit Richards sans lui accorder un seul regard.

— J'ai grandi ici, insista Simmons, je connais la région comme ma poche. Si je voulais sortir quelqu'un de là, j'emprunterais un chemin de terre qui part de cette route, à environ cinq cents mètres d'ici.

Richards lui jeta un rapide coup d'œil et dit d'un ton très calme :

— Vraiment ?

Tout en se penchant vers Simmons, il porta la main à la poche de son manteau. Une seconde plus tard, l'agent Neal Richards de l'US Secret Service s'affaissait sur le siège de la voiture, un petit trou au milieu du dos. Il serrait dans son poing une tablette de chewing-gum. Simmons se tourna vers le siège arrière, où la femme ôtait déjà le silencieux de son revolver. Elle s'était planquée dans le double fond de la camionnette. Le grésillement du talkie-walkie lui avait permis de s'extraire de sa cachette sans qu'on la remarque.

— Petit calibre dum-dum, je voulais que la balle reste dans le corps. Plus propre.

Simmons lui sourit.

— Comme disait ce type, c'est un gros coup.

Il arracha le micro sans fil et son générateur au cadavre et les jeta dans le bois. Puis il s'engagea sur la route et, cinq cents mètres plus loin, prit un chemin de terre rempli de broussailles. Avec la femme, ils poussèrent le corps de l'agent Richards dans une ravine envahie par les herbes en bordure du sentier. Simmons n'avait pas menti : ce chemin était idéal pour prendre le large. Quelques centaines de mètres et deux virages plus loin, ils arrivaient devant une grange isolée, au toit à moitié effondré. Simmons pénétra à l'intérieur, gara sa camionnette près d'un pick-up blanc et alla refermer les portes avant de revenir vers son véhicule.

27

Quand la femme en émergea, elle s'était métamorphosée en une jeune blonde mince et musclée, vêtue d'un jean et d'un débardeur. À croire que la veuve fragile et âgée n'avait jamais existé. Au cours de sa vie relativement courte, elle avait utilisé plus d'une identité d'emprunt et, à l'heure actuelle, elle répondait au nom de Tasha. Et elle était plus dangereuse que Simmons car elle possédait la qualité essentielle du tueur accompli : elle ignorait la signification du mot conscience.

Sous l'uniforme qu'il venait de retirer, Simmons portait un jean et un tee-shirt blanc. Il alla prendre une boîte à maquillage dans l'arrière de la camionnette, ôta sa perruque, ses faux sourcils, ses favoris ainsi que des éléments en latex utilisés pour modifier la forme de son visage. Plus âgé que le vigile Simmons, il avait des cheveux bruns.

À deux, ils sortirent la caisse étiquetée « matériel de communication » contenant Bruno. Ils le transférèrent dans une grande boîte à outils avec des fentes d'aération, posée sur la plate-forme du pick-up, et la verrouillèrent.

Ensuite, ils s'emparèrent de fourches et la boîte disparut sous des balles de foin. Tout fut terminé en moins de vingt minutes. Puis ils sautèrent dans la cabine du pick-up, s'enfoncèrent une casquette poussiéreuse sur la tête et sortirent de la grange pour emprunter un autre sentier, disparaissant sous les ronces, qui leur permit de rejoindre la route principale, à environ trois kilomètres de là.

Ils y croisèrent tout un cortège de voitures de police, des limousines noires et des utilitaires sport qui fonçaient vers le lieu du crime. Un des jeunes flics sourit à la jolie fille sur le siège passager du pick-up. Tasha lui adressa un regard aguicheur et un signe de la main. Le candidat présidentiel inconscient à l'arrière de la camionnette avait été kidnappé avec succès.

Ils étaient précédés de quelques kilomètres par le vieil homme qui taillait un bout de bois à l'entrée du dépôt mortuaire quand John Bruno et son escorte étaient arrivés. Il s'était éclipsé juste avant que Maxwell ne donne l'ordre que l'on retienne toutes les personnes présentes. Seul au volant de sa vieille Buick Impala au pot d'échappement bringuebalant, il venait juste d'apprendre la nouvelle grâce à ses collègues. Bruno était en sécurité et dormait du sommeil du juste. On ne déplorait qu'une seule perte : l'agent du Service qui avait eu la déveine de faire équipe avec un homme apparemment inoffensif.

Après tout ce temps de préparation, les choses sérieuses avaient enfin commencé. Il sourit.

5

La Ford Explorer rouge s'arrêta près d'un chalet en rondins de cèdre niché au fond des bois. Cette construction n'avait rien de la case rudimentaire qui, du temps des pionniers, abritait une famille entière. Le conducteur sortit du véhicule et s'étira. Il était très tôt, le soleil venait à peine de se lever.

Sean King grimpa les larges marches taillées à la main et se rendit dans la grande cuisine pour y préparer du café. Tandis qu'il passait, il jeta un coup d'œil autour de lui, naïvement fier de l'agencement des rondins, de la taille des fenêtres, de la décoration… chaque détail avait été soigneusement pensé. Il avait mis quatre ans, avec l'aide de quelques artisans, à construire la maison de ses rêves dans les montagnes Blue Ridge. Pendant ce temps-là, il vivait dans une caravane sur un terrain de huit hectares, à une soixantaine de kilomètres à l'ouest de Charlottesville.

L'intérieur était meublé de sièges de cuir et de canapés moelleux, de tables de bois, de tapis orientaux, de lampes de cuivre, d'étagères toutes simples où des livres étaient alignés dans le désordre. À cela s'ajoutaient des tableaux, signés par des artistes locaux, plus les objets personnels rassemblés ou hérités au cours d'une vie. Et, à quarante-quatre ans, King avait déjà vécu deux vies. Ça lui suffisait amplement et il n'avait aucune envie de se réinventer à nouveau.

Il monta à l'étage, parcourut la loggia qui s'étendait sur toute la longueur de la maison et pénétra dans sa chambre. À l'image du reste, elle était très bien conçue, chaque chose à sa place et pas un seul centimètre carré de perdu.

Il ôta son uniforme de shérif adjoint et grimpa dans la douche. Il attrapa le savon, puis le shampooing, laissa l'eau le laver d'une nuit de travail. La chaleur détendit la cicatrice de son majeur. Il avait appris à vivre avec ce petit souvenir de l'époque où il appartenait au Service.

S'il y était resté, au lieu de vivre dans cette belle maison en rondins au beau milieu de la Virginie, il étoufferait encore dans un de ces lotissements déshumanisants avec des maisons à l'identique, de l'autre côté du Washington Beltway. Il serait toujours marié à son ex-femme, et son prospère cabinet de conseiller juridique n'aurait jamais vu le jour. Et il ne serait pas shérif adjoint une nuit par semaine pour sa commune. Il s'apprêterait sans doute à grimper dans un avion, à regarder un politicien sourire, embrasser des bébés et mentir tandis que lui-même attendrait patiemment qu'un inconnu essaie de tuer ce type. Tu parles d'un job pour cent mille dollars par an, avec tous les risques que ça comportait !

Il enfila un costume, noua sa cravate, se coiffa et, tout en buvant son café dans la véranda contiguë à la cuisine, il ouvrit le journal. Le kidnapping de John Bruno et l'enquête du FBI s'étalaient à la une. King lut attentivement tous les articles puis il alluma la télévision, chercha une chaîne d'informations et regarda un reportage sur la mort de Neal Richards, un vétéran de l'US Secret Service qui laissait derrière lui une femme et quatre enfants.

C'était une perte tragique mais, au moins, le Service prendrait soin des survivants. La famille de Neal Richards recevrait un soutien sans faille. Toujours ça de pris.

Puis le reporter déclara que le FBI n'avait fait aucun commentaire. Comme d'habitude, songea King. Ils ne commentaient jamais rien. Quelqu'un laisserait échapper des confidences devant une connaissance qui s'empresserait de les rapporter à un ami du *Post* ou du *Times,* et tout le monde serait au courant. Mais ces informations étaient généralement fausses. La bête « médias » avait un appétit insatiable et aucune organisation ne pouvait se permettre de l'ignorer, pas même le FBI.

Il se redressa en voyant apparaître une femme qui se tenait près d'un groupe d'hommes sur un podium. King comprit aussitôt qu'on était passé à l'US Secret Service. Il connaissait bien ce genre de personne, à la fois professionnelle, calme, détendue et sur le qui-vive. Mais il lisait autre chose sur son visage. Du cran, bien sûr, indispensable dans ce métier, mais aussi… une pointe de défi ?

— Le FBI collabore étroitement avec le Service, qui bien sûr mène aussi une enquête interne, dit l'un des hommes.

En effet, le département du Service chargé des inspections et des contrôles ne manquerait pas de conduire ses propres investigations, songea King. Comment oublier qu'il les avait eus sur le dos pendant des semaines après l'assassinat de Ritter ? Lisant entre les lignes du double langage officiel, King avait la conviction que la responsabilité avait déjà été établie. Les conclusions seraient rendues publiques dès que les parties en cause auraient conclu un accord sur la meilleure interprétation à donner à la tragique nouvelle. Après la conférence de presse, la femme, suivie par les caméras, grimpa dans une limousine noire. « Elle s'est refusée à toute déclaration, ordres du Service, commenta un journaliste en voix off. Elle s'appelle Michelle Maxwell et dirigeait le détachement de protection lors du kidnapping de John Bruno. »

Pourquoi la promener devant la presse ? se demanda King. Autant agiter de la viande rouge devant une bête fauve. La réponse coulait de source : pour donner un visage à la victime expiatoire. Le Service protégeait les siens et il arrivait que des agents ayant commis des fautes soient provisoirement mis à pied en attendant d'être réaffectés ailleurs. Mais sur ce coup-là, le politique s'en était mêlé et on avait exigé une tête. Le Service n'avait pas dû hésiter longtemps :

— Messieurs, cette jeune femme est à votre disposition. Notre enquête officielle est toujours en cours mais il ne faut surtout pas que cela vous arrête.

Et maintenant King déchiffrait l'expression indéfinissable sur le visage de la dame. Elle avait deviné qu'on allait la pendre en place publique et elle n'appréciait pas du tout.

King but une gorgée de café et dit au poste de télévision :

— Je comprends que tu en aies gros sur la patate, Michelle, mais tu l'as dans l'os.

Puis il mordit dans sa tartine.

À cet instant apparut une image de Michelle Maxwell tandis qu'on donnait des informations sur son parcours en voix off. Athlète de compétition au lycée – basket et saut en hauteur –, elle avait fait de brillantes études universitaires et décroché un diplôme en trois ans à Georgetown, avec droit pénal en matière principale. Comme si ce n'était pas suffisant, elle avait réorienté ses talents d'athlète vers l'aviron par équipe et gagné une médaille d'argent aux jeux Olympiques : *une sportive érudite, quoi de plus séduisant ?* Après avoir travaillé pendant un an comme officier de police dans son Tennessee natal, elle avait rejoint le Service et grimpé les échelons quatre à quatre pour se retrouver du jour au lendemain dans le rôle du bouc émissaire.

Charmante petite chèvre, songea King, avec des qualités masculines dans la démarche, la carrure – évidemment, à force de ramer –, la mâchoire volontaire... ce qui ne masquait pas sa féminité. Sa silhouette élancée – un mètre soixante-dix-huit à vue de nez – suivait des courbes harmonieuses. Elle avait des cheveux noirs, lisses, mi-longs : une coupe nette et réglementaire mais très étudiée. Et avec ça des pommettes hautes et des yeux verts toujours en éveil, lumineux et intelligents. Dans le Service, une vision perçante était indispensable.

Elle n'avait rien d'une beauté classique mais au lycée Michelle était sûrement le genre de fille toujours plus rapide et plus intelligente que les garçons, qui, bien sûr, rivalisaient pour être son « meilleur copain ». Les relations qu'ils entretenaient avec elle se déroulaient sans aucun doute selon les termes dictés par la dame.

Bienvenue au club, Maxwell, dit-il en silence à l'écran de télé. Heureux de t'apprendre qu'il y a une vie après le Service. En la circonstance, tu pourras même être raisonnablement heureuse. Mais tu n'oublieras jamais. Désolé, Michelle, là aussi je parle d'expérience.

Il jeta un coup d'œil à sa montre. Il était temps de se rendre à son travail, qui consistait à rédiger des testaments et des contrats en tous genres. Pas aussi excitant que son ancien métier mais, à ce stade de son existence, Sean King appréciait pleinement la routine.

6

King sortit du garage sa Lexus décapotable et se prépara pour la deuxième fois en huit heures à rejoindre son lieu de travail. Il prit des routes sinueuses dans des paysages grandioses, vit quelques animaux sauvages et croisa peu de voitures, du moins jusqu'à ce qu'il débouche sur la route qui menait à la ville, où la circulation était un peu plus importante. Son cabinet était située dans Main Street la bien nommée, vu que c'était la seule avenue du centre-ville de Wrightsburg, petite localité de Virginie à mi-chemin entre les municipalités de Charlottesville et de Lynchburg.

Il se gara sur le parking, derrière la maison à deux étages en brique blanche qui abritait *King & Baxter, avocats – conseillers juridiques,* comme le proclamait fièrement la petite enseigne accrochée à l'extérieur. Il avait commencé son droit à trente minutes de là, à l'université de Virginie, avant de laisser tomber deux ans plus tard pour s'engager dans l'US Secret Service. À cette époque, l'aventure le branchait plus que les livres de droit et la méthode socratique. Et côté aventures, il avait été servi.

Il avait attendu que la poussière soulevée par le meurtre de Clyde Ritter soit retombée, puis il avait démissionné du Service, terminé sa licence et ouvert un cabinet à Wrightsburg. Par la suite, un associé l'avait rejoint et la vie de King avait fini par reprendre un cours normal. Juriste respecté, il s'était lié à des personnes connues dans la région et s'efforçait de rendre des services à la communauté, par exemple en tant que shérif adjoint bénévole. Célibataire très en vue dans la région, il sortait avec des femmes quand il le désirait et restait seul quand ça lui chantait. Il fréquentait beaucoup de monde mais avait peu d'amis. Il aimait son travail, profitait de son temps libre et ne laissait jamais des problèmes mineurs lui gâcher l'existence. Sa vie, qu'il appréciait pleinement, se déroulait selon des rituels choisis et peu spectaculaires.

Alors qu'il sortait de sa voiture, il aperçut une femme qui lui donna envie de se remettre illico au volant mais elle l'avait déjà repéré et venait à sa rencontre.

— Bonjour, Susan, lui lança-t-il en prenant son attaché-case sur le siège passager.

— Sean, vous avez l'air fatigué, je ne sais pas comment vous faites.

— De quoi parlez-vous ?

— Juriste surchargé le jour, shérif adjoint la nuit.

— Shérif adjoint bénévole une fois par semaine, Susan, et cette nuit, je n'ai rien eu à signaler, comme d'habitude, à part un opossum que j'ai évité de justesse avec ma camionnette.

— Quand vous étiez dans l'US Secret Service, vous avez dû en passer, des nuits sans dormir. Fatigant, sûrement, mais très excitant...

— Pas exactement, soupira-t-il avant de se diriger à grands pas vers son bureau.

Elle le suivit.

Susan Whitehead, divorcée, séduisante, riche et apparemment décidée à faire de lui son quatrième mari, avait dépassé la quarantaine. King, qui s'était occupé de son dernier divorce, était bien placé pour connaître ses petites manies et son caractère impossible. Ses sympathies allaient sans aucune hésitation au pauvre mari numéro trois, un homme timide, solitaire, tellement écrasé par sa femme qu'il avait fini par s'échapper à Las Vegas pour quatre jours de bringue passés à boire, jouer et s'envoyer en l'air de façon immodérée. Pour le couple, cela avait marqué le début de la fin. King n'avait aucune intention de remplacer cet homme maintenant plus pauvre mais infiniment plus heureux.

— Je donne un petit dîner samedi, ça vous tente ?

Son samedi était libre mais il lança sans l'ombre d'une hésitation :

— Désolé, je suis pris, merci infiniment, peut-être une autre fois.

— Vous êtes vraiment très demandé, Sean, dit-elle en faisant des mines. J'espère qu'un de ces jours vous me trouverez une petite place dans votre emploi du temps.

— Susan, ce n'est pas très sain pour un avocat et sa cliente d'avoir des relations personnelles.

— Mais je ne suis plus votre cliente.

— C'est tout de même une très mauvaise idée, croyez-moi.

Il ouvrit la porte d'entrée et la referma aussitôt au nez de Susan en lui lançant :

— Passez une bonne journée.

Il attendit quelques secondes et poussa un soupir de soulagement : elle avait renoncé. Puis il grimpa l'escalier pour rejoindre son bureau. Il était presque toujours le premier. Son associé, Phil Baxter, s'occupait des plaidoiries, laissant à King les testaments, les fiducies, les biens fonciers ou immobiliers, les contrats et les affaires lucratives. Il y avait beaucoup de richesses cachées autour de Wrightsburg. Des stars de cinéma, de gros industriels, des écrivains et autres heureux mortels privilégiés par la fortune avaient élu domicile dans la région. Ils l'aimaient pour sa beauté et sa tranquillité, ils appréciaient les bons restaurants, les boutiques agréables, une communauté culturelle florissante et une université de réputation internationale à Charlottesville.

Phil n'était pas un lève-tôt – le tribunal n'ouvrait pas avant dix heures – mais, contrairement à King, il travaillait très tard. À cinq heures, King était généralement de retour dans ses foyers et, pendant que Baxter prenait le relais, il bricolait dans son atelier, allait à la pêche ou canotait sur le lac derrière chez lui. Bref, ils se complétaient très bien.

Il n'était pas tout à fait huit heures. La réceptionniste-secrétaire n'était pas encore arrivée. Et Susan Whitehead devait camper sur ses positions dans la cour en attendant de voir venir.

La première chose qui attira son attention fut la chaise renversée, et les objets d'habitude rangés sur le bureau de la secrétaire éparpillés sur le sol. Il porta instinctivement la main à son étui de ceinture pour dégainer son revolver mais il n'avait ni revolver ni étui. Sa seule arme se résumait à un méchant codicille à la version préliminaire d'un testament qui n'impressionnerait que les futurs héritiers. Il ramassa un presse-papiers sur le sol, regarda autour de lui et resta figé sur place, la respiration coupée

Il y avait du sang près de la porte qui menait au bureau de Baxter. Il s'avança, le presse-papiers dans une main tandis que de l'autre il sortait son téléphone portable, composait le 911 et parlait à voix basse à l'officier de police à l'autre bout du fil. Puis il tendit la main vers la porte, se ravisa, sortit un mouchoir de sa poche afin de ne pas effacer les empreintes, appuya sur la poignée, les muscles tendus, l'œil aux aguets. La pièce plongée dans l'obscurité était vide. Il appuya sur l'interrupteur avec le coude.

Juste en face de King, un cadavre, la poitrine traversée d'une balle, couché en chien de fusil. Ce n'était pas Phil Baxter mais une personne tout aussi familière. Sa mort violente allait faire voler en éclats la vie paisible de Sean King.

Il cessa de retenir son souffle, ses poumons se vidèrent d'un coup et le passé revint le frapper de plein fouet.

— C'est reparti, murmura-t-il.

7

Le type assis dans sa Buick regarda les voitures de police se garer, sirène hurlantes, devant le bâtiment qui abritait le cabinet de King et des agents en uniforme se précipiter à l'intérieur. Il ne ressemblait plus du tout au vieillard taillant un bout de bois devant le funérarium tandis qu'on escamotait John Bruno. Envolés, le costume trop grand qui lui donnait un air fragile et émacié, les chicots, les favoris, la flasque de whisky, la chique de tabac, le couteau et le bout de bois soigneusement pensés pour attirer l'attention sur lui et produire une impression indélébile sur n'importe quel observateur. Le but recherché avait été atteint.

Rajeuni d'une trentaine d'années, car, tout comme King, lui aussi avait dû se réinventer, il mangeait des brioches au pavot et au sésame tout en buvant du café noir ; il se demanda comment King réagirait à la macabre découverte qu'il lui avait préparée. Choqué, furieux sans doute, mais certainement pas surpris quand on y réfléchissait un peu.

Il alluma la radio pour écouter le bulletin d'informations de la radio locale. Le journal de huit heures s'ouvrit sur l'enlèvement de John Bruno, nouvelle qui avait rapidement fait le tour du monde, supplantant même en Amérique le Moyen-Orient et le base-ball dans la hiérarchie des préoccupations.

L'homme suça ses doigts graisseux, pleins de graines de sésame. Michelle Maxwell, le chef du détachement de l'US Secret Service, était officiellement mise en disponibilité. Autant dire qu'elle avait un pied dans la tombe, professionnellement parlant.

Donc cette femme était officiellement hors circuit. Et sur le plan privé, comment réagirait-elle ? Quand elle était passée près de lui, il n'avait pas manqué de mémoriser son visage, car il n'était pas exclu qu'il doive un jour l'affronter. Il connaissait ses antécédents mais, plus il rassemblerait d'informations sur son sujet, mieux ça vaudrait. Cette femme pouvait tout aussi bien s'aigrir entre quatre murs que passer à l'attaque et prendre des risques. D'après lui, elle choisirait sans doute la deuxième solution.

Il se concentra de nouveau sur ce qui se passait autour de lui. Certains des habitants de la localité qui partaient au travail ou s'apprêtaient à ouvrir leur boutique convergeaient maintenant vers le bâtiment abritant les bureaux du conseiller juridique tandis qu'une nouvelle voiture de police se garait dans le petit parking. La respectable localité de Wrightsburg se trouvait dans une situation pour le moins insolite. Les hommes en uniforme semblaient désemparés. Ravi, l'homme puisa une brioche dans un sac en papier et y planta les dents avec voracité. Il avait attendu cet instant très longtemps et le spectacle ne faisait que commencer.

Une femme qui se tenait dans la cour attira une fois de plus son attention. Il l'avait remarquée alors qu'elle abordait King devant ses bureaux. Une maîtresse ? Peu probable. Pour autant qu'il puisse en juger, plutôt une groupie. Il prit quelques photos et attendit un instant, dans l'éventualité où King réapparaîtrait pour prendre l'air. King avait parcouru bien des kilomètres au cours de ses rondes de shérif adjoint, sur des routes de traverse où l'on ne croisait pas un chat, au cœur de la forêt où l'on était à la merci de n'importe quoi… mais les chemins les plus fréquentés n'étaient pas toujours les plus sûrs.

Dans son coffre, à l'intérieur d'un sac plastique à glissière, il détenait un article qu'il devait déposer dans un endroit précis. Enfin un peu d'action.

Il jeta les restes de son petit déjeuner dans une poubelle sur le trottoir et démarra au volant de la Buick rouillée, dans les pétarades du pot d'échappement. En passant devant le bâtiment encerclé par les forces de police, il leva négligemment le pouce en signe de victoire. Et en voyant Susan Whitehead qui ne parvenait pas à s'arracher à la contemplation de ce spectacle hautement surréaliste pour la petite ville de Wrightsburg, il lui envoya en silence un message sarcastique : « Sans doute à bientôt, chère madame, et le plus tôt sera le mieux. »

La Buick disparut, laissant dans son sillage une ville traumatisée.

La phase un de l'opération était officiellement terminée et le chauffeur savourait d'avance la phase deux.

8

Walter Bishop faisait les cent pas devant Michelle Maxwell, assise à la table ronde d'une petite salle de conférence à l'intérieur d'un bâtiment officiel de Washington, rempli de personnes encore sous le choc des derniers événements.

— Soyez satisfaite d'être placée en disponibilité administrative sans autre sanction, Maxwell.

— Oui, merci de m'avoir retiré mon arme et mon badge, Walter. Et ne me prenez pas pour une idiote, vous serez gentil. La sentence est déjà tombée et je suis finie.

— L'enquête ne fait que commencer.

— En ce qui me concerne, j'ai déjà tiré la chasse sur toutes mes années de travail intensif.

Il pivota sur ses talons.

— Un candidat à la présidence se fait enlever sous votre nez : une première dans l'histoire du Service ! Félicitations ! Vous avez de la chance de ne pas être traînée devant un peloton d'exécution comme le veut la coutume dans certains pays.

— Si vous croyez que je n'en ai pas conscience… ça me tue.

— Pas autant que Neal Richards, excellent agent au demeurant.

— Merci de me le rappeler. Simplement, j'étais loin de me douter que ce vigile était aussi dans le coup. Personne dans le Service n'est plus affecté que moi par la mort de Neal.

— Vous n'auriez jamais dû laisser Bruno s'enfermer dans cette pièce. Si vous aviez suivi les recommandations d'usage, rien de tout cela ne serait arrivé. Règle numéro un des services de protection : ne jamais quitter votre protégé des yeux.

Michelle secoua la tête.

— Il arrive qu'au cœur de l'action on fasse des compromis pour contenter tout le monde.

— On se fout que les gens soient contents, on veut qu'ils soient en sécurité !

— Êtes-vous en train de me dire que, jusqu'ici, aucun protégé n'avait jamais été autorisé à rester dans une pièce sans agent ?

— Non, mais c'est la première fois qu'une telle décision entraîne de tels résultats. Il était sous votre responsabilité, Michelle. Vos excuses, on s'en fout. Le parti politique de Bruno fait un boucan de tous les diables. Des cinglés affirment que le Service a été payé pour éliminer Bruno de la course à la présidence.

— C'est absurde !

— Nous en sommes l'un et l'autre persuadés mais, si cette rumeur enfle, le public finira par le croire.

Michelle, jusqu'à présent raide et tendue, se renversa sur son siège et fixa son interlocuteur.

— Quoi qu'il en soit, j'assume la responsabilité pleine et entière de ce qui s'est passé. J'ai mal apprécié la situation, mes hommes suivaient mes ordres et j'aimerais qu'ils n'aient pas à souffrir de mes erreurs de jugement.

— Je prends acte de votre déclaration.

Il marqua une pause et ajouta :

— Avez-vous envisagé de donner votre démission ?

— Non, Walter. J'ai déjà loué les services d'un avocat et vous le savez.

— Rien de plus logique. Nous sommes en Amérique, où n'importe quel incapable peut saisir la justice et obtenir réparation pour son incompétence. Bravo, bravo.

Sous l'insulte, Michelle refoula ses larmes.

— Je me protège, Walter, et dans ma situation vous agiriez de même.

— Oui, bien sûr.

Il glissa les mains dans ses poches et, d'un geste du menton en direction de la porte, lui signifia son congé.

Michelle se leva.

— Je peux vous demander une faveur ?

— Vous ne manquez pas de culot.

— Dans notre métier, c'est une qualité indispensable et il vous est arrivé de m'en féliciter.

Il ne réagit pas.

— J'aimerais savoir où en est l'enquête.

— Le FBI s'en occupe.

— Ils sont dans l'obligation de tenir le Service informé.

— Ces informations sont destinées au seul personnel du Service.

— Ce qui signifie que je n'en fais plus partie.

— Vous savez, Michelle, quand on a commencé à recruter des femmes, je n'étais pas très chaud. On dépense des sommes folles pour entraîner un agent et puis elle se marie, elle a des enfants et tous nos espoirs tombent à l'eau.

Michelle, qui n'en croyait pas ses oreilles, se garda bien de l'interrompre.

— Mais quand vous êtes arrivée, j'ai tout de suite pensé : Cette fille a tout ce qu'il faut. Vous étiez une publicité vivante pour le Service. Notre meilleure recrue.

— Et donc vous avez nourri de grandes espérances à mon égard.

— On attend beaucoup de chaque agent. La perfection, pas moins.

Il hésita.

— Avant les récents événements, vos états de service étaient impeccables, vous avanciez rapidement et vous êtes un excellent agent mais vous n'avez pas assuré : un protégé a disparu dans la nature et un agent a perdu la vie.

Il regarda au loin.

— Vous pouvez toujours occuper des fonctions dans le Service mais vous n'oublierez jamais ce qui s'est passé, cela vous hantera pour le restant de vos jours et c'est de cela que vous souffrirez le plus, non de tout ce que le Service pourra entreprendre contre vous Faites-moi confiance.

— Vous semblez savoir de quoi vous parlez.

— J'étais avec Bob Kennedy à l'hôtel Ambassador, jeune recrue de la police de Los Angeles appelé en renfort par le Service, quand RFK est arrivé. Je suis resté les bras ballants tandis qu'un homme qui aurait dû devenir Président des États-Unis se vidait de son sang sur le sol. Depuis lors, il ne passe pas de jour sans que je me demande ce que j'aurais pu faire pour empêcher ce désastre. C'est la principale raison qui m'a poussé à rejoindre le Service quelques années plus tard. Sans doute dans l'intention de réparer une faute.

Il planta son regard dans celui de la jeune femme.

—Je n'ai jamais rien réparé, et non, on n'oublie jamais.

9

Comme la presse faisait le pied de grue devant sa maison de la Virginie suburbaine, Michelle alla se réfugier dans un hôtel de Washington. Elle utilisa ce court répit pour déjeuner avec une amie, agent du FBI. Le Bureau et le Service ne marchaient pas toujours la main dans la main. Côté forces de l'ordre, le Bureau était un poids lourd comparé aux autres agences. Et Michelle ne manquait pas une occasion de rappeler à ses copains du FBI que le Bureau avait été fondé par sept anciens agents de l'US Secret Service.

Les deux femmes appartenaient également à WIFLE, ou Women in Federal Law Enforcement, un réseau d'entraide avec des conventions et des congrès annuels. Ses collègues masculins pouvaient toujours la taquiner sur WIFLE, cette organisation avait été d'une grande utilité pour Michelle quand elle avait dû affronter des situations où sa condition de femme la desservait. Son amie était visiblement mal à l'aise ; non seulement elle appartenait à WIFLE, mais, autrefois, Michelle l'avait aidée à gagner une médaille d'argent aux jeux Olympiques. Des années inoubliables et des liens difficiles à briser.

Elles commandèrent des salades niçoises, du thé glacé, et Michelle fut mise au courant de l'avancement de l'enquête. Simmons avait effectivement été engagé par la société qui gardait le dépôt funéraire mais, ce jour-là, il n'était pas en service pour la bonne raison que les vigiles ne patrouillaient que la nuit. Simmons, un faux nom, bien entendu, avait disparu. Les documents fournis par la société ne présentaient aucun intérêt : permis de conduire, références, carte de Sécurité sociale étaient des contrefaçons parfaites. D'ailleurs, le malfaiteur ne travaillait chez eux que depuis un mois.

— Quand il s'est précipité vers moi avec un air affolé, j'ai pensé que c'était un vigile sans expérience. Tout le monde courait dans tous les sens, je lui ai assigné un travail et nous n'avons pas fouillé sa camionnette. À l'évidence, Bruno était dissimulé quelque part à l'intérieur. J'ai réagi exactement comme il l'attendait et je lui ai apporté sur un plateau l'opportunité de tuer un de mes hommes.

Michelle enfouit son visage dans ses mains, puis elle se redressa et enfourna une feuille de laitue qu'elle mâcha à se faire mal aux dents.

— Avant d'être rayée des cadres, j'ai eu le temps d'apprendre que la balle retirée du corps de Richards était une dum-dum. Ce qui signifie que, même si nous retrouvons l'arme, on peut toujours se brosser pour la concordance balistique.

Son amie apprit alors à Michelle qu'on avait retrouvé la camionnette dans une grange abandonnée. Fouille, analyses et prélèvements n'avaient rien donné.

Quant à Mildred Martin, la femme du défunt, au moment des faits elle bêchait tranquillement son jardin. Elle devait se rendre plus tard dans la soirée au funérarium avec des amis pour y veiller William Martin, ancien procureur et conseiller juridique autrefois proche de Bruno. Elle n'avait jamais demandé à John Bruno de la rejoindre au dépôt. Si le candidat avait exprimé le souhait de rendre un dernier hommage à son mari, elle l'aurait reçu volontiers, les choses étaient aussi simples que cela, avait-elle assuré aux enquêteurs.

— Mais pourquoi Bruno a-t-il chamboulé son emploi du temps à la dernière minute ? demanda Michelle. Un changement totalement improvisé !

— D'après ses collaborateurs, Mildred Martin lui aurait téléphoné le matin même. Elle lui demandait de la rejoindre au dépôt mortuaire. D'après Fred Dickers, le chef d'équipe de Bruno, ce coup de fil aurait plongé son patron dans une certaine agitation.

— Un de ses proches amis venait de mourir.

— D'après Dickers, Bruno était déjà au courant.

— Donc tu crois qu'il y a autre chose ?

— Elle a pris soin de choisir une heure creuse au funérarium. D'autre part, après cet appel, Bruno a précisé une ou deux choses à Dickers qui laissent supposer que ce rendez-vous allait au-delà du dernier adieu à un ami.

— Ce qui expliquerait qu'il ait tellement insisté pour rester seul avec la veuve ?

L'agent du FBI hocha la tête.

— Apparemment, il s'agissait d'un entretien très privé.

— Mais Mildred Martin dit qu'elle n'a pas appelé.

— Quelqu'un s'est fait passer pour elle, Michelle.

— Si Bruno n'était pas venu, les malfaiteurs seraient partis, et si j'étais restée avec lui, ils n'auraient rien tenté, et Neal Richards...

Sa voix mourut sur ses lèvres.

— Autre chose ? demanda-t-elle quand elle eut contrôlé son émotion.

— Nous pensons que cette opération était planifiée de longue date. Tout a été coordonné et exécuté à la perfection.

— Ils ont été renseignés de l'intérieur sur la campagne de Bruno. Sinon, comment auraient-ils connu son emploi du temps ?

— Ils pouvaient toujours consulter son site Internet. Quand il a fait un détour par le funérarium, il se rendait à un événement programmé de longue date.

— C'est un comble ! Je leur avais demandé de ne pas publier son itinéraire sur la Toile ! Figure-toi que nous sommes descendus dans un hôtel où une serveuse qui avait surpris une discussion avec son équipe en savait plus que nous sur l'itinéraire de Bruno. Ils nous préviennent à la dernière minute !

— Très franchement, je ne sais pas comment tu peux travailler dans des conditions pareilles.

Michelle lui adressa un regard inquisiteur.

— Tu ne trouves pas que le timing de la mort du conseiller de Bruno est d'une inquiétante précision ? C'est tout de même ce décès qui a tout déclenché.

— Bill Martin, un homme âgé qui souffrait d'un cancer en phase terminale, est mort en pleine nuit à son domicile. Cela explique l'absence d'autopsie et de rapport d'un légiste. Le médecin traitant s'est contenté de signer le certificat de décès. Mais après les événements, le corps a été examiné et on a pratiqué des prélèvements.

— Et on a trouvé quoi ?

— De grandes quantités de Roxonal, de la morphine liquide qu'il prenait pour soulager la douleur, et plus d'un litre de produits d'embaumement. Vu que l'estomac avait été vidé, les prélèvements gastriques étaient impossibles. Donc nous ne possédons pas de preuves définitives.

Michelle étudia attentivement le visage de son amie.

— Tu ne me caches rien ?

L'agent du FBI haussa les épaules.

— Les produits d'embaumement s'infiltrent dans la plupart des vaisseaux, des cavités et des organes, ce qui interdit un diagnostic précis. Mais la légiste a fait un prélèvement dans le mésencéphale, le plus souvent imperméable à ces substances, et elle a trouvé du méthanol en quantités anormales.

— Du méthanol ! Mais comment être certain qu'il n'a pas pénétré dans le mésencéphale ? C'est un des composants des produits d'embaumement !

— Tout le problème est là. Au cas où tu ne le saurais pas, il en existe plusieurs sortes. Les plus chers contiennent plus de formol que de méthanol. Dans les autres, la concentration de méthanol est plus élevée. Celui qui a servi pour Martin appartient à cette dernière catégorie. Ajoute à cela que le méthanol est présent dans toutes sortes d'aliments et de liquides, comme les boissons alcoolisées, or Martin était un alcoolique notoire. Cela peut très bien expliquer la présence anormalement élevée de méthanol et la légiste est incapable de trancher. Il n'en demeure pas moins qu'une faible dose de méthanol suffisait à tuer un homme en phase terminale comme Bill Martin.

Elle prit un document et le feuilleta.

— « L'autopsie a également découvert des organes endommagés, des muqueuses rétractées et des déchirures des tissus internes de l'estomac, qui sont des marqueurs irréfutables d'empoisonnement par le méthanol. » Sans oublier qu'il souffrait d'un cancer généralisé et avait subi des rayons et des chimios. Bref, la légiste s'est retrouvée avec un dossier plutôt difficile à interpréter. Mais la cause probable de la mort est un accident vasculaire, parfaitement courant chez un sujet âgé en phase terminale.

— Tuer quelqu'un avec du méthanol en sachant qu'il sera très certainement embaumé sans autopsie, voilà une idée pour le moins ingénieuse, dit Michelle.

— Oui, et passablement effrayante.

— Il a forcément été assassiné. Ils ne pouvaient pas attendre que Martin meure de sa belle mort pour ensuite faire transporter son corps au dépôt funéraire au moment précis où Bruno passait dans le coin.

Elle marqua une pause.

— Tu as une liste des suspects ?

— L'enquête est en cours, Michelle, et je t'en ai déjà dit suffisamment pour passer au détecteur de mensonges.

Quand la note arriva, Michelle s'en saisit aussitôt et fit un chèque. Alors qu'elles sortaient ensemble de l'hôtel, son amie lui demanda :

— Et maintenant, quels sont tes projets ? Adopter un profil bas ? Chercher un autre boulot ?

— Pour le profil bas, cela va de soi, quant à chercher un autre boulot, je vais attendre encore un peu. Je ne renoncerai pas à ma carrière sans livrer bataille.

Son amie plissa les yeux.

— Je te connais. Tu penses à quoi, là ?

— À toi. Tu appartiens au FBI et, comme tu l'as souligné tout à l'heure, tu pourrais très bien par ma faute passer au détecteur de mensonges, et donc notre conversation s'arrête là.

10

La pire journée dans la vie de Sean King remontait au 26 septembre 1996, quand Clyde Ritter était mort par la faute de l'agent King, de l'US Secret Service. Malheureusement, le deuxième jour le plus éprouvant, il avait les deux pieds dedans. Ses bureaux regorgeaient de policiers, d'agents fédéraux et d'équipes techniques qui posaient des tas de questions et obtenaient peu de réponses. Au milieu de tout le remue-ménage que la médecine légale entraînait dans son sillage, ils avaient pris les empreintes de King, de Phil Baxter et de la secrétaire. Pour procéder par élimination, disaient-ils. Argument ambigu qui pouvait s'interpréter dans les deux sens, King était bien placé pour le savoir.

La presse locale s'était aussitôt précipitée sur les lieux. Heureusement, il connaissait personnellement les journalistes et il leur donna des réponses vagues qui ne suscitèrent que peu de commentaires. La presse nationale ne tarderait pas : *un assassinat de ce genre, très porteur pour les actualités, coco.* Les suspicions de King se confirmèrent quand un contingent de bonshommes du ministère de la Justice, section US Marshal Service, débarqua sur son palier.

La victime, Howard Jennings, était employée par King & Baxter comme coursier, documentaliste pour les droits de propriété et les comptes en fiducie, correcteur d'épreuves, bref, homme à tout faire. Son bureau était situé au rez-de-chaussée. Travailleur, peu bavard, il exerçait un métier qui n'avait rien que de très banal mais il présentait cependant une particularité.

Jennings appartenait à WITSEC, un programme plus connu sous le nom de Witness Protection, protection des témoins. Âgé de quarante-huit ans et diplômé d'une école commerciale, Jennings, un nom d'emprunt, avait autrefois vendu ses services de bureaucrate diplômé à une organisation criminelle opérant dans le Midwest. Ces types étaient spécialisés dans le racket, l'extorsion et le blanchiment d'argent, ils avaient souvent recours aux incendies criminels, à la violence physique, voire à la défiguration et à l'homicide occasionnel. Les méthodes et la complexité des ramifications de cette organisation barbare avaient mobilisé l'attention du public et des autorités au niveau national.

Jennings, en prenant conscience de l'ampleur des forfaits de ses employeurs, avait opéré un retour sur lui-même et contribué à l'arrestation d'individus peu recommandables. Malheureusement, certains des éléments les plus dangereux avaient échappé au filet fédéral, ce qui expliquait que Jennings ait dû rejoindre WITSEC.

Aujourd'hui, il n'était plus qu'un cadavre et les maux de tête de King ne faisaient que commencer. En tant qu'ex-agent fédéral avec des connexions au plus haut niveau, King avait entretenu des relations avec WITSEC pour des programmes d'action communs entre le Service et les marshals du groupe spécial d'opérations. Quand Jennings s'était présenté pour un emploi dans le cabinet de King, le contrôle de ses antécédents et autres investigations avaient amené Sean à le soupçonner d'appartenir au programme. Il n'en était pas absolument certain, bien sûr, le Marshal Service n'allait pas le mettre dans la confidence, mais King nourrissait des soupçons dont il n'avait jamais fait part à personne. Cela tenait aux références professionnelles peu nombreuses de Jennings, conséquence inévitable de l'effacement de son identité.

Officiellement, King ne faisait pas partie des suspects... ce qui signifiait qu'il était au sommet de la liste. Informer les enquêteurs qu'il soupçonnait Jennings d'appartenir à WITSEC pouvait très bien le mener devant un jury d'accusation. Il décida donc de jouer les imbéciles en attendant de voir venir.

Et il passa le reste de la journée à calmer son associé, Baxter, un grand gaillard, ancien joueur de base-ball de l'université de Virginie, qui avait passé un ou deux ans au NFL, l'équipe du Texas, à poireauter sur le banc de touche avant de devenir un avocat agressif et hautement compétent. Cependant, l'ex-sportif de haut niveau n'avait pas vraiment l'habitude des types décédés de mort violente traînant dans son bureau. Ce genre d'affaire le mettait mal à l'aise

Au Service, King avait passé des années à travailler sur la contre-façon et la fraude, ce qui obligeait à côtoyer des gangs très dangereux. Et, bien sûr, comme il avait déjà tué, il était mieux préparé que son associé à affronter un meurtre.

King avait renvoyé sa secrétaire dans ses foyers pour la journée. Mona Hall, une jeune femme du genre nerveux et délicat, n'aurait pas fait bon ménage avec un cadavre ensanglanté, mais King se doutait bien qu'avec cette bavarde invétérée, le téléphone local bourdonnait des spéculations les plus folles. Dans une paisible localité comme Wrightsburg, les récents événements pouvaient alimenter les conversations pendant des mois, sinon des années.

Leur bâtiment ayant été fermé par les Fédéraux, qui allaient le surveiller jour et nuit, King et Baxter étaient temporairement dans l'obligation de transférer leur cabinet à leurs domiciles respectifs. Ce soir-là, les deux juristes emportèrent des cartons de dossiers et de documentation dans leurs voitures. Tandis que Phil le baraqué s'éloignait au volant d'un utilitaire sport, Sean, adossé à son véhicule, avait les yeux fixés sur ses bureaux brillamment éclairés. Les experts travaillaient dur, passant l'endroit au peigne fin, cherchant désespérément des indices qui leur permettraient de savoir qui avait logé une balle dans la poitrine de Howard Jennings. King se tourna vers les montagnes, vers sa maison qu'il avait édifiée sur les ruines d'une vie antérieure. Cela s'était révélé une excellente thérapie. Et maintenant ?

Il prit le chemin de son chalet en se demandant ce que lui réservait l'avenir. Une fois arrivé, il avala un bol de soupe dans la cuisine tout en regardant le journal télévisé de la chaîne locale dont il était la vedette. Il apparut sur l'écran avec un commentaire retraçant sa carrière dans l'US Secret Service, et l'incontournable épisode qui lui avait valu de changer de métier. Apparemment, les spéculations allaient bon train sur les raisons de la mort de Howard Jennings. Il éteignit le poste de télé, tenta de se concentrer sur ses dossiers, renonça et resta là, les yeux perdus dans le vide. Puis il se leva, enfila un short et un sweater, attrapa une bouteille de vin rouge et un verre, et se rendit sur le quai couvert, au bord du lac, derrière sa maison.

Là, il monta à bord d'un deck-boat de six mètres à propulsion hydrojet qui voisinait avec un petit voilier de quatre mètres cinquante et une moto marine Sea Doo. Grâce à ses nombreuses criques, le lac d'un kilomètre de large sur quatorze kilomètres de long avait beaucoup de succès auprès des pêcheurs et des navigateurs de plaisance. Dans les eaux claires et profondes, on trouvait des barbottes noires, des crapets arlequins et des poissons-chats en abondance mais, avec la fin de l'été, les vacanciers et les résidents saisonniers s'étaient envolés vers d'autres cieux.

Ses bateaux étaient montés sur vérins hydrauliques. King abaissa le deck-boat, enclencha le moteur, alluma ses feux de navigation, mit les gaz et respira l'air frais à pleins poumons. Deux milles marins plus loin, il pénétrait dans une crique isolée, coupait le moteur, jetait l'ancre, se versait un verre de vin et contemplait son avenir, lequel se présentait sous un jour plutôt sombre.

Quand la nouvelle se répandrait qu'une personne appartenant au programme WITSEC avait été assassinée dans son bureau, King se retrouverait une fois de plus sous les feux de l'actualité, ce qui le remplissait d'appréhension. La dernière fois, un journal à sensation avait carrément dépassé les bornes en racontant qu'il avait été payé par un groupe politique radical pour détourner les yeux quand Clyde Ritter s'était fait descendre. Comme la diffamation aux États-Unis était punie par la loi, il avait intenté un procès et obtenu des dommages et intérêts conséquents. Il avait utilisé cette « bonne fortune » pour construire sa maison et recommencer de zéro. Toutefois, l'argent n'avait pas effacé le traumatisme de l'épreuve qu'il avait traversée.

King s'assit sur le plat-bord du bateau, se déshabilla et plongea, nageant un instant sous l'eau avant de remonter à la surface. Il faisait plus chaud dans le lac qu'à l'extérieur.

Le film tourné lors de l'instant fatal avait brutalement mis fin à sa carrière d'agent de l'US Secret Service. On y voyait King détourner le regard de Ritter tandis que l'assassin sortait une arme, la pointait sur le candidat et tirait. Pendant tout ce temps, King semblait la proie d'une transe hypnotique. Le film montrait même des enfants dans la foule qui réagissaient plus rapidement que lui au revolver de l'assassin.

Les médias avaient choisi de crucifier King et le tollé soulevé par les partisans de Ritter les avait encouragés dans cette voie, car ils ne voulaient pas sembler de parti pris vis-à-vis d'un candidat impopulaire.

Il se rappelait parfaitement les gros titres : « Le regard de l'agent s'égare pendant que le candidat est éliminé » ; « L'agent secret s'était secrètement endormi » ; « Voilà pourquoi ils portent des lunettes noires », ce qui en d'autres circonstances l'aurait fait rire. Mais le pire, c'est que la plupart de ses collègues le fuyaient.

Dans la tourmente, son mariage s'était brisé. En réalité, il battait de l'aile depuis longtemps. King était toujours parti, ses déplacements se décidaient à la dernière minute et il lui arrivait souvent de ne pas connaître la date de son retour. Vu la vie qu'il menait, il avait fermé les yeux sur la première aventure de sa femme, et même sur la deuxième. À la troisième, ils s'étaient séparés. Et après l'effondrement de son univers, son épouse aux aspirations bourgeoises, qui n'appréciait guère son métier d'agent secret, n'avait opposé aucune résistance à leur divorce.

Ensuite, il avait survécu et reconstruit sa vie. Et maintenant, qu'allait-il se passer ?

Il remonta pensivement sur son bateau, s'enveloppa d'une serviette et reprit le chemin de la maison. Mais, plutôt que de rejoindre le quai couvert, il coupa le moteur, éteignit les feux de navigation et s'approcha d'une petite crique à quelques centaines de mètres de chez lui, puis il jeta une ancre miniature dans l'eau pour empêcher son embarcation de dériver dans les eaux marécageuses des berges. Derrière chez lui, un rayon de lumière décrivait un arc de cercle, dans un sens puis dans l'autre. Apparemment, il avait des visiteurs. Peut-être des journalistes en quête de révélations fracassantes. À moins que le tueur de Howard Jennings ne soit venu exécuter une nouvelle cible...

11

King rejoignit la rive en silence, se rhabilla et s'accroupit derrière des buissons. La lumière continuait de décrire des arcs de cercle tandis que le visiteur explorait le périmètre à l'est de la propriété. King s'avança vers le porche, dissimulé par un rideau d'arbres. Une BMW décapotable était garée dans le chemin d'accès. Il faillit l'ouvrir, se ravisa, et décida d'aller chercher un peu de quincaillerie. Avec un revolver au poing, il se sentirait déjà plus à l'aise.

Se glissant dans la maison plongée dans l'obscurité, il ressortit par une porte latérale, son flingue à la main. La lumière avait maintenant disparu et cela le contrariait. Il s'agenouilla, écouta et perçut le craquement d'une branche sur sa droite, à cinq mètres de lui à peine, accompagné d'un bruit de pas.

Il ôta le cran de sécurité, bondit, renversa le visiteur et lui pointa son revolver droit sur le front.

La visiteuse – c'était une femme ! – avait elle aussi un revolver pointé sur lui et les canons de leurs armes se touchaient presque.

— Nom de Dieu, qu'est-ce que tu fiches ici ? s'écria Sean en la reconnaissant.

— Tu es assis sur mon estomac ! Quand j'aurai repris ma respiration, je pourrai peut-être t'expliquer, répliqua-t-elle d'un ton irrité.

Il se releva en prenant son temps et ignora la main qu'elle lui tendait pour qu'il l'aide à se remettre debout.

Elle portait une jupe, un corsage et une veste cintrée. Au cours de leur corps-à-corps, sa jupe lui était remontée jusqu'en haut des cuisses. Maintenant, elle tirait dessus et rentrait son corsage à l'intérieur.

— Ça te prend souvent d'agresser tes visiteurs ? lança-t-elle avec humeur, en rengainant son arme dans son étui de ceinture et en s'époussetant du plat de la main.

— Mes visiteurs ne se glissent pas furtivement dans ma propriété en pleine nuit.

— J'ai sonné et personne n'a répondu.

— Alors il fallait repasser un autre jour. Ta maman ne t'a pas appris la politesse ?

Elle croisa les bras.

— Ça fait bien longtemps qu'on ne s'est vus, Sean.

— Si tu le dis. Excuse-moi mais j'ai été très occupé par ma nouvelle vie.

Elle regarda autour d'elle.

— Bel endroit.

— Qu'est-ce que tu fiches ici, Joan ?

— Je suis venue voir un ami qui a des embêtements.

— De qui veux-tu parler ?

Elle lui adressa un petit sourire complice.

— Ce meurtre dans tes bureaux risque de t'attirer pas mal d'ennuis, non ?

— Merci de me le rappeler. Je me référais à l'aspect désintéressé de ta démarche.

Elle poussa un soupir à fendre l'âme.

— J'ai beaucoup roulé et on m'a souvent parlé de l'hospitalité des gens du Sud, Sean.

Il fut tenté de tirer quelques balles en l'air pour la faire fuir mais il y renonça. Qu'avait-elle donc dans la tête ?

— Quel genre d'hospitalité ?

— Eh bien, il est pratiquement neuf heures et je n'ai pas dîné. Si on commençait par là ?

— Tu t'amènes sans tambour ni trompette alors que cela fait des années que tu as disparu de la circulation et tu trouverais tout naturel que je t'invite à dîner ? Tu ne manques pas de culot.

— Ne me dis pas que tu l'avais oublié.

Tandis qu'il préparait le repas, Joan explora le rez-de-chaussée du chalet, un verre de gin tonic à la main. Puis elle vint se percher sur le comptoir de la cuisine tandis qu'il épluchait des légumes.

— Comment va ton doigt ? lui demanda-t-elle.

— Il me fait souffrir chaque fois qu'on me contrarie. C'est un peu la météo de mon humeur et, depuis quelques minutes, il m'élance terriblement.

Elle fit celle qui n'avait rien entendu.

— Très impressionnant, cet endroit. Il paraît que tu l'as construit toi-même ?

— Ça m'occupait.

— J'ignorais que tu étais charpentier.

— J'ai financé mes études en effectuant des travaux pour ceux qui en avaient les moyens. Quand j'en ai eu marre, j'ai travaillé pour mon propre compte.

Sur la table de la cuisine, dont la fenêtre donnait sur le lac, ils mangèrent un sauté de veau arrosé d'une bouteille de bordeaux que King était allé chercher à la cave. En d'autres circonstances, cette scène aurait été merveilleusement romantique.

Après le dîner, ils prirent le café dans le salon avec son plafond de cathédrale et ses grandes baies vitrées. Quand il vit qu'elle frissonnait, King alluma le poêle à gaz dans la grande cheminée et lui jeta une couverture. Joan, assise en face de lui sur un canapé en cuir, ôta ses chaussures, replia ses jambes sous le plaid et leva son verre.

— Merci pour ce merveilleux repas.

Elle respira le bouquet du vin.

— Je vois que tu as ajouté des qualités de sommelier à tes nombreuses qualifications.

— Bien, et maintenant que tu as le ventre plein, explique-moi donc ce que tu fais là.

— Quand une enquête criminelle de grande envergure implique un ex-agent, tout le monde est intéressé.

— Tu es en service commandé ?

— Mon statut professionnel me permet une certaine autonomie.

— Donc il ne s'agit pas d'une démarche officielle ? À moins que tu ne m'espionnes pour le compte du Service ?

— Disons que c'est une visite privée et que j'aimerais avoir ta version des faits.

King prit son verre à deux mains, luttant contre le désir de le lui jeter à la figure.

— Je n'ai pas de version personnelle des faits. Cet homme a brièvement travaillé pour moi. Aujourd'hui, j'ai compris qu'il appartenait à WITSEC. J'ignore qui l'a tué. Point final.

Elle fixa le poêle sans répondre, se leva, alla à la cheminée et passa la main sur le manteau de pierre.

— Charpentier et maçon ?

— J'ai sous-traité, je connais mes limites.

— La plupart des hommes répugnent à admettre qu'ils en ont. Bravo pour ton honnêteté.

— Merci. J'aimerais quand même bien savoir pourquoi tu t'es déplacée jusqu'ici.

— Cela ne concerne pas le Service mais toi et moi.

— Il n'y a pas de « toi et moi ».

— Souvenirs souvenirs. Je m'étais néanmoins imaginé que, si tu avais entendu parler d'un homme appartenant à WITSEC assassiné sur mon lieu de travail, tu m'aurais peut-être rendu visite pour prendre de mes nouvelles.

— Ne te fais pas d'illusions, je n'aurais pas bougé le petit doigt.

— Écoute, je voulais simplement m'assurer que tu allais bien.

— Ravi que mes malheurs t'aient donné l'occasion de manifester ta nature pleine de compassion.

— Tes sarcasmes sonnent faux, Sean.

— Il est tard et la route est longue jusqu'à Washington.

— Tu as raison, ce n'est pas la porte à côté, et apparemment ce n'est pas la place qui te manque.

Puis elle se leva et alla s'asseoir près de lui.

— Tu as l'air dans une forme éblouissante. Je ne serais pas étonnée d'apprendre que tu appartiens à l'équipe de sauvetage des otages du FBI, dit-elle en promenant un regard admiratif sur sa silhouette d'athlète.

— Je suis bien trop vieux pour un pareil emploi. J'ai les genoux esquintés, mon épaule me fait souffrir, et le reste à l'avenant.

Elle soupira et remit en place une mèche de cheveux.

— Je viens d'avoir quarante-quatre ans.

— Ce n'est pas la fin du monde.

— Tu parles comme un homme. Pour une femme célibataire de cet âge, l'avenir n'est pas rose.

— Tu parais beaucoup plus jeune, tu es en parfaite santé et tu mènes très bien ta carrière.

— Je ne pensais pas durer aussi longtemps.

— Tu t'es mieux débrouillé que moi.

Elle reposa son verre et se tourna vers lui.

— Si on veut.

Sean ne répondit pas. Il s'installa un silence pesant qui se prolongea.

— Tout cela remonte à des années et, depuis, il a coulé de l'eau sous les ponts, dit enfin Sean.

— On ne le croirait pas, vu la façon dont tu me traites.

— Tu t'attendais à quoi ?

Elle vida son verre.

— Tu n'as aucune idée de ce qu'il m'en a coûté de venir jusqu'ici. J'ai changé d'avis et de tenue vestimentaire une bonne dizaine de fois. La pression était plus forte que pour assurer la sécurité d'une inauguration présidentielle.

Il ne l'avait jamais entendue s'exprimer ainsi. Il l'avait toujours connue extrêmement sûre d'elle, plaisantant avec ses collègues masculins et les bousculant comme si elle était le chef de la bande.

— Désolée, Sean, je ne parviens pas à croire que c'est moi qui parle.

— Résultat des courses, tout est sûrement ma faute. L'affaire est close.

— Très gentil de ta part.

— Pourquoi t'en vouloir ? Je n'ai tout simplement pas de temps à perdre.

Elle se leva, chaussa ses talons et enfila sa veste.

— Tu as raison, il est tard et je ferais mieux de filer. Excuse-moi de m'être bêtement inquiétée de ce que tu devenais.

King hésita et, en la voyant s'avancer vers la porte, il poussa un soupir résigné.

— Tu as trop bu pour conduire sur des routes de montagne en pleine nuit. La chambre d'amis est en haut des marches à droite, elle communique avec une salle de bains. Il y a des pyjamas dans l'armoire et le premier levé prépare le café.

Elle se retourna.

— Tu es sûr ? Tu n'es pas obligé.

— Pour une fois, je suis bien de ton avis. À demain.

Il lut dans ses yeux une invitation qu'il choisit d'ignorer et tourna les talons.

— Où vas-tu ?

— J'ai du travail. Dors bien.

Joan alla chercher son sac de voyage dans sa voiture. Quand elle revint, il avait disparu. La chambre de Sean se trouvait à l'autre bout de la mezzanine. Elle ne résista pas au désir d'aller y jeter un coup d'œil. La pièce était sombre et vide. Joan retourna à pas lents dans la chambre d'amis et referma la porte.

12

Les bras et les jambes de Michelle Maxwell se pliaient et se dépliaient en un geste puissant et régulier. Tout compte fait, elle n'avait pas tellement perdu en rapidité ni en résistance depuis l'époque des jeux Olympiques. La barque fendait l'eau du Potomac dans la lumière du soleil levant, l'air frais contenait les promesses d'une belle journée. Ici même, à Georgetown, elle avait entamé sa carrière de rameuse. Depuis, elle avait navigué sur tous les canots, kayaks et embarcations à rames, elle avait même possédé un bateau à moteur de cinq chevaux. Les muscles de ses épaules et de ses cuisses la brûlaient.

Elle tira sa barque jusqu'à l'un des hangars de la rive puis se pencha en avant, les mains sur les genoux, et prit de profondes inspirations, savourant l'état de détente dû aux endorphines libérées par l'effort. Une demi-heure plus tard, elle reprenait le volant de son 4 × 4 tout-terrain et se dirigeait vers l'hôtel où elle était descendue, près de Tyson's Corner, en Virginie. À cette heure matinale, la circulation était fluide : une chance car cette autoroute connaissait de fréquents embouteillages dès cinq heures du matin. Michelle se doucha, enfila un tee-shirt, un short, soupira d'aise d'être libérée de son arme et de son étui de ceinture qui lui sciaient la hanche. Elle s'étira, frotta vigoureusement ses membres fatigués, commanda un petit déjeuner et enfila un peignoir avant l'arrivée du garçon d'étage. Puis elle alluma le poste de télévision et s'attabla devant des crêpes, un jus d'orange et un café. C'était tout de même un comble d'avoir recours à CNN pour se renseigner sur l'évolution de l'enquête concernant la disparition de Bruno. L'homme qui apparut sur l'écran lui rappelait quelqu'un. Originaire de Wrightsburg, en

Virginie, il ne semblait guère apprécier la présence de l'équipe de télévision qui l'assaillait de questions.

Elle comprit brusquement de qui il s'agissait. Sean King ! Michelle avait rejoint le Service environ un an après l'assassinat de Ritter et nul ne savait ce qu'il était advenu de Sean King ; d'ailleurs, elle n'avait aucune raison de s'intéresser à lui. Mais maintenant qu'elle écoutait le reportage sur la mort de Howard Jennings, elle se dit qu'elle aimerait bien en savoir davantage.

Très bel homme, ce King, grand, bien bâti avec des cheveux courts, grisonnants sur les tempes, quarante-cinq ans environ... elle aurait parié qu'il était plus séduisant aujourd'hui qu'à vingt ans. Une trop grande beauté formelle dessert les hommes. Cependant, ce qui l'intéressait le plus dans cette affaire, ce n'était pas le physique de King, mais les circonstances de la mort de Jennings. Et elle n'arrivait toujours pas à s'en expliquer les raisons.

Elle ouvrit le *Washington Post*, qu'on lui avait monté avec le petit déjeuner, et découvrit un petit article sur l'assassinat. Il donnait également quelques informations sur le passé de King, l'affaire Ritter et ses répercussions. En relevant les yeux sur l'homme toujours à l'écran, elle fut saisie pour lui d'une sympathie irraisonnée. Ils avaient tous les deux commis des erreurs qui leur avaient coûté très cher. King avait tourné le dos à son ancienne profession et Michelle se demanda si elle réussirait aussi bien sa reconversion.

Prise d'une inspiration subite, elle téléphona à l'un de ses admirateurs au Service, un jeune homme employé dans l'administration. Il était indispensable pour chaque agent d'entretenir de bonnes relations avec les bureaucrates qui savaient comment contourner les interdits entravant le fonctionnement de la plupart des agences gouvernementales. Ce garçon se serait fait couper en quatre pour Michelle, qui prenait un café avec lui de temps à autre pour s'assurer de son dévouement. Elle le persuada de lui photocopier quelques dossiers et de lui fournir certains renseignements. Il tenta bien de résister mais elle ne tarda pas à le convaincre de lui rendre ce modeste service. Il accepta aussi de faire traîner la signature de ses papiers de « transfert » afin qu'elle puisse encore accéder à la base de données pendant une bonne semaine en utilisant son nom et son code.

Ils se retrouvèrent dans un petit café en ville où le jeune homme lui remit les dossiers. Elle le quitta sur une étreinte juste assez appuyée pour entretenir ses bonnes dispositions. En entrant au Service, Michelle n'avait pas renoncé à ses armes féminines. Après tout, il s'agissait d'un procédé comme un autre. Utilisé à bon escient, il était même beaucoup plus efficace qu'un 357. Alors qu'elle remontait dans son 4 × 4, quelqu'un l'appela par son nom. Elle se retourna et se retrouva face à face avec un agent qu'elle avait distancé au cours de sa carrière. Elle comprit immédiatement qu'il l'avait interpellée pour se réjouir de son malheur.

— Quelle tristesse ! commença-t-il d'un air candide. Ta bonne étoile t'a fait faux bond. Je n'arrive toujours pas à comprendre ce qui t'est arrivé, Mick. Laisser ce type seul dans une pièce qui n'avait pas été sérieusement inspectée... mais qu'est-ce qui t'a pris ?

— La fatigue, Steve.

Il lui donna une bourrade faussement amicale.

— Ne t'inquiète pas, ils ne vont pas laisser tomber leur superstar. On te donnera une nouvelle assignation. Par exemple garde du corps de Lady Bird, au Texas. À moins qu'on ne t'envoie chez les Ford, comme ça tu passeras six mois à Palm Spring, six mois à Vail, et tu recevras des gâteaux et des bonbons en prime. Bien sûr, s'il s'agissait de l'un d'entre nous, pauvres manants, on nous couperait la tête et on n'entendrait plus jamais parler de nous. La vie est injuste.

— Faut pas désespérer, mon vieux. Quand l'affaire sera close, il se pourrait bien que je sois virée du Service.

Il lui adressa un large sourire.

— Après tout, la vie n'est peut-être pas aussi absurde qu'on le prétend. Prends bien soin de toi.

Il tournait les talons quand elle le rappela.

— Eh, Steve !

— Oui.

— Je ne sais pas si tu es au courant mais il paraît qu'ils vont passer les ordinateurs au crible. Vaudrait quand même mieux que tu supprimes ce site porno que tu ne cesses de consulter au bureau. Cela pourrait nuire à l'approbation de tes projets, et puis imagine que ta femme soit mise au courant... Les gros nichons et les beaux culs valent-ils la peine que l'on prenne autant de risques ? Ça ne serait pas un peu immature, ça, comme comportement ?

Le sourire de Steve s'effaça. Il pointa un index rageur vers le ciel et s'éloigna à grands pas tandis que Michelle réprimait une forte envie de rire.

13

Dans sa chambre d'hôtel, Michelle étala les documents sur le lit et les étudia attentivement. Jusqu'à l'exécution de Ritter, King avait accumulé les antécédents impeccables et les rapports élogieux. Après avoir pris une balle dans l'épaule, il avait tué deux hommes et, des années plus tard, l'assassin de Ritter... Il avait donc abattu trois hommes en service. Michelle avait tiré des milliers de balles à l'entraînement mais, même au cours de sa brève carrière d'officier de police dans le Tennessee, elle n'avait jamais fait usage de son arme sur une cible vivante. Elle s'était souvent demandé comment elle réagirait à la suite d'un tel traumatisme. Par une plus grande agressivité ou par une prudence excessive ?

L'assassin de Clyde Ritter, un professeur de l'université d'Atticus, du nom d'Arnold Ramsey, n'avait jamais représenté une menace pour les autorités et il n'entretenait aucun lien avec une organisation politique radicale. Pourtant, par la suite, on avait appris qu'il s'était montré très critique à l'égard de Ritter. Il était marié et père d'une fille. Drôle d'héritage à laisser à une gamine, se dit Michelle en se demandant comment la petite Ramsey se présentait auprès des personnes qu'elle rencontrait. Bonjour, mon père a assassiné un homme politique, oui, comme John Wilkes Booth et Lee Harvey Oswald. Il a été abattu par l'US Secret Service. Et toi, que fait ton père ? L'enquête sur l'assassinat n'avait débouché sur aucune arrestation. Selon la version officielle, Ramsey avait agi seul.

Le dossier comportait une vidéocassette. Michelle l'introduisit dans le magnétoscope intégré à la télévision et visionna la scène du drame, filmée par une équipe locale qui suivait la campagne électorale de Ritter. Le Service, qui avait pris toutes ses précautions pour prévenir la répétition d'une telle tragédie, n'avait jamais montré cette cassette à ses nouvelles recrues.

Elle se raidit en voyant un Clyde Ritter très sûr de lui pénétrer dans la salle pleine à craquer, entouré de son équipe. Elle ne savait pas grand-chose de lui, si ce n'est qu'il avait amassé une fortune considérable en tant que télé-évangéliste : des milliers de gens lui envoyaient de l'argent dans tout le pays. On racontait qu'un grand nombre de vieilles femmes, des veuves pour la plupart, lui faisaient don de leurs économies en échange de la promesse qu'elles iraient au paradis. Comme on n'avait pas pu rassembler de preuves irréfutables confirmant ces escroqueries, la controverse s'était rapidement éteinte. Par la suite, renonçant à la « vie religieuse », il entrait en politique dans un État du Sud, Michelle ne se rappelait pas lequel, et était élu au Congrès. Par le passé, il avait voté de façon douteuse sur des questions raciales ou qui touchaient aux libertés du citoyen. Quant à ses prétentions religieuses, il n'avait pas tardé à les envoyer par-dessus les moulins. Il n'en demeurait pas moins très populaire dans son État, et le nombre croissant d'électeurs mécontents des grands partis politiques avait permis à Ritter de se présenter à la présidence en tant qu'indépendant. Ambition stoppée net par une balle en plein cœur.

Et puis il y avait son directeur de campagne, Sidney Morse. Fils d'un célèbre avocat californien et d'une héritière, Sidney Morse s'était bizarrement lancé dans une brillante carrière de dramaturge et de metteur en scène avant de mettre son authentique talent théâtral au service du monde politique. Il organisait de grandes campagnes électorales qu'il transformait en spectacles extravagants à l'intention des médias, utilisait avec maestria la sono, les lumières et obtenait un pourcentage de réussites étonnamment élevé, ce qui en disait long sur la naïveté des électeurs et les méthodes des candidats.

Morse était devenu un fauteur de troubles, se vendant au plus offrant et fréquentant assidûment le monde politique quand la situation s'y prêtait. Ritter, quand sa campagne décolla, ressentit la nécessité d'un timonier plus aguerri et il se rallia à Morse. Celui-ci avait la réputation d'un homme brillant, rusé et impitoyable quand les circonstances l'exigeaient. Tout le monde s'accorda à reconnaître qu'il avait aidé Ritter à mener une campagne frisant la perfection. Et, d'après la rumeur, il s'était beaucoup amusé à faire trembler l'establishment avec son poids lourd indépendant. Après l'assassinat du candidat, Morse, devenu un paria politique, s'était retrouvé au chômage. Voilà un an, alors qu'il souffrait de troubles mentaux, on l'avait interné dans une institution où il passerait probablement le restant de ses jours.

En apercevant Sean King qui se tenait juste derrière le candidat, Michelle redoubla d'attention. Elle compta les agents dans la pièce, qui n'étaient pas très nombreux. Quand elle escortait Bruno, elle disposait d'une équipe trois fois plus importante. Elle se demanda qui avait organisé une protection aussi insuffisante.

Michelle, étudiante assidue de l'histoire de l'Agence, savait que la mission du Service avait pas mal évolué avec le temps. Seules les morts tragiques de trois Présidents, Lincoln, Garfield et McKinley, avaient convaincu le Congrès de se pencher sérieusement sur le problème de la sécurité présidentielle. Après l'assassinat de McKinley, Teddy Roosevelt avait été le premier à bénéficier de la protection renforcée du Service mais à l'époque l'organisation était beaucoup moins élaborée. Par exemple Harry Truman, vice-président de Franklin Roosevelt, ne disposait d'aucune protection. Un des auxiliaires de Truman démontra alors avec succès qu'un individu à deux doigts de devenir l'homme le plus puissant du monde avait au moins droit à un professionnel armé pour veiller sur sa sauvegarde.

Tandis que le meeting battait son plein, elle regarda l'agent King accomplir tous les gestes que sa profession exigeait. D'incessants coups d'œil circulaires lui permettaient de surveiller le local en permanence – technique de base dans ce métier. Une fois, le Service participa à une compétition visant à déterminer laquelle des agences chargées de faire respecter la loi fédérale savait le mieux repérer un menteur. Le Service l'emporta haut la main. Pour Michelle, cela s'expliquait facilement. Un agent appartenant à un détachement de protection passait son temps à essayer de deviner les motivations et les pensées les plus intimes des gens en s'appuyant sur leur seul comportement.

Puis ce fut le moment fatidique. King semblait hypnotisé par un élément sur sa droite. Michelle, occupée à spéculer sur ce qui excitait sa curiosité, ne vit pas Ramsey sortir son arme et tirer. La détonation la fit sursauter et elle comprit que, tout comme King, son attention avait été détournée. Elle revint en arrière et regarda

Ramsey glisser une main dans sa poche, dissimulant partiellement son geste derrière la pancarte qu'il tenait de l'autre main. Avant que Ramsey ne pointe son revolver en direction du candidat et ne fasse feu, l'arme n'était pas clairement visible. King recula, sans doute sous l'impact de la balle qui avait traversé Ritter avant de le blesser à la main. Ritter s'effondra et la foule devint hystérique. Le cameraman qui filmait la vidéo était tombé à genoux, Michelle ne voyait plus que des jambes et des poitrines qui s'agitaient dans tous les sens. La foule en proie à la panique avait repoussé les agents et le personnel de sécurité contre les murs. Cela ne prenait que quelques secondes mais elles semblaient interminables. Et là, le cameraman avait dû se remettre debout parce que King apparaissait à nouveau dans le champ.

La main dégoulinante de sang, King pointait son arme sur Ramsey, toujours cramponné à son revolver. Quand quelqu'un tire dans une foule, le réflexe le plus courant est de se jeter à terre et de rester immobile. L'entraînement au Service vous enseignait à dominer cet instinct. Quand un inconnu tirait, on bougeait ! On attrapait le protégé par la peau du cou et on l'emmenait le plus loin possible. Si King n'avait pas eu cette réaction, c'est qu'un homme armé se tenait droit devant lui.

King tirait posément une fois, deux fois, et, pour autant que Michelle puisse en juger, sans prononcer un seul mot. Et, quand Ramsey s'effondra, King resta planté là, les yeux baissés sur le candidat mort tandis que des agents se précipitaient sur Ritter et le sortaient de la pièce. Ils obéissaient aux consignes, abandonnant du même coup Sean King, resté seul pour affronter la tourmente, à son triste sort.

Michelle aurait tout donné pour savoir ce qu'il pensait en cet instant précis.

Elle revint en arrière et observa attentivement la scène. Le « bang » retentit en même temps que Ramsey tirait mais elle avait perçu un autre bruit, juste avant. Elle rembobina une nouvelle fois la bande et écouta intensément. Là, un « bip », ou un « cling »… un « ding » venant de la direction où King regardait ! Et il lui sembla entendre un glissement mécanique, comme une machine qui ralentit.

Elle réfléchit très vite. Un « ding » dans un hôtel signalait presque toujours l'arrivée d'un ascenseur. Et le glissement correspondait tout à fait à des portes coulissantes. Le plan de la pièce où Ritter avait été abattu signalait une rangée d'ascenseurs. En admettant que des portes se soient ouvertes, qu'avaient-elles révélé à King ? Or, apparemment, personne n'avait rien dit ni sur les lieux du drame ni après le visionnage répété de la bande. Michelle se demanda ce qui la fascinait tant chez Sean King et dans l'épreuve qu'il avait traversée huit ans plus tôt. Après toutes ces journées d'attente, elle avait besoin de passer à l'action. Prise d'une impulsion subite, elle fit sa valise, paya sa note et sortit de l'hôtel.

14

Tout comme Michelle Maxwell, King s'était lui aussi levé de bonne heure pour aller naviguer et il ramait à un rythme lent dans son kayak, non pour s'entraîner mais pour réfléchir, seul sur la surface lisse du lac – endroit tout indiqué pour faire le point. Malheureusement, il n'en eut pas le loisir.

Il entendit qu'on l'appelait et il releva la tête. Joan se tenait sur la véranda à l'arrière de sa maison, avec une tasse et un pot de café à la main. Elle portait le pyjama qu'il gardait dans la chambre d'amis. Il la rejoignit à regret, pagayant sans se presser, puis se dirigeant vers elle à pas lents.

Elle lui sourit.

— Apparemment tu étais le premier levé, mais tu n'as pas préparé le café. Aucune importance, je suis la championne des renforts de dernière minute.

Il accepta la tasse qu'elle lui tendait et s'assit à la table après qu'elle eut insisté pour préparer le petit déjeuner. Il la regarda se pavaner pieds nus dans la cuisine, jouant à la parfaite épouse. Joan, l'un des agents les plus coriaces que le Service ait jamais produits, pouvait être aussi féminine que n'importe quelle femme et, dans les moments d'intimité, sexuellement explosive.

— Tu préfères toujours les œufs brouillés ? demanda-t-elle.

— Oui, merci.

— De la brioche sans beurre ?

— Ouais.

— Toujours aussi prévisible.

En apparence, songea-t-il, et il passa à l'attaque.

— Des nouvelles du meurtre de Jennings ? Saurais-tu par hasard si je suis définitivement hors de cause ?

Elle jeta les coquilles d'œuf à la poubelle.

— Ça, c'est le domaine réservé du FBI.

— Les agences échangent des renseignements.

— Pas plus que d'habitude et, comme tu le sais, elles communiquent assez peu.

— Donc tu ne sais rien.

Le ton était nettement accusateur.

Elle ne répondit pas, battit les œufs, fit rôtir les brioches dans le grille-pain, glisser l'omelette dans la poêle, mit le couvert et le servit. Puis elle s'assit en face de lui et but son verre de jus d'orange pendant qu'il mangeait.

— Tu ne prends rien ? demanda-t-il.

— Je surveille ma ligne. Et, si j'en juge par ton appétit, je suis la seule.

Était-ce son imagination ou le pied de Joan lui avait-il frôlé la jambe sous la table ?

— Tu t'attendais à quoi ? À ce qu'on se saute dessus après huit ans ?

Elle rejeta la tête en arrière en riant.

— Ce serait une charmante fantaisie de passage.

— Tu es folle à lier.

Il ne plaisantait pas.

— J'ai pourtant eu une enfance épouvantablement normale. Aurais-je un goût irraisonné pour les agents secrets en situation difficile ?

Cette fois, il n'y avait pas à s'y tromper, son pied avait bien touché sa jambe, et il progressait lentement mais sûrement vers les parties les plus intimes de sa personne.

Joan se pencha vers lui. Son regard n'exprimait rien de sentimental : c'était celui d'un prédateur. Elle le voulait ici et maintenant, sur la table de la cuisine, au milieu de ses « œufs brouillés prévisibles ». Elle se leva, fit glisser le pantalon de son pyjama, révélant un slip de dentelle blanche, puis elle déboutonna lentement sa veste, comme si elle le mettait au défi de l'arrêter. Il resta impassible. La veste alla rejoindre le pantalon. Elle ne portait pas de soutien-gorge. D'une

71

main, elle tira sur la nappe : la vaisselle et les plats se fracassèrent sur le plancher.

— Cela fait si longtemps, Sean… Et si on rattrapait le temps perdu ?

Elle s'allongea sur la table et, quand il se leva, dominant sa nudité provocante, elle lui sourit.

— Tu ne te fatigues pas beaucoup, grommela-t-il.

— Que veux-tu dire ?

Il jeta un coup d'œil au plafond.

— Tu n'as même pas essayé d'envoyer ton slip sur ce charmant lampadaire.

— Mais le jour est encore jeune, monsieur King.

Son sourire s'effaça quand il ramassa la veste de pyjama pour l'en couvrir délicatement.

— Je vais m'habiller. Pendant ce temps, je te serais reconnaissant de nettoyer tout ça.

Il sortit de la pièce et l'entendit éclater de rire. Tandis qu'il grimpait les marches, elle lui cria :

— Sean, tu es enfin devenu un grand garçon et je suis très impressionnée !

Il secoua la tête et se demanda de quel asile elle s'était échappée.

— Merci pour ce charmant petit déjeuner ! lança-t-il pour toute réponse.

Alors que King redescendait au rez-de-chaussée, douché et habillé, quelqu'un frappa à la porte. Il jeta un coup d'œil par la fenêtre. Une voiture de police, un fourgon de l'US Marshal et un utilitaire sport noir étaient garés devant chez lui. Il alla ouvrir.

Il connaissait le commissaire Todd Williams depuis qu'il travaillait pour lui comme shérif adjoint volontaire. Quand l'un des deux agents du FBI s'avança et brandit sa carte comme s'il s'agissait d'un couteau à cran d'arrêt, Todd fit une drôle de tête.

— Sean King ? Nous savons que vous avez une arme enregistrée à votre nom.

King hocha la tête.

— Quand on patrouille, les gens aiment bien que nous soyons armés au cas où nous aurions affaire à des sales types. Et alors ?

— Alors nous aimerions que vous nous la remettiez.

King lança un coup d'œil interrogateur à Todd Williams, qui haussa les épaules et fit un grand pas en arrière pour marquer sa désapprobation.

— Vous avez un mandat de perquisition ? demanda King.

— Nous comptions sur votre coopération, vous êtes un ex-agent fédéral.

— Je suis aussi juriste et nous ne sommes pas du genre coopératif.

— Comme vous voudrez. J'ai un mandat.

King avait déjà utilisé ce stratagème en tant qu'agent. Son « mandat de perquisition » n'était souvent qu'une photocopie des mots croisés du *New York Times,* soigneusement pliée en quatre.

— Je peux le voir ?

On le lui montra. Il était authentique. Ces types exigeaient son arme de service.

— Je peux vous demander les raisons de votre démarche ?

— Personne ne vous en empêche.

C'est alors que le marshal adjoint intervint – la cinquantaine, un mètre quatre-vingt-quinze, bâti en boxeur professionnel avec de longs bras et des mains comme des battoirs.

— Arrêtons ces salamalecs, d'accord ? dit-il à l'agent avant de se tourner vers King. Ils veulent savoir si la balle qui a tué Jennings provient de votre arme. Ça vous pose un problème ?

— Si je vous suis, vous pensez que j'ai descendu Jennings dans mon propre cabinet en utilisant mon arme de service, c'est bien ça ? Pour des raisons pratiques ou parce que j'étais pas fichu de me trouver une autre arme ?

— Nous envisageons toutes les éventualités, répondit l'homme d'un ton affable. Vous connaissez la routine puisque vous êtes agent secret.

— *J'étais* agent secret et, puisque vous insistez, je vais chercher mon revolver.

Le malabar posa une main sur l'épaule de King.

— Contentez-vous de leur indiquer où il se trouve.

— Pour que vous vous promeniez dans ma maison en toute impunité afin de collecter des preuves et de constituer un dossier contre moi ?

— Un homme innocent n'a rien à cacher, rétorqua le marshal adjoint. Et on promet de se tenir tranquilles. Parole de scout.

Un agent du FBI suivit King à l'intérieur. Au passage, il jeta un coup d'œil étonné à la cuisine.

— Mon chien n'est pas très bien dressé, expliqua King.

L'homme hocha la tête :

— J'ai un labrador noir qui s'appelle Triger.

— Et moi une pitbull du nom de Joan.

Ils se rendirent dans la chambre de King, qui ouvrit le coffret d'acier où l'arme était enfermée et autorisa l'agent à en inspecter le contenu. L'homme glissa le revolver dans un sac, lui tendit un reçu et ils rejoignirent les autres.

— Désolé pour le dérangement, Sean, dit Todd. Je sais bien que tout ça est bidon.

Mais le brave policier n'avait pas l'air convaincu.

Alors que les hommes grimpaient dans leurs véhicules et reprenaient la route, une Joan décemment vêtue descendit l'escalier.

— Que voulaient-ils ?

— C'était pour la collecte du bal de la police.

— Ne me dis pas qu'ils te soupçonnent ?

— Ils ont pris mon arme.

— Tu as un alibi ?

— J'ai patrouillé toute la nuit, je n'ai vu personne et personne ne m'a vu.

— Dommage que je ne sois pas arrivée plus tôt, j'aurais pu te fournir un alibi en béton.

Elle leva la main droite et posa la gauche sur une bible imaginaire.

— Votre Honneur, M. King est innocent parce que, à l'heure présumée du crime, il tringlait votre dévouée servante sur la table de la cuisine.

— Dans tes rêves.

— Oui, je sais, j'ai un train de retard.

— Joan, sois gentille, casse-toi.

Elle recula et son regard chercha le sien.

— Tu n'es pas vraiment inquiet ? L'étude balistique ne donnera rien ?

— À ton avis ?

— Je suppose que tu avais ton arme avec toi quand tu patrouillais ?

— Ben oui, mon lance-pierres est cassé.

— Chez toi, les plaisanteries stupides sont toujours un signe de nervosité.

— Un type est mort dans mon bureau, Joan. Cela n'a rien de drôle.

— Si tu n'as pas tué cet homme, je ne vois pas comment ton arme pourrait être mêlée à ça. Aurais-tu caché quelque chose à la police ?

— Je n'ai pas tué Jennings, si c'est ça que tu insinues.

— Je n'y songeais même pas. Je te connais trop bien.

— Les gens changent.

Elle prit son sac.

— Cela te dérangerait que je revienne te voir ?

Elle ajouta très vite en jetant un coup d'œil à la cuisine :

— Je jure de ne pas recommencer.

— Pourquoi as-tu fait cela ?

— Ce matin, j'ai essayé de récupérer ce que j'avais perdu il y a huit ans en utilisant un procédé qui s'est révélé embarrassant et stupide.

— À quoi cela servirait-il de se revoir ?

— Il se trouve que j'ai quelque chose à te demander.

— Je t'écoute.

— Pas maintenant. Je te contacterai.

Après son départ, il nettoya la cuisine et la remit en ordre en quelques minutes. Il aurait vivement souhaité en faire autant avec sa vie mais, malheureusement pour lui, la casse ne faisait que commencer, il l'aurait parié.

15

Malgré la courte distance, Michelle prit un avion pour la Caroline du Nord. Comme elle n'avait plus ni carte ni badge, elle dut faire enregistrer son arme ainsi qu'un petit couteau qu'elle gardait toujours sur elle et qu'elle récupérerait à l'arrivée. Au volant de sa voiture de location, il lui fallut environ une heure pour se rendre dans la petite ville de Bowlington, à quatre-vingt-dix kilomètres à l'est de la frontière du Tennessee, au pied des montagnes Great Smoky. Elle découvrit une ville en pleine décrépitude, dont la gloire datait de l'industrie textile, lui apprit un vieil homme à la station-service où elle s'était arrêtée.

— Maintenant, tout ça c'est fabriqué en Chine et à Taïwan pour des queues de cerise, se lamenta le vieux pompiste, et on se fiche pas mal de ces vieux États-Unis d'Amérique. Ici, c'est la dèche.

Il ponctua son commentaire en crachant une chique de tabac dans un bocal et en actionnant le tiroir-caisse quand Michelle paya son soda. Puis il s'enquit :

— Qu'est-ce qui nous vaut l'honneur de votre visite, ma petite dame ?

— Je suis de passage, répondit-elle sans s'étendre davantage.

— Eh ben, vous allez pas traverser grand-chose, c'est moi qui vous le dis.

La jeune femme remonta dans sa voiture et roula dans une ville déserte, rongée par la pauvreté. Elle vit des vieillards assis sur les marches de vérandas branlantes, d'autres à moitié affaissés qui traversaient péniblement leurs jardinets poussiéreux. En se garant devant l'endroit qu'elle cherchait, Michelle se demanda ce qui avait poussé Clyde Ritter à s'arrêter ici pendant sa campagne. Il aurait probablement gagné davantage de voix dans un cimetière.

À quelques kilomètres en dehors de la ville, l'hôtel Fairmount avait connu des jours meilleurs. Son équilibre ne semblait plus tenir qu'à un pilier dont la chute entraînerait l'effondrement de l'édifice de huit étages, entouré d'une clôture de deux mètres. L'architecture, plutôt disparate, datait de plus d'un siècle, avec une partie « gothique », dotée de tourelles et de balustrades, et une autre « méditerranéenne », comportant des murs en stuc et un toit en tuile rouge. Michelle n'avait jamais rien vu de plus laid.

Pas de panneau « Entrée interdite » et personne pour garder le bâtiment. Michelle découvrit rapidement un trou dans la palissade mais, avant de s'y glisser, elle décida d'effectuer une ronde de reconnaissance. On ne renonce pas facilement aux consignes du Service.

Le terrain était plutôt plat, sauf derrière l'hôtel, où il descendait en pente douce jusqu'à la clôture. Michelle sourit en jaugeant l'angle de la déclivité et de la barrière. Elle avait remporté des médailles deux ans d'affilée aux championnats d'athlétisme d'État. En calculant bien son élan, elle aurait pu sauter cette palissade. Dix ans plus tôt, elle aurait sans doute essayé, juste pour s'amuser. Elle poursuivit sa promenade et résolut de se rendre un peu plus loin, dans les bois. En entendant le murmure d'un cours d'eau, elle s'enfonça plus avant dans la végétation et les arbres.

Quelques minutes plus tard, elle avait localisé d'où venait le bruit. Se penchant par-dessus la falaise, elle aperçut une rivière en contrebas d'une dénivellation d'une dizaine de mètres, plutôt abrupte. Le cours d'eau, pas très large, semblait profond et le courant rapide. Des arbustes avaient poussé entre les rochers et, tout à coup, une grosse pierre se détacha et frappa la surface de l'eau après avoir ricoché sur la falaise. Michelle frissonna. Sujette au vertige, elle rebroussa chemin dans la lumière déclinante.

Puis elle franchit la clôture et se dirigea vers les portes d'entrée massives, fermées par de lourds verrous. Les carreaux d'une grande fenêtre, sur la gauche, étaient brisés. Elle pénétra à l'intérieur, alluma sa lampe torche et commença son exploration. Michelle traversa des pièces remplies de poussière, d'humidité, de moisissure et de bestioles, si on en croyait les petits bruits de course précipitée.

Michelle tomba aussi sur des tables renversées, des mégots de cigarette, des bouteilles d'alcool vides et des préservatifs usagés. Apparemment, Bowlington comptait encore quelques personnes alertes, à qui l'hôtel abandonné servait de lieu de rencontre.

Michelle avait emporté le plan du rez-de-chaussée de l'hôtel, trouvé dans les dossiers que son jeune admirateur lui avait remis. Traversant le hall d'entrée, elle pénétra dans le grand salon lambrissé d'acajou et recouvert d'une moquette bordeaux, avec des lustres d'un goût douteux qui pendaient du plafond. Là, Clyde Ritter avait vécu sa dernière heure. Quand elle referma la porte, un silence angoissant envahit l'espace et Michelle fut soulagée de sentir le poids de son revolver dans son étui de ceinture. Elle avait bien rendu le 357 mm mais conservé un SIG 9 mm. La coutume voulait que tout agent fédéral possédât une arme personnelle.

Elle ne s'était pas déplacée jusqu'ici pour satisfaire une curiosité morbide mais pour étudier les parallèles entre son affaire et celle de King. Le kidnapping de Bruno était lui aussi intervenu dans un trou perdu en pleine cambrousse. Les malfaiteurs avaient dû bénéficier de complicités au niveau local et, en analysant le meurtre de Ritter, Michelle s'était persuadée qu'une personne du cru avait joué un rôle important. Ce qu'elle apprendrait ici l'aiderait peut-être à résoudre ses propres difficultés, du moins l'espérait-elle ; et puis mieux valait passer à l'action que de se morfondre dans une chambre d'hôtel.

Michelle se percha sur une petite table dans un coin et consulta le document où était indiquée la position des personnes présentes à l'instant du drame. Elle alla se planter à l'endroit exact où se tenait Sean King, juste derrière Clyde Ritter. Puis elle précisa dans son esprit la place de chaque agent. La foule était maintenue derrière un cordon et Ritter s'était penché pour échanger des impressions et des plaisanteries avec ses électeurs. Des membres de l'équipe de campagne de Ritter étaient dispersés un peu partout. Sidney Morse se tenait en face de Ritter, côté salle. Elle l'avait vu courir sur la vidéo, dans l'affolement général. Doug Denby, le chef d'état-major de Ritter, se tenait près de la porte, et l'assassin, Arnold Ramsey, au fond de la salle. Ramsey s'était avancé peu à peu, jusqu'à se retrouver face à sa victime. Il agitait un écriteau « Amis de Clyde » et, aux yeux exercés de Michelle, il ne semblait pas dangereux.

Sur sa droite, elle vit une rangée d'ascenseurs. Elle se détourna et s'imagina un instant à la place de King, quadrillant la pièce du regard et parlant dans un micro, une main posée sur la chemise de Ritter, puis elle amorça une inspection vers la droite, marquant des pauses de la même longueur que King tout en comptant les secondes dans sa tête. Son regard tomba sur la rangée d'ascenseurs et, d'après son timing, le « ding » qu'elle avait entendu ne pouvait venir que de là.

La détonation la fit sursauter. Elle sortit son revolver et le pointa dans toutes les directions puis, haletante, s'assit par terre, le cœur battant à tout rompre. Un bruit sec n'avait rien de surprenant dans un hôtel à moitié en ruine, il avait pu être provoqué par une tuile, un écureuil, mais la coïncidence n'en demeurait pas moins stupéfiante. Son admiration à l'égard de King s'accrut. Blessé, sous le choc, il avait eu la présence d'esprit de braquer son revolver sur un homme et de tirer. Aurait-elle été capable d'ignorer la douleur d'une blessure à la main et de faire feu dans la terrible confusion qui avait suivi le drame ?

La jeune femme se ressaisit, jeta un coup d'œil aux ascenseurs puis au dossier qu'elle avait étudié avec attention dans l'avion. À sa grande surprise, elle avait appris que, pendant le meeting de Ritter, les ascenseurs étaient bloqués sur ordre du Service. Et pourtant, elle en avait entendu un. Et l'attention de King s'était fixée sur cet endroit précis, ou du moins dans cette direction. Plus tard, il avait mis cela sur le compte de la distraction et Michelle se demandait maintenant s'il avait dit la vérité. Elle se concentra sur une photo de la pièce prise à l'époque du drame. La moquette recouvrait un plancher. Elle se leva, repéra l'endroit et, avec son couteau, décolla un bout de moquette. Là, la tache, éclairée par sa lampe torche.

Sur le bois non verni, le sang étant pratiquement impossible à effacer, la direction de l'hôtel avait opté pour la moquette. Le sang de King et de Clyde Ritter étaient ici mêlés pour toujours. Michelle s'avança vers le mur auquel King tournait le dos. C'est là que s'était logée la balle qui avait tué Clyde Ritter et blessé King mais cela faisait longtemps qu'on l'avait récupérée, bien sûr. L'isolant sur les murs avait disparu, remplacé par des panneaux d'acajou, comme si les propriétaires de l'hôtel avaient voulu faire disparaître toute trace de l'événement. En vain, d'ailleurs, puisque l'établissement avait fermé peu après l'assassinat de Ritter.

Elle franchit une porte, derrière le comptoir de la réception. Des meubles de rangement occupaient tout un mur, et des blocs, des stylos et du matériel de papeterie s'alignaient encore sur les bureaux, comme si l'endroit avait été abandonné au milieu de la journée. Elle ouvrit les meubles et, à sa grande surprise, constata qu'ils étaient pleins. Elle feuilleta plusieurs documents. Les employés, qui utilisaient des ordinateurs, faisaient également des sauvegardes sur papier mais les dossiers ne couvraient que les années 1996 et 1997. À la fermeture de l'hôtel, personne n'avait pris la peine de déménager les archives. Si on avait confisqué ces dossiers au moment de l'enquête, on avait dû les restituer par la suite.

L'état-major de Ritter n'avait passé qu'une seule nuit au Fairmount. King appartenait à son escorte et occupait la chambre 304.

Elle grimpa l'escalier jusqu'au troisième étage et, faute de passe, utilisa une trousse qu'elle emportait toujours pour crocheter la porte, qui céda facilement. Les agents fédéraux disposaient de ressources insoupçonnées... À l'intérieur, elle ne découvrit rien de particulier, juste le capharnaüm habituel. Elle vit également que la 304 communiquait avec la 302, en tous points semblable à la 304.

Elle redescendit l'escalier, s'apprêtant à partir, quand elle songea à récupérer les dossiers des employés. Mais ils n'étaient pas dans les bureaux. Réfléchissant quelques instants, elle consulta son plan et se dirigea vers la réserve principale, une grande pièce remplie d'étagères et de vieilles armoires qui comportait également un meuble de rangement. Là, Michelle trouva une planchette presse-papiers avec les noms et les adresses des employés de l'établissement inscrits sur des feuilles moisies et gondolées par l'humidité. Elle détacha les pages, les mit dans son sac, voulut retourner au bureau pour y prendre l'annuaire du téléphone et se ravisa. Vu son ancienneté, il ne lui servirait pas à grand-chose. Quand elle sortit enfin de l'hôtel, il faisait sombre, et elle réalisa qu'elle y avait passé plus de deux heures.

Elle descendit dans un motel dont elle utilisa l'annuaire pour téléphoner aux employés de l'hôtel. Trois femmes de chambre vivaient encore dans la région aux adresses indiquées sur son document. Elle composa le premier numéro, personne ne répondit et elle laissa un message. Elle eut plus de chance avec les deux autres, qui décrochèrent directement. Michelle se présenta comme une réalisatrice préparant un documentaire sur les assassinats politiques. Elle désirait interviewer des personnes qui avaient côtoyé Ritter. Les deux femmes de chambre acceptèrent volontiers de participer au film, réaction prévisible étant donné que cette petite ville ne devait pas offrir beaucoup de distractions. Michelle prit rendez-vous pour le lendemain puis alla dîner dans un restaurant en bord de route, genre country-western.

Elle n'était pas assise depuis dix minutes que trois crétins coiffés de chapeaux de cow-boys commencèrent à lancer des plaisanteries douteuses en passant et repassant devant elle. Quand le troisième entama son boniment, elle sortit son revolver et le posa sur la table tout en continuant à mâcher son cheeseburger. Le type prit la fuite sans demander son reste. Après le dîner, alors qu'elle préparait ses interviews, la troisième femme de chambre appela. Elle aussi était d'accord pour la rencontrer. Juste avant de sombrer dans le sommeil, Michelle, en proie au scepticisme, n'était plus très convaincue de l'utilité de toutes ces démarches.

La vieille Buick au pot d'échappement bringuebalant qui laissait échapper des vapeurs toxiques s'arrêta devant le motel. Le chauffeur coupa le moteur et fixa intensément la porte de la chambre de Michelle. Sa concentration était telle qu'on aurait juré qu'il voyait à travers les murs et lisait dans les pensées de la jeune femme.

Demain promettait d'être une journée intéressante. Il n'avait pas prévu que Michelle Maxwell viendrait jusqu'ici pour y mener son enquête. Son sort était scellé et il allait aborder la question de son exécution avec le plus grand soin. Ajouter une nouvelle victime à sa liste établie de longue date risquait néanmoins de compliquer ses projets.

Ce jeune agent de l'US Secret Service pouvait lui causer de sérieux ennuis et, tout en y réfléchissant, il se baissa, s'empara de la crosse de son arme favorite, posée sur le plancher, s'immobilisa quelques secondes et desserra son étreinte.

Trop peu de préparation et trop de remue-ménage en perspective. Pas son genre. Michelle Maxwell attendrait encore un peu. Il remit le contact et s'éloigna.

16

Les deux premières employées de l'hôtel Fairmount n'apprirent pas grand-chose à Michelle. Le meurtre du candidat à la présidence était l'événement le plus marquant qui soit jamais arrivé dans cette ville : au cours de leurs discussions avec la « réalisatrice », les deux femmes émirent toutes sortes de théories farfelues sans jamais les étayer par des faits tangibles. Michelle les écouta poliment et prit congé.

La troisième maison où elle se rendit, modeste mais bien entretenue, était située un peu en retrait de la route. Loretta Baldwin attendait Michelle sur une véranda toute blanche. Loretta était une Noire élancée de soixante et quelques années, avec des pommettes hautes, une bouche expressive, des yeux bruns, vifs et intelligents, agrandis par les verres épais de ses lunettes cerclées de fer. Droite comme un I dans son rocking-chair, elle avait, sans en avoir l'air, une façon de jauger un visiteur qui en aurait remontré à n'importe quel agent secret. Elle tendit une longue main sèche aux veines saillantes à sa visiteuse, qui fut surprise par l'énergie que dégageait la vieille dame. Michelle s'assit dans le rocking-chair près de celui de Loretta et accepta un verre de thé glacé.

— Ce film dont vous m'avez parlé, mon petit... long ou court ?

— Court, c'est un documentaire.

— Dommage.

— Si votre interview est bonne, on aura largement le temps de vous voir. Je reviendrai vous filmer, pour le moment je suis en repérage.

— Non, trésor, je vous parlais d'argent.

— Désolée, le budget est limité et les intervenants ne seront pas payés.

— C'est regrettable. Ici, on tire le diable par la queue, vous savez.

— Surtout depuis la fermeture de l'hôtel, je suppose.

Loretta hocha la tête et se balança doucement sur son siège dans la brise qui se levait. Michelle songea qu'elle aurait préféré une tasse de café chaud à un verre de thé glacé.

— Vous avez déjà rencontré des gens ?

Michelle lui donna les noms et Loretta rigola doucement.

— Ces filles sont des cruches. La petite Julie vous a sûrement raconté qu'elle avait assisté à la mort de Martin Luther King.

— Elle l'a effectivement mentionné. Mais elle me semble un peu jeune pour avoir été le témoin d'un tel événement.

— Comme vous dites. Si elle a connu Martin Luther King, moi je suis le pape.

— Et vous, qu'avez-vous à me raconter sur Ritter ?

— Un jour comme les autres. Clyde Ritter, on l'attendait, bien sûr. Je l'avais vu à la télé, et je lis le journal. Ce type se situait plus ou moins dans la ligne de George Wallace avant qu'il n'ait eu la révélation du Seigneur, et il s'en sortait pas mal du tout, ce qui en dit long sur ce pays.

Elle jeta un regard en coin à Michelle et ajouta avec un fin sourire :

— Vous avez une mémoire d'éléphant ou ce que je vous dis ne présente aucun intérêt ?

Michelle sursauta, sortit un carnet de sa poche et commença à prendre des notes. Puis elle posa un petit magnétophone sur la table.

— Cela vous dérange ?

— Je m'en fiche. On ne me fera pas de procès, j'ai pas le sou. Dans ce cas-là, la meilleure des polices d'assurance, c'est encore de n'avoir aucun capital.

— Que faisiez-vous ce jour-là ?

— Le ménage dans les chambres, comme d'habitude.

— Vous étiez chargée d'un étage ?

— De deux, oui. Le deuxième et le troisième. Ça n'arrêtait pas, un vrai défilé. J'avais à peine terminé d'un côté qu'il fallait recommencer de l'autre.

— Donc vous n'étiez pas au rez-de-chaussée quand la fusillade a éclaté ?

— Si, je me trouvais même juste derrière la porte. Il y avait une réserve de linge au bout du couloir et j'avais des trucs à aller chercher.

Michelle hocha la tête.

— La direction n'aimait pas que les femmes de chambre se montrent. Les invités devaient ignorer notre existence. Et comment croyaient-ils que l'endroit était entretenu, hein ? La pièce où Ritter s'est fait descendre s'appelait le salon Stonewall Jackson. Par ici, on n'a pas de salons Abraham Lincoln ou Ulysses S. Grant, forcément.

— Oui, je comprends.

— J'ai passé la tête par l'entrebâillement de la porte et j'ai vu cet homme qui serrait des mains, un beau parleur avec un air patelin, et il regardait chacun de ses interlocuteurs droit dans les yeux. Il ne faut pas oublier qu'il avait été prédicateur à la télévision. J'ai bien compris comment il gagnait ses voix et ses dollars, il savait y faire, hein. En tant que femme de couleur, je le trouvais tout à fait à sa place dans le salon Stonewall Jackson. Et il dormait dans la suite Jefferson Davis. Ça n'était sûrement pas pour lui déplaire, hein, mais moi, je n'allais pas voter pour un type pareil.

— Cela me semble assez logique. Et à part Ritter, vous n'avez rien remarqué ?

— Je me souviens d'un officier de police qui bloquait l'entrée, même que j'ai été obligée de le contourner. J'ai donc bien vu Ritter et cet homme qui se tenait tout près de lui.

— Sean King, de l'US Secret Service.

Loretta la regarda fixement.

— Oui, c'est ça. Vous le connaissez ?

— Je ne l'ai jamais rencontré personnellement mais j'ai fait des recherches.

Loretta étudia la jeune femme de la tête aux pieds et Michelle se surprit à rougir.

— Vous ne portez pas d'alliance. Ne me dites pas que vous n'avez jamais rencontré de sympathiques jeunes gens qui ne demandaient qu'à vous passer la bague au doigt, un beau brin de fille comme vous.

Michelle sourit.

— J'ai des horaires de travail plutôt imprévisibles. Les garçons n'aiment pas beaucoup ça.

— Ce qui plaît aux hommes, trésor, c'est un repas et une bonne bière à des heures régulières, surtout qu'on ne leur pose pas de questions sur ce qu'ils font de leur temps libre, un corps chaud pour la bagatelle quand ils en ont envie, et, après, dormir et surtout ne pas se fatiguer à faire la conversation.

— Eh bien, dites donc, vous les assaisonnez.

— Il ne faut pas longtemps pour en faire le tour.

Loretta resta un instant silencieuse.

— Ouais, un bien joli garçon. Mais quand il a tiré, il a changé de figure.

— Vous l'avez vu ?

— Ouais. Quand Ritter a été abattu, ç'a été une de ces débandades ! Vous n'avez pas idée. Le policier en face de moi, il s'est retourné pour voir ce qui se passait, et puis il est tombé par terre, les gens lui marchaient dessus. Moi, je suis restée pétrifiée. Ce n'était pourtant pas la première fois que j'entendais des coups de feu, moi-même j'avais déjà tiré pour me défendre contre les bêtes et les intrus, mais là, c'était différent. King a tiré sur Ramsey et les autres se sont jetés sur Ritter pour le sortir de là, mais le bonhomme était déjà mort, ça crevait les yeux. Et ce King, il regardait par terre comme si... si...

— ... lui aussi entrevoyait la mort ? suggéra Michelle.

— Exactement. Comment vous savez ?

— J'ai connu quelqu'un qui a traversé le même genre d'expérience. Avez-vous entendu un bruit avant que Ritter soit abattu, quelque chose qui aurait pu détourner l'attention de King ?

Michelle ne donna pas davantage de précisions car elle ne voulait pas influencer le témoignage de Loretta.

La vieille femme réfléchit et secoua la tête.

— Non, l'endroit était très bruyant. Après, j'ai couru jusqu'à la réserve et je m'y suis cachée. J'ai eu tellement peur que j'ai attendu une heure avant de sortir.

— Mais avant ça, vous aviez fait le ménage au troisième ?

Loretta fronça les sourcils.

— Si vous avez une question qui vous tracasse, allez-y. Ça nous évitera de perdre du temps.

— Très bien. Avez-vous nettoyé la chambre de l'agent King ?

— Ils avaient tous réglé leur note avant le drame et je me suis tout de suite mise au travail. Oui, j'ai fait le ménage dans sa chambre avant la fusillade et, croyez-moi, ça n'était pas du luxe.

Elle adressa un regard plein de sous-entendus à Michelle, qui demanda :

— La pièce était très sale ?

— Non, mais la nuit précédente on s'y était livré à une intense activité, répondit-elle d'un air faussement innocent.

— Ah bon ?

— Hum.

Michelle, qui s'était redressée sur son rocking-chair, recommença à se balancer.

— Je vois.

— À croire qu'un couple de bêtes sauvages y avait passé la nuit. J'ai même retrouvé un slip en dentelle noire accroché au lustre. Je ne veux pas savoir comment il était arrivé là.

— Vous avez une idée sur l'identité de l'autre animal ?

— Non, mais à mon avis il ne logeait pas très loin.

— Oui, je vois. Avez-vous remarqué quelqu'un qui sortait de l'ascenseur au moment du drame ?

Loretta Baldwin lui adressa un regard bizarre.

— Croyez-moi, trésor, je ne prêtais aucune attention aux ascenseurs.

Michelle consulta ses notes.

— Quand l'hôtel a-t-il fermé ?

— Peu de temps après. Mauvaise publicité. Dommage pour nous, je n'ai jamais travaillé régulièrement depuis.

— J'ai vu qu'ils avaient mis une clôture.

Loretta haussa les épaules.

— À cause des pillages, des gamins qui vont s'y cacher. Ils y amènent leur copine, ils prennent de la drogue...

— Aucune chance qu'il rouvre ?

Loretta poussa une exclamation méprisante.

— Ils vont le raser, oui !

— Et maintenant, il appartient à qui ?

— Aucune idée. C'est juste un vieux tas de ruines, tout comme cette ville.

Michelle lui posa une ou deux questions supplémentaires, et s'en alla après lui avoir donné un peu d'argent pour la remercier.

— J'attends de vos nouvelles. J'espère que le film va se faire et qu'il passera à la télévision.

— Si le projet se réalise, vous serez la première prévenue.

Michelle remonta dans sa voiture. Il lui restait encore une tâche à accomplir.

Alors qu'elle démarrait, elle entendit le bruit de ferraille d'un pot d'échappement en équilibre instable et leva les yeux juste à temps pour voir une vieille Buick rongée par la rouille qui descendait la rue à sa rencontre. Le contre-jour l'empêcha de distinguer le chauffeur. Elle songea que cette voiture en piteux état était à l'image de cette ville.

Le chauffeur de la Buick observa Michelle sans qu'elle y prenne garde. Dès qu'elle eut disparu, l'homme jeta un coup d'œil à une Loretta Baldwin souriante qui comptait son argent en se balançant dans son rocking-chair. Il n'avait pas perdu un mot de leur conversation grâce à un enregistreur-amplificateur dissimulé dans l'antenne de sa voiture, et il avait également pris des photos des deux femmes avec un téléobjectif. Leur discussion s'était révélée très éclairante, vraiment. Et donc, ce jour-là, Loretta Baldwin, femme de chambre de son état, s'était cachée dans la réserve ! Qui l'eût cru, après toutes ces années... ? Il n'avait pas le temps de s'occuper de ça pour le moment. Il fit demi-tour et suivit Michelle. Elle allait certainement retourner à l'hôtel. Après sa conversation avec Loretta Baldwin, il savait très bien pourquoi.

17

King était dans son bureau à travailler sur un dossier quand il entendit des pas qui s'avançaient vers la porte d'entrée. Comme son associé et sa secrétaire étaient absents, il prit un coupe-papier et alla ouvrir.

Les hommes en face de lui arboraient des mines de trois pieds de long. Il y avait Todd Williams, le commissaire de Wrightsburg, le même marshal que la dernière fois, revêtu de son uniforme, et deux types qui sortirent leur carte du FBI. King les fit entrer dans une petite salle de conférence qui communiquait avec son bureau, et ils prirent place autour de la table.

Le marshal, bâti comme une armoire à glace, se pencha vers lui et lança d'un ton rogue qu'il s'appelait Jefferson Parks. Jefferson, pas Jeff, et le mieux était encore d'utiliser son titre exact : marshal adjoint Parks.

— Les marshals sont des hommes désignés par le pouvoir politique alors que les marshals adjoints sont chargés du boulot, précisa-t-il.

Il tendit à bout de bras un revolver dans un sac en plastique à glissière.

— Votre revolver, annonça-t-il d'une voix neutre.

— Si vous le dites.

— C'est le vôtre, aucun doute là-dessus. Aucune interruption dans l'historique de la conservation de cet élément de preuve intact.

King jeta un coup d'œil à Williams, qui hocha la tête.

— Très bien, dit King. Et vous voulez me le restituer parce que… ?

— Nous n'avons aucune intention de vous le restituer, intervint l'un des agents du FBI.

— Nous avons extrait la balle qui a tué Jennings du mur du bureau de votre associé, reprit Parks. Elle était blindée et le projectile n'a donc été que faiblement déformé. Nous avons également retrouvé la douille de la cartouche. La balle qui a tué Howard Jennings a été tirée avec votre arme. Impact, rainures et traces sur l'éjecteur de douille sont parfaitement concordants.

— C'est impossible.

— Pourquoi ?

— À quelle heure Jennings est-il mort ?

— Le médecin légiste dit que ça s'est passé entre une et deux heures du matin, répliqua Parks.

— À cette heure-là, je faisais ma ronde. Et mon revolver était dans son étui.

Un des agents du FBI dressa l'oreille.

— Devons-nous prendre cette remarque pour une confession ?

Pour seul commentaire, King le fusilla du regard.

Parks revint à la charge :

— Nous avons vérifié vos faits et gestes cette nuit-là. On a vu votre véhicule dans Main Street à peu près à l'heure où Jennings a été tué.

— Et alors ? J'effectue également des rondes en ville. Et vous n'avez aucun témoignage attestant que je me trouvais dans mon bureau, pour la bonne raison que je n'y étais pas.

L'un des agents du FBI s'apprêtait à répondre quand Parks posa sa grosse main sur la manche de sa veste.

— Oublions ça pour l'instant, dit Parks. En attendant, nous avons une analyse balistique positive et c'est un indice aussi probant que des empreintes digitales.

— Pas tout à fait. Cela ne me place pas sur le lieu du crime.

— Mais votre revolver, si, et votre présence est signalée dans les environs, ce qui revient au même.

— Il s'agit de preuves indirectes.

— Des gens ont été condamnés pour moins que ça, rétorqua Parks.

— Dommage qu'on n'ait pas analysé vos mains quand ils vous ont pris le revolver, intervint un des agents du FBI.

— Ça n'aurait pas servi à grand-chose. J'ai touché mon revolver la nuit avant votre arrivée et donc vous auriez trouvé des fragments

90

microscopiques de mon épiderme sur le métal, ce qui ne prouve rien.

— Pratique, dit l'agent.

Parks fixait King.

— Puis-je vous demander pourquoi vous avez pris votre arme ? Vous n'étiez pas en service.

— J'ai cru entendre un rôdeur autour de ma maison.

— Vous l'avez trouvé ?

— Il s'est avéré que c'était une vieille connaissance.

Parks continuait de fixer King d'un air bizarre mais il ne fit aucun commentaire.

— Cela vous dérangerait de m'exposer les motifs qui auraient pu justifier un tel acte de ma part ?

— Cet homme travaille pour vous. Il vous vole ou il a découvert que vous volez vos clients et il essaie de vous faire chanter. Vous lui donnez rendez-vous et vous le tuez.

— Sauf qu'il ne me volait pas et que je ne volais pas mes clients, pour la bonne raison que je n'ai pas d'accès direct à leurs fonds. Vous pouvez vérifier.

— Comptez sur nous. Et les autres scénarios ne manquent pas. Par exemple, vous avez découvert que Jennings appartenait à WITSEC et vous avez eu la langue trop longue.

— Et donc ils le tuent avec mon arme qui se trouvait dans mon étui ?

— À moins que vous ne l'ayez fait pour de l'argent.

— Et maintenant tueur à gages !

— Vous saviez que Jennings appartenait à WITSEC ?

King hésita une seconde de trop, du moins selon sa propre appréciation.

— Non.

— Vous êtes prêt à passer au détecteur de mensonges sur cette question ?

— Je n'ai pas à vous répondre.

— J'essayais de vous aider, dit Parks. Vous avez déjà admis être en possession de l'arme du crime au moment où Jennings a été tué.

— Comme vous ne m'avez pas informé de mes droits, je doute que ce que je vous ai dit soit recevable.

— Vous n'êtes pas en état d'arrestation, vous êtes soupçonné, fit remarquer un des agents du FBI. Nous ne sommes donc pas dans l'obligation de vous informer de quoi que ce soit.

— Et si on nous demande de témoigner, dit Parks, nous pouvons répéter ce que vous avez dit en notre présence.

— Déposition sur la foi d'autrui. Et je ne pense pas que vous puissiez vous en servir à titre exceptionnel dans la mesure où cela me porte préjudice. J'obtiendrais le vice de procédure en un rien de temps.

— Je me trompe ou vous n'êtes pas spécialisé en droit pénal ?

— Pourquoi ?

— Parce que, là, vous venez de dire un tas de conneries.

King n'avait plus l'air aussi sûr de lui et Parks enfonça le clou.

— Donc vous vous rétractez, vous n'aviez pas votre revolver avec vous ?

— Je suis en état d'arrestation ?

— Tout dépend de la façon dont vous allez répondre à ma question.

King se leva.

— À partir de maintenant, nos entretiens se dérouleront en présence de mon avocat.

Parks se leva à son tour et King eut un instant l'impression que le malabar allait faire le tour de la table pour l'étrangler. Mais il se contenta de sourire et tendit le revolver enfermé dans son sac aux agents du FBI.

— On se reverra bientôt, dit-il d'un ton affable. Tenez-vous à la disposition de la justice et, bien entendu, les voyages vous sont fortement déconseillés.

Alors qu'ils partaient, King prit Williams à part.

— Todd, pourquoi est-ce Parks qui mène la danse ? Le FBI n'a pas l'habitude de jouer les faire-valoir.

— Jennings était un témoin placé sous sa protection. Parks occupe un poste important à l'US Marshal Service. Je crois que c'est lui qui a installé Jennings dans la région. Et il est fou de rage qu'on l'ait tué. Je suppose qu'il a tiré quelques ficelles à Washington.

Mal à l'aise, Todd Williams baissa la voix.

— Écoutez, je ne crois pas un seul instant que vous soyez mêlé à toute cette histoire…

— Mais ?

Todd ne savait visiblement plus où se mettre.

— Mais je crois qu'il vaudrait mieux…

— … que je suspende mes activités de shérif adjoint en attendant l'issue de cette affaire ?

— Je vous remercie de votre compréhension.

Après le départ de Todd, King alla s'asseoir à son bureau. Il n'avait pas été arrêté et cela l'inquiétait. Les motifs ne manquaient pas. Et comment diable ce revolver, qui était resté dans son étui toute la nuit, avait-il bien pu être utilisé pour tuer Jennings ? King ne voyait que deux hypothèses, et quand la deuxième lui vint à l'esprit, il frappa le mur avec le poing. Comment avait-il pu être aussi stupide ? *Joan Dillinger.*

Il décrocha le téléphone et appela un vieil ami à Washington, qui appartenait toujours au Service et s'était obstinément tenu à ses côtés pendant toutes les épreuves qu'il avait traversées à l'époque de l'affaire Ritter. Après les quelques banalités d'usage, King lui demanda comment allait Joan Dillinger.

— Je n'en sais trop rien.

— Je croyais que vous travailliez en étroite collaboration ?

— Oui, jusqu'à son départ.

— Ah bon ? Elle a quitté le bureau de Washington ?

— Non, elle a démissionné du Service.

King faillit laisser échapper le combiné.

— Quand ça ?

— Il y a environ un an. Maintenant, elle est expert-conseil en sécurité privée. Et, d'après mes renseignements, elle gagne un fric fou qu'elle n'a sûrement aucun problème à dépenser : tu sais comme moi que Joan apprécie la belle vie.

— Tu as son numéro de téléphone ?

King nota l'information.

— Tu as sans doute entendu parler de nos ennuis ? continua son ami. Quel gâchis ! Un agent aussi exemplaire que Maxwell…

— Je l'ai vue à la télévision. Le bouc émissaire idéal ou je me trompe ? J'ai une certaine expérience dans ce domaine.

— Contrairement à toi, Maxwell a commis une énorme erreur. Elle dirigeait un détachement, toi, tu n'étais qu'un bidasse.

— Arrête ton char. Combien de fois on a attendu, plantés devant une porte, qu'un type s'envoie en l'air avec une femme qui n'était pas la sienne ? Et je ne me rappelle pas qu'on ait fouillé ces dames au cas où elles seraient armées. Et, autant que je me souvienne, on ne montait pas la garde sur la descente de lit.

— Il n'est jamais rien arrivé.

— Un coup de chance.

— Bon, on change de sujet, ce genre de conversation est mauvais pour ma tension. Donc tu vas contacter Joan ?

— Ce ne sera sans doute pas nécessaire. J'ai dans l'idée que je ne vais pas tarder à la revoir.

18

Michelle pénétra de nouveau dans le Fairmount et se rendit directement dans les bureaux. Elle se rappelait que la 304 et la 302 communiquaient et que Loretta Baldwin avait suggéré que King n'avait pas cherché sa partenaire très loin…

— Ça alors ! murmura-t-elle en voyant le nom inscrit sur la fiche.

La 302 était occupée par J. Dillinger. Était-ce Joan Dillinger ? Elle l'avait rencontrée une ou deux fois. Avant sa brusque démission, Joan Dillinger avait connu l'ascension la plus rapide dans les annales de l'agence. Pour une femme, naturellement. Michelle se rappelait avoir été intimidée par la dame, impression qu'elle n'éprouvait que rarement. Joan Dillinger avait la réputation d'être plus froide, plus obstinée, plus culottée que n'importe quel homme. D'une ambition légendaire, elle avait cédé aux sirènes de l'argent et embrassé la profession de consultante dans le secteur privé. À l'US Secret Service, Michelle s'était souvent inspirée du comportement de Joan Dillinger.

Joan était-elle le deuxième animal sauvage du couple illégitime auquel Loretta Baldwin avait fait allusion ? La dame de fer qu'admirait Michelle et la femme expédiant son slip de dentelle noire sur un lustre étaient-elles une seule et même personne ? Devait-on mettre le moment d'absence de King, pendant qu'il protégeait Clyde Ritter, sur le compte de l'épuisement physique après une nuit explosive ? L'adresse que Joan Dillinger avait inscrite sur sa fiche, le quartier général du Service à Washington, était la même que celle de King.

Michelle mit les deux fiches dans son sac et se dirigea vers le salon Stonewall Jackson. Là, elle se plaça dans l'entrebâillement de la porte d'où Loretta Baldwin avait été le témoin de l'assassinat d'un politicien en campagne pour la présidence des États-Unis. Elle referma le battant. La tranquillité des lieux l'impressionna tellement qu'elle entendit son cœur battre dans sa poitrine.

Dès que la jeune femme eut quitté la pièce pour retourner dans le hall, son angoisse s'apaisa. Elle perçut à nouveau les bruits de fond de la vie ordinaire et ses palpitations cessèrent. Elle commençait à se demander si le salon Stonewall Jackson n'était pas hanté, peut-être par un Clyde Ritter qui ne parvenait pas à trouver le repos. Elle parcourut le couloir et trouva sans difficulté la réserve à linge où Loretta s'était cachée : un vaste placard, avec des étagères sur trois murs.

Michelle grimpa ensuite l'escalier jusqu'au troisième étage, s'éclairant avec sa lampe torche. Elle pénétra dans la chambre 302 et essaya d'imaginer Joan Dillinger frappant doucement à la porte de King, qui la laissait entrer. Un ou deux verres, quelques commérages, et le slip de Joan s'envolait jusqu'au lustre avant qu'ils ne se lancent dans une improvisation sauvage.

Elle ressortit de la pièce, se dirigea vers l'escalier et s'arrêta devant un toboggan à ordures fixé à une fenêtre. Apparemment, on avait commencé à vider les lieux et puis les travaux avaient été interrompus. Elle se pencha, éblouie par la lumière du jour. Là, en bas, le toboggan se terminait dans une benne remplie de vieux matelas, de rideaux, de bouts de moquette moisis.

Michelle redescendit jusqu'au rez-de-chaussée et s'immobilisa. Les marches s'enfonçaient dans une cave. Il n'y avait sûrement pas grand-chose d'intéressant là-dedans et, si on en croyait les films d'horreur de série B, on ne devait jamais, au grand jamais, s'aventurer dans les sous-sols. Enfin, à moins d'être un agent secret… Son revolver dans une main et sa lampe torche dans l'autre, elle descendit les marches. Là, l'air était rempli de miasmes et sentait mauvais. La jeune femme avança encore un peu, revint sur ses pas, poussa une petite porte et découvrit un grand passe-plat. Elle se demanda s'il était relié aux huit étages. Le Fairmount était un très vieil hôtel ; c'était peut-être par là que l'on descendait et remontait les objets volumineux. Des boutons sur le mur près du passe-plat servaient visiblement à l'allumer et à l'éteindre, donc il avait fonctionné à l'électricité, et une corde sur poulie à l'intérieur de la cage servait de système de secours quand il tombait en panne.

Elle reprit son exploration du couloir jusqu'à ce qu'elle bute contre un monceau de débris tombés de l'étage supérieur. Cet endroit était en train de s'effondrer. On avait intérêt à activer les grues et les boulets de démolition.

Michelle ressentit brusquement le besoin de soleil et d'air pur. Elle remonta rapidement les marches et reçut un faisceau de lumière en plein visage tandis qu'une voix aboyait :

— Plus un pas. Sécurité de l'hôtel. Je suis armé et prêt à tirer.

Michelle le visa avec son revolver et sa lampe torche.

— Agent de l'US Secret Service.

C'était sorti tout seul. Elle avait oublié qu'elle n'avait ni le badge ni la carte assortis à sa fonction.

— Sans blague. Et moi je suis Matt Dillon...

— Vous m'aveuglez. Ça vous ennuierait de baisser votre lampe ?

— Posez votre arme et ne faites pas d'histoires.

— Très bien, dit Michelle. De votre côté, soyez assez gentil pour ne pas appuyer accidentellement sur la détente.

Quand elle se redressa, elle put enfin voir son interlocuteur.

— Que faites-vous ici ? Il s'agit d'une propriété privée.

— Ah bon ? répliqua-t-elle d'un air innocent.

— Il y a une barrière et des écriteaux, ma petite dame.

— J'ai dû passer du mauvais côté.

— Expliquez-moi ce que fiche le Service dans le coin. À propos, vous avez une carte ?

— Sortons, voulez-vous ? J'ai l'impression d'avoir fait de la spéléo pendant des heures.

— D'accord, mais c'est moi qui prends le revolver.

Une fois dehors, Michelle l'étudia avec attention. C'était un homme d'un certain âge, aux cheveux gris coupés court, mince, de taille moyenne, qui portait un uniforme de gardien.

Il glissa le revolver de Michelle dans son holster de ceinture tout en gardant le sien pointé sur elle.

— OK, vous alliez me montrer votre badge. Mais, même si vous appartenez au Service, vous n'avez quand même rien à faire ici.

— Vous vous rappelez le politicien Clyde Ritter qui a été abattu ici il y a huit ans ?

— Je suis né dans ce patelin, ma petite dame, et je risque pas de l'oublier. Grand coup de publicité pour ce trou perdu.

— Eh bien, je suis venue repérer les lieux. Je n'appartiens pas au Service depuis très longtemps et c'est un des scénarios que nous étudions au centre de formation, pour éviter qu'il se reproduise, bien sûr. Cette histoire excitait ma curiosité. J'ai parcouru tout le chemin depuis Washington. J'ai bien vu que c'était fermé mais j'ai pensé qu'un repérage rapide ne ferait de mal à personne.

— Oui, bien sûr. Je peux voir votre badge ?

Prise de court, Michelle porta la main à sa poitrine et toucha au passage l'insigne du Service épinglé au revers de sa veste. Elle le retira et le tendit au gardien. Les agents portaient tous des insignes qui leur permettaient de se reconnaître. Les couleurs changeaient constamment pour éviter les contrefaçons. C'était devenu une habitude et elle continuait d'en accrocher un tous les matins au revers de sa veste alors même qu'elle était suspendue.

Le garde prit l'insigne, l'étudia attentivement et le lui rendit.

— J'ai laissé mon badge et ma carte au motel où je suis descendue, expliqua-t-elle.

— Bon, ça ira comme ça. Vous n'avez pas l'air d'appartenir à la racaille qui cambriole les hôtels désaffectés.

Il s'apprêtait à lui rendre son revolver puis se ravisa.

— J'aimerais quand même que vous ouvriez votre sac.

— Pourquoi ?

— Pour voir ce qu'il y a dedans !

Elle s'exécuta à contrecœur. Tandis qu'il fouillait son sac, elle demanda :

— À qui appartient cet endroit ?

— Les types comme moi sont pas tenus informés. Je fais ma ronde et j'éloigne les gens, un point c'est tout.

— Et vous faites ça vingt-quatre heures sur vingt-quatre, sept jours sur sept ?

— J'ai mes horaires, le reste du temps je ne sais pas.

— Que va-t-on faire de cet endroit ? Le démolir ?

— Aucune idée. S'ils attendent plus longtemps, ça va se casser la figure.

Il prit les fiches qui dépassaient du sac et les examina d'un air étonné.

— Qu'est-ce que c'est ?

Elle prit un air innocent.

— Des connaissances. J'ai travaillé avec eux au Service. Ils étaient là quand ça s'est passé… je voulais leur rapporter ces cartes comme souvenir.

Il resta la bouche ouverte.

— Comme souvenir ? Dites donc, vous, les Fédéraux, vous êtes un peu bizarres.

Il laissa retomber les cartes dans le sac et lui rendit son arme.

Tandis que Michelle regagnait sa voiture, le vigile la suivit du regard avant de pénétrer dans l'hôtel. Quand il en ressortit, une dizaine de minutes plus tard, il avait radicalement changé d'apparence. Il songeait à Michelle Maxwell. Elle retombait très vite sur ses pieds. Si elle continuait à se livrer à ce genre d'activité, son nom pourrait très bien se rajouter à sa liste. Il était venu ici déguisé en gardien pour voir ce qu'elle avait trouvé. Les noms qu'il avait découverts sur ces fiches ne le surprenaient guère : Sean King et J. Dillinger. Quel beau couple ! L'homme à la Buick remonta dans sa voiture et s'éloigna.

19

— Marshal adjoint Parks, que puis-je faire pour vous, aujourd'hui ? Allez, je reconnais quelques délits, en échange de quoi j'accomplis quelques travaux d'intérêt général et on n'en parle plus, d'accord ?

Sur la terrasse de sa maison, King regardait le policier descendre de voiture et grimper les marches. Le malabar était vêtu d'un jean et d'un coupe-vent bleu sur lequel on lisait « FBI », et d'une casquette de base-ball avec les initiales « DEA » pour Drug Enforcement Administration. Parks, qui avait suivi le regard de King, grommela :

— J'en fais collection. J'ai commencé quand j'étais flic dans le district de Columbia, dans les années soixante-dix. Je me fournis dans toutes les agences où je passe. C'est une des rares gratifications auxquelles nous avons droit dans la police et c'est les Stups qui ont les plus chouettes.

Il s'assit dans un rocking-chair près de King et se frotta les genoux.

— Quand j'étais jeune, ça me faisait plaisir d'être le plus costaud. Au collège, on me considérait comme une star du base-ball et du basket, et j'adorais les supporters féminins. C'est grâce au ballon que j'ai pu me payer l'université.

— Où ça ?

— Notre-Dame. Je n'ai jamais fait d'étincelles mais je participais à toutes les parties. Ailier. Je bloquais mieux que je ne lançais. Je marquais rarement les essais mais ça m'a bien plu.

— J'imagine.

— Maintenant que je ne suis plus tout jeune, je me marre beaucoup moins. Quand ce ne sont pas les genoux qui me lancent, c'est les hanches ou les épaules – pas une minute de répit.

— Et ça vous a plu d'être flic dans la capitale du pays ?

— Je préfère de loin être marshal. C'étaient des temps difficiles. J'ai vu pas mal de saloperies.

King leva sa canette.

— Je sais que vous êtes en service mais, si ça vous tente, je vous sers une bière.

— Non, merci, mais je m'en grillerais bien une.

Il sortit un cigarillo de la poche de sa veste, et l'amena à la vie avec un briquet de nacre qu'il referma d'un coup sec.

— Pas mal, ici.

— Merci.

King l'étudia avec attention. Si Parks dirigeait l'enquête sur le meurtre de Howard Jennings en plus de ses autres tâches, il n'avait pas de temps à perdre et il ne s'était pas déplacé pour le plaisir.

— Un cabinet juridique sympa, une maison sympa, une petite ville sympa. Et un type sympa qui rend des services à la communauté.

— N'en jetez plus, je vais rougir.

— Dans ce pays, les braves gens tuent tous les jours de la semaine et, en ce qui me concerne, une bonne image sociale ne signifie pas grand-chose. Je n'aime pas trop les types sympas. Je trouve qu'ils manquent de virilité.

— Je n'ai pas toujours été aussi gentil. Et, maintenant que j'y pense, il ne m'en faudrait pas beaucoup pour redevenir un fils de pute. J'ai même le pressentiment que je ne vais pas tarder à emmerder le monde.

— Voilà qui est encourageant, mais n'essayez pas de m'embobiner.

— Ne vous inquiétez pas, mon côté brave mec a forcément ses limites puisque mon revolver est l'arme du crime.

— Justement, ne l'oubliez pas.

— Ma théorie sur le sujet vous intéresse ?

Parks jeta un coup d'œil à sa montre.

— Oui et, tout compte fait, allez donc me chercher une bière. À partir de maintenant, je ne suis plus en service.

King s'exécuta. Le marshal se renversa dans son rocking-chair, posa ses chaussures, du 48 fillette, sur la balustrade, but une gorgée de bière et tira sur son cigarillo.

— Alors, votre théorie sur l'arme ? grommela-t-il en regardant le soleil se coucher.

— Je l'avais sur moi quand Jennings a été tué. Or, d'après vous, c'est cette arme qui a tué Jennings.

— Voilà qui ne manque pas de franchise. Je peux vous passer les menottes immédiatement, si vous y tenez.

— Mais comme je n'ai pas tué Jennings, autant dire que je *croyais* avoir mon revolver sur moi.

Le marshal lui lança un regard en biais.

— Vous changez votre version des faits ?

— Pas du tout. Pendant les six jours où je ne l'utilise pas, je garde mon revolver dans son coffret, qui est verrouillé, mais, comme je vis seul, il m'arrive d'oublier de le fermer.

— C'est idiot.

— Croyez-moi, après cette aventure, je le mettrai dans un coffre-fort.

— Continuez.

— Théorie numéro un : quelqu'un prend mon arme et la remplace par une contrefaçon que j'emporte avec moi cette nuit-là. Cette même personne utilise mon revolver pour tuer Jennings, puis le remet dans ma boîte et récupère la contrefaçon. Théorie numéro deux : un revolver identique au mien est utilisé pour tuer Jennings, on le place ensuite dans ma boîte, et c'est ce dernier que l'on soumet aux analyses balistiques.

— Le numéro de série sur le revolver que nous avons en notre possession correspond au vôtre.

— Alors on en revient à mon premier scénario.

— Donc vous me dites que quelqu'un vous a pris votre revolver et opéré cette substitution pour vous faire porter le chapeau du meurtre de Jennings ?

— Exactement.

— Un type comme vous qui a appartenu aux forces de l'ordre ne connaît pas son arme ?

— C'est un 9 mm fabriqué en série, pas une pièce de musée avec des pierreries incrustées dans la crosse. On m'a confié cette arme pour mon boulot de shérif adjoint. Je la porte une fois par semaine, ne la sors pas de son étui et n'y pense jamais. Cela dit, celui qui l'a copiée savait ce qu'il faisait, parce que le poids et la sensation de la crosse dans ma main étaient identiques.

— Et pourquoi se donner tout ce mal pour vous coller ce crime sur le dos ?

— Les meurtriers tentent souvent de faire porter la responsabilité de leurs actes à quelqu'un d'autre. Or, si on y réfléchit bien, Jennings travaillait pour moi. Comme vous me l'avez si bien expliqué l'autre jour, quelqu'un a dû supposer qu'on m'accuserait sous prétexte qu'il me volait ou avait découvert que je me livrais à des malversations. Mobile, analyse balistique positive, pas d'alibi. Et une exécution par injection mortelle, une.

Parks posa ses pieds sur le sol et se pencha en avant.

— Très intéressant. Et maintenant, laissez-moi vous proposer une autre théorie. Beaucoup de types voulaient tuer Jennings. Voilà pourquoi il appartenait à WITSEC. Sachant cela, vous le descendez contre la promesse d'un paquet de fric. Mais celui qui a loué vos services s'arrange pour vous faire utiliser votre revolver et vous fait coffrer. Qu'en pensez-vous ? conclut Parks sans le quitter des yeux.

— Ça fonctionne aussi, concéda King.

Parks vida sa canette, écrasa son cigarillo et se leva.

— Comment se comporte la meute des médias ?

— Pour le moment, ça peut encore aller. La plupart n'ont pas encore découvert ma maison. Quand on en sera là, je mettrai une chaîne en travers de la route en bas de la colline, avec des pancartes « Propriété privée », et je tirerai sur ceux qui ne respectent pas les consignes.

— Ah, enfin ! voilà le genre de salopard que j'apprécie.

— Je vous avais dit qu'il ne fallait pas désespérer.

Le marshal descendit les marches pour rejoindre sa voiture et King lui lança :

— Comment se fait-il que vous ne m'ayez pas encore arrêté ?

Parks ouvrit la portière.

— Disons qu'il est possible que vous ayez porté une arme de substitution tandis que la vôtre était utilisée pour tuer Jennings.

— Je ne pensais pas que vous accepteriez ma théorie aussi facilement.

— Ou alors vous avez commandité le meurtre de Jennings en opérant vous-même la substitution. Mais mon scénario préféré, c'est que vous avez des choses à vous reprocher et que le véritable assassin vous l'a fait payer.

Il fixa le sol un instant.

— Dans l'histoire de WITSEC, aucun témoin sous protection n'avait encore été tué. C'était un point très important pour les témoins potentiels. Maintenant, nous ne pouvons plus leur promettre la sécurité. Et ça s'est passé avec un type placé sous ma sauvegarde. C'est moi qui ai installé Jennings ici et je me sens responsable de sa mort. Si c'est vous qui l'avez piégé, je sélectionnerai personnellement la prison où on vous mettra à l'ombre. Vous y réclamerez la peine de mort à grands cris trois heures après votre admission.

Parks monta dans sa voiture et porta l'index à sa casquette de base-ball DEA.

— Passez une bonne soirée.

20

Le lendemain, King quitta Wrightsburg tôt dans la matinée, pesta contre les embouteillages et arriva à Reston, en Virginie, aux environs de dix heures. Le bâtiment de dix étages était relativement neuf et en partie loué. Quelques années auparavant, une compagnie point com l'avait occupé en totalité et, malgré l'absence de bénéfices, n'avait pas lésiné sur la décoration, et puis, comme par hasard, l'entreprise s'était retrouvée à sec. Ce quartier proche du centre de Reston était très plaisant. Dans les rues noires de monde, des gens chics fréquentaient des boutiques et des restaurants de luxe. L'endroit débordait d'activité mais King ne s'était pas déplacé jusque-là pour le plaisir. Dès qu'il aurait terminé sa corvée, il réintégrerait au plus vite les paysages bucoliques du Blue Ridge.

Le dernier étage du bâtiment était maintenant occupé par une société intitulée en toute simplicité l'Agence, nom déposé en bonne et due forme pour usage commercial, sans doute au grand dam de la CIA. L'Agence était l'une des premières entreprises d'investigation et de sécurité du pays. King monta dans un ascenseur privé, adressa un petit signe de la main à la caméra de surveillance braquée sur lui. Un homme certainement armé et prêt à faire usage de son arme l'accueillit dans une antichambre. King fut fouillé et passa devant un détecteur de métal avant d'être admis dans le hall aménagé et décoré avec un goût très sûr. Puis il se dirigea vers la réception, où une femme prit son nom et composa un numéro sur son téléphone tout en le couvant d'un regard vigilant.

Un jeune homme élégant aux larges épaules, aux cheveux bruns frisés et aux manières arrogantes vint le chercher pour l'escorter jusqu'à un petit bureau où il le laissa seul. La pièce comportait deux fenêtres aux verres teintés très sombres qui ne donnaient que sur les oiseaux ou, à la rigueur, sur des avions volant dangereusement bas. La décoration minimaliste dégageait une impression de luxe et de calme.

Une porte s'ouvrit. Quand Joan pénétra dans la pièce, King hésita entre lui dire bonjour et lui flanquer son poing dans la figure avant de l'étrangler.

— Je suis très touchée que tu aies bravé les embouteillages pour arriver jusqu'ici.

Elle portait un ensemble veste-pantalon sombre qui flattait sa silhouette, encore que les vêtements qui la désavantageaient ne fussent pas très nombreux. La coupe du tailleur et ses talons de six centimètres la grandissaient.

— Merci de me recevoir.

— C'est tout naturel quand on pense à la façon dont je me suis imposée chez toi, mais je suis très surprise de te revoir si tôt.

— Comme ça nous sommes quittes. Parce que je dois t'avouer que ça m'a causé un choc d'apprendre que tu n'appartenais plus au Service.

— Je ne te l'ai pas mentionné quand je t'ai rendu visite ?

— Non, Joan, tu as oublié.

Elle s'assit sur un petit canapé en cuir et lui fit signe de la rejoindre. Sur la table devant elle, un plateau attendait. Elle souleva la cafetière d'argent et remplit deux tasses.

— D'accord pour le café mais épargne-moi les œufs, la brioche beurrée et les slips en dentelle noire, ironisa Sean.

À sa grande surprise, elle rougit jusqu'aux oreilles.

— Et moi qui m'efforçais d'oublier ce malencontreux épisode, dit-elle d'une voix posée.

Il but une gorgée de café et jeta un coup d'œil autour de lui.

— Très joli. Au Service, nous n'avions même pas de bureaux.

— Oui, pour la bonne raison qu'on n'en avait pas vraiment besoin. Soit on conduisait des voitures très rapides…

— soit on poussait jusqu'à ce que nos pieds nous lâchent.

« Pousser », dans leur jargon, signifiait être en service, généralement dans un endroit précis, pour en garantir la sécurité.

Joan se renversa sur sa chaise et jeta un regard circulaire autour d'elle.

— C'est un endroit agréable mais je ne suis pas là très souvent. Je passe une bonne partie de mon temps dans des avions.

— Au moins tu prends des vols commerciaux ou privés. Pas des transports militaires, douloureux pour le postérieur et l'estomac.

— Tu te souviens d'Air Force One ?

— Ceux qui y sont passés ne risquent pas d'oublier.

— Eh bien, figure-toi que ça me manque.

— Tu gagnes beaucoup plus d'argent.

— Toi aussi, je suppose.

Il décroisa les jambes et prit sa tasse entre ses mains.

— Comme tu es très occupée, je vais aller droit au but. Un marshal adjoint du nom de Jefferson Parks est venu me voir. Il dirige l'enquête sur le témoin WITSEC. C'est lui qui est passé prendre mon revolver quand tu étais là.

Joan parut intéressée.

— Jefferson Parks ?

— Tu le connais ?

— Ce nom m'est familier. Donc le marshal t'a pris ton flingue. Et la balistique t'a innocenté ?

— Pas vraiment. C'est mon revolver qui a tué Howard Jennings.

King avait soigneusement préparé la formulation de son information pour mieux étudier l'effet qu'elle produirait sur Joan. Elle faillit renverser son café. Soit elle avait pris des cours de comédie, soit sa réaction était sincère.

— Mais enfin, c'est impossible !

— C'est ce que je leur ai dit. Le marshal est revenu me trouver. Seul. Nous avons étudié quelle méthode aurait pu employer un tiers pour utiliser mon arme alors que je croyais l'avoir sur moi.

— Alors ?

King lui résuma brièvement leur conversation. Tout d'abord, il avait pensé garder sa théorie pour lui, puis changé d'idée. Après tout, cela importait peu, et il était curieux de voir la réaction de Joan.

Elle réfléchit longtemps, trop longtemps au goût de King.

— Une telle opération nécessite beaucoup de préparation et de dextérité, dit-elle enfin.

— Et aussi un libre accès à mon domicile. Il fallait qu'ils remettent mon revolver en place avant que la police s'amène, le matin même où tu te trouvais chez moi.

Il se servit un deuxième café tandis qu'elle refusait d'un geste agacé qu'il remplisse sa tasse.

— Si tu es venu jusqu'ici, c'est donc pour m'accuser de t'avoir piégé ? dit-elle enfin avec raideur.

— Je t'expose simplement la situation.

— Pourquoi ne pas m'en avoir informée par téléphone ?

— Tu t'étais personnellement déplacée pour me rendre visite et j'ai voulu te rendre la politesse. Sauf que moi, je me suis fait annoncer.

— Je ne t'ai tendu aucune embuscade, Sean.

— Parfait. Je vais appeler Parks et lui annoncer la bonne nouvelle.

— Arrête !

Il se rapprocha d'elle.

— Écoute-moi bien. On a trouvé un type mort dans mon bureau, mon revolver l'a tué, je ne possède aucun alibi et j'ai sur le dos un marshal sacrément rusé, prêt à écouter ma théorie mais nullement convaincu de mon innocence. Si on me mettait derrière des barreaux pour le restant de mon existence, cet homme ne verserait pas une larme, et il se ficherait éperdument qu'on m'injecte un petit cocktail pour m'envoyer ad patres. Et, comme par hasard, tu te pointes à l'improviste et tu oublies de me signaler que tu n'appartiens plus au Service. Tu me fais tout un cirque, tu t'excuses, tu te montres excessivement gentille et tu te débrouilles pour passer la nuit chez moi. Là, danse des sept voiles dans la cuisine pour des raisons qui m'échappent. Honnêtement, j'ai du mal à me convaincre qu'il s'agit d'une simple crise de nostalgie. Tu restes seule pendant que je navigue sur le lac et, surprise, surprise, il se trouve que mon arme est l'arme du crime alors qu'on vient la chercher le matin même où tu es chez moi. Et maintenant, Joan, admettons que je sois de nature soupçonneuse : il faudrait néanmoins que je sois sous perfusion et branché à un poumon artificiel pour que cet enchaînement de coïncidences n'excite pas ma paranoïa.

Elle le fixait avec un calme exaspérant.

— Je n'ai pas pris ton revolver et je n'ai aucune idée de la personne qui a pu faire ça. Bien sûr, je n'ai aucune preuve, il faudra te contenter de ma parole.

— Tu me vois formidablement soulagé.

— Et je ne t'ai jamais dit que j'appartenais toujours au Service.

— Pourquoi ne m'as-tu pas informé de ton changement de situation ?

— Tu ne m'as rien demandé ! Quant à la danse des sept voiles...

— Ouais ?

— Tu exagères, mon numéro était loin d'être aussi sophistiqué.

Ils tombèrent dans un profond silence, tous deux hors d'haleine et à court d'arguments.

— Très bien, dit-il enfin. J'ignore à quel jeu tu joues mais je refuse de payer pour un meurtre qui ne me concerne en rien.

— Moi aussi. À ce propos, j'aimerais bien connaître mon mobile pour monter une telle machination.

— Si je le savais, je ne serais pas ici, lança-t-il en se levant. Et merci pour le café. Sans cyanure la prochaine fois, merci, ça me donne des gaz.

— Assieds-toi. Comme je te l'ai déjà dit, j'étais venue te voir dans un but bien précis.

Il la regarda fixement.

— Mais l'autre jour je n'ai pas abordé le sujet. Sans doute que te revoir après toutes ces années m'a causé un plus grand choc que je ne l'imaginais.

— Je t'écoute.

— Je voulais te faire une proposition.

Elle ajouta très vite.

— Professionnelle.

— Quel genre ?

— John Bruno.

— En quoi l'enlèvement d'un candidat à la présidence te concerne-t-il ?

— Grâce à moi, la société qui m'emploie a été engagée par le parti de Bruno pour découvrir ce qui lui était arrivé. J'ai négocié un arrangement qui ne tient pas compte de nos honoraires habituels. Nos frais sont couverts mais nous avons accepté un tarif très inférieur à la journée. Cependant, si l'enquête aboutit, nous obtiendrons un bonus assez intéressant.

— Une prime ?

— En quelque sorte. Elle s'élèverait à plusieurs millions de dollars. Et, comme c'est moi qui ai amené l'affaire, et que la politique de la société veut que tu manges ce que tu as tué, j'obtiendrais personnellement soixante pour cent de la somme.

— Comment t'es-tu débrouillée pour décrocher un contrat pareil ?

— Comme tu le sais, j'ai fait une assez bonne carrière au Service. Et, depuis que je travaille ici, j'ai résolu pas mal d'affaires importantes, dont le kidnapping de l'administrateur d'une très grosse fortune.

— Félicitations. Étrange que je n'en aie jamais entendu parler.

— Nous n'aimons pas beaucoup la publicité mais, pour les initiés, nous pesons un certain poids dans notre secteur.

— Des millions de dollars, disais-tu ? J'ignorais que le candidat d'un troisième parti possédait un tel trésor de guerre.

— Il était assuré et la femme de Bruno a de la fortune qui lui vient de sa famille. D'autre part, sa campagne a été généreusement financée. Et comme ils n'ont plus de candidat pour claquer leur argent, ils insistent pour me payer très cher. Je ne vais pas refuser.

— L'affaire Bruno fait l'objet d'une enquête fédérale.

— Et alors ? Le FBI n'a pas le monopole des enquêtes et les partisans de Bruno n'ont tout simplement pas confiance dans le gouvernement. Au cas où tu n'aurais pas lu les journaux, certains d'entre eux pensent que leur candidat a été piégé par le Service.

— Quand Ritter a été tué, ils ont prétendu la même chose. Hypothèse ridicule, aujourd'hui comme hier.

— Peu importe, si elle nous sert.

— Nous ? Mais quel serait mon rôle ?

— Si tu m'aides à récupérer Bruno sain et sauf, je te paierai quarante pour cent de ce que j'obtiendrai. Ce qui fera un million de dollars.

— Je ne suis pas riche mais je n'ai pas vraiment besoin de tout cet argent, Joan.

— Moi, si. J'ai quitté l'Agence avant mes vingt-cinq ans de service et ma retraite sera des plus sommaires. Je travaille ici depuis un an et j'ai mis de côté la plus grande partie de ce que j'ai gagné, mais je ne m'amuse pas. Pendant les années que j'ai passées à l'US Secret Service, j'ai travaillé l'équivalent de quarante ans d'une carrière ordinaire. Maintenant, je vois mon avenir sur des plages de sable blanc avec un catamaran et des cocktails exotiques. Si je remporte la mise, cela me permettra d'accomplir mon rêve. Et toi, même si tu n'as pas besoin de tout cet argent, ça ne te ferait pas de mal qu'il t'arrive quelque chose de sympa. Dans le rôle du héros, et pas du perdant, pour une fois.

— Tu es donc devenue mon attachée de presse ?

— Pas de mal à ça, Sean.

— Pourquoi moi ? Tu as tout ce qu'il te faut sur place.

— La plupart des gens qui ont de l'expérience dans ce domaine m'en veulent d'avoir remporté le contrat et ils refuseront de travailler avec moi. Au cours de ta quatrième année dans le Service, tu as démantelé le plus grand réseau de fausse monnaie dans l'hémisphère Nord. Ce genre de talent ne court pas les rues. D'autre part, ça m'arrange que tu sois domicilié à deux heures de l'endroit où Bruno a été enlevé.

— Je ne travaille même pas pour cette boîte.

— Pour l'enquête, je peux engager qui bon me semble.

— Ça fait des années que je ne me suis pas livré à ce genre d'exercice.

— C'est comme de monter à vélo.

Elle se pencha vers lui et le fixa avec intensité.

— Ça ne s'oublie pas, Sean. Et je ne te proposerais pas ce type de contrat si j'avais manigancé de te faire endosser un meurtre. J'ai besoin de toi pour toucher la prime.

— Et mon cabinet ?

— Prends des vacances. Si nous voulons retrouver Bruno, autant ne pas traîner. Considère la chose sous cet angle : c'est excitant, différent, pas vraiment le bon vieux temps mais peut-être une nouvelle ouverture.

Joan posa une main légère sur la sienne, geste infiniment plus séduisant que son numéro sur la table de la cuisine.

— Et peut-être pourras-tu me montrer comment naviguer sur un catamaran parce que je n'en ai pas la moindre idée, conclut-elle d'une voix douce.

21

Loretta Baldwin se glissa dans l'eau chaude, qu'elle laissa réchauffer ses vieux os. La salle de bains était sombre, elle avait l'impression de flotter dans un liquide amniotique, un ventre maternel, et cela la réconfortait. Loretta émit un petit rire en revoyant cette fille qui était venue lui poser toutes ces questions en prétendant faire un film sur Clyde Ritter, comme si ça intéressait encore quelqu'un. Elle était sans doute officier de police ou détective privé. Mais pourquoi aller fourrer son nez dans le bourbier Ritter ? Ça la dépassait mais ne l'empêcherait pas d'en profiter jusqu'au dernier cent. Comme ces dernières années, d'ailleurs. Elle avait dit la vérité, sauf que la fille n'avait pas posé les bonnes question. Par exemple, qu'avait vu Loretta alors qu'elle se cachait dans la réserve ? Dans quel état d'esprit se trouvait-elle en sortant de l'hôtel avec son chargement ? Dieu merci, personne ne l'avait remarquée au milieu du chaos. Par principe, une femme de chambre était pratiquement invisible. Et elle connaissait des sorties de secours que l'US Secret Service n'avait même pas repérées.

Tout d'abord, elle avait pensé se rendre au commissariat, et puis elle avait renoncé. À quoi bon se mêler d'une histoire aussi sordide ? Elle en avait assez de passer sa vie à nettoyer les saletés des autres. Quant à Clyde Ritter, bien fait pour lui. Sa place était dans la tombe, où il ne pouvait plus répandre son venin. Finalement, elle choisit d'envoyer un mot et une photo à une certaine personne. Elle rapportait ce qu'elle avait vu et signalait l'objet qu'elle avait en sa possession.

L'argent ne tarda pas à arriver. La personne qu'elle faisait chanter ne put jamais l'identifier. Loretta se montra très rusée, utilisant des faux noms et différentes boîtes postales ; une amie intime, maintenant décédée, l'avait aidée à recouvrir ses traces. Loretta n'était pas très gourmande, il ne s'agissait pas de sommes importantes mais, pendant toutes ces années où elle n'avait jamais eu de travail régulier, cet argent était tombé à pic. Il l'aidait à tenir son ménage, à régler ses factures, à gâter sa famille et à se payer quelques folies. Une bénédiction.

Cette fille ne lui avait rien demandé d'intéressant mais elle ne pouvait pas savoir. Et, même si elle avait flairé la partie intéressante de l'histoire, Loretta aurait menti. « Ce n'est que justice, parce que si elle est réalisatrice de films publicitaires, moi je suis Lena Horne », se dit Loretta. À cette idée, elle rit aux éclats et faillit s'étouffer.

Puis elle se calma et son visage s'assombrit. Hélas, le filon était maintenant épuisé. Tout a une fin. Heureusement, elle en avait mis un peu de côté car elle se doutait bien que la poule aux œufs d'or ne pondrait pas éternellement. Elle disposait d'une petite marge et, avec un peu de chance, peut-être allait-elle rencontrer un nouveau « mécène ». Cette fille s'était montrée généreuse, ce qui augurait bien de l'avenir. Loretta Baldwin était une optimiste née.

Le téléphone sonna et elle sursauta. Maintenant bien réchauffée, elle ouvrit les yeux et entreprit de sortir de la baignoire. Peut-être un nouveau gogo l'attendait-il à l'autre bout du fil ?

Elle ne parvint jamais jusqu'à l'appareil.

— Tu te souviens de moi, Loretta ?

L'homme la dominait de toute sa hauteur, une perche de métal dans les mains.

Elle voulut crier mais il l'avait déjà repoussée dans l'eau et la clouait au fond de la baignoire. Pour une femme âgée, Loretta était en bonne santé mais cela ne suffisait pas. Ses yeux tiraient sur leurs orbites, son corps était secoué de soubresauts et l'eau gicla sur le carrelage. Finalement, incapable de se contenir plus longtemps, elle ouvrit la bouche, ses poumons se remplirent d'eau et elle mourut.

L'homme retira la perche de l'eau tout en étudiant sa victime. Le corps flétri était resté au fond de la baignoire. Elle le fixait de son regard éteint. Le téléphone avait arrêté de sonner et la maison était retombée dans le silence. Il sortit de la pièce, localisa le portefeuille de Loretta, en retira les cinq billets de vingt dollars rangés dans un compartiment à part et retourna dans la salle de bains.

Là, il tira à lui le corps de Loretta avec son instrument et lui ouvrit la bouche de sa main gantée pour y fourrer les billets. Puis il lui referma les mâchoires et la relâcha. Elle tomba au fond avec les billets entre les dents. Ce n'était pas un spectacle très ragoûtant mais une fin parfaitement appropriée pour un maître chanteur.

Il fouilla la maison de fond en comble, en quête de l'objet qu'elle avait dérobé voilà bien des années, mais il ne trouva rien. Rira bien qui rira le dernier, disait le proverbe, et, en l'occurrence, Loretta l'avait bien eu. Enfin, façon de parler puisqu'elle gisait là à bouffer des dollars.

Il prit sa perche et quitta les lieux.

La Buick démarra et s'éloigna dans un bruit de ferraille. Ce chapitre de son existence était enfin clos. Michelle Maxwell méritait un mot de remerciement. Il y songerait. Sans elle, il n'aurait jamais connu l'identité de Loretta Baldwin, dont l'assassinat ne faisait pas partie de ses plans, mais comment résister à une telle opportunité ?

Il en avait pour l'instant terminé avec cette misérable ville de Bowlington. Que Loretta Baldwin aille rôtir en enfer pour ses crimes ! Il la rejoindrait sûrement un jour ou l'autre et, qui sait, peut-être serait-il autorisé à la tuer de nouveau.

Quelle magnifique perspective !

22

King jeta distraitement la ligne de sa canne à pêche dans le lac et actionna le moulinet. Il se tenait sur le ponton et le soleil s'était levé depuis une heure à peine. Le poisson ne mordait pas mais il s'en fichait. La chaîne de montagnes, d'un aspect plutôt maussade ce matin, semblait le témoin de ses vains efforts.

Il réfléchissait à l'offre de Joan et aux motivations qui l'animaient. D'une manière générale, les projets de Joan ne favorisaient que ses propres intérêts. Au moins, on savait à quoi s'en tenir.

Avec Jefferson Parks, les choses étaient plus complexes. Le marshal semblait sincère mais, chez les policiers, il s'agissait le plus souvent d'une façade, King était bien placé pour le savoir. Lui aussi avait joué à ce petit jeu dans sa carrière d'enquêteur au Service. King était intimement persuadé que l'assassin de Howard Jennings n'échapperait pas à la fureur du colosse. Il voulait simplement s'assurer que Parks ne le prendrait pas pour cible.

Une vaguelette vint doucement mourir sur les pilots du quai et il releva la tête pour en découvrir l'origine. La barque filait à la surface de l'eau. Sa navigatrice tirait avec vigueur sur les avirons, son débardeur découvrait la musculature de ses bras et de ses épaules ; il l'observa attentivement tandis qu'elle manœuvrait pour se rapprocher de lui. Elle lui rappelait quelqu'un.

La jeune femme jeta un coup d'œil autour d'elle, feignant la surprise, comme si elle s'était approchée du rivage par mégarde.

— Bonjour, dit-elle en agitant le bras.

Il répliqua d'un hochement de tête et fit exprès de jeter sa ligne dans sa direction.

— J'espère que je ne trouble pas votre partie de pêche, s'excusa la jeune femme.

— Tout dépend du temps que durera votre escale.

Ramenant ses genoux contre sa poitrine – elle portait un short en Lycra noir et les muscles de ses cuisses fuselées saillaient sous la peau –, elle libéra d'un geste brusque ses cheveux attachés en queue-de-cheval et s'essuya le visage avec une serviette.

— Ce coin est magnifique.

— Et très apprécié par les touristes. Vous arrivez d'où ?

Il ne parvenait toujours pas à la remettre.

Elle pointa un doigt vers le sud.

— De la réserve naturelle. J'ai laissé ma voiture dans le parc et c'est là que j'ai mis mon bateau à l'eau.

— Mais c'est à douze kilomètres !

Cette fille ne semblait même pas essoufflée.

— Je m'entraîne régulièrement.

Elle allait accoster le quai quand King la reconnut enfin ; il réprima à grand peine son étonnement.

— Que diriez-vous d'une tasse de café, mademoiselle Maxwell ? lança-t-il d'un air désinvolte.

Elle se redressa brusquement, marqua un temps d'hésitation et lui sourit.

— J'accepte volontiers, si cela ne vous dérange pas trop, bien sûr.

— C'est un plaisir, pour un agent tombé dans l'exercice de ses fonctions, d'en inviter un autre qui a connu la même mésaventure.

Il l'aida à fixer sa barque au ponton. Michelle jeta un coup d'œil aux embarcations, un peu plus loin, d'une propreté étincelante et montées sur vérins hydrauliques. Elle admira les outils, les cordes, le matériel impeccablement rangés.

— Une place pour chaque chose et chaque chose à sa place, hein ?

— C'est ma méthode.

— Moi, en dehors du boulot, je suis infiniment plus désordonnée.

— Tant pis pour vous.

Ils se dirigèrent vers la maison.

Une fois à l'intérieur, ils s'assirent à la table de la cuisine et il servit le café. Michelle enfila un survêtement d'Harvard par-dessus son débardeur et son short de Lycra.

— Je croyais que vous veniez de Georgetown, lança King.

— On m'a donné ce survêtement pendant que je m'entraînais sur la Charles River à Boston, pour les jeux Olympiques.

— Ah oui ! les jeux Olympiques. Vous êtes une femme très occupée.

— J'aime bien que ça bouge.

— Maintenant, vous avez plein de temps libre pour l'aviron et des visites impromptues à d'ex-agents du Service comme moi.

Elle sourit.

— Donc vous ne pensez pas m'avoir rencontrée par hasard ?

— J'ai tout de suite remarqué votre survêtement, qui indiquait que vous aviez l'intention de mettre pied à terre avant de rejoindre votre voiture. Et vous n'avez sûrement pas pris le risque de venir jusqu'ici sans vous être auparavant assurée que j'étais chez moi. J'ai reçu deux coups de fil et on m'a raccroché au nez à une demi-heure d'intervalle. Laissez-moi deviner : n'auriez-vous pas un téléphone portable dans votre bateau ?

— Apparemment, le travail d'investigation ne s'oublie pas.

— Vous me voyez ravi d'être ici pour vous accueillir. Ça m'aurait embêté que vous traîniez autour de chez moi. Certaines personnes se sont dernièrement livrées à ce type d'exercice et je n'apprécie guère.

Michelle reposa sa tasse.

— J'ai moi-même pas mal rôdé, ces derniers temps, mais du côté de la Caroline du Nord.

— Grand bien vous fasse.

— Un endroit du nom de Bowlington. Je suppose que vous en avez entendu parler ?

À son tour, il reposa sa tasse et la regarda bien en face.

— Le Fairmount est toujours debout mais il a fermé, poursuivit-elle.

— À mon avis, ils devraient l'exécuter pour mettre fin à ses souffrances.

— Une question me brûle les lèvres et peut-être pourriez-vous éclairer ma lanterne.

— Je vous en prie, répliqua King sur un ton sarcastique. Moi aussi, j'ai pas mal de temps libre en ce moment, et je serai ravi de vous donner un coup de main.

Michelle ne se laissa pas démonter.

— Le déploiement des agents quand vous suiviez Ritter… vous dis-posiez d'un personnel peu nombreux, ce que je peux comprendre. Mais la répartition des effectifs ! À part vous, personne à trois mètres autour de Ritter !

King étudiait attentivement la paume de sa main droite.

— Je sais que je me mêle de ce qui ne me regarde pas, s'excusa-t-elle. Si vous désirez que je parte, vous n'avez qu'à le dire.

King haussa les épaules.

— Vous avez connu une situation similaire avec le kidnapping de Bruno. Je suppose que, dans un sens, nous sommes frères de sang.

— Dans un sens.

— Qu'entendez-vous par là ? s'énerva King. Je suis plus à blâmer que vous et ça vous dérange qu'on nous mette dans le même sac ?

— Au contraire, ma faute est beaucoup plus flagrante car je n'ai pas respecté le règlement. Je dirigeais un détachement et j'ai laissé un protégé s'éloigner alors que je ne devais pas le quitter des yeux. Sans compter que, sur un plan personnel, je n'ai jamais été confron-tée à un tueur. Descendre quelqu'un alors que la panique s'est emparée de la foule n'est pas un mince exploit. Votre attention a été distraite quelques secondes. Sans doute impardonnable chez un agent de l'US Secret Service, mais moi, je n'ai pas assuré d'un bout à l'autre de l'opération. C'est vous qui devriez refuser qu'on associe nos deux noms.

King s'adoucit.

— Nous comptions à peine la moitié de nos effectifs habituels. C'était en partie le choix de Ritter et en partie celui du gouver-nement. Il n'était guère apprécié et tout le monde savait qu'il n'avait aucune chance de gagner.

— Ritter n'a pas insisté pour obtenir une protection renforcée ? Vous m'étonnez.

— Il ne nous faisait pas confiance, expliqua King. Nous étions des représentants de l'administration et, en tant que tels, à l'inté-rieur du système. Même s'il était membre du Congrès, il se consi-dérait comme un outsider. Un outsider avec un programme explosif et des partisans fanatiques. Il nous soupçonnait même de l'espion-ner. Il prenait un malin plaisir à nous cacher certaines informations et à changer de programme à la dernière minute sans même nous consulter. Bob Scott, le chef du détachement, devenait dingue.

— Je comprends. Mais tout cela n'a pas été relevé dans le dossier officiel.

— Pour quoi faire ? Ils tenaient leurs responsables. Le chapitre était clos.

— Cela n'explique pas une protection aussi insuffisante à Bowlington.

— Ritter semblait bien s'entendre avec moi. Pourquoi, je l'ignore. Pourtant, nous ne partagions pas vraiment les mêmes opinions politiques. Mais je lui montrais une certaine déférence, il nous arrivait de plaisanter et j'étais encore celui dont il se méfiait le moins. Et donc, quand j'étais en service, on m'affectait à sa protection. À part moi, il ne supportait aucun agent à ses côtés. Il était convaincu que le peuple l'aimait et que personne ne pouvait lui vouloir du mal. Ce sentiment d'invulnérabilité lui venait sans doute de l'époque où il prêchait à la télé. Sidney Morse, son directeur de campagne, beaucoup plus réaliste, savait que des candidats au meurtre de Ritter étaient parfaitement envisageables. Il insistait pour qu'il soit protégé par un agent de proximité, les autres étant répartis à la périphérie.

— Quand les coups de feu ont été tirés et que la foule a été saisie de panique, ils se sont montrés tout à fait inefficaces.

— Je suppose que vous avez visionné la bande.

— Oui. La répartition des agents n'était pas de votre ressort et ce qui m'étonne, c'est que le chef du détachement se soit aussi facilement laissé impressionner.

— Bob Scott s'est battu au Viêt-nam et a été prisonnier de guerre. Un brave type mais qui perd les batailles importantes. Sa femme a demandé le divorce un ou deux mois avant la mort de Ritter. Il voulait abandonner la protection pour retourner à l'investigation. Je crois qu'il regrettait d'avoir quitté l'armée. Il était beaucoup plus à l'aise dans un uniforme que dans un costume. Il lui arrivait même de faire le salut militaire et il utilisait toujours le temps militaire alors qu'au Service, comme vous le savez, on utilise le temps standard.

— Qu'est-il devenu ?

— Il a donné sa démission. Le blâme est en grande partie retombé sur moi mais, comme vous avez pu le constater par vous-même, le chef du détachement porte la responsabilité du groupe. Il a donc été mis à la retraite. Ayant pas mal d'années de service, il n'était pas à plaindre. Après ça, j'ai perdu sa trace. D'ailleurs, on ne voit vraiment pas pourquoi il m'enverrait des cartes postales pour le Nouvel An.

King marqua une pause.

— Il abusait aussi de la bouteille, ajouta-t-il.

— Et il était amoureux de son flingue, je suppose. Pas tellement étonnant, pour un ancien soldat. La plupart des services répressifs ont leur quota d'individus de ce genre.

— J'étais assez mal à l'aise avec Bob, portrait craché du gars sur l'affiche qui illustre le texte du 2ᵉ Amendement : *Une milice bien organisée étant nécessaire à la sécurité d'un État libre, le droit qu'a le peuple de détenir et de porter des armes ne sera pas transgressé.*

— Il se trouvait à l'hôtel au moment du drame ?

— Oui. Il lui arrivait parfois, au cours de la tournée, d'accompagner l'équipe chargée de préparer la visite de Ritter dans la ville suivante, mais cette fois-ci il avait décidé de rester à Bowlington. Je ne sais pas très bien pourquoi, un trou perdu comme Bowlington, ça pose assez peu de problèmes du point de vue de la sécurité.

— J'ai vu Sidney Morse sur la vidéo. Il se tenait près de Ritter.

— Selon son habitude. Ritter avait tendance à oublier l'heure et Morse se chargeait de la lui rappeler.

— J'ai entendu dire que ce Morse savait ce qu'il voulait.

— C'est un euphémisme. Le chef d'état-major de Ritter s'appelait Doug Denby. Il assumait également la charge de directeur de campagne. Quand les choses ont commencé à s'accélérer, Ritter avait besoin d'un directeur à plein temps avec de l'expérience. Morse convenait parfaitement. Avec lui, une nouvelle dynamique s'est mise en place. Morse était un gros type hyperactif, haut en couleur, très théâtral, toujours en train de manger des sucreries, aboyant des ordres, mobilisant les médias et propulsant son poulain sous les projecteurs. Il donnait l'impression de ne jamais dormir. Du coup, Denby était cantonné au rôle de sous-fifre et prenait ses ordres auprès de Sidney Morse. Je crois que même Ritter était intimidé par ce type.

— Comment Morse et Bob Scott s'entendaient-ils ?

— Ils n'étaient pas toujours d'accord mais ça se passait bien. Bob était en plein divorce et le jeune frère de Morse, Peter je crois, était impliqué dans une sale affaire, ce qui affectait beaucoup Sidney. Apparemment, lui et Scott avaient des points communs. Ils s'entendaient plutôt bien. En revanche, Morse et Doug Denby ne s'aimaient guère. Doug, un homme du Sud, de la vieille école, dont les idées auraient été d'actualité il y a cinquante ans, s'occupait des questions politiques et des problèmes de fond. À côté, Morse faisait figure d'enfant prodige. Ce type de la côte ouest, un homme de l'art, jetait son client dans l'arène des médias. Ritter participait à toutes les émissions et Morse se comportait en producteur. Très rapidement, la mise en scène a pris le pas sur la politique. Ritter n'avait aucune chance de gagner mais ce vieux cabotin adorait être sollicité, ce qui peut se comprendre chez un ancien télé-évangéliste. Plus on le voyait et plus on parlait de lui, plus il était content. Leur stratégie consistait à secouer l'establishment et ses candidats afin de les forcer à passer des accords avec eux. En toute objectivité, la campagne était une réussite éclatante. On en était arrivé au point où Ritter obéissait aveuglément à Morse.

— Denby ne devait pas voir cela d'un très bon œil. Qu'est-il devenu ?

— Où sont les vieux chefs d'état-major d'antan ? Allez savoir.

— Je suppose qu'étant de service dans la matinée vous êtes allé vous coucher tôt ?

King la fixa avec un petit sourire ironique.

— Après mon travail, je me suis rendu dans la salle de gym de l'hôtel avec deux types qui avaient les mêmes horaires que moi, j'ai dîné tôt, oui, et je suis allé me coucher. En quoi cela vous concerne-t-il, agent Maxwell ?

— Je vous en prie, appelez-moi Michelle. Je vous ai vu à la télévision au moment de l'assassinat de Jennings. J'avais entendu parler de vous au Service. Après ce qui m'était arrivé, j'ai eu envie d'en savoir davantage. Je me sentais des affinités avec vous !

— Arrêtez, je vais pleurer !

— Le nom des autres agents affectés à Ritter ?

— Pourquoi ?

Elle prit un air innocent.

— Je connais peut-être certains d'entre eux. Ça m'intéresserait de savoir comment ils ont affronté les événements.

— Vous n'avez qu'à chercher, c'est sûrement imprimé quelque part.

— Si vous me le disiez, ça me ferait gagner du temps.

— Je n'en doute pas.

— Très bien. Joan Dillinger appartenait-elle au détachement de protection ?

King se leva, alla à la fenêtre et demeura un instant silencieux. Puis il revint vers elle, les sourcils froncés.

— Vous avez un micro ou un appareil sur vous ? Déshabillez-vous ou alors remontez dans votre barque et allez ramer ailleurs !

Elle sourit.

— Je n'ai rien sur moi mais je veux bien me déshabiller, si vous insistez. Ou alors sauter dans le lac, l'eau et les appareils électroniques ne font pas bon ménage.

— Que voulez-vous ?

— J'aimerais que vous répondiez à ma question. Joan était-elle assignée au détachement ?

— Oui ! Mais nous n'appartenions pas à la même équipe.

— Elle se trouvait à l'hôtel ce jour-là ?

— Vous connaissez déjà la réponse, alors pourquoi la poser ?

— Donc elle était là.

— Comme il vous plaira.

— Vous avez passé la nuit ensemble ?

— Question suivante ? Choisissez-la bien parce qu'il n'y en aura pas d'autre.

— Parfait. Juste avant que le coup de feu soit tiré, qui se trouvait dans l'ascenseur quand les portes se sont ouvertes ?

— Je ne vois pas de quoi vous voulez parler.

— Mais si. Les ascenseurs auraient dû être bloqués. Or, dans l'enregistrement, j'ai entendu un « ding » juste avant que Ramsey ne tire. Cela vous a distrait. Quelqu'un ou quelque chose a captivé votre attention, ce qui a laissé le temps à Ramsey de tirer. J'ai procédé à une enquête dans le Service. Les gens qui ont visionné la vidéo ont eux aussi perçu très distinctement un bruit. Cela n'était pas consigné dans le rapport officiel mais j'ai passé quelques coups

123

de fil hier. Ils vous ont posé la question. Vous avez déclaré avoir entendu quelque chose mais n'avoir rien vu. Vous avez évoqué un possible dysfonctionnement de l'ascenseur. Et ils ne sont pas allés plus loin parce qu'ils tenaient déjà leur coupable. Mais je suis convaincue que vous regardiez quelqu'un.

Pour toute réponse, King ouvrit la porte qui donnait sur la véranda à l'arrière de la maison.

Michelle se leva.

— Heureuse d'avoir posé mes questions, même si je n'ai pas obtenu de réponse.

Alors qu'elle allait passer devant lui, elle s'arrêta.

— Vous avez raison. Vous et moi, les agents qui ont failli à leur mission, sommes pour toujours relégués dans les poubelles de l'histoire. Cette situation provoque chez moi un profond désarroi. Jusqu'à présent, j'ai excellé dans tout ce que j'ai entrepris et je parierais que c'était la même chose pour vous.

— Au revoir, agent Maxwell. Mes vœux de bonheur et de succès vous accompagnent.

— Désolée que notre première rencontre se termine ainsi.

— J'espère bien que ce sera la dernière.

— Ah ! j'oubliais une petite chose. Qui n'a pas été consignée dans le rapport officiel. N'avez-vous jamais songé que la personne qui vous est apparue dans l'ascenseur a pu être utilisée pour vous distraire tandis que Ramsey faisait usage de son arme ?

King resta muet.

— Fascinant, dit Michelle en jetant un coup d'œil circulaire.

— Décidément, tout vous passionne ! ironisa-t-il.

— Oui, j'admire les plafonds en hauteur, les poutres luisantes, les parquets cirés, l'intérieur chaleureux et admirablement aménagé. Cet endroit est magnifique. Absolument parfait.

— Vous n'êtes pas la première à me le faire remarquer.

— C'est vraiment très beau, on devrait s'y sentir bien, poursuivit-elle sans lui prêter attention.

Elle se tourna vers lui et plongea son regard dans le sien.

— Mais le résultat n'est-il pas un peu trop utilitaire ? Chaque objet, chaque élément semble mis en scène par un homme qui veut tout contrôler. Sauf qu'il est allé un peu trop loin et que l'âme du lieu s'est envolée... à moins que son concepteur et propriétaire ait refusé d'y mettre la sienne ?

Elle pressa les mains sur sa poitrine.

— Oui, c'est très froid, conclut-elle avant de détourner les yeux.

— C'est ça qui me plaît, répliqua-t-il d'une voix sèche.

— Vraiment, Sean ? Je parierais que vous n'avez pas toujours été ainsi.

Il regarda ses longues jambes couvrir rapidement la distance qui la séparait du ponton. Elle grimpa dans sa barque et bientôt ne fut plus qu'un point sur la surface du lac. Il claqua la porte.

Tandis qu'il passait près de la table, il vit, coincée sous une tasse, une carte de visite de l'US Secret Service. Au dos, elle avait inscrit son adresse et son numéro de téléphone. Sa première réaction fut de la déchirer, puis il se ravisa et se retourna vers le point sur le lac. Le bateau vira de bord et Michelle Maxwell sortit de son champ de vision.

23

Étendu sur son lit de camp, John Bruno fixait le plafond où une ampoule de vingt-cinq watts diffusait une lumière sinistre. Elle restait allumée une heure, puis s'éteignait, se rallumait dix minutes, s'éteignait à nouveau. Impossible de repérer un rythme régulier. C'était bien sûr destiné à irriter les nerfs du prisonnier et à le briser, méthode qui fonctionnait parfaitement.

Bruno portait d'un vilain survêtement gris et son menton était recouvert d'une barbe naissante, car aucun geôlier sain d'esprit n'aurait donné un rasoir à un prisonnier. Il faisait sa toilette avec une serviette et une cuvette d'eau qui apparaissaient et disparaissaient pendant son sommeil. On glissait des repas irréguliers par une ouverture pratiquée dans la porte. Il ne voyait jamais ceux qui le retenaient prisonnier, n'avait aucune idée de l'endroit où il se trouvait, ni aucun souvenir de son arrivée. Il avait essayé de parler à l'être invisible qui lui apportait ses repas mais, n'obtenant aucune réponse, il avait fini par abandonner la partie.

Il avait découvert que des drogues étaient souvent mêlées à sa nourriture, le plongeant dans le sommeil et provoquant parfois des hallucinations. Cependant, s'il refusait de s'alimenter, il mourrait : donc il mangeait. Il n'avait jamais été autorisé à quitter sa cellule et, pour tout exercice, il marchait de long en large, dix pas dans un sens et dix dans l'autre. Pour conserver ses forces, il faisait de la gymnastique sur le sol glacé. Il ignorait si on le surveillait et cela lui importait peu. Au début, Bruno avait envisagé de s'évader, avant de renoncer. Quand on pense que tout avait commencé avec Mildred Martin, ou plutôt la femme qui jouait son rôle, dans ce salon funéraire... Pour la centième fois, il se maudit de ne pas avoir écouté les conseils de Michelle Maxwell. Après quoi, en bon paranoïaque, il maudit Maxwell de ne pas avoir insisté pour l'escorter dans cette pièce.

Il ignorait depuis combien de temps il était ici. Pendant qu'il gisait, inconscient, ils lui avaient pris toutes ses possessions personnelles, dont sa montre. Bruno n'avait aucune idée de la raison qui avait pu motiver ce kidnapping. Cela était-il lié à sa candidature ? À sa carrière de procureur ? L'hypothèse d'une troisième explication ne lui était jamais venue à l'esprit. Il avait d'abord espéré des secours rapides, puis abandonné tout espoir. Ceux qui l'avaient enlevé savaient très bien ce qu'ils faisaient. Il s'était alors raccroché à l'idée d'un miracle mais, au fur et à mesure que les jours et les heures s'écoulaient, il avait perdu la foi. Il songeait à sa femme et à ses enfants, à sa campagne présidentielle, et se résignait à ce que sa vie s'achève ici, sans que l'on puisse même retrouver son cadavre. Ce qui l'étonnait, cependant, c'était qu'on le garde en vie.

Bruno se retourna sur son lit de camp car la faible lumière de l'ampoule lui était devenue intolérable.

La personne à l'autre bout du couloir était incarcérée depuis bien plus longtemps que lui. Son regard et l'attitude de son corps trahissaient le désespoir le plus absolu. Manger, s'asseoir, dormir et mourir, elle n'avait plus d'autres perspectives. Elle frissonna et s'enroula plus étroitement dans sa couverture.

Dans une autre partie du vaste sous-sol, un homme s'activait avec frénésie. Son énergie contrastait violemment avec l'inactivité des prisonniers.

Il tirait sans discontinuer sur une silhouette de carton, pendue à une trentaine de mètres dans la pièce insonorisée. Chaque balle atteignait sa cible à un endroit vital. Un tireur d'élite.

L'homme appuya sur un bouton et la cible glissa jusqu'à lui sur une tringle. Il appuya sur un autre bouton et une nouvelle cible alla se placer à l'endroit le plus éloigné dans l'espace. Il engagea une cartouche dans le chargeur de son arme, mit son casque et tira quatorze coups en moins de vingt-cinq secondes. Quand la cible revint vers lui, il sourit. Voilà ce qui s'appelait faire un carton. Il rangea son revolver et quitta la salle de tir.

Il pénétra ensuite dans une pièce plus petite et de configuration différente. Sur des étagères qui couvraient les murs du sol au plafond s'entassaient des détonateurs et du matériel utilisé par les spécialistes en explosifs dans les situations les plus variées. Fredonnant gaiement, l'homme s'assit à l'établi au centre de la pièce et commença à assembler des fils, des transistors, des minuteries, des détonateurs et du plastic C-4 pour les transformer en dispositifs de destruction. Il apportait à son travail la même concentration que quand il s'exerçait au tir.

Une heure plus tard, il se rendit dans une salle à l'atmosphère pour le moins inattendue dans un tel lieu. Un observateur de l'extérieur que l'on aurait amené directement ici aurait trouvé l'endroit plaisant. Cet atelier d'artiste présentait toutes les facilités possibles et imaginables pour concevoir un spectacle... il n'y manquait que la lumière du jour, hautement improbable dans ce bunker enterré sous terre. Mais la lumière artificielle y était de la plus haute qualité.

Des étagères le long d'un mur soutenaient de lourds manteaux, des bottes, des casques en tous genres, des gants épais, des lampes, des réservoirs d'oxygène et autres équipements du même ordre. Ce matériel attendait son heure. Surtout ne pas presser le mouvement. Mais il avait hâte que le puzzle se mette en place. Le succès était à portée de main. Oui, patience et longueur de temps...

Prenant place devant une table d'architecte, il s'activa pendant deux heures sans relever la tête, peignant, coupant, érigeant et assemblant une série d'éléments qui ne trouveraient jamais leur place dans un musée ou dans une collection privée. Pourtant, ils étaient aussi importants pour lui que les œuvres les plus raffinées. D'une façon tangible, ils représentaient son chef-d'œuvre. Et, tout comme les maîtres anciens, il ne comptait pas son temps.

Attelé à sa tâche, qu'il accomplissait minutieusement, il était la proie d'une impatience fiévreuse car il savait que sa plus grande création ne tarderait pas à voir le jour.

24

Penchée sur son ordinateur, Michelle naviguait sur les bases de données de l'US Secret Service, où elle avait découvert des informations très intéressantes. Quand son téléphone portable sonna, elle se précipita. L'écran indiquait : « Interlocuteur non identifié », mais elle répondit car elle espérait un appel de King. C'était lui. Il voulait la voir.

— On se retrouve où ? lui demanda-t-elle. Je suis descendue dans une charmante petite pension à six kilomètres de chez vous, sur la 29.

— Le Winchester ?

— Oui.

— Un endroit très accueillant. J'espère que vous vous y plaisez.

— En ce moment précis, je m'amuse beaucoup.

— Il y a une auberge, le Sage Gentleman, à environ deux kilomètres de votre hôtel.

— Je suis passée devant en venant ici.

— Je vous invite à déjeuner. Midi trente ?

— Avec plaisir, Sean. Et merci d'avoir appelé.

— Ne me remerciez pas avant d'avoir entendu ce que j'ai à vous dire.

Ils se retrouvèrent devant la véranda qui faisait le tour de cet établissement de style victorien. King portait une veste sport, un pull vert et un pantalon beige, et Michelle une longue jupe plissée noire et un sweater blanc. Avec ses bottines à talons noirs, elle était presque aussi grande que Sean. Ses cheveux mi-longs tombaient sur ses épaules et elle s'était même un peu maquillée, ce qui lui arrivait rarement. Le travail au Service tendait à ramener les problèmes de coquetterie au strict minimum. Cependant, les « protégés » assistant souvent à des événements mondains, la garde-robe d'un agent devait suivre, ce qui posait parfois des problèmes. Comme le résumait très bien un des adages de l'Agence, il fallait « s'habiller comme un prince avec un salaire de col bleu ».

King désigna la Toyota bleu marine, un 4 × 4 avec une galerie sur le toit, garé devant le restaurant.

— Elle est à vous ?

Michelle hocha la tête.

— Je pratique pas mal de sports pendant mon temps libre et ce véhicule peut aller n'importe où.

— Un agent secret qui a des loisirs, c'est plutôt rare.

Pour discuter plus tranquillement, ils s'assirent à une table un peu à l'écart, au fond du restaurant.

Quand le serveur arriva pour prendre la commande et leur demanda s'ils avaient choisi, Michelle répliqua sans hésiter :

— Oui, monsieur.

King sourit.

— Il m'a fallu des années pour perdre cette habitude, dit-il quand le serveur eut disparu.

— Pardon ?

— Appeler tout le monde « monsieur », des serveurs aux présidents.

— Je ne m'en rends même pas compte.

— Forcément. Cela vous a été enfoncé dans le crâne avec le règlement.

Il parut songeur.

— Vous m'étonnez sur un point.

Un sourire imperceptible joua sur les lèvres de Michelle.

— Un seul ? Je suis déçue.

— Pourquoi une gagnante archidiplômée comme vous a-t-elle choisi de faire carrière dans le maintien de l'ordre ? Il n'y a rien de mal à ça, bien sûr, mais les propositions plus avantageuses ne devaient pas manquer.

— Je suppose que c'est une question de gènes. Mon père, mes frères, mes oncles et mes cousins sont tous flics. Mon père est chef de la police de Nashville. Ça me plaisait d'être la première fille du clan à rejoindre les rangs. Après avoir bossé pendant un an en tant qu'officier de police dans le Tennessee, j'ai décidé de rompre avec le modèle familial et de poser ma candidature à l'United States Secret Service. Voilà.

Dès qu'ils furent servis, Michelle attaqua son plat avec appétit tandis que Sean savourait le vin d'un air pensif.

— Je suppose que vous êtes déjà venu ici ? dit Michelle.

King hocha la tête et termina son verre de bordeaux avant de commencer à manger.

— J'amène ici des clients, des amis, des collègues. Mais il y a plein de petits restaurants sympas dans la région. Il faut connaître.

— Vous êtes avocat ?

— Oui, mais je plaide peu, je travaille surtout comme conseiller juridique. Testaments, fiducies, contrats d'affaires.

— Ça vous plaît ?

— Ça paie pas mal. D'accord, il y a des professions plus excitantes mais les paysages compensent largement les inconvénients du métier.

— Je comprends que vous ayez emménagé ici. C'est vraiment magnifique.

— Cela présente des avantages et des inconvénients. On se croit à l'abri du stress et des tribulations du reste du monde...

— Qui ont malheureusement tendance à vous suivre, j'imagine...

— Oublier son passé et tout recommencer de zéro est une illusion comme une autre.

— Mais vous avez réussi !

— J'avais.

Elle s'essuya les lèvres avec sa serviette.

— Pourquoi vouliez-vous me voir ? dit brusquement Michelle

King désigna son verre plein.

— Vous n'aimez pas le bordeaux ? Vous n'êtes pourtant pas en service.

Elle marqua un temps d'hésitation et accepta de trinquer avec lui.

Leur repas terminé, King suggéra qu'ils se rendent dans le petit salon à deux pas de la salle à manger. Là, ils se laissèrent tomber dans un canapé Chesterfield. L'air était imprégné d'une odeur de tabac et de vieux cuir qui se dégageait des livres de la bibliothèque en noyer. Ils disposaient de la pièce pour eux seuls. King leva son

131

verre de vin, qu'il exposa à la lumière se déversant de la fenêtre, puis le huma et en avala une gorgée.

— Vous aviez raison, il est excellent, dit Michelle après l'avoir imité.

— Donnez-lui dix ans, pas plus, et il vous surprendra.

— Je n'y connais rien en œnologie.

— Il y a huit ans, j'en étais au même point que vous. Je penchais plutôt pour la bière et mon porte-monnaie aussi.

— Et donc, en même temps que vous quittiez le Service, vous optiez pour le vin ?

— À cette époque, ma vie a changé du tout au tout. Un ami à moi, qui est sommelier, m'a initié à son métier. Nous avons adopté une méthodologie très précise : d'abord les vins français, puis les vins italiens et enfin les blancs de Californie. Il vantait la supériorité des rouges mais je le soupçonne d'être un peu snob.

— Je me demande s'il y a beaucoup de connaisseurs en vin qui ont tué des gens. Ça ne va pas très bien ensemble, qu'en pensez-vous ?

Il reposa son verre et l'observa d'un air amusé.

— En somme, vous estimez que l'amour du vin témoigne d'une certaine préciosité. Savez-vous combien de sang a été versé pour ce liquide d'un rouge sombre aux merveilleux reflets que j'ai versé dans votre verre ?

— En le buvant ou en en parlant ?

— Peu importe. Il n'y a pas trente-six manières de tuer, non ?

— Vous êtes meilleur juge que moi.

— Si vous croyez qu'il suffit de rengainer son arme après avoir tiré, vous vous trompez.

— Loin de moi cette pensée. À mon avis, ça doit être un peu comme de rengainer son âme, mais je m'égare.

Il reposa son verre.

— Et si on s'échangeait des informations ?

— D'accord, mais dans les limites du raisonnable.

— Bien entendu, elles devront être de valeur à peu près équivalente.

— Qui établira les critères ?

— Je commence le premier pour vous faciliter les choses.

Michelle s'appuya au dossier du canapé.

— Qu'est-ce qui me vaut cette faveur ?

— Vous êtes le participant impuissant d'un cauchemar, tout comme moi il y a huit ans.

— Oui, vous nous avez déjà appelés des frères de sang.

King marqua une pause.

— Joan Dillinger était à l'hôtel cette nuit-là.

— Dans votre chambre ?

— C'est à vous.

Michelle réfléchit quelques instants.

— Très bien. J'ai parlé à une des femmes de chambre qui travaillaient à l'hôtel quand Ritter a été tué. Elle s'appelle Loretta Baldwin.

King parut surpris.

— Loretta prétend qu'en faisant le ménage dans votre chambre ce matin-là, elle a trouvé un slip de dentelle noire accroché au lustre.

Elle ajouta avec un sérieux imperturbable :

— J'ai du mal à croire qu'il vous appartenait. Vous n'êtes pas le genre à dentelles.

— Non, et en matière de sous-vêtements le noir n'est pas ma couleur.

— N'étiez-vous pas marié, en ce temps-là ?

— Séparé. Ma femme manifestait la plus grande aversion pour mon métier d'agent et elle avait la mauvaise habitude de me remplacer quand je m'absentais, ce qui arrivait fréquemment. Tout juste si ses amants n'apportaient pas leur pyjama et leur brosse à dents. Je me sentais un peu dépassé.

— Je vous admire de plaisanter sur le sujet.

— Il y a quelques années, je trouvais ça moins drôle mais avec le temps, et même si les blessures ne cicatrisent pas, on oublie.

— Comment qualifieriez-vous les relations que vous entreteniez avec Joan Dillinger ? Un dérivatif ?

— À l'époque, j'y accordais une certaine importance. Complètement idiot quand on y repense.

Michelle se pencha vers lui.

— En ce qui concerne cet ascenseur… ?

— Désolé mais c'est votre tour.

Michelle soupira et se renversa en arrière.

— Très bien. Dillinger n'appartient plus au Service.

— Ça ne compte pas. Je le savais déjà. Quoi d'autre ?

— Loretta Baldwin m'a dit qu'elle s'était cachée dans la réserve au fond du couloir qui menait à la salle où Ritter est mort.

King dressa l'oreille.

— Pourquoi ?

— Elle est allée s'y réfugier, poussée par la peur. Tout le monde fuyait.

— En ce qui me concerne, je suis resté cloué sur place, remarqua King d'un ton pince-sans-rire.

— Et maintenant, l'ascenseur.

— Ça vous intéresse tant que ça ?

— Ça me fascine ! Vous n'avez pas vu l'assassin qui se tenait devant vous avant qu'il ne passe à l'action !

— Je balayais le salon du regard.

— Je ne suis pas convaincue. Le bruit sur la bande vidéo de l'hôtel ressemblait au « ding » d'un ascenseur. Quand les portes se sont ouvertes, il semblerait que quelqu'un ait détourné votre attention jusqu'à ce que Ramsey ouvre le feu.

Elle marqua une pause.

— Et comme les ascenseurs étaient bloqués sur ordre du Service, j'en déduis que c'est un agent du Service qui se trouvait à l'intérieur : sinon, on l'aurait empêché d'y accéder. Joan Dillinger, par exemple. Je parierais que vous la couvrez pour des raisons qui m'échappent. Je me trompe ?

— Même si c'était vrai, quelle importance ? Je n'ai pas assuré, Ritter est mort et je n'ai aucune d'excuse. Je suis surpris que vous ne l'ayez pas encore compris.

— Mais si on vous a distrait intentionnellement, c'est une autre affaire.

— Ce n'est pas le cas.

— Comment pouvez-vous en être aussi sûr ? Quelqu'un se trouvait-il dans cet ascenseur à l'instant précis où Ramsey faisait feu ? L'assassin savait que cette personne serait en mesure de vous déstabiliser, lui donnant ainsi l'opportunité de tuer Ritter. Bref, il attendait le « ding » pour tirer.

Elle le regardait maintenant avec le même air de défi qu'elle affichait lors de la conférence de presse à la télévision.

— C'est impossible, répliqua King. Croyez-moi. Il s'agit d'une malheureuse coïncidence.

— Ah bon.

Il garda si longtemps le silence que Michelle finit par se lever.

— Merci pour le déjeuner et la leçon d'œnologie, lança-t-elle. Et, entre nous soit dit, je m'étonne qu'un type aussi intelligent que vous ne se pose pas quotidiennement la question : « Et si je me trompais ? »

Elle fit un pas vers la porte et son portable sonna.

— Allô ?... Elle-même... Oui, je lui ai parlé. Où avez-vous trouvé mon numéro ?... Ah oui, ma carte de visite... Je ne comprends pas...

Elle écouta quelques instants et changea de visage.

— Je l'ignorais. Mon Dieu, je suis désolée. Quand cela est-il arrivé ?... Je vois. Très bien, je vous remercie. Où puis-je vous joindre ?...

Elle tira un stylo et un papier de son sac, griffonna un numéro, raccrocha et retourna s'asseoir auprès de King.

— Ça va ? lui demanda-t-il. Vous n'avez pas l'air dans votre assiette.

— Non, ça ne va pas du tout.

Il posa une main apaisante sur son épaule parcourue de frissons.

— Que se passe-t-il, Michelle ? Qui était-ce ?

— Cette femme à qui j'ai parlé et qui travaillait à l'hôtel...

— Loretta ?

— Elle a été assassinée. Je lui ai posé des questions sur le meurtre de Ritter et maintenant elle est morte. Je n'arrive pas à croire qu'il y a un lien. Et je ne parviens pas à me convaincre qu'il n'y en a pas.

King sauta brusquement sur ses pieds et elle sursauta.

— Votre voiture... vous avez fait le plein ? lui demanda-t-il.

— Oui. Pourquoi ?

— J'annule mes rendez-vous de la journée et on y va.

— Où ça ?

— À Bowlington, en Caroline du Nord.

Puis il se dirigea à grands pas vers la porte tandis que Michelle restait figée sur le canapé.

— Un problème ? demanda King en se tournant vers elle.

— Je ne suis pas certaine de vouloir retourner là-bas.

— Écoutez, vous me tombez dessus à l'improviste pour me poser un tas de questions personnelles. Vous vouliez des réponses, je vous les ai données. Maintenant, il se trouve que je suis également concerné.

Il marqua une pause et aboya :

— Grouillez-vous, agent Maxwell, on ne va pas y passer la nuit !

Aussitôt, elle sauta sur ses pieds.

— Oui, monsieur, dit-elle sans réfléchir.

25

Quand il monta dans le véhicule de Michelle, King ne fit rien pour dissimuler sa désapprobation. Il ramassa un morceau de barre chocolatée à moitié écrasée sur le plancher et le jeta. Sur les sièges arrière régnait un capharnaüm ahurissant : skis nautiques, avirons, rames, vêtements de gym, tennis, chaussures habillées, jupes, vestes, corsages, un collant dans son emballage et aussi des survêtements, des livres, un annuaire de la Virginie, des bouteilles de soda vides, des canettes de boissons diététiques, un Remington et une boîte de munitions. Ça, c'était la partie visible car Dieu seul savait ce qui se cachait là-dessous. D'ailleurs, une odeur de bananes pourries lui titillait les narines avec insistance.

Il se tourna vers Michelle.

— Vous êtes dispensée de m'inviter chez vous.

Elle lui sourit.

— Je vous avais bien dit que j'étais un peu désordonnée.

— Un peu désordonnée ? Mais c'est une décharge mobile, ici. L'anarchie sur roues.

— Vous auriez dû écrire. Et appelez-moi Mick.

— Quelle horreur ! Michelle est un prénom distingué alors que Mick fait penser à un ancien boxeur alcoolique reconverti en portier, avec uniforme à galons dorés et décorations en toc !

— Le Service est un monde d'hommes et il faut se faire accepter.

— Vous les invitez à faire un tour dans votre bagnole et je vous jure qu'ils vous prendront rapidement pour un mec, même si vous répondez au doux nom de Gwendolyn.

— Merci du conseil. Et maintenant, qu'espérez-vous trouver à Bowlington ?

— Si je le savais...

— Vous pensez visiter l'hôtel ?

— Pas sûr. Je n'y suis pas retourné depuis le drame.

— Je peux comprendre. Moi-même, je ne suis pas certaine de jamais remettre les pieds dans ce funérarium.

— À propos, quoi de neuf sur la disparition de Bruno ?

— Rien. Pas de demande de rançon, aucune exigence d'aucune sorte. À quoi ça rime de kidnapper John Bruno, d'assassiner un agent du Service et peut-être bien Bill Martin pour en rester là ?

— Bill Martin, cet homme auquel il allait rendre un dernier hommage... j'ai toujours pensé qu'il avait été assassiné.

Elle lui jeta un regard surpris.

— Pourquoi ?

— Ils ne pouvaient pas planifier leur coup en espérant que le type allait claquer juste à temps pour déclencher les opérations. S'ils attendaient la mort de Martin, cela impliquait de tout mettre en place en deux jours, avec une visite impromptue de Bruno à la clé.

— Je suis impressionnée par votre analyse. On m'avait prévenue que vous étiez très fort.

— J'ai longtemps travaillé aux investigations avant de passer bouclier humain. Les agents bossent très dur pour accéder à la protection, et plus particulièrement au détachement présidentiel. Une fois qu'ils y sont parvenus, ils ne rêvent que d'une seule chose : retourner aux enquêtes.

— Pourquoi, à votre avis ?

— Les horaires infernaux, l'incapacité de contrôler son existence, le fait de rester là à attendre qu'on vous tire dessus. En réalité, je détestais ça, mais je n'avais pas vraiment le choix.

— Avez-vous été affecté à POTUS ?

— Oui. J'ai attendu longtemps avant d'y parvenir. Puis j'ai passé deux ans à la Maison-Blanche. La première année, c'était génial, mais après je me suis lassé. Travailler comme un fou, affronter des ego gros comme des montagnes et se faire traiter avec moins d'égards que le jardinier de la Maison-Blanche... j'en ai bavé avec l'équipe du Président : douze ans d'âge mental, incapables de faire la différence entre une balle de ping-pong et un ballon de rugby et toujours prêts à nous mettre des bâtons dans les roues. Le plus drôle, c'est que Ritter était mon premier job après la Maison-Blanche.

— Très encourageant quand on pense que j'ai moi-même consacré des années de ma vie à atteindre cet objectif.

— Remarquez, voler sur Air Force One, c'est assez excitant. Et quand le Président vous tape sur l'épaule et vous dit qu'il est content de vous, ça fait toujours plaisir mais il faut se méfier des fantasmes. À peu de chose près, ce n'est pas très différent de n'importe quel travail de protection. Avec l'investigation, au moins, on arrête les méchants.

Il regarda par la vitre.

— À propos d'enquête, Joan Dillinger a récemment réapparu dans ma vie et elle m'a fait une offre.

— Quel genre ?

— L'aider à retrouver John Bruno.

Michelle fit une embardée et faillit sortir de la route.

— Quoi ?

— Sa société a été engagée par les partisans de Bruno pour le localiser.

— Mais... elle n'ignore pas que le FBI mène l'enquête ?

— Et alors ? Les électeurs de Bruno peuvent louer les services de qui leur chante.

— Mais pourquoi a-t-elle fait appel à vous ?

— L'explication qu'elle m'a fournie ne me satisfait guère. Et je n'en ai pas d'autre.

— Vous avez donné votre accord ?

— À votre avis, faut-il que j'accepte ?

Elle tourna rapidement la tête.

— Pourquoi me posez-vous la question à moi ?

— Apparemment, vous vous méfiez de cette femme. Admettons qu'elle soit mouillée dans l'assassinat de Ritter et qu'elle soit maintenant mêlée à une affaire impliquant un troisième candidat, tout ça ne manque pas de sel. Alors, qu'est-ce que je décide... Mick ?

— À première vue, je refuserais.

— Parce que ça pourrait me retomber sur le coin de la figure ?

— Exact.

— Mais après mûre réflexion, et si vous considérez vos propres intérêts ?

En voyant son expression moqueuse, elle eut un sourire gêné.

— Eh bien, je pense que vous devriez accepter.

— Parce que j'ai un temps d'avance et que je pourrai vous refiler mes informations ?

— Juste celles qui m'intéressent. Si vous et Joan ranimez des feux éteints, je ne tiens pas à connaître les détails.

— Ne vous inquiétez pas pour ça. Les veuves noires dévorent le mâle après la copulation et, la dernière fois, je m'en suis tiré de justesse.

26

Un peu plus de deux heures après avoir quitté Wrightsburg, ils arrivaient devant chez Loretta. Aucun véhicule de police en vue, juste une bande de ruban adhésif jaune devant la porte.

— Je suppose qu'on ne peut pas entrer, dit Michelle.

— Vaut mieux pas. Et si on appelait son fils ?

Elle tira un papier de son sac et composa le numéro sur son portable. L'homme décrocha et ils prirent rendez-vous dans un petit café du centre-ville. Michelle allait redémarrer quand King s'écria :

— Juste une seconde.

Il sauta du véhicule, inspecta la rue, fit le tour du pâté de maisons et réapparut après être passé par-derrière chez Loretta.

— Alors ? demanda Michelle.

— Rien. Sauf que Loretta habitait un endroit plaisant et bien aménagé.

Tandis qu'ils se dirigeaient vers le centre, ils passèrent devant plusieurs voitures de police arrêtées à des croisements. Les policiers demandaient les papiers des occupants de chaque voiture. Au-dessus de leurs têtes, un hélicoptère tournait dans le ciel.

— Que se passe-t-il ? demanda Michelle.

King alluma la radio. Deux hommes s'étaient échappés d'un pénitencier non loin de là et la police était sur les dents.

Quand ils arrivèrent devant le café, Michelle ralentit, puis s'arrêta plus loin.

— Vous avez repéré quelque chose ? demanda King.

Elle désigna un chemin partant de la route principale, où étaient garées deux voitures de police du comté.

— Je ne pense pas qu'ils cherchent les évadés. On nous attend.

— Très bien, rappelez le fils et dites-lui que vous êtes totalement étrangère à l'assassinat de sa mère. S'il accepte de parler, vous pouvez toujours discuter au téléphone.

Michelle soupira, redémarra et s'arrêta dès qu'elle eut trouvé un endroit tranquille. Puis elle téléphona au fils de Loretta et lui expliqua la situation.

— Tout ce que je veux savoir, c'est comment elle a été tuée, conclut-elle.

— Pourquoi est-ce que je vous le dirais ? Vous rendez visite à ma mère et à peine l'avez-vous quittée...

— Si j'avais voulu la tuer, je n'aurais pas laissé ma carte avec mon nom, mon adresse et mon numéro de téléphone.

— Votre état mental laisse peut-être à désirer.

— Je suis venue interviewer votre mère sur le meurtre de Ritter, un événement qui remonte à huit ans. Elle m'a dit qu'elle savait très peu de choses.

— Pourquoi l'interroger là-dessus ?

— Je m'intéresse à l'histoire politique. Les flics sont avec vous ?

— Quels flics ?

— Arrêtez de me prendre pour une imbécile. Ils sont là, oui ou non ?

— Non.

— Vous mentez bien. Et maintenant, voici ce que je pense : mon entrevue avec votre mère a peut-être provoqué son assassinat.

— À cause de Ritter ? N'importe quoi ! Son meurtrier a été abattu.

— Êtes-vous certain qu'il travaillait seul ?

— Qu'est-ce que j'en sais ? Vous en avez de bonnes.

— Comment votre mère a-t-elle été tuée ?

Il y eut un silence à l'autre bout du fil.

Michelle changea de tactique.

— Je n'ai pas parlé très longtemps avec votre mère mais j'ai tout de suite compris que c'était une femme de tête, intelligente et décidée. Cela impose le respect. Elle respirait la sagesse et l'expérience d'une vie bien remplie au service d'une volonté inflexible.

— Excellente description, dit le fils. Et maintenant allez donc vous faire foutre.

Il raccrocha.

— Et merde ! dit Michelle. Je croyais que je le tenais.

— Vous le tenez. Il rappellera. Donnez-lui le temps de se débarrasser des flics.

— Sean, il vient de me dire d'aller me faire foutre.

— Et alors ? C'est un mec, et pas nécessairement d'une grande subtilité. Un peu de patience. Nous ne faisons jamais dix trucs à la fois, comme vous, les femmes. Nous procédons méthodiquement.

Trente minutes plus tard, le téléphone sonnait.

Michelle regarda King.

— Comment avez-vous deviné ?

— Les types sont sensibles à une belle voix au téléphone. Et vous avez su trouver les mots pour décrire sa mère, n'oubliez pas qu'on adore notre maman.

— Très bien, dit le fils. Ils l'ont découverte dans son bain. Noyée.

— Alors comment savent-ils que ce n'était pas un accident ? Elle a peut-être eu une attaque.

— La maison a été fouillée et de l'argent lui a été fourré dans la bouche. Ça ne ressemble pas beaucoup à un accident.

— Ah bon ?

King haussa les sourcils.

— Oui, cent dollars. Cinq billets de vingt. C'est moi qui l'ai trouvée. Ce soir-là, je l'ai appelée et elle ne répondait pas. Je vis à soixante kilomètres et j'ai donc pris ma voiture. Quelle horreur de la voir comme ça...

Sa voix se brisa.

— Je suis désolée, excusez-moi, mais je ne sais même pas votre nom.

— Tony. Tony Baldwin.

— Tony, je suis moi aussi en état de choc. J'ai interviewé votre mère pour reconstituer l'assassinat de Ritter. J'ai découvert que ce jour-là elle travaillait à l'hôtel, et aussi qu'elle vivait toujours à Bowlington. J'ai également rencontré deux anciennes femmes de chambre dont je peux vous donner les noms. Mon rôle se limite à ça.

— D'accord, je vous crois. Mais avez-vous une idée de l'identité du meurtrier ?

— Pas encore mais, à partir d'aujourd'hui, je vais tout mettre en œuvre pour le savoir.

Elle le remercia, raccrocha et se tourna vers King.

— De l'argent lui a été enfoncé dans la bouche ? dit-il d'un air songeur.

— Mon argent, avoua Michelle d'un air abattu. Je lui ai donné cent dollars, cinq billets de vingt, pour avoir répondu à mes questions.

— OK, le vol n'était pas le mobile mais la maison a été fouillée, donc l'assassin cherchait quelque chose.

— C'est abominable, cette mise en scène...

— Et surtout, cela ressemble à un avertissement, précisa-t-il.

— Quel genre ?

— Funeste. Qui l'aurait cru ?

— De quoi parlez-vous ?

— Je ne peux pas vous le dire.

— Et pourquoi donc ? s'étonna-t-elle.

— Je n'en ai pas encore fini avec mon hypothèse. Je fonctionne comme ça.

Michelle leva les mains au ciel en signe de frustration.

— Vous êtes franchement irritant.

— Merci. Cela représente un effort permanent.

King regarda par la vitre pendant un bon moment puis il se retourna vers la jeune femme.

— Très bien. Dans une petite ville, nous allons forcément attirer l'attention, surtout avec tous ces flics lâchés dans la nature. Il faut chercher un endroit où se planquer. On attendra la nuit.

— Pour quoi faire ?

— Moi aussi, je cède parfois à la nostalgie.

Michelle fronça les sourcils.

— C'est trop demander à un juriste de répondre directement à une question ?

— OK. Je pense qu'il est grand temps d'aller faire un tour à l'hôtel Fairmount. Ai-je été assez direct ?

27

Vêtus à l'identique, les deux hommes arrivèrent derrière l'hôtel en prenant bien garde de suivre la lisière de la forêt. Ils attendirent un instant, surveillant les environs pour déceler une quelconque présence. Rassurés, ils traversèrent rapidement le terrain entre le bois et la clôture de l'hôtel, qu'ils escaladèrent avec agilité. L'un des deux hommes sortit un revolver puis ils s'avancèrent vers le bâtiment et forcèrent une porte latérale avant d'y pénétrer.

King et Michelle se garèrent à bonne distance du Fairmount et descendirent du véhicule. Soudain, ils entendirent l'hélicoptère qui effectuait sa ronde. Son projecteur éclaira violemment les alentours et ils allèrent se réfugier dans la forêt.

— C'est assez excitant, dit Michelle quand ils sortirent du bois. J'adore être de l'autre côté du badge, pour changer un peu.

— Quand je pense que je pourrais être chez moi devant un bon feu, un verre de vin dans une main et *La Recherche du temps perdu* dans l'autre, au lieu de crapahuter dans la banlieue de Bowlington en évitant les hélicoptères de la police...

— C'est un gag, cette histoire de lire Proust en buvant du vin ?

— Pas du tout, j'ai recours à Marcel quand il n'y a rien d'intéressant sur ESPN, la chaîne spécialisée dans la science-fiction.

Tandis qu'ils s'approchaient de l'hôtel, King soupira en regardant la façade.

— Quelle horreur ! Ce truc ressemble à un bâtiment conçu par un Frank Lloyd Wright shooté à l'héroïne.

— Oui, c'est vraiment moche ! renchérit Michelle.

— Figurez-vous que Clyde Ritter vantait les beautés du Fairmount. Ça vous donne une idée de son sens de l'esthétique.

Le trou dans la clôture ayant été refermé depuis la dernière visite de Michelle, ils durent se livrer à un peu d'escalade. King observa avec envie l'aisance de sa compagne tandis qu'elle franchissait l'obstacle. Quant à lui, il faillit s'aplatir le nez en se prenant le pied dans une maille du grillage. Elle l'aida sans un mot et l'entraîna vers l'entrée qu'elle avait utilisée lors de sa première visite.

À l'intérieur, elle voulut sortir sa lampe torche mais King l'arrêta.

— Attendez une minute. Et le gardien ?

— Je ne l'ai pas vu.

King lui adressa un regard inquisiteur.

— Si mes souvenirs sont bons, vous m'avez dit que la deuxième fois vous étiez tombée sur le gardien mais que, la première, il n'y avait personne.

— Il pouvait très bien faire sa ronde de l'autre côté. Je suppose que les gardiens patrouillent tout autour du bâtiment.

— Oui, sans doute.

Il hocha la tête, elle alluma la lampe et ils se dirigèrent vers le hall.

— Le salon Stonewall Jackson est au bout du couloir.

— Ah oui ? Je ne me souviens pas.

— Forcément, ça remonte à loin, et moi, je suis venue récemment.

— Excusez-moi, soupira Sean. Je suis un peu nerveux, c'est tout.

— On y va ?

— J'aimerais d'abord vérifier quelque chose.

— La réserve où Loretta Baldwin s'est cachée ?

— Les grands esprits se rencontrent. Bientôt, vous boirez du bon vin et lirez de la littérature excitante pour l'esprit. Et alors il se pourrait bien, on ne sait jamais, que cela vous amène à nettoyer votre voiture, si vous avez une année à perdre.

Arrivés devant la réserve, ils ouvrirent la porte. Puis King prit la lampe torche des mains de Michelle, pénétra à l'intérieur et inspecta l'endroit. Il s'arrêta sur une lézarde, tout au fond, et se tourna vers la jeune femme.

— Loretta était petite ?

— Oui, et d'une maigreur squelettique.

— Elle n'a pas dit où elle se cachait exactement ?

— Non.

— Si tout le monde hurle et s'agite autour de moi et que je trouve refuge dans ce placard, je me fais aussi petit que possible. C'est instinctif, comme de tirer les couvertures sur sa tête. À cet instant, elle ne comprenait pas grand-chose à ce qui se passait. Un type pouvait tout aussi bien faire irruption dans sa cachette et...

Il s'interrompit, le regard fixé sur la lézarde.

— À quoi songez-vous, Sean ?

— Je ne suis pas sûr.

Il recula, sortit et referma la porte de la réserve.

— Et maintenant, on fait quoi ? demanda Michelle.

Il inspira profondément.

— Direction le salon Stonewall Jackson.

Une fois là-bas, King arpenta la pièce et chercha ses repères tandis que Michelle éclairait ses pas en silence. Puis il fixa l'endroit précis où il se tenait lors du drame et le rejoignit en quelques enjambées. Là, il reprit son poste, la main tendue vers le dos imaginaire d'un Clyde Ritter qui avait tombé la veste.

King était à nouveau en septembre 1996, il surveillait les trouble-fête potentiels, Ritter embrassait les bébés, quelqu'un lançait une plaisanterie et Ritter lui donnait la réplique. King se surprit même à relayer des informations dans son micro. Il jeta un coup d'œil à l'horloge derrière lui, elle avait disparu, et d'ailleurs il n'aurait pas pu la distinguer dans l'obscurité. Encore cinq minutes et le meeting serait terminé. Incroyable quand on y réfléchissait. Si Ramsey avait été en retard ou si Ritter avait mis fin à la réunion un peu en avance, rien de tout cela ne serait arrivé. Et la vie de King aurait suivi un tout autre cours.

Son regard fut attiré par la rangée d'ascenseurs. Il entendit le « ding » tinter à plusieurs reprises. Dans son esprit, les portes ne cessaient de s'ouvrir. Il était comme aspiré par le vide.

Le « bang » le fit sursauter, sa main se plaqua sur son étui, dont il tira un revolver imaginaire, et ses yeux se baissèrent sur Ritter, étendu sur le sol. Puis il releva la tête et vit Michelle, la lampe torche à la main. Elle venait de claquer la porte.

— Désolée. Je voulais juste voir votre réaction. Je suppose que je n'aurais pas dû.

— Non, vous n'auriez pas dû, lança-t-il d'une voix sèche.

Elle le rejoignit.

— À quoi songiez-vous, en cet instant précis ?

— Cela vous surprendrait si je vous disais que j'hésite ?

— Parlez, c'est peut-être important.

Il réfléchit un instant.

— Eh bien, je me souviens d'avoir regardé Ramsey. Son visage exprimait des sentiments qui n'ont rien à voir avec ceux d'un homme venant d'assassiner un candidat présidentiel. Pas de frayeur, pas de fureur, de provocation ou de folie.

— Que lisiez-vous dans ses yeux ?

— La surprise, comme s'il n'avait pas voulu tuer Ritter.

— Cela semble assez invraisemblable, vu qu'il venait de le descendre. Autre chose ?

— Ils ont emmené le corps de Ritter, et Bobby Scott est venu vers moi pour examiner ma blessure.

— Surprenant, vu les circonstances.

— Oui, mais il ignorait ce qui s'était passé. Il l'a compris après.

— Ensuite ?

King étudiait le motif de la moquette.

— Plus tard, quand ils m'ont emmené, j'ai croisé Bobby et Sidney Morse, côte à côte dans le couloir. Ils étaient accompagnés d'un autre type, quelqu'un que je n'ai pas reconnu. Morse, un mètre quatre-vingts, cent vingt-cinq kilos, peu de muscles et beaucoup de graisse, et Bobby, un ex-marine bâti comme un chêne, étaient en train de s'engueuler. Une vraie scène comique. En d'autres circonstances, ça m'aurait fait hurler de rire.

— Quel était le sujet de leur dispute ?

— Si Ritter est mort, c'est ta faute, voilà en gros ce que Morse hurlait à la figure Bobby.

— Vous les avez revus ?

— J'ai revu Bobby lors des interrogatoires qui ont eu lieu par la suite. Mais je ne lui ai jamais reparlé en privé. J'ai longtemps eu envie de l'appeler pour lui exprimer mes regrets à cause de ce qui s'était passé. Mais je ne l'ai pas fait.

— J'ai lu que Sidney Morse avait été interné dans une institution psychiatrique.

— Je crois qu'il se fichait éperdument des idées politiques de Ritter. Pour Morse, il s'agissait d'un spectacle, d'une grosse production. Il venait du show-biz. Je l'ai entendu dire à quelqu'un que, s'il parvenait à propulser un type comme Ritter sous les sunlights, lui, Morse, deviendrait une idole.

Michelle regarda autour d'elle en frissonnant.

— C'est trop tranquille ici. On se croirait dans une tombe.

— Excellente métaphore, puisque deux hommes y sont morts.

— Encore heureux qu'il n'y en ait pas eu trois.

Vraiment ? songea King.

Elle traça une ligne sur le sol avec le faisceau de sa lampe.

— Le cordon qui contenait la foule était situé à peu près ici, non ?

King hocha la tête.

— Il allait de ce mur à environ trente centimètres du mur opposé, orienté vers les ascenseurs, poursuivit-elle. Sur la vidéo, je me rappelle que le cordon courait en diagonale. Vous souvenez-vous de la personne qui l'a placé à cet endroit ?

— Sans doute quelqu'un du Service.

— Bob Scott, le chef du détachement ?

— Il ne s'occupait pas de ce genre de détail.

— Alors comment pouvez-vous être sûr que c'est le Service qui a pris la décision ?

— Je n'en suis pas certain. Tout ce qui m'importait, c'est que Ritter et moi restions derrière ce cordon.

— Exactement.

Elle tendit sa lampe à King, se mit à sa place et regarda en direction des ascenseurs.

— Très bien. Si le cordon est là et vous ici, vous êtes le seul dans la salle à voir les ascenseurs. On dirait que c'est un fait exprès. Et j'insiste, votre attention a été captée par un ascenseur.

— Oubliez ça, déclara King d'un ton sans réplique. Mais qu'est-ce que je fiche ici ? Cet abruti de Ritter est mort, Dieu ait son âme, il n'y a rien à ajouter.

— Il était tout de même candidat à la présidence, Sean. Je n'aimais pas John Bruno mais je le protégeais comme je l'aurais fait pour le Président des États-Unis.

— Épargnez-moi votre petit discours tiré tout droit du règlement et des principes du Service. Je protégeais déjà des Présidents alors que vous ramiez pour gagner des médailles.

— Passer la nuit à baiser avec un agent alors qu'on est en service le lendemain matin est-il en accord avec les principes de la protection ? Si vous estimez que oui, j'ai loupé un chapitre du manuel.

— Celui où il est stipulé qu'on ne doit jamais laisser un protégé seul dans une pièce, répliqua King du tac au tac.

— J'espère que Joan en valait la peine.

— Loretta Baldwin vous a rapporté qu'elle avait vu un slip accroché au lustre : à vous d'en tirer vos conclusions.

— En ce qui me concerne, je n'aurais jamais couché avec vous avant un travail posté, j'aurais résisté à la tentation. En admettant que je sois tentée.

— Autant le savoir au cas où l'éventualité se présenterait… Mick.

— En réalité, que vous ayez été distrait me dérange beaucoup moins que vos galipettes avant le travail.

— Génial. Et maintenant, on inspecte cet endroit ou on continue à disséquer ma vie privée ?

— Allez, on fiche le camp, déclara abruptement Michelle. Je crois que cette atmosphère nous tape sur les nerfs.

Elle s'éloigna et King la suivit à pas lents.

Quand il sortit de la pièce, elle avait déjà disparu. King l'appela, fouillant l'obscurité, et il finit par la repérer.

— Michelle, attendez. Vous risquez de vous tuer en vous promenant toute seule dans le noir.

Elle s'arrêta et pivota vers lui, l'air renfrogné, les bras croisés sur la poitrine. Puis elle se raidit et tourna brusquement la tête. King aperçut une forme qui sortait de l'ombre, Michelle poussa un cri et il se précipita tandis que deux hommes apparaissaient dans le faisceau de la lampe torche.

— Attention ! hurla King.

L'arme que brandissait l'un des hommes vola dans les airs sous l'impact du talon de Michelle. Puis la jambe gauche de la jeune femme se détendit et atteignit en plein visage l'autre type, qui alla s'écraser contre un mur et glissa à terre, complètement groggy. Comme un danseur exécutant un numéro chorégraphié, elle tournoya et allongea le premier d'un coup de pied au niveau des reins. Les deux hommes essayèrent de contre-attaquer mais l'un d'eux fut reçu d'un coup de coude dans la nuque tandis que King se chargeait du deuxième en actionnant judicieusement le manche métallique de sa lampe torche.

Haletant, Sean releva la tête pour voir Michelle qui fouillait dans son sac. Elle en tira deux paires de collants dont elle se servit pour attacher les deux hommes inconscients. Cette fille n'était même pas en sueur. Elle croisa le regard interrogateur de King.

— Ceinture noire de judo, quatrième dan, dit-elle simplement.

— Alors forcément… soupira King.

Il éclaira les deux hommes qui portaient toujours leurs survêtements bleus de prisonniers.

— On dirait que nous avons capturé les deux évadés. Ils sont tombés sur un os.

— Et maintenant, nous allons rendre un petit service à la police locale. Anonymement, bien sûr.

Elle tira son téléphone de son sac.

— Michelle ?

— Oui ?

— Je tiens à vous remercier, ça me rassure d'être sous la protection d'un gaillard dans votre genre.

Après le coup de fil à la police, Michelle et King se dépêchèrent de rejoindre la Toyota. L'hélicoptère les survola, fouillant les environs. À un moment donné, le faisceau lumineux traversa les bois.

Quand elle le vit, elle en eut le souffle coupé.

Sur un chemin de traverse se tenait un homme, assis dans une camionnette, maintenant violemment éclairée. La lumière disparut en un éclair et l'homme se fondit dans l'obscurité. Michelle entendit la camionnette démarrer et s'éloigner.

Elle grimpa dans son 4 × 4 en criant à King de se dépêcher.

— Que se passe-t-il ? s'écria-t-il en claquant sa portière tandis qu'elle mettait le contact.

— Vous avez vu l'homme, là ?

— Non.

— Vous n'avez pas entendu sa camionnette démarrer ?

— Avec le vacarme de cet hélicoptère ? C'est qui ?

— Il paraissait différent parce qu'il devait porter un déguisement quand je l'ai rencontré pour la première fois – et peut-être en porte-t-il un autre aujourd'hui – mais nos regards se sont croisés et les yeux ne mentent pas. C'est lui, j'en mettrais ma main au feu.

— Qui ?

— Le vigile Simmons, au dépôt mortuaire, l'homme qui a kidnappé John Bruno et tué Neal Richards.

King la fixait, stupéfait.

— Vous en êtes certaine ?

— Oui !

Elle fit demi-tour et s'apprêtait à se lancer dans une course-poursuite sur le chemin de traverse quand des voitures de police arrivèrent pour leur barrer la route.

Une portière s'ouvrit, un homme posa un pied sur l'asphalte et King secoua la tête.

— Michelle, ces types-là n'appartiennent pas à la police locale.

L'homme arriva à la hauteur de Michelle, se pencha et lui ordonna de baisser la vitre. Elle s'exécuta. Il passa une tête dans la Toyota, la dévisagea, toisa King.

— Voulez-vous avoir l'obligeance de descendre de votre véhicule ? dit Jefferson Parks.

28

L'interrogatoire se prolongea une bonne partie de la nuit. La police refusa d'écouter les supplications de Michelle, qui voulait qu'on la relâche pour partir à la recherche de l'homme aperçu dans la camionnette. Ils avaient d'autres priorités. Et, quand elle plaida que cet homme et celui qui avait kidnappé John Bruno étaient une seule et même personne, ils ne cachèrent pas leur scepticisme.

— Ça attendra, dit fermement le shérif.

Elle passa une heure extrêmement déplaisante face à Walter Bishop, qui prit un malin plaisir à l'humilier. Apprenant qu'elle avait été arrêtée par la police de Caroline du Nord, il avait pris l'avion pour lui lire l'article de loi contre les attroupements séditieux.

— Je croyais vous avoir dit de vous tenir tranquille, vous n'êtes pas encore virée du Service mais cela ne saurait tarder, tonna-t-il. Qu'est-ce qui vous prend de vous compromettre dans des affaires qui ne vous concernent pas ? Vous estimez que vous n'avez pas causé assez de dégâts comme ça ?

Il jeta un regard furieux à King.

— Et c'est malin de vous acoquiner à l'un des pires perdants du Service. Peut-être pourriez-vous fonder un club ? Le club des Jean-Foutre. Vu son patronyme, King n'en refusera sûrement pas la présidence.

Quand il appartenait au Service, King ne pouvait déjà pas saquer Bishop et, bien entendu, Bishop avait été le premier à l'enfoncer. Malgré les années écoulées, les sentiments de l'ex-agent à son égard n'avaient pas changé d'un iota.

— Prenez garde, Walt, gronda King. J'ai déjà gagné un procès en diffamation et je pourrais bien en gagner un deuxième. Vous n'imaginez pas le plaisir que j'aurais à couper votre petite bitte pour la mettre à mariner dans le vinaigre.

— Je vous briserai, vociféra Bishop.

— Je n'appartiens plus au Service, alors allez faire votre cinéma ailleurs, si tant est que ça intéresse quelqu'un.

— Je vous interdis de me parler sur ce ton !

— Je préférerais converser avec un tas de crottin plutôt que de perdre mon temps avec un minable dans votre genre !

— Moi, je n'ai jamais laissé assassiner un candidat à la présidence parce que j'avais la tête dans le cul !

— Vous, vous avez toujours la tête dans le cul. Moi, il m'arrive de temps en temps de la relever pour respirer un peu d'air frais.

La conversation se poursuivit un bon moment sur ce ton. Tout le monde dans le bâtiment, y compris les prisonniers, tendait l'oreille pour n'en pas perdre une miette.

Michelle n'avait jamais entendu personne s'adresser à Walter Bishop avec cette désinvolture, et elle dut se contrôler pour ne pas éclater de rire à certaines des trouvailles de King. À croire qu'il avait passé huit ans à accumuler des insultes particulièrement imagées dans l'attente de cet instant.

Bishop reprit la route de Washington avec des envies de meurtre. Quant à Jefferson Parks et au shérif de la ville, ils se joignirent à Sean et à Michelle, qui buvaient un café servi par une machine.

— Et maintenant, allez-vous m'expliquer ce que vous fichez ici ? demanda Parks à King.

Le marshal adjoint était visiblement très contrarié.

— Je vous avais interdit de quitter la circonscription. Or j'apprends par mes hommes que non seulement vous avez filé dans un autre État mais que vous arpentez la ville où Ritter s'est fait descendre. Et, pour couronner le tout, on m'informe que votre partenaire ici présente est mêlée à un meurtre concernant une habitante de cette région. Donc vous contrevenez à mes ordres et...

— Je n'étais pas en état d'arrestation, coupa King. Et je ne suis pas parti pour les îles Caïmans avec mon plan de retraite en liquide. Je suis venu en Caroline du Nord dans un 4 × 4 rempli d'équipements sportifs, il n'y a pas de quoi grimper aux rideaux !

— D'autre part, nous vous avons aidés à capturer deux prisonniers évadés. Vous pourriez peut-être nous remercier ? intervint Michelle.

— J'apprécie votre geste, concéda le shérif, mais j'aimerais aussi comprendre ce qui vous lie à Mme Baldwin. Nous n'avions pas eu un seul meurtre ici depuis l'affaire Clyde Ritter et je n'aime pas ça du tout.

Michelle rapporta une fois de plus sa conversation avec Loretta.

Le shérif se frotta la mâchoire et se gratta la cuisse à travers la toile de son pantalon.

— Je n'y comprends rien. Apparemment, Loretta ne vous a pas fait de révélations impliquant une tierce personne.

— Exact.

Michelle avait un peu édulcoré sa conversation avec Loretta en omettant le passage sur le slip en dentelle accroché au lustre, ce qui lui valut un regard reconnaissant de King.

— Je ne suis donc pas certaine que mon entretien avec Loretta soit lié au meurtre. Il s'agit peut-être d'une incroyable coïncidence.

— Mais l'argent qu'on lui a fourré dans la bouche, vous m'avez bien dit qu'il s'agit des cent dollars que vous lui aviez remis ?

— Oui, en remerciement de sa coopération.

Elle marqua une pause.

— Mais je n'ai rien à voir avec son décès.

— Nous avons déjà vérifié votre alibi. On vous a vue en Virginie au moment du crime.

— Alors où est le mobile ? s'étonna Parks. Vous venez de décrire un crime sans mobile. À moins que cette dame ait des ennemis dont vous ignoriez l'existence. Ou alors il s'agit d'un tueur en série mais je n'y crois pas trop. L'usage qui a été fait des billets signe manifestement une vengeance.

Le shérif acquiesça.

— Loretta Baldwin était bien la dernière personne à avoir des ennemis. D'accord, elle avait la langue bien pendue et elle visait juste, mais enfin il s'agissait de broutilles, rien qui puisse justifier un meurtre.

— On ne sait jamais, dit King. Ce qui vous semble négligeable peut paraître capital à quelqu'un d'autre.

Le shérif hocha la tête mais il ne semblait pas convaincu.

— Très bien, j'ai pris vos dépositions, vous êtes libres.

— Savez-vous à qui appartient le Fairmount ? demanda Michelle alors qu'ils s'apprêtaient à partir.

— Aux dernières nouvelles, il aurait été racheté par des Japonais qui voulaient en faire un terrain de golf.

Il rit.

— Ils s'étaient mal renseignés. Les terres autour de l'hôtel sont pour une bonne partie marécageuses. Et il n'y a pas plus de dix personnes dans ce pays qui sachent à quoi ressemble un club de golf.

— Connaissez-vous le nom de la société de gardiennage qui s'occupe de l'hôtel ?

— Quelle société de gardiennage ?

Michelle dissimula sa surprise, et rejoignit King et Parks.

— Comment avez-vous fait pour arriver ici si vite ? demanda King au marshal.

— Vous étiez filés par mes hommes.

— Croyez-moi, votre personnel serait mieux utilisé ailleurs.

— Je ne suis pas de votre avis : jusqu'à présent, je ne me suis pas ennuyé une seconde.

Michelle les interrompit.

— Marshal, je dois vous rapporter un événement qui n'a rien à voir avec le meurtre de Loretta Baldwin mais qui concerne l'enlèvement de John Bruno.

— Bruno ? Qu'est-ce qu'il a à voir là-dedans ?

Michelle lui rapporta l'incident et il secoua la tête.

— Comment pouvez-vous être sûre qu'il s'agit du même homme ? Vous l'avez à peine entr'aperçu.

— Je suis un agent de l'US Secret Service. Lire sur les visages et les mémoriser fait partie de mon métier.

Parks parut sceptique.

— Eh bien, informez-en le FBI. C'est leur enquête, après tout. Moi, j'essaie de découvrir qui a tué un de mes témoins.

Il jeta un regard en coin à King.

— Et aussi de surveiller ce type qui ne me facilite pas la tâche, grommela-t-il.

— Vous préféreriez que j'attende tranquillement que vous ayez rassemblé assez de preuves pour me faire pendre ? répliqua King.

29

— Je suppose que vous ne me croyez pas plus que les autres, soupira-t-elle.

Au petit matin, Michelle et King avaient repris la route de Wrightsburg.

— De quoi parlez-vous ?

— De Simmons ! L'homme que j'ai aperçu dans la camionnette.

— Moi, je vous crois.

— Parks n'était pas convaincu. Comment expliquer que vous réagissiez différemment ?

— Un agent secret n'oublie jamais un visage.

Elle sourit.

— Je suis bien contente de vous avoir rencontré… À ce propos, j'ai découvert autre chose. Il n'y a pas de société de gardiennage chargée de surveiller le Fairmount. Donc le type qui m'a arrêtée était un imposteur.

King parut très inquiet.

— Michelle, cet homme est peut-être celui qui a tué Loretta.

— Je sais. J'ai comme l'impression que je l'ai échappé belle.

— À quoi ressemblait-il ?

Michelle le décrivit et ajouta :

— Bref, pas le moindre signe distinctif. Il pourrait correspondre à un milliard d'êtres humains.

— C'est sans doute calculé. Encore une impasse. Cette affaire semble les multiplier.

Quelques heures plus tard, leur voiture s'engageait dans le chemin qui menait à la propriété de King et, quand ils arrivèrent en vue du chalet, le visage de Sean s'assombrit.

— Manquait plus que ça ! s'exclama-t-il en voyant Joan Dillinger faisant les cent pas sur le gazon.

— La très estimée Mme Dillinger n'a pas l'air contente, murmura Michelle.

— Je sais que vous la soupçonnez du pire mais, je vous en prie, allez-y doucement. Cette dame est extrêmement perspicace.

Michelle hocha la tête, tandis que King sortait du 4 × 4 et se dirigeait vers Joan.

— Je t'ai appelé ! s'exclama-t-elle.

— J'étais absent, répliqua King.

Elle sursauta en voyant Michelle sortir à son tour de la voiture, glissa un regard en coin à King et revint à la jeune femme.

— Agent Maxwell ?

— Oui. Nous nous sommes rencontrées il y a quelques années de cela, quand vous apparteniez encore au Service.

— Comment vous oublier ? Sans compter que vous avez beaucoup fait parler de vous récemment, dans la presse…

— C'est exact. Une publicité dont je me serais bien passée.

— Je m'en doute. Quelle surprise de vous rencontrer ici ! lança Joan en scrutant le visage de King. J'ignorais que vous vous connaissiez.

— Nos relations sont récentes, dit King.

Joan prit Michelle par le bras.

— Vous nous excusez ? J'ai des choses importantes à confier à Sean.

— Très bien. De toute façon, je suis épuisée.

— Sean fait cet effet à beaucoup de femmes. Je dirais même qu'il est parfois dangereux pour leur santé.

Elles se toisèrent.

— Merci du renseignement, mais je suis assez grande pour choisir mes fréquentations, répliqua Michelle.

— Je n'en doute pas. Mais il est difficile d'évaluer le potentiel de son adversaire et il arrive que l'on joue dans une catégorie qui n'est pas la sienne.

—J'apprécie vos conseils mais cela ne m'est encore jamais arrivé.

—À moi non plus. On dit que la première fois est vraiment mémorable.

—Je m'en souviendrai. Cela vaut également pour vous.

—Au revoir, Michelle. J'espère que vous ne m'en voulez pas de soustraire Sean à votre attention, répliqua Joan sur un ton glacial.

—Merci, *Mick*, grommela King à mi-voix.

Michelle s'éclipsa et King grimpa les marches, Joan sur les talons. Il percevait le souffle brûlant de sa colère sur sa nuque. Apparemment, il ne perdait rien pour attendre.

Ils se rendirent dans la cuisine, où King mit de l'eau à chauffer pour le thé.

—Cela te dérangerait de m'expliquer ce que tu fiches avec Michelle Maxwell ? s'écria Joan, hors d'elle.

—Je te l'ai déjà dit. Nous nous connaissons depuis peu.

—Quelle coïncidence ! Bruno est kidnappé sous son nez et soudain elle apparaît sur le pas de ta porte.

—Cela ne te concerne pas.

—On rêve ! Je mène une enquête sur la disparition de Bruno et toi tu t'amènes ici avec le chef du détachement qui a été suspendu pour l'avoir perdu en route.

—Justement, elle a voulu me rencontrer parce que nous avons tous les deux perdu un candidat présidentiel, afin de comparer nos expériences. Voilà. Et Bruno n'est pas vraiment au centre de nos préoccupations.

—Tu m'excuseras mais mon compteur à conneries est au rouge. Les ressorts et les boulons sautent jusqu'au plafond.

—C'est la vérité, qu'elle te plaise ou non.

Il posa une tasse devant elle.

—Tu prendras bien un peu de thé ? À mon avis ça ne te ferait pas de mal. Earl Grey, Ceylan, à moins que tu ne préfères un bon vieux Lipton des familles ?

—Va te faire foutre ! Vous arrivez d'où ?

—Du passé. Huit ans exactement.

—Pardon ?

—On s'est promenés dans le jardin des souvenirs.

—Vous... vous n'êtes pas allés à Bowlington ?

—Bingo. Un peu de lait ?

160

— Mais qu'est-ce que vous fichiez là-bas ?

— Désolé mais tu n'as pas accès au dossier.

Joan frappa du poing sur la table.

— Arrête ton cirque, Sean !

Il s'immobilisa et la regarda droit dans les yeux.

— Cela ne te concerne en rien, à moins que tu n'aies eu des intérêts qui m'échappent dans l'assassinat de Ritter.

— Ça cache quoi, ces sous-entendus ?

— À toi de me le dire.

Joan se renversa sur sa chaise, prit une profonde inspiration et remit de l'ordre dans ses cheveux.

— Elle sait que nous avons passé la nuit ensemble à l'hôtel ?

— Ce qu'elle sait importe peu. C'est une histoire entre toi et moi.

— Je ne comprends rien à ton attitude, Sean. Pourquoi remuer tout ça ?

— Peut-être que je l'ignore. Peut-être que je n'ai pas envie de le savoir. Et maintenant parlons d'autre chose, car, depuis ce temps-là, il a coulé beaucoup d'eau sous les ponts. Que cet abruti de Ritter repose en paix.

Il lui remplit sa tasse.

— C'est du Ceylan. Bois !

— Sean…

Il l'attrapa par le bras et se pencha vers elle à la toucher.

— Bois ton thé, murmura-t-il.

Cela parut la calmer et elle s'exécuta.

— Il est très bon. Merci.

— De rien. Et maintenant, en ce qui concerne ta proposition à propos de Bruno, j'ai assez envie d'accepter. En quoi consisterait la première étape de notre collaboration ?

Joan sélectionna un dossier dans son attaché-case, en vérifia le contenu et dit :

— Il faut d'abord répertorier des faits. Je t'ai donc préparé une liste de personnes à interroger.

Elle fit glisser une feuille de papier sur la table en direction de Sean, qui s'en empara.

— Il faudrait aussi se rendre sur les lieux du drame et travailler à partir de là.

King parcourut rapidement la liste.

— Tu n'as apparemment oublié personne. Cela va de Mme Bruno à Mme Martin en passant par le colonel de l'armée des Indes et son valet de chambre népalais.

Il pointa un nom sur la liste.

— Sidney Morse ?

— Il serait interné dans un établissement psychiatrique de l'Ohio. Mieux vaut vérifier. Tu saurais le reconnaître ?

— Je ne suis pas près de l'oublier. Tu as déjà des théories ?

— Tu es sûr que ça t'intéresse ?

— Possible. Tu n'as pas répondu à ma question.

— Bruno a beaucoup d'ennemis. Il est peut-être déjà mort.

— Si oui, l'enquête est close avant d'avoir commencé.

— Non, les partisans de Bruno veulent absolument savoir ce qui lui est arrivé et je serai payée au résultat, qu'il soit retrouvé mort ou vif.

— Voilà un excellent accord. Je vois que tu n'as pas perdu la main.

— S'il est décédé, le travail sera tout aussi difficile, peut-être même davantage.

— Je comprends. Nous parlions d'hypothèses.

— Eh bien… un parti l'a kidnappé pour faire pencher les élections en sa faveur. Les électeurs de Bruno pouvaient servir d'arbitres en reportant leurs voix sur le Parti démocrate ou sur le Parti républicain.

— Dans ce pays, une telle démarche me semble hautement improbable.

— À moi aussi.

King but une gorgée de thé.

— Revenons à des complots plus conventionnels.

— Ils l'ont kidnappé pour de l'argent et la rançon n'a pas encore été payée.

— À moins qu'il ne s'agisse d'un gang qu'il a démantelé quand il était procureur.

— Auquel cas nous ne retrouverons probablement jamais le corps.

— Des suspects correspondant à ce profil ?

Joan secoua la tête.

— Les trois organisations les plus dangereuses auxquelles il a eu affaire n'ont aucun membre à l'extérieur. Quant aux gangs locaux de Philadelphie, où il avait été nommé après avoir quitté Washington, ils agissaient dans un rayon de deux pâtés de maisons et leurs armes se limitaient à des revolvers, des couteaux et des téléphones portables. Ils n'avaient pas l'intelligence ni les moyens nécessaires pour subtiliser Bruno au nez et à la barbe du Service.

— Donc, si nous excluons les motivations politiques et les ennemis qu'il aurait pu se faire en tant que procureur, il nous reste les mobiles financiers. Cela valait-il la peine de prendre autant de risques ?

— Pas vraiment. Comme je te l'ai déjà dit, la famille de sa femme a de l'argent, mais enfin ce n'est pas une Rockefeller. Ils peuvent aller jusqu'à un million de dollars mais certainement pas davantage.

— Et par les temps qui courent, qu'est-ce qu'un million de dollars ?

— Si seulement je pouvais avoir une idée géniale, soupira Joan en contemplant son dossier. Le parti politique de Bruno a des fonds, mais les cibles disposant de moyens plus importants sont légion.

— Sans compter qu'elles ne sont pas surveillées jour et nuit par le Service.

— Exactement. On dirait que ceux qui ont kidnappé Bruno l'ont fait pour...

— Défier le Service ? Montrer qu'ils pouvaient le battre sur son propre terrain ?

— Oui.

— Ils ont dû être renseignés de l'intérieur. Quelqu'un de l'équipe de Bruno.

— J'ai quelques noms possibles. Il faudra vérifier.

— Super. Mais pour l'instant, j'aimerais prendre une douche.

— Je suppose qu'explorer ton passé est un boulot salissant, dit-elle d'un ton pince-sans-rire.

— Voilà une assez bonne définition de mes occupations actuelles, répliqua-t-il en grimpant l'escalier.

— Tu n'as pas peur de me laisser seule ? cria-t-elle. Je pourrais cacher une bombe à neutrons dans ton tiroir à chaussettes, ce qui te vaudrait de sérieux ennuis.

King se rendit dans sa chambre, alluma la lumière de la salle de bains, ouvrit le robinet de douche et commença par se brosser les dents. Puis il se retourna pour fermer la porte, de crainte qu'il ne vienne des idées bizarres à Joan.

Le battant lui sembla beaucoup plus lourd qu'à l'accoutumée. Comme si on l'avait lesté. L'adrénaline afflua dans ses veines tandis que la porte tournait lentement, puis prenait de la vitesse à cause de son poids, et se refermait d'un coup sec. Il ne l'entendit pas claquer. Toute son attention était concentrée sur la source de son dysfonctionnement.

Il avait été le témoin de bien des choses troublantes au cours de son existence mais la vue d'une femme bien connue de la bourgeoisie de Wrightsburg, une ancienne cliente à lui, Susan Whitehead, accrochée à la porte de sa salle de bains, ses yeux morts regardant droit dans les siens, faillit le faire tomber à la renverse. Un couteau était planté dans sa poitrine.

30

Une heure plus tard, King, assis sur une marche, attendait que les équipes d'investigation terminent leur travail et emportent le corps de Susan Whitehead. Todd Williams le rejoignit.

— Nous avons terminé, Sean. Elle a été tuée vers cinq heures du matin, l'heure de son footing. Nous supposons qu'elle a été surprise dans la campagne et exécutée sur place. Voilà pourquoi il n'y a pas de sang sur le carrelage de la salle de bains. Une déclaration ?

— Je me trouvais en Caroline du Nord.

— Je ne parle pas de ça. Je sais bien que vous ne l'avez pas tuée.

L'accent sur le « vous » était juste assez prononcé pour que King réagisse avec une certaine violence.

— Et je ne l'ai pas fait assassiner, si c'est ce que vous impliquez, avec le tact qui vous caractérise.

— Je ne fais que mon travail, Sean. Les cadavres se multiplient ; pour le moment, tout le monde est soupçonné et je sais que Mme Whitehead est votre cliente.

— Était. Je me suis occupé de son dernier divorce, un point c'est tout.

— Autant que je vous pose la question tout de suite. On raconte en ville que vous et Mme Whitehead, euh... entreteniez une relation. Vous confirmez ?

— Non. Elle me courait après mais je n'étais pas intéressé.

Williams fronça les sourcils.

— Elle vous a importuné ? Je la connaissais suffisamment pour savoir qu'elle pouvait se montrer assez... pénible.

— Elle s'était entichée de moi, ce qui me laissait parfaitement indifférent.

— Vous êtes certain que vous n'avez rien à ajouter ?

— À quoi vous jouez, là ? J'aurais tué cette malheureuse parce qu'elle me collait aux basques ? Lâchez-moi trente secondes.

— Je sais, ça semble un peu tiré par les cheveux, mais les gens bavardent.

— Surtout ici.

— Et Mme Whitehead était un membre important de notre communauté. Elle comptait beaucoup d'amis.

— Elle recevait beaucoup, c'est différent.

— Si j'étais vous, je garderais ce genre de réflexion pour moi, Sean.

Il prit la note épinglée à la poitrine de la victime, qui se trouvait maintenant dans un grand sac en plastique.

— Ça vous suggère quelque chose ?

— Oui. Ce message a été écrit par quelqu'un qui a assisté à l'assassinat de Ritter ou qui en sait long sur le sujet. Si j'étais vous, j'en informerais le FBI.

— Merci du conseil.

Tandis que Williams prenait congé, King se frotta les tempes tout en envisageant de prendre un bain dans une baignoire remplie de bourbon pour mieux sombrer dans l'alcool. Le téléphone sonna. C'était Phil Baxter, son associé.

— Oui, c'est vrai, Phil. Je l'ai trouvée morte dans ma salle de bains et j'ai failli faire une crise cardiaque. Écoute, il faudrait que tu me remplaces pour un certain nombre d'affaires que je ne vais pas pouvoir assurer. Je... pardon ?

Le visage de King s'assombrit.

— Mais de quoi parles-tu, Phil ?... Comment ça, ouvrir un cabinet à ton nom ? Et pourquoi ?... Oui, je vois. Si c'est ce que tu veux. Organise-toi comme tu l'entends.

Il avait à peine raccroché que le téléphone sonnait à nouveau. Sa secrétaire, Mona Hall, l'appelait pour lui donner sa démission. Elle était terrorisée, tous ces cadavres, hein, sans compter les gens qui suggéraient que King était impliqué dans ces meurtres... elle ne les croyait pas, bien sûr, mais enfin, il n'y a pas de fumée sans feu...

Il coupa la communication pendant qu'une main se posait sur son épaule. Joan.

— Les ennuis continuent ?

— Mon associé est en train de plier bagage et ma secrétaire le suit dans sa courageuse retraite. À part ça, tout va bien.

— Je suis désolée, Sean.

— Remarque, c'est assez logique. Autour de moi, les gens tombent comme des mouches. À leur place, je réagirais de la même façon.

— En ce qui me concerne, je campe sur mes positions et j'ai plus que jamais besoin de toi.

— Ça fait toujours plaisir.

— Je reste ici deux jours, je dois préparer des questions et faire des recherches. Appelle-moi assez vite. Si tu refuses ma proposition, il faut que je m'organise. Je te signale que j'ai un avion privé à ma disposition. Et, si je peux te donner un conseil, pour traverser une mauvaise passe, rien de tel que le travail.

— Pourquoi, Joan ? Pourquoi veux-tu à tout prix m'aider ?

— Le remboursement d'une vieille dette ?

— Tu ne me dois rien.

— Plus que tu ne le penses. Et il m'a fallu du temps pour le comprendre.

Elle planta un baiser sur sa joue, tourna les talons et s'en alla.

Le téléphone sonna à nouveau.

— Oui ? dit-il d'un ton agacé.

C'était Michelle.

— Entendu. Je serai là dans une demi-heure.

Il demeura silencieux.

— Sean, vous êtes sûr que ça va ?

Il regarda la voiture de Joan s'éloigner.

— Très bien, merci.

King prit une douche dans la salle de bains de la chambre d'amis et s'assit devant le secrétaire de son bureau. Là, il saisit une feuille de papier pour retranscrire de mémoire le texte de la note trouvée sur le corps de Susan Whitehead.

Ça vous évoque quelque chose, Sir Kingman ? Essayez de
vous rappeler où vous vous trouviez le jour le plus important

de votre vie. Vous êtes un type très malin mais un peu rouillé, et donc il vous faudra probablement un indice. Le voici : 1032AM09261996. Ce jour-là, vous aviez beaucoup « poussé » au poste, vous n'aviez cessé de vous « montrer ». J'ai hâte de vous revoir, ce qui ne saurait tarder.

10 h 32 du matin le 26 septembre 1996 était l'heure exacte de l'assassinat de Clyde Ritter. Qu'est-ce que cela signifiait ? Il était tellement concentré qu'il ne l'entendit pas arriver.

— Sean ?

Il sursauta et poussa un cri auquel Michelle répondit en reculant précipitamment.

— Vous m'avez fait une de ces peurs ! s'exclama-t-elle.

— Moi, je vous ai fait peur ? Bon sang, on ne vous a jamais appris à frapper aux portes avant d'entrer ?

— J'ai cogné pendant cinq minutes et personne ne répondait.

Elle regarda la feuille de papier.

— Un message qui me vient de mon passé, grommela King.

— Un passé récent ?

— Le 26 septembre 1996, ça vous rappelle quelque chose ?

Elle hocha la tête. Il hésita un instant et lui tendit la note.

— Qui a bien pu vous laisser ça ? demanda-t-elle en la lui restituant.

— Celui qui a amené ici le corps de Susan Whitehead pour l'accrocher à la porte de ma salle de bains. Le colis était étiqueté.

— Elle a été tuée ici ?

— Non. Selon la police, ça s'est passé tôt ce matin.

Elle désigna la feuille de papier.

— Les flics sont au courant ?

— Ils ont l'original. Ça, c'est une copie.

— Vous avez des idées sur l'identité de l'auteur ?

— Sans doute. Mais elles ne mènent nulle part.

— Joan était encore là quand on a trouvé le corps ?

— Oui, mais elle n'a rien à voir là-dedans.

— Je sais, Sean. Je n'insinue rien. Vous en êtes où, avec elle ?

— Je l'appellerai pour lui dire que je réfléchis à la proposition concernant Bruno et que je reprendrai contact avec elle.

— Et maintenant ?

— Nous retournons à Bowlington.

Michelle ne dissimula pas sa surprise.

— Je croyais que vous en aviez fini avec l'hôtel Fairmount ?

— Effectivement. Mais j'aimerais bien savoir de quoi vivait cette femme de chambre au chômage et qui lui a fourré ces billets dans la bouche.

— Vous pensez vraiment que c'est lié au meurtre de Ritter ?

— J'en suis persuadé. Et voilà la question à mille dollars.

Michelle attendait, suspendue à ses lèvres.

— Qui Loretta Baldwin a-t-elle vu dans cette réserve ?

31

—Je vous remercie de m'avoir accordé un rendez-vous, dit Joan à Jefferson Parks, assis en face d'elle dans le coin salle à manger de l'hôtel où elle était descendue.

Il l'observait avec méfiance.

—Ça fait un bail.

—Six ans. Le groupe spécial d'opération dans le Michigan, quand les agents de l'US Secret Service et les US Marshals ont eu le privilège de porter les valises du FBI.

—Autant que je m'en souvienne, c'est grâce à vous qu'on a résolu l'affaire et vous n'avez pas lésiné sur les moyens pour que tout le monde soit au courant.

—On n'est jamais aussi bien servi que par soi-même. Si j'avais été un homme, on m'en aurait attribué le mérite sans que je bouge le petit doigt.

—Vous pensez vraiment ce que vous dites ?

—Je ne pense pas, je sais, Jefferson. Et je peux vous citer des dizaines d'exemples tout à fait convaincants. Je les ai sur le bout de ma langue.

De vipère, songea Parks.

—Et donc vous vouliez me voir ? lança-t-il à voix haute.

—Oui, à propos de l'affaire Howard Jennings. Je m'interrogeais sur l'avancement de l'enquête. Courtoisie professionnelle.

—Je ne suis pas autorisé à vous en parler et vous le savez très bien.

—Mais vous pouvez me renseigner sur certains détails non confidentiels, qui ne mettent pas l'enquête en péril et dont les journaux n'ont pas encore parlé.

Le marshal haussa les épaules.

— À quoi faites-vous allusion, exactement ?

— Par exemple, vous n'avez pas arrêté Sean King, sans doute parce que, malgré certains indices qui semblent le mettre directement en cause, vous ne croyez pas à sa culpabilité. Vous détenez peut-être des éléments qui pointent dans d'autres directions. Et puis il ne pouvait pas avoir tué Susan Whitehead puisqu'il était absent. En réalité, je crois que c'est vous qui lui avez fourni un alibi.

— D'où vous vient cette certitude ?

— Mon métier est de mener des enquêtes.

— L'assassin de Howard Jennings et celui de Susan Whitehead ne sont pas nécessairement une seule et même personne.

— Allons donc, vous êtes persuadé du contraire, et moi aussi. Si les crimes paraissent à première vue différents, ils sont en réalité très semblables.

— Je ne doute pas un seul instant de votre intelligence et de ma stupidité, répondit-il, mais plus je vous écoute, moins je comprends où vous voulez en venir.

— Supposons que Jennings ait été exécuté non pas parce qu'il appartenait à WITSEC mais parce qu'il travaillait pour King.

— Pourquoi ?

Elle ignora sa question.

— Quant à Susan Whitehead, elle était morte avant d'être transportée chez Sean. Dans les deux cas, il n'y a pas de preuves suffisantes permettant de démontrer qu'il est le meurtrier. En ce qui concerne le meurtre de Mme Whitehead, il avait même un alibi.

— Il n'en avait pas pour Jennings, et son revolver est l'arme du crime, répliqua le marshal adjoint.

— Pourtant, sa théorie sur la substitution des revolvers ne vous laisse pas indifférent.

— Je ne peux ni infirmer ni confirmer, mais peut-être Jennings a-t-il été tué par d'anciens complices qui ont essayé de faire porter le chapeau à King en utilisant son revolver, en le privant d'alibi solide et en tuant Jennings dans son bureau. Classique.

— Comment pouvaient-ils être certains qu'il n'aurait pas d'alibi ? s'étonna Joan. Imaginez qu'il ait été appelé en urgence pendant son service ou que quelqu'un l'ait vu au moment où Jennings était tué ?

— S'ils connaissaient ses heures de ronde, il leur suffisait d'attendre qu'il arrive dans le centre-ville pour tuer Jennings. Du coup, on l'avait forcément vu dans le coin au moment du crime.

— Sans doute. Mais s'il avait rencontré quelqu'un en chemin ou reçu un coup de fil quand il était en ville, il tenait son alibi et le piège ne fonctionnait pas.

— Et alors ? s'impatienta Parks.

— Alors, selon moi, les auteurs de cette mise en scène se fichent que Sean soit arrêté ou pas. D'après mon expérience, les organisateurs de ce type de machination sont beaucoup plus rigoureux. S'ils étaient suffisamment habiles pour voler le revolver de Sean et en faire une réplique à l'identique dans le but de tuer Jennings et de remettre l'arme à sa place initiale, ils étaient en mesure de choisir un lieu et une heure qui condamnaient Sean à coup sûr. En bref, je n'arrive pas à comprendre une planification aussi parfaite pour l'arme et une telle désinvolture pour l'alibi. En ce qui concerne leur travail, les meurtriers sont rarement schizophrènes.

— King peut très bien avoir organisé tout ça pour nous désorienter.

— Et ruiner sa nouvelle existence ?

— Pourquoi vous intéressez-vous tant à cette affaire ?

— Sean et moi avons fait équipe. Je l'estime beaucoup et il m'a rendu de grands services. Je pense que vous devriez chercher votre meurtrier ailleurs.

— Où ça ? Vous avez une idée ?

Joan détourna les yeux.

— Des idées, mon cher, nous en avons tous.

Sur ces paroles, elle mit brusquement fin à l'entretien.

Après le départ de Parks, Joan sortit une feuille de son sac. Pendant que King et Williams étaient occupés ailleurs, elle avait persuadé un des auxiliaires du shérif du comté de la laisser faire une copie de la note trouvée sur le corps de Susan Whitehead. Elle la lut, puis elle prit une autre feuille dans son portefeuille, qu'elle avait gardée pendant huit ans, et la déplia soigneusement. Enfin, elle l'examina avec attention.

Ce message, elle avait cru qu'il était de la main de Sean, qu'il l'avait laissé pour elle au Fairmount le matin où Ritter avait été tué.

Après leur folle nuit, elle était restée couchée pendant que King retournait à son travail. En se réveillant, elle avait vu le mot et résolu d'accéder à son désir, même si cela comportait certains risques professionnels. Après tout, elle avait toujours adoré les risques. Par la suite, elle jugea qu'il s'agissait d'une atroce coïncidence. Puis elle se demanda à quoi pensait Sean, ce matin-là. À l'époque, elle n'avait rien dit pour une raison très simple : cela aurait détruit sa carrière. Maintenant, cet épisode prenait une tout autre signification.

32

Quand King grimpa dans le 4 × 4 de Michelle, il émit un sifflement d'admiration.

— Ce véhicule a été nettoyé !

— Oh ! j'ai juste ramassé quelques objets ici et là, répliqua-t-elle avec nonchalance.

— C'est impeccable et ça sent très bon.

Elle fronça le nez.

— J'ai jeté des vieilles bananes qui traînaient par terre. Complètement oublié comment elles étaient arrivées là.

— Vous avez fait ça pour moi ?

— Et puis quoi encore ? J'avais juste un peu de temps libre, voilà tout.

— En tout cas, vous m'en voyez ravi.

Soudain, une pensée le frappa.

— Et vos affaires ?

Elle parut embarrassée.

— Je suppose que vous n'avez pas vraiment envie de voir ma chambre d'hôtel ?

— Non, je n'y tiens pas.

À Bowlington, ils avaient rendez-vous avec Tony Baldwin. Avec sa permission et celle du shérif local, ils allèrent jeter un coup d'œil chez Loretta.

— De quoi vivait votre mère ? Elle touchait une retraite ? demanda King en contemplant l'intérieur confortablement aménagé.

— Non, elle n'avait que soixante et un ans.

— Elle travaillait ?

Tony secoua la tête tandis que King examinait meubles, tapis et bibelots. La cuisine équipée surprenait dans une maison aussi vétuste, et une Ford d'un modèle récent trônait dans le garage.

— Vous l'entreteniez ou elle avait hérité de parents aisés ? s'étonna King.

— J'ai quatre enfants, j'arrive à peine à joindre les deux bouts et il ne nous reste aucune famille.

— Laissez-moi deviner : elle vous donnait de l'argent ?

Baldwin parut mal à l'aise.

— Tony, nous essayons juste de savoir qui a tué votre mère, intervint Michelle.

— D'accord, oui, elle m'aidait de temps à autre. Je ne sais pas d'où elle tenait cet argent et je ne lui ai jamais posé la question. À cheval donné, on ne regarde pas les dents, et j'ai beaucoup de bouches à nourrir.

— A-t-elle jamais fait allusion à une source de revenus quelconque ? interrogea King. Quand avez-vous constaté un changement dans son train de vie ?

— Je ne me souviens pas. La première fois qu'elle m'a dépanné, c'était il y a des années.

— Combien ? Réfléchissez, c'est important.

— Six ou sept ans.

— Quand a-t-elle été licenciée du Fairmount ?

— L'hôtel a fermé peu de temps après l'affaire Ritter.

— Avait-elle travaillé depuis ?

— Rien de fixe, et ces dernières années, plus du tout. Toute sa vie, elle s'était échinée dans des boulots minables, elle avait bien le droit de se reposer, répliqua-t-il, sur la défensive.

— Donc votre mère ne vous a jamais fait de confidences ? Croyez-vous qu'elle aurait pu parler à des amis ?

— Elle avait un excellent ami, Oliver Jones, mais il est décédé. Peut-être qu'il était au courant de quelque chose.

— On peut contacter sa famille ?

— Il n'en avait pas. Il les a tous enterrés et il est mort il y a environ un an.

— Vous êtes sûr que vous n'avez rien d'autre à nous signaler ?

Tony réfléchit un instant.

— À Noël, dit-il brusquement, maman a fait une réflexion bizarre.

— Ah bon ?

— Ces cinq ou six dernières années, elle offrait toujours de beaux cadeaux aux enfants. Mais à Noël dernier, rien du tout. Ma petite fille, Jewell, a demandé à sa grand-mère si elle ne l'aimait plus. Vous savez comment sont les enfants. Enfin, bref, maman a répondu : « Ma chérie, toutes les bonnes choses ont une fin. » Un truc de ce genre.

Michelle et King échangèrent un regard.

— Je suppose que la police a fouillé la maison ? dit King.

— Oui, de fond en comble, et ils n'ont rien trouvé.

— Pas de talons de chèques, de bordereaux de dépôt, de vieilles enveloppes qui fourniraient une indication sur la provenance de ces fonds ?

— Non, rien de tel. Maman n'aimait pas les banques. Elle payait tout en liquide.

King jeta un coup d'œil par la fenêtre.

— Apparemment, votre mère prenait grand soin de son jardin.

Tony sourit.

— Elle passait beaucoup de temps à gratter la terre et je venais l'aider toutes les semaines. Après elle s'asseyait dans son jardin et restait là à contempler les fleurs pendant des heures.

Il resta songeur un instant.

— Vous voulez les voir ?

King allait décliner l'invitation quand Tony ajouta très vite :

— Aujourd'hui, c'est le jour où je viens désherber. Elle n'est plus là mais je continue, en souvenir d'elle. Elle y accordait beaucoup d'importance.

Michelle sourit.

— On vous suit. J'adore les jardins, Tony, dit-elle d'un ton plein de sympathie.

Elle donna un coup de coude à King.

— Moi aussi, ajouta King sans enthousiasme excessif.

Pendant que Tony Baldwin arrachait des mauvaises herbes dans les parterres, Michelle et King discutaient tout en feignant de s'intéresser aux plantations.

— La trésorerie secrète de Loretta est apparue peu de temps après la mort de Ritter, fit observer King.

— Exact. Vous pensez à un chantage ?

Il hocha la tête.

— Il me semble toutefois peu crédible que Loretta ait fait chanter quelqu'un pour la simple raison qu'elle l'avait vu dans la réserve, continua-t-il.

— Vous voulez dire que cette personne est entrée dans ce placard pour la même raison que Loretta : poussée par la peur.

— Ça ne suffit pas. Rappelez-vous, quand nous inspections la réserve, j'ai dit que Loretta s'était probablement cachée tout au fond. Assez logique si on pense qu'elle craignait que quelqu'un ne pénètre là-dedans avec une arme…

Il s'interrompit brusquement, les yeux écarquillés.

— Vous pensez qu'elle a peut-être vu quelqu'un avec une arme ? s'écria Michelle.

— Ou un autre objet compromettant. Sinon, pourquoi aurait-elle eu des soupçons ? Après tout, des tas de gens couraient dans tous les sens en cherchant un endroit où se réfugier.

— Mais pourquoi un revolver ?

— Pourquoi pas ? Si un type essaie de planquer quelque chose dans un placard après un assassinat, il paraît plus logique que ce soit une arme plutôt qu'une paire de lunettes ou une liasse de billets. Un revolver le désigne aussitôt comme faisant partie du complot. Admettons que ce type porte une arme sur lui. Il craint d'être arrêté et fouillé à la sortie. Donc, quand la panique s'empare de l'assistance, il court se cacher dans la réserve, ignorant que Loretta s'y trouve déjà. D'ailleurs, il a peut-être prévu de dissimuler l'arme dans le placard et de venir la récupérer plus tard. À moins qu'il n'ait décidé de laisser la police s'en charger, en admettant que le flingue soit « propre » et qu'il ne puisse parler. Donc il dissimule l'arme sous une pile de torchons et s'évanouit dans la nature. C'est alors que Loretta sort de sa cachette et la récupère. Peut-être a-t-elle l'intention de la remettre à la police mais, chemin faisant, elle change d'avis et choisit le chantage. Comme elle travaille à l'hôtel, elle connaît probablement une issue de secours où personne n'est contrôlé, ou alors elle dissimule l'arme et revient la chercher plus tard.

Michelle réfléchit un instant.

— D'accord. Elle est en possession de l'arme et elle a vu le type. En admettant qu'elle ignore son identité, il n'est pas difficile de la

177

retrouver. Elle le contacte en gardant l'anonymat, lui envoie peut-être une photo du revolver et exige de l'argent. Cette hypothèse tient parfaitement la route, Sean.

— Voilà pourquoi sa maison a été fouillée de fond en comble. Ils cherchaient le revolver.

— Et si Loretta l'avait dissimulé ailleurs ?

— Vous avez entendu Tony : cette femme n'aimait pas les banques. Elle gardait à portée de main tout ce qui pour elle avait de la valeur.

— Alors, où a-t-elle bien pu le planquer ?

— On ne va pas démonter la maison brique par brique.

— Murer une arme n'est quand même pas très pratique si on veut la récupérer un jour.

— Oui, bien sûr.

King laissa errer son regard sur le petit jardin. Puis il s'avança vers un buisson d'hortensias. Six de couleur rose avec un bleu au milieu.

— Quels beaux hortensias ! dit-il à Tony.

Ce dernier le rejoignit en s'essuyant les mains sur son tablier.

— Oui, maman raffolait de ces fleurs-là. Elle les préférait même aux roses.

— Intéressant, répliqua King. Vous a-t-elle jamais dit pourquoi ?

— Je comprends pas bien votre question.

— Pourquoi cette inclination ?

— Sean, vous croyez vraiment que c'est important ? intervint Michelle.

Tony Baldwin se frotta le menton.

— Maintenant que vous m'en parlez, elle disait souvent que ces hortensias étaient inestimables.

King se tourna vers Michelle, revint aux fleurs, et s'exclama brusquement :

— Nom de Dieu !

— Que se passe-t-il ?

— Une chance sur mille mais ça vaut la peine d'essayer. Vite, Tony, donnez-moi une pelle.

— Pour quoi faire ?

— Les hortensias roses et bleus ont toujours excité ma curiosité.

— Ils sont pourtant bien ordinaires. Il y a des gens qui croient que ce sont des variétés différentes mais pas du tout. Il suffit d'acidifier le sol en faisant baisser le PH. Il me semble bien qu'on utilise du... sulfate d'aluminium. Ou alors on enterre des trucs en fer au pied du buisson. Des boîtes de conserve, des clous rouillés... certaines fleurs passent alors du rose au bleu.

— Je sais. Voilà pourquoi j'ai besoin d'une pelle.

Tony alla chercher l'outil dans le garage et King commença à creuser autour de l'hortensia bleu. Presque aussitôt, il heurta un objet qu'il déterra prestement.

— Il a parfaitement joué son rôle d'acidifiant, déclara King en se saisissant d'un revolver rouillé.

33

Abandonnant le pauvre Tony sidéré au beau milieu du jardin maternel, King et Michelle reprirent la route et s'arrêtèrent dans un restaurant pour un dîner rapide.

— On a de la chance que le fer soit un composant de l'acier, sinon on n'aurait jamais retrouvé le revolver, soupira King.

— Maintenant, je comprends mieux pourquoi Loretta a été assassinée mais je ne saisis toujours pas la signification des billets qui lui ont été fourrés dans la bouche.

King fit tourner sa tasse de café entre ses mains.

— Il m'est arrivé de travailler avec un groupe spécial d'opération Service-FBI à Los Angeles. Des truands russes extorquaient de l'argent à toutes les entreprises à deux kilomètres à la ronde. Ils avaient également monté une escroquerie financière qui justifiait notre intervention. Nous avions infiltré leur organisation grâce à des indicateurs très bien rémunérés – c'est ce qu'on appelle traiter le mal par le mal. Et nous avons retrouvé nos mouchards truffés de balles dans le coffre d'une voiture, les lèvres agrafées. Quand on a enlevé les agrafes, leurs bouches étaient pleines de billets. Le message était clair : si vous parlez, vous mourez en bouffant l'argent de la trahison.

— Les dollars dans la bouche de Loretta étaient symboliques ?

— Sans aucun doute.

— Une minute. Son fils a précisé que la manne s'était tarie il y a environ un an. Or l'individu que Loretta faisait chanter était toujours dans les parages puisqu'il l'a tuée. Pourquoi avait-il arrêté de la payer ?

— Toute cette histoire remontait à environ sept ans. Qu'allait-elle bien pouvoir raconter aux flics ? « J'ai souffert d'amnésie et puis tout m'est revenu brusquement en mémoire et, oh ! à propos, ce type avait un revolver » ?

— La victime du chantage l'avait compris, et le moyen de pression de Loretta ne tenait plus...

— Cette personne a récemment découvert qui était le maître chanteur et Loretta l'a payé de sa vie.

Michelle pâlit et saisit le bras de Sean.

— Quand j'ai parlé avec Loretta, elle a signalé qu'elle se trouvait dans cette réserve alors qu'elle ne l'avait jamais révélé à qui que ce soit. Vous ne pensez tout de même pas... ?

— Quelqu'un vous a peut-être entendues, à moins que Loretta ne l'ait répété plus tard à une tierce personne.

— Non, elle a été exécutée trop peu de temps après notre entretien. Nous étions seules sur la véranda et pourtant quelqu'un a surpris notre conversation. Mon Dieu ! je suis responsable de sa mort.

— Écoutez, Michelle, je suis désolé de ce qui est arrivé à Loretta mais elle se livrait à des activités dangereuses. Elle aurait dû aller trouver la police pour lui remettre cette arme.

— C'est ce que nous devrions faire.

— Absolument. Bien que les numéros de série aient été effacés et qu'elle soit en sale état, les experts du FBI pourront peut-être en tirer quelque chose. Il y a un bureau à Charlottesville, on la déposera sur le chemin.

— Et maintenant ?

— Supposons que quelqu'un ait dissimulé une arme dans un placard du Fairmount le jour où Clyde Ritter a été assassiné...

Elle comprit brusquement les conséquences de cette découverte :

— Selon vous, Arnold Ramsey ne travaillait pas seul ?

— Exactement. Et voilà pourquoi nous allons immédiatement reprendre la route.

— Pour aller où ?

— À Atticus College. Là où Arnold Ramsey était professeur.

34

Difficile d'imaginer que les belles rues bordées d'arbres et les élégants bâtiments recouverts de vigne vierge d'Atticus College aient pu abriter un assassin.

— Je n'avais jamais entendu parler de cet endroit avant la mort de Ritter, fit remarquer Michelle tandis qu'ils roulaient lentement le long de la principale avenue du campus.

— Et moi, je ne me doutais pas qu'il se trouvait si près de Bowlington.

Il consulta sa montre.

— Il ne nous a fallu qu'une demi-heure pour arriver jusqu'ici.

— Ramsey enseignait quoi ?

— Les sciences politiques, et plus particulièrement le mode de scrutin au niveau fédéral, mais son sujet de prédilection était la théorisation du fonctionnement des mouvements extrémistes.

Michelle haussa les sourcils.

— Après le meurtre de Ritter, expliqua King, je suis devenu un spécialiste d'Arnold Ramsey. Se renseigner sur le type qu'on a descendu est tout de même la moindre des choses.

— Je vous trouve très décalé, Sean.

— Au contraire. J'ai essayé de comprendre pourquoi un respectable professeur d'université tuait un candidat sans intérêt, qui n'avait de toute façon aucune chance de l'emporter, et le payait de sa vie.

— J'aurais pensé que sa personnalité avait été étudiée de façon exhaustive.

— Pas aussi exhaustive que si le candidat assassiné avait été crédible. Et puis tout le monde voulait se sortir de ce pétrin au plus vite.

— L'enquête officielle a conclu que Ramsey avait agi seul.

— Si on en croit ce que nous avons découvert, ils ont refermé le dossier un peu trop tôt.

Il détourna la tête.

— Mais tout cela s'est passé il y a bien longtemps. Difficile de trouver des éléments présentant un intérêt quelconque.

— Maintenant que nous sommes ici, faisons de notre mieux. Qui dit que nous n'allons pas repérer un indice ayant échappé aux investigateurs ? Regardez l'hortensia bleu.

— Peut-être allons-nous découvrir quelque chose qu'il vaudrait mieux ignorer ?

— Quels que soient les risques, il faut toujours révéler la vérité.

— Vous en êtes certaine ?

— Pas vous ?

— Je suis un juriste. Adressez-vous à un véritable être humain.

Ballottés d'un département à un autre, ils finirent par atterrir dans le bureau de Joel Detroit. Élégant, de taille moyenne, il avait dépassé la cinquantaine. Ses lunettes aux verres épais et son teint pâle lui donnaient un air très professoral. Il avait fréquenté feu Arnold Ramsey, dont il était un ami et un collègue.

Detroit s'assit derrière un bureau qui disparaissait sous des piles de livres, des manuscrits et un ordinateur portable fermé, recouvert de blocs-notes et de stylos de différentes couleurs. Les multiples étagères pliaient dangereusement sous le poids des livres. King était absorbé dans la contemplation des diplômes accrochés au mur quand Detroit demanda :

— Cela vous dérange si je fume ? Partout ailleurs sur le campus, je ne peux plus guère me le permettre.

King et Michelle hochèrent la tête en signe d'assentiment.

— J'ai été surpris d'apprendre que vous vous intéressiez à Arnold.

— D'habitude, nous prenons rendez-vous par téléphone, expliqua King.

— Mais comme nous passions par là, on a décidé de tenter notre chance, enchaîna Michelle.

— Excusez-moi mais j'ai oublié vos noms...

— Michelle Stewart, et voici mon ami, Tom Baxter.

Detroit dévisagea King.

— J'ai l'impression de vous avoir déjà vu quelque part.

King sourit.

— Tout le monde me dit ça. Je dois avoir un physique assez courant.

— C'est curieux mais vous-même me faites exactement la même impression, monsieur Detroit, intervint aussitôt Michelle.

— J'apparais assez souvent sur la chaîne de télévision locale, s'empressa de répondre le professeur. J'apprécie l'anonymat mais avoir son petit quart d'heure de célébrité de temps en temps est très satisfaisant pour l'ego.

Il s'éclaircit la voix.

— Si j'ai bien compris, vous préparez un documentaire sur Arnold ?

Michelle se renversa en arrière sur son siège et attaqua le sujet sous un angle très universitaire :

— Ou plus exactement sur les assassinats fondés sur des motivations politiques. Nous avons émis quelques hypothèses sur les individus qui prennent les politiciens pour cible. Certains agissent parce qu'ils ont un déséquilibre mental ou expriment un ressentiment personnel à l'égard de leur victime. D'autres s'inspirent de croyances philosophiques profondément ancrées et parviennent à se persuader qu'ils servent le bien de l'humanité. Ils peuvent même en arriver à considérer que l'élimination d'un édile ou d'un candidat est un acte de patriotisme.

— Et vous vous interrogez sur la catégorie à laquelle appartenait Arnold ?

— En tant que collègue et ami, vous avez dû beaucoup réfléchir sur le sujet, insinua King.

Detroit l'observa derrière les volutes de fumée de sa cigarette.

— Au cours de ces dernières années, les raisons qui ont poussé Arnold à devenir un assassin m'ont effectivement beaucoup intrigué. Très franchement, je ne parviens pas à le relier à un groupe idéologique ou psychologique déterminé.

— Peut-être qu'une étude du contexte personnel et socioprofessionnel dans lequel il évoluait au moment des faits nous permettrait de le cerner avec plus de précision, suggéra Michelle.

Detroit jeta un coup d'œil à sa montre.

— Vous avez sans doute un cours à donner ? s'enquit-elle.

— Non, je suis en congé sabbatique. J'essaie de terminer un livre. Allez-y, je vous écoute.

Michelle prit un stylo et un bloc-notes.

— Si nous parlions d'abord du parcours de Ramsey ?

Detroit s'absorba dans la contemplation du plafond.

— Arnold a accompli un parcours sans faute à Berkeley, licence, maîtrise, doctorat. Toujours reçu dans les premiers. Il a aussi trouvé le temps de manifester pour les droits civiques, contre la guerre du Viêt-nam, de brûler son ordre d'incorporation, de participer aux obstructions sur la voie publique... il s'est fait arrêter et a même risqué sa vie. Dans cette faculté, son cursus universitaire était de loin le plus brillant. Il a d'ailleurs rapidement obtenu un poste permanent.

— Ses étudiants l'appréciaient ? interrogea King.

— Je n'ai jamais atteint sa cote de popularité, répliqua Detroit avec un petit rire. Je me suis toujours montré beaucoup plus sévère que mon regretté collègue.

— Je suppose que ses convictions politiques divergeaient totalement de celles de Ritter ? avança Michelle.

— Tout comme quatre-vingt-dix-neuf pour cent des Américains, Dieu merci. Ce vulgaire télé-évangéliste soutirait de l'argent à des malheureux qu'il berçait d'illusions. Comment un homme tel que lui a-t-il pu être candidat à la Maison-Blanche ? J'ai parfois honte pour mon pays.

— On dirait que les opinions de Ramsey ont déteint sur vous, ironisa King.

Le professeur toussota et émit un petit rire gêné.

— Je partageais son jugement sur Clyde Ritter en tant que Président potentiel, mais je me distinguais radicalement de lui quant à la réponse à apporter à sa candidature.

— Ramsey exprimait clairement son sentiment ?

— Absolument.

Detroit écrasa sa cigarette et en alluma aussitôt une autre.

— Je le revois dans mon bureau, frappant du poing tout en vouant aux gémonies les citoyens qui permettaient à un homme comme Clyde Ritter de jouer un rôle dans la politique nationale.

— Il savait bien que Ritter n'avait aucune chance de gagner.

— Là n'était pas la question. Arnold pensait surtout aux marchandages qui s'opéraient en coulisse. Le pourcentage alarmant de voix qui allaient se reporter sur Ritter inquiétait fortement les républicains et les démocrates. Ritter avait rassemblé assez de suffrages sur son nom pour recevoir des fonds fédéraux destinés à sa campagne et pour occuper un temps d'antenne dans les débats nationaux. Et, quoi que l'on puisse penser de lui, il faut bien reconnaître qu'il avait de l'éloquence, était incroyablement percutant, naturel, qu'il établissait un bon contact avec certains secteurs de l'électorat. Il avait réussi à bricoler une dangereuse coalition. De nombreux candidats de ce parti indépendant postulaient pour différentes fonctions dans un bon nombre d'États de première importance, ce qui aurait eu des conséquences désastreuses pour les candidats des deux principaux partis.

— Comment cela ? feignit de s'étonner King.

— Sa liste était en mesure de contrôler l'issue des élections pour environ trente pour cent des sièges. Quand vous disposez d'un tel poids dans l'arène politique, eh bien...

— Vous n'avez plus qu'à fixer votre prix ? suggéra King.

Detroit acquiesça.

— Le prix de Ritter reste de l'ordre de la spéculation. Après sa mort, son parti s'est désagrégé. Passez-moi l'expression, mais les républicains et les démocrates ont senti le vent du boulet. Personnellement, je suis convaincu que, si Ritter n'avait pas été stoppé dans sa course, il aurait fini par détruire tout ce que l'Amérique a toujours défendu.

— Et Ramsey ne voulait pas en entendre parler, conclut King.

— Naturellement, puisqu'il a descendu ce type.

— Avait-il jamais parlé d'en venir à de telles extrémités ?

— Jamais, comme je l'ai bien précisé aux autorités de l'époque. D'accord, il venait ici pour fulminer contre Ritter mais il n'a jamais proféré de menaces explicites. Et chacun est libre de ses opinions.

— Ce qui n'accorde pas le droit de tuer en leur nom.

— Je ne savais même pas qu'il possédait une arme.

— Fréquentait-il certains professeurs de cette université ? interrogea Michelle.

— Pas vraiment. Arnold les intimidait. Des universités comme Atticus abritent rarement de telles pointures.

— Des amis en dehors du collège ?

— Pas que je sache.

— Et chez les étudiants ?

— Excusez-moi, mais il me semble que notre conversation s'est plutôt orientée vers la vie privée d'Arnold que vers ses motivations politiques.

— L'un ne va pas sans l'autre, fit remarquer Michelle. Il est difficile de comprendre les causes d'un tel acte sans aborder l'homme et la façon dont il a pu à un moment donné projeter d'assassiner Ritter.

Le professeur demeura silencieux un instant puis haussa les épaules.

— S'il a tenté de recruter des étudiants pour réaliser son plan, je n'en ai jamais entendu parler.

— Il était marié au moment de sa mort ?

— Oui, mais il vivait séparé de Regina, sa femme. Ils avaient une fille, Kate.

Il se leva et prit sur une étagère un dossier qui contenait de nombreuses photos. Il leur en tendit une.

— Les Ramsey, quand ils coulaient des jours heureux

King et Michelle se penchèrent sur le cliché.

— Regina Ramsey est très belle, commenta Michelle.

— Oui, très belle.

King releva la tête.

— Elle s'est suicidée il n'y a pas très longtemps, précisa Detroit.

— Je l'ignorais. Ils étaient séparés ?

— Oui, au moment de la mort d'Arnold, Regina vivait dans une petite maison, non loin d'ici.

— Ils avaient la garde partagée de Kate ? s'enquit Michelle.

— Oui. J'ignore comment cette situation aurait évolué s'ils avaient divorcé. Bien sûr, Regina a eu la garde de Kate à la mort d'Arnold.

— Pourquoi se sont-ils séparés ?

— Allez savoir. Dans sa jeunesse, Regina était une actrice de talent. D'ailleurs, elle projetait de faire carrière au théâtre quand elle a rencontré Arnold. Ils sont tombés amoureux, ce qui a bouleversé ses projets. Elle avait beaucoup de prétendants mais elle aimait Arnold. Je ne puis m'empêcher de croire qu'elle s'est suicidée parce qu'elle ne pouvait vivre sans lui.

Il ajouta d'une petite voix :

— À l'époque, j'étais persuadé qu'elle était heureuse. Mais je me trompais.

— Apparemment, elle ne pouvait pas non plus vivre avec lui, commenta King.

— Arnold avait changé. Il avait atteint l'échelon le plus élevé de sa carrière universitaire et perdu son enthousiasme pour l'enseignement. Il était très déprimé et peut-être que cette mélancolie a affecté son mariage. Quand Regina l'a quitté, sa dépression s'est accentuée.

— Peut-être essayait-il de reconquérir sa jeunesse en tirant sur Ritter ? suggéra Michelle.

— Peut-être. Malheureusement, cela lui a coûté la vie.

— Quelle a été la réaction de sa fille ?

— Elle était anéantie. Je me souviens de son visage, le jour du drame. Je ne l'oublierai jamais. Et puis, quelques jours plus tard, elle a tout vu à la télévision. Cette bande vidéo tournée dans l'hôtel montrait toute la scène : son père tirant sur Ritter et l'agent de l'US Secret Service tuant son père. Moi aussi, je l'ai vu. C'était horrible et...

Detroit s'interrompit et fixa intensément King. Son expression se durcit et il se leva brusquement.

— Vous n'avez pas changé tant que ça, agent King. J'ignore ce que vous fichez dans mon bureau mais je n'aime pas beaucoup que l'on me mène en bateau. Et j'exige que vous m'expliquiez ce que signifie cette comédie.

King croisa le regard de Michelle et se concentra de nouveau sur son interlocuteur.

— Écoutez, monsieur, nous n'avons pas le temps de nous lancer dans des explications détaillées, mais nous avons récemment découvert des éléments de preuve qui laissent à penser qu'Arnold Ramsey n'était pas seul ce jour-là. Il y avait dans l'hôtel un autre assassin, réel ou potentiel.

— C'est impossible. Nous en aurions été informés.

— Cela n'est pas si évident, objecta Michelle. Imaginez qu'un certain nombre de personnalités importantes aient préféré s'en tenir là. Après tout, on tenait l'assassin.

— Et l'agent du Service qui avait commis une faute professionnelle, ajouta King.

Detroit se rassit.

— Je... je ne parviens pas à le croire. Quels sont ces nouveaux éléments de preuves ? demanda-t-il d'un air méfiant.

— Nous ne sommes pas autorisés à vous en parler mais si je suis venu jusqu'ici pour vérifier certains faits, c'est que je l'ai estimé nécessaire.

Le professeur sortit un mouchoir d'un tiroir et s'épongea le front.

— Eh bien, il est déjà arrivé des choses encore plus étranges. Regardez Kate Ramsey...

— Que s'est-il passé avec Kate ? questionna aussitôt Michelle.

— Elle a poursuivi ses études ici, à Atticus. Une fille brillante, tout comme son père. J'ai même été l'un de ses professeurs. On aurait pu croire qu'elle allait poser sa candidature n'importe où sauf ici.

— Et maintenant, où est-elle ? interrogea King.

— Elle prépare un doctorat à Richmond, au Centre d'études de la politique des pouvoirs publics, à la Virginia Commonwealth University. Ils ont là un département de sciences politiques de premier ordre. Je lui ai moi-même rédigé une lettre de références.

— Selon vous, détestait-elle son père en raison de son acte ?

Detroit réfléchit longuement.

— Elle l'adorait, dit-il enfin. D'un autre côté, elle lui en voulait de l'avoir abandonnée en lui préférant ses convictions politiques. Je ne suis pas psychiatre, c'est juste l'avis d'un profane. Mais, dans un sens, elle est bien la fille de son père.

— Que voulez-vous dire ? demanda Michelle.

— Elle va à des manifestations, écrit des lettres, accomplit des démarches auprès du gouvernement et des mandataires politiques, publie des articles dans des revues alternatives, exactement comme son père.

— Après l'avoir détesté, elle suit ses traces.

— D'une certaine manière, oui.

— Elle entretenait quelles relations avec sa mère ? reprit King.

— Assez bonnes. Bien que, là aussi, elle ait eu tendance à lui faire porter une part des responsabilités dans ce drame.

— Elle estimait que sa mère n'avait pas été suffisamment présente auprès de son mari ? Dans l'éventualité où elle serait restée à ses côtés, elle pensait qu'il n'aurait pas accompli ce geste fatal ?

— Oui.

— Vous avez revu Regina Ramsey après la mort de son mari ? interrogea Michelle.

Detroit marqua un temps d'hésitation.

— Je l'ai vue à l'enterrement, et aussi pendant les études de Kate, et à une ou deux autres occasions.

— De quoi est-elle morte ?

— Une overdose de médicaments.

— Elle ne s'est jamais remariée ? intervint King.

Detroit pâlit.

— Non, non.

Il se reprit en remarquant leur surprise :

— Excusez-moi mais cette histoire est assez douloureuse. Nous parlons de mes amis.

King étudia la photo. Kate Ramsey avait alors une dizaine d'années, un visage intelligent et attachant, et elle tenait la main de ses deux parents. Une famille aimante et sympathique. Du moins en apparence.

Il rendit le cliché au professeur.

— Autre chose dont vous vous souvenez et qui pourrait nous aider ?

— Non, je ne vois pas.

Michelle lui donna sa carte avec leurs numéros de téléphone.

— Au cas où il vous reviendrait un détail intéressant que vous auriez oublié.

Detroit contempla le bristol.

— Si ce que vous prétendez est exact, imaginons qu'il y ait eu un autre assassin... quel aurait été son rôle ? Se substituer à Arnold au cas où il aurait manqué sa cible ?

— À moins que quelqu'un d'autre n'ait également été visé ce jour-là, conclut King.

35

Quand Michelle et King appelèrent le Centre d'études de la politique des pouvoirs publics, à la Virginia Commonwealth University, on leur annonça que Kate Ramsey était absente et serait de retour d'ici un jour ou deux. Ils retournèrent donc à Wrightsburg, où King se gara sur le parking d'une grande épicerie de luxe du centre-ville.

— Après vous avoir promenée dans toute la région, je vous dois bien un petit dîner et une bonne bouteille, déclara King.

— Oh ! c'était bien plus rigolo que d'aller surveiller un politicien qui va à la pêche aux votes, un flingue à la main.

— Brave petite. Elle commence à comprendre.

King se détourna, brusquement absorbé par ses pensées.

— Je connais cet air-là. Qu'est-ce qui vous est passé par la tête ? demanda Michelle.

— Vous vous souvenez que Detroit a dit qu'Atticus avait de la chance d'avoir recruté un type comme Ramsey, que les brillants sujets de Berkeley ne choisissaient pas Atticus tous les jours ?

— Oui, pourquoi ?

— Eh bien, j'ai vu les diplômes de Detroit dans son bureau. Il sort d'établissements honorables, mais rien à voir avec les vingt universités les plus réputées du pays. Et je suppose que les professeurs des autres départements n'étaient pas eux non plus des superstars, ce qui explique leur timidité à l'égard de Ramsey.

— Et donc, pourquoi un homme qui sort de Berkeley, un expert reconnu au plan national, a-t-il atterri à Atticus ?

— À mon avis, Ramsey cachait un squelette dans son placard, répondit King. Cela remontait peut-être à sa période militante dans sa jeunesse. Cela expliquerait que sa femme l'ait quitté.

— Mais pourquoi n'en a-t-on pas parlé quand il a assassiné Ritter ? J'aurais cru qu'ils avaient passé ses antécédents au peigne fin.

— Un élément leur a peut-être échappé, surtout si Ramsey a tout fait pour brouiller les pistes. Et nous parlons d'une époque qui remonte à bien avant l'assassinat – les années soixante et tous leurs excès.

Tandis qu'ils se promenaient dans les travées du magasin en faisant leurs emplettes pour le dîner, Michelle remarqua les murmures et les coups d'œil en coin des clients élégants de la région. À la caisse, King tapa sur l'épaule d'un homme devant lui qui feignait de ne pas avoir remarqué sa présence.

— Comment ça va, Charles ?

Mal à l'aise, l'homme se retourna vers King.

— Oh ! Sean, bien, merci, et vous ? Enfin, je veux dire…

Sean souriait.

— Mal, Charles, je suis dans les emmerdements jusqu'au cou. Mais je suis certain que je peux compter sur vous. Vous vous souvenez que je vous ai brillamment tiré d'embarras quand vous aviez des ennuis avec le fisc il y a quelques années ?

— Hein ? Oui, bien sûr, excusez-moi mais je vois que Martha s'impatiente. Au revoir.

Le dénommé Charles s'éclipsa et grimpa précipitamment dans un break Mercedes, conduit par une femme distinguée aux cheveux blancs, qui ouvrit de grands yeux quand son mari lui raconta qui il venait de rencontrer. Elle démarra sur les chapeaux de roue.

— Sean, je sais que vous traversez une période pénible et je suis désolée pour vous, dit Michelle alors qu'ils sortaient du magasin avec leurs sacs à provisions.

— Que voulez-vous, tout a une fin, la bonne vie comme le reste.

De retour au chalet, ils préparèrent un excellent repas : salade de crabes et d'avocats en entrée suivie par un rôti de porc aux pruneaux avec de la compote de pommes acides, et ils terminèrent en beauté par des choux à la crème. Ils avaient dîné sur la terrasse derrière la maison, qui donnait sur le lac.

— Vous savez cuisiner mais seriez-vous disponible pour des soirées ? plaisanta-t-elle.

— Si vous payez correctement.

Michelle leva son verre de vin.

— Pas mal.

— Normal, il est tout juste arrivé à maturité. Cela fait sept ans qu'il attend dans ma cave. C'est un de mes crus préférés.

— Je suis très honorée.

Sean regarda en direction du ponton.

— Et si on allait faire un tour sur le lac un peu plus tard ?

— Pour les activités nautiques, je suis toujours prête.

— Il y a des maillots de bain dans la chambre d'amis.

— Sean, vous me connaissez maintenant assez bien pour savoir que je ne me déplace jamais sans mes équipements personnels.

King pilotait le gros Sea Doo 4TEC rouge qui évoquait une moto nautique. Michelle, qui avait pris place derrière lui, lui entourait la taille de ses bras. Ils parcoururent environ trois milles, puis King laissa tomber une petite ancre dans les eaux peu profondes d'une crique. Assis sur le Sea Doo, les pieds dans l'eau, ils contemplaient le lac.

— Dans six semaines, le paysage prendra des teintes fauves, dit King. Et les montagnes sont tellement belles au coucher du soleil...

— En attendant, je crois qu'il serait sain de s'accorder un peu d'exercice après cet excellent repas.

Michelle ôta son gilet de sauvetage, son tee-shirt et son pantalon de survêtement. Elle arborait maintenant un short en Lycra rouge vif et un haut qui lui laissait le nombril à l'air.

King la contempla, bouche bée. Il en avait oublié les montagnes.

— Un problème ? demanda-t-elle.

— Absolument aucun, répliqua-t-il en détournant le regard.

Elle plongea et remonta à la surface de l'eau.

— Vous venez ?

Il se déshabilla à son tour et la rejoignit.

Michelle fixa le rivage.

— Ça fait combien jusqu'à la plage ?

— Une centaine de mètres, pourquoi ?

— Je me demande si je ne vais pas m'entraîner pour le triathlon.

— Ça ne m'étonne pas.

— On fait la course ? proposa-t-elle.

— Ce ne sera pas vraiment une course.

— Vous êtes bien sûr de vous.

— Au contraire. Vous allez me mettre dix longueurs dans la vue.

— Comment le savez-vous ?

— Vous avez fait les jeux Olympiques. Moi, je suis un juriste avec des genoux esquintés et une douleur récalcitrante à l'épaule, là où j'ai pris une balle au service de notre beau pays. Ce serait comme d'entrer en compétition avec votre grand-mère.

— C'est encore à démontrer. Un deux trois… go !

Elle s'élança, fendant l'eau miroitante avec grâce.

King la suivit. À sa grande surprise, il ne s'en tirait pas mal. Quand ils arrivèrent sur la rive, ils étaient à égalité. Michelle se mit à rire quand il l'attrapa par la jambe pour l'empêcher de le devancer, puis ils allèrent s'allonger sur le sable. King peinait à reprendre son souffle.

— Eh bien, pour une surprise, c'est une surprise ! dit-il d'une voix entrecoupée.

Il regarda Michelle. Elle respirait normalement.

— Espèce de… vous n'avez même pas essayé ! s'exclama-t-il en riant.

— Mais si. J'ai simplement tenu compte de la différence d'âge et de votre manque d'entraînement.

— Quelle insolence !

Il se leva d'un bond et elle courut en poussant de grands cris. Mais elle riait tellement que King n'eut aucune difficulté à la rattraper. Il la chargea sans cérémonie sur son dos et la jeta à l'eau. Elle ressortit, toussant, crachant et riant toujours.

— Ah c'est fin !

— Juste pour vous montrer qu'à plus de quarante ans j'ai encore de la ressource.

De retour au quai couvert, alors qu'il rangeait le Sea Doo, il lui demanda :

— Comment êtes-vous passée du basket et de l'athlétisme à l'aviron ?

— Je préférais l'athlétisme mais le côté sport d'équipe me manquait. À l'université, une amie à moi pratiquait l'aviron, je l'ai suivie, et c'est comme ça que tout a commencé. J'étais naturellement douée. Une fois sur l'eau, je ne pouvais plus m'arrêter, une vraie machine. Quand je ramais, j'adorais cette impression de tout laisser derrière moi. J'étais la plus jeune de mon équipe. Lors des sélections, on ne nous donnait pas beaucoup de chances. Et on a gagné.

— Je crois que vous avez passé une bonne partie de votre temps à répéter ce schéma. Surtout à l'US Secret Service.

— Ça n'a pas toujours été rose.

— Je m'en doute. Comment s'appelait votre spécialité ?

— Huit avec barreur. Huit femmes avec un barreur qui dirige le bateau et donne le rythme. Cela exige une très grande concentration.

— C'était comment, de participer aux jeux Olympiques ?

— Le moment le plus excitant et le plus terrifiant de ma vie. J'étais tellement angoissée que j'ai vomi avant les premières éliminatoires. Et puis on a remporté l'argent en frôlant la médaille d'or. Le roi n'était pas mon cousin. Je n'étais qu'une gamine, convaincue de vivre le moment le plus parfait de mon existence.

— Vous avez changé d'avis ?

Elle sourit.

— Oui. Maintenant, je crois que le meilleur est à venir.

Ils allèrent prendre une douche et se changer. Quand Michelle le rejoignit dans la cuisine, King révisait des notes étalées sur la table.

— Intéressant ? demanda-t-elle en coiffant ses cheveux mouillés.

Il releva la tête.

— Je relisais l'interview de Detroit. Je me demande s'il n'en sait pas plus qu'il ne veut bien l'admettre. Et j'aimerais parler à Kate Ramsey.

— En admettant qu'elle accepte un entretien avec nous.

— Exact.

Il bâilla.

— On y réfléchira demain. La journée a été longue.

Michelle jeta un coup d'œil à sa montre.

— Il est tard. Je crois qu'on ferait bien d'aller se coucher.

— Pourquoi ne passez-vous pas la nuit ici ? Vous connaissez la chambre d'amis, vous venez d'en utiliser la salle de bains.

— Non, je vais rentrer à l'hôtel.

— Songez à tout ce bazar qui se trouvait dans votre voiture et qui maintenant jonche le parquet de votre chambre. Il y a peut-être quelque chose de vivant là-dedans, qui va sortir en plein milieu de la nuit pour vous sauter dessus.

Il sourit et ajouta d'une voix douce :

— Restez.

Elle lui rendit son sourire et King vit danser dans ses yeux une lueur très suggestive. À moins que ce ne fût l'effet du vin et de l'exercice physique.

— Merci, Sean, j'accepte. Je suis vraiment fatiguée. Bonne nuit.

Il la regarda grimper l'escalier. Les longues jambes, le postérieur bien ferme et les épaules musclées, le cou gracile... zut, elle avait disparu. Il poussa un soupir, tentant désespérément de... penser à autre chose.

Il alla s'assurer que les portes et les fenêtres étaient bien fermées. D'ailleurs, il avait téléphoné à une entreprise de systèmes d'alarme pour sécuriser sa maison. Jamais il n'aurait pensé avoir recours à de tels procédés dans la région ; la moitié du temps, il ne fermait même pas les portes. Cela aussi avait changé du jour au lendemain.

King s'arrêta un instant en haut des marches et regarda en direction de la chambre d'amis, où une superbe jeune femme se glissait dans les draps d'un grand lit. À moins qu'il n'ait rien compris, s'il ouvrait cette porte il serait probablement autorisé à y passer la nuit. Et puis il songea que, avec la chance qu'il avait en ce moment, il risquait d'effrayer Michelle, qui lui enverrait un grand coup de pied bien placé. Il réfléchit un instant. Avait-il envie d'entamer une relation avec cette femme ? Vu les épreuves qu'ils traversaient tous les deux, la réponse était évidente ; il rejoignit sa chambre en traînant les pieds.

Sur la route qui menait à la propriété de King, la vieille Buick s'arrêta, tous phares éteints, et le chauffeur coupa le moteur L'homme ne voulant plus être remarqué, le pot d'échappement avait été réparé. Il ouvrit sa portière, sortit et contempla la maison obscure à travers les arbres. Les portières arrière s'ouvrirent à leur tour et deux personnes le rejoignirent : le vigile Simmons et sa compagne, Tasha. Simmons semblait un peu nerveux et Tasha prête pour l'aventure. On distinguait à peine la silhouette de l'homme à la Buick. Il hocha la tête en direction de ses acolytes et ils se dirigèrent tous trois vers la maison.

36

King fut tiré d'un profond sommeil par une main qui le bâillonnait. Il vit d'abord l'arme, puis le visage.

Michelle porta un doigt à ses lèvres et lui murmura à l'oreille :

— J'ai entendu du bruit. Il y a du monde dans la maison.

King enfila des vêtements et désigna la porte d'un regard interrogateur.

— Je crois que ça vient du rez-de-chaussée. Qui cela peut-il être ? Vous avez une idée ?

— Quelqu'un qui m'apporte un nouveau cadavre ?

— Vous avez des objets de valeur dans la maison ?

King eut un geste de dénégation puis il s'immobilisa.

— Merde. Le revolver qu'on a sorti du jardin de Loretta... il est dans le coffret du bureau.

— Vous croyez vraiment que... ?

— Oui.

Il décrocha le téléphone pour appeler la police et raccrocha aussitôt.

— Ne me dites pas que la ligne est coupée ?

— Si. Où est votre portable ?

— Je crois bien que je l'ai laissé dans ma voiture.

Ils se glissèrent jusqu'au rez-de-chaussée, l'oreille aux aguets. Tout était sombre et tranquille. Le danger pouvait surgir de n'importe où.

King se tourna vers Michelle et murmura :

— Nerveuse ?

— J'ai la chair de poule. Et vous, comment réagissez-vous quand ça commence à sentir le roussi ?

— Je vais chercher un gros calibre.

Ils entendirent un « bang » étouffé en provenance du sous-sol.

— OK, pas de confrontation, dit Michelle. Nous ne savons pas combien ils sont ni de quelles armes ils disposent.

— D'accord. Mais il faut aller chercher le revolver. Vous avez vos clés de voiture ?

Elle les sortit de sa poche.

— Je conduirai. On appellera les flics dès qu'on sera sortis d'ici.

Avec Michelle qui le couvrait, King se glissa dans son bureau, prit le coffret après s'être assuré que le revolver était à l'intérieur et ils sortirent par la porte de devant.

Une fois dans la Toyota, King mit le contact.

Le coup l'atteignit par-derrière. Il s'affaissa contre le tableau de bord et la sirène du klaxon se déclencha pour ne plus s'arrêter.

Michelle poussa un cri coupé net par le garrot de cuir qui s'était enroulé autour de son cou et lui entamait la peau.

Elle essaya désespérément de glisser ses doigts sous la lanière mais il était déjà trop tard. Ses poumons vides la faisaient atrocement souffrir, ses yeux commençaient à s'exorbiter et il lui sembla que son cerveau était en feu. Puis elle sentit le lanière se tordre et se resserrer tandis qu'une main attrapait le coffret sur le siège avant. La portière arrière s'ouvrit et se referma. Elle entendit les pas de quelqu'un qui s'éloignait, l'abandonnant à une mort certaine.

La pression du garrot ne cessait d'augmenter. Michelle repoussa le tableau de bord avec les pieds et se cambra, mais sa tentative pour se libérer échoua et elle retomba en arrière. La sirène du klaxon lui vrillait les oreilles. La vision d'un King inconscient et perdant du sang ajoutait à son désespoir. Elle donna un coup de rein et sa tête alla heurter celle de son assaillant derrière elle. Elle entendit un cri et la corde se relâcha un peu. Ensuite, elle essaya de le griffer, de lui arracher les yeux. Elle finit par lui attraper les cheveux et tira de toutes ses forces, mais la pression sur sa gorge ne se relâchait pas. Elle enfonça les ongles dans le visage, puis une secousse fut exercée sur sa tête, la soulevant de son siège, elle crut entendre sa colonne vertébrale craquer et glissa le long du dossier.

Elle sentait l'haleine de l'homme qui la tuait. Des larmes de désespoir et de douleur coulaient sur son visage.

— Meurs, allez meurs, murmura une voix à son oreille.

Le ton moqueur lui redonna une nouvelle énergie. Avec les dernières forces qui lui restaient, ses doigts se resserrèrent sur la crosse de son arme. Elle la pointa vers l'arrière contre le siège, son doigt trouva la détente. Elle avait intérêt à bien viser, il n'y aurait pas de seconde chance.

Le coup partit, la balle traversa le siège. Elle entendit l'impact dans la chair, puis le grognement, et le garrot se relâcha immédiatement. Libérée, Michelle reprit son souffle, aspirant l'air avec avidité. Prise de vertiges et d'une terrible envie de vomir, elle ouvrit sa portière et tomba sur le sol.

À l'arrière, l'homme descendit de voiture en se tenant les côtes. Il pissait le sang. Elle leva son revolver à l'instant où il lui envoyait sa portière en pleine figure. Folle de rage, Michelle se recula et leva son arme tandis qu'il s'enfuyait.

Puis elle tomba à genoux, terrassée par les nausées et les tremblements. Quand elle releva la tête, elle ne parvenait pas à faire le point, elle voyait trouble, sa tête explosait. Il lui semblait voir trois hommes qui couraient.

Elle tira six coups dans un mouchoir de poche, là où selon elle se trouvait l'homme de chair et de sang qui avait failli la tuer.

Mais elle avait manqué sa cible en visant un reflet.

Les pas s'éloignèrent en toute hâte, et, peu après, une voiture démarrait sur les chapeaux de roue.

Michelle s'effondra avec un halètement de douleur.

37

Le bruit strident du klaxon finit par attirer l'attention d'un shérif adjoint qui découvrit King et Michelle inconscients. On les emmena à l'hôpital de Charlottesville. King retrouva ses esprits le premier. Sa blessure à la tête avait beaucoup saigné mais elle était superficielle, rien de bien grave. Le rétablissement de Michelle prendrait un peu plus de temps. Elle devait rester sous calmants, le temps que ses souffrances s'apaisent. Quand elle se réveilla, King était à son chevet, la tête bandée.

— Dieu que vous êtes vilain ! dit-elle d'une voix enrouée.

— Ça fait des heures que j'attends sur un siège extrêmement inconfortable que la princesse se réveille, et tout ce qu'elle trouve à me dire, c'est : « Dieu que vous êtes vilain ! »…

— Désolée. C'est merveilleux de vous revoir. Je n'étais pas sûre que vous soyez encore vivant.

Il étudia les marques sur son cou enflé.

— On vous a sacrément arrangée. Vous avez pu distinguer votre assaillant ?

— Non. C'était un homme, je ne peux rien dire de plus. Et je l'ai touché, ajouta-t-elle

— Hein ?

— Je lui ai tiré dessus à travers le siège.

— Où a-t-il été atteint ?

— Au côté.

— La police attend de prendre votre déposition. J'ai déjà donné ma version des faits. Le FBI et le marshal adjoint Parks se sont également déplacés. Je leur ai expliqué ma théorie sur Loretta et notre découverte du revolver.

— Il ne me restera plus grand-chose à leur raconter, fit-elle remarquer.

— Ils étaient au moins deux : un pour nous faire sortir de la maison et un autre qui attendait dans votre voiture. Ils avaient prévu que j'irais récupérer le revolver. Ça leur évitait d'avoir à le chercher. Quelqu'un a dû les renseigner quand nous nous sommes rendus chez Loretta avec Tony. Ils nous ont peut-être vus déterrer l'arme, et ils ont décidé de passer à l'action.

— Alors ils étaient trois, parce qu'il y en avait deux dans leur voiture.

Elle s'interrompit.

— Ils ont le revolver ? reprit-elle.

— Oui. C'est bête, on aurait mieux fait de l'amener directement au FBI. Enfin, on ne peut pas revenir en arrière.

Il poussa un soupir et posa la main sur l'épaule de la jeune femme.

— On l'a échappé belle, Michelle. Il s'en est fallu de très peu.

— Je me suis battue de toutes mes forces.

— Je sais. Sans vous, je ne serais pas ici.

Avant que Michelle ait eu le temps de répondre, la porte s'ouvrit et un jeune homme entra.

— Agent Maxwell ?

Il lui tendit sa carte d'accréditation. Le nouveau venu appartenait à l'US Secret Service.

— Dès qu'on vous autorisera à sortir de l'hôpital et que vous aurez fait votre déposition, vous devrez m'accompagner à Washington.

— Pourquoi ? demanda King.

Le jeune homme l'ignora.

— Les médecins disent que vous avez eu de la chance de vous en sortir.

— Je ne pense pas que la chance ait grand-chose à voir là-dedans, intervint King.

— Et pourquoi devrais-je rentrer à Washington ? protesta Michelle.

— Vous êtes réaffectée à un poste administratif au bureau extérieur de Washington.

— Merci, Walter Bishop, ironisa King.

— J'ignore qui il faut remercier.

— Moi, je sais.

— Je viendrai vous chercher quand vous serez prête, conclut le jeune homme avant de les saluer sèchement et de quitter la chambre.

— Eh bien, ça n'aura pas duré longtemps mais on s'est amusés comme des fous, observa King.

Elle lui prit la main et la serra.

— Je reviendrai. Pas question de vous laisser mener la grande vie sans moi.

— Pour le moment, promettez-moi de vous reposer, d'accord ?

— Sean ?

— Oui ?

— Hier soir... le bateau et le bain. C'était charmant. J'espère qu'on recommencera.

— Avec plaisir. J'ai particulièrement apprécié l'épisode où je vous ai attrapée pour vous jeter à l'eau.

King se dirigeait vers la sortie quand il tomba sur Joan, dans le couloir. Elle semblait anxieuse, bouleversée.

— Je viens d'apprendre ce qui s'est passé. Tu vas bien ? s'enquit-elle, les yeux fixés sur son bandage.

— Très bien.

— Et l'agent Maxwell ?

— Elle s'en est sortie, elle aussi.

— Tu es sûr que tu n'as rien de grave ?

— Mais oui, Joan !

— D'accord, d'accord, calme-toi.

Elle se dirigea vers une salle d'attente qui donnait dans le couloir. Ils s'assirent sur des chaises.

— J'ai appris que vous aviez découvert un revolver dans le jardin de cette femme, dit Joan, le visage grave.

— Mais, bon Dieu, comment tu sais ça, toi ? Je viens juste d'en informer les flics.

— Mes qualités de détective sont intactes, même si je suis passée au secteur privé. Alors, tu confirmes ?

Il hésita.

— Oui.

— Et d'où venait cette arme ?

— J'ai ma théorie, mais je ne suis pas d'humeur partageuse.

— Alors laisse-moi t'exposer la mienne. Cette ancienne femme de chambre de l'hôtel Fairmount, qui avait un revolver caché dans son jardin, est décédée de mort violente avec des dollars enfoncés dans la bouche. Elle faisait chanter le propriétaire de cette arme, lequel pourrait bien être impliqué dans le meurtre de Ritter.

King ouvrit de grands yeux.

— Bon sang, où prends-tu tes informations ?

— Désolée, mais si tu n'es pas en veine de confidences, moi non plus. Donc tu récupères ce revolver, tu le perds et entre-temps tu manques te faire trucider.

— Michelle est celle qui a le plus souffert. Moi, ils m'ont juste assommé mais ils ont tout fait pour la tuer.

Elle lui jeta un regard bizarre.

— Et si la disparition de Bruno était liée à cette affaire ? lâcha-t-elle brusquement.

— Comment cela ? Juste parce que Ritter et Bruno étaient candidats à la présidence ? C'est un peu court.

— Peut-être. Mais il arrive que des problèmes complexes trouvent leur origine dans un événement très simple.

— Merci pour la leçon, chef.

— De rien. Le rappel de quelques principes de base ne te ferait d'ailleurs pas de mal. C'est bien toi qui te balades avec celle qui a laissé Bruno se faire kidnapper sous son nez, ou je me trompe ?

— Elle a laissé Bruno se faire kidnapper tout comme j'ai laissé Ritter se faire descendre.

— Je mène une enquête sur la disparition de Bruno et, au point où nous en sommes, personne n'est au-dessus de tout soupçon. Cela vaut aussi pour ta petite amie.

— Super. Au fait, elle n'est pas ma petite amie.

— Ah bon. Alors que représente-t-elle pour toi, exactement ?

— Nous avons des sujets d'intérêt communs et elle me donne un coup de main.

— Admirable. Comme tu m'as apparemment évincée, je suis très heureuse que aies trouvé une partenaire. Maxwell t'offre-t-elle, elle aussi, un million de dollars si tu résous l'affaire ? Ou est-ce que tu te contenteras d'une partie de jambes en l'air ?

Il plissa les yeux.

— Ne me dis pas que tu es jalouse…

— Pourquoi pas, Sean ? En ce qui concerne ma proposition, je pense tout de même que la moindre des choses serait de me donner une réponse.

King jeta un coup d'œil en direction de la chambre de Michelle et revint à Joan quand elle posa la main sur son bras.

— J'ai des décisions à prendre et puis, qui sait, on finira peut-être par découvrir la vérité en ce qui concerne Clyde Ritter.

Il la dévisagea d'un air de défi.

— Oui, on ne sait jamais.

— Qu'est-ce que tu décides ? Je n'attendrai pas plus longtemps.

Il réfléchit un instant et hocha la tête.

— C'est oui.

38

Ils prirent un avion pour Dayton, dans l'Ohio, et se rendirent dans un établissement psychiatrique situé à une demi-heure au nord. Joan avait obtenu les autorisations nécessaires pour rendre visite à Sidney Morse.

— Contrairement à ce que je croyais, je n'ai pas rencontré de difficultés, expliqua Joan pendant le trajet. Mais quand j'ai dit à cette femme qui je voulais interviewer, elle a ri. Elle n'y voyait aucun inconvénient et elle m'a affirmé que ça ne me servirait pas à grand-chose.

— Morse est là depuis longtemps ?

— Environ un an. Son frère, Peter, l'a fait interner. Je crois qu'il est la seule famille qui lui reste.

— Je croyais que Peter Morse avait eu des ennuis avec la police et qu'il était drogué…

— Sans doute s'est-il désintoxiqué. Il n'est jamais allé en prison, probablement grâce aux relations de Sidney. Bref, il s'est repris en main et, quand son frère aîné est devenu fou, il l'a placé dans cet hôpital psychiatrique.

— Pourquoi dans l'Ohio ?

— Ils y vivaient tous les deux et, à un moment donné, je suppose que Peter a compris que Sidney devait être interné.

— Un sacré revers de fortune. En moins de dix ans, ce type est passé de la gloire à un asile d'aliénés.

Quelques instants plus tard, on introduisait King et Joan dans une petite pièce de cette sinistre institution. Des gémissements, des cris et des sanglots leur parvenaient. Ils croisèrent des malades dont la raison avait sombré depuis longtemps et que l'on poussait dans des fauteuils roulants le long des couloirs. Dans un foyer voisin de la réception, un petit groupe de patients regardait une émission télévisée. Des infirmières, des médecins et des surveillants revêtus de blouses blanches déambulaient dans l'établissement d'un air morne. Cet environnement hautement déprimant semblait les avoir vidés de leur énergie.

Quand l'homme leur fut amené dans un fauteuil roulant, King et Joan se levèrent et l'aide-soignant leur adressa un signe de tête.

— Voilà Sid.

Le jeune homme se pencha vers Morse et lui tapota l'épaule.

— Sid… Ces gens veulent te parler. Tu m'entends ? Tout va bien, mon vieux, vous allez juste bavarder un moment.

Quand le surveillant se redressa, Joan lui demanda :

— Vous avez des consignes ? Faut-il éviter certains sujets ?

Il sourit, découvrant une rangée de dents irrégulières.

— Non, avec Sid, ça n'a franchement aucune importance.

King ne pouvait détacher les yeux de l'épave qui, voilà seulement huit ans, tirait les ficelles d'un des shows les plus impressionnants de la scène politique américaine. Morse, cheveux rasés, petite barbe grisonnante, regard éteint, avait perdu du poids mais il était encore assez enveloppé. King revit ses yeux comme des lasers auxquels rien n'échappait. À l'évidence, de Sidney Morse, il ne restait que l'enveloppe.

— Quel est le diagnostic ? interrogea King.

— Il ne quittera jamais cet endroit, répliqua le surveillant, qui se présenta sous le nom de Carl. Il a complètement perdu l'esprit. Les morceaux ne se recolleront jamais. Bon, je suis dans le couloir. Venez me chercher quand vous aurez terminé.

Carl s'éclipsa.

— Je ne peux pas croire que c'est lui, dit Joan. Je sais que sa réputation et sa carrière en ont pris un sacré coup après la mort de Ritter, mais j'ai du mal à imaginer qu'il soit tombé si bas.

— Sans doute des effondrements successifs… Il peut se passer tellement de choses en huit ans ! Je suis bien placé pour le savoir. Après l'affaire Ritter, plus personne ne voulait entendre parler de lui. Ça l'a ébranlé. Il a fait une dépression. Son frère a peut-être profité de la vulnérabilité de Sidney pour l'entraîner dans le monde de la drogue. Pendant la campagne, Sidney m'a raconté que son cadet avait eu maille à partir avec la justice et qu'il avait beaucoup d'imagination pour trouver l'argent lui permettant d'assouvir sa dépendance. Sidney le présentait comme un escroc.

King s'agenouilla devant Morse.

— Sidney, Sidney, vous vous souvenez de moi ? Je suis Sean King. L'agent Sean King.

Aucune réaction. Un peu de bave s'écoula de la bouche du malade et se fixa sur son menton. King se tourna vers Joan.

— Son père était un juriste renommé, et sa mère, l'héritière d'une grande famille. Qu'est-il advenu de tout cet argent ? je me le demande.

— Peut-être sert-il à payer le séjour de Sidney dans cette institution.

— Non, c'est un hôpital public, objecta King. Cela n'a rien d'un établissement luxueux pour milliardaires.

— Son frère gère sans doute la fortune. Ils en ont tous les deux hérité et maintenant il en possède la totalité. Et puis peu importent les frères Morse, moi je suis ici pour retrouver John Bruno, lança Joan avec humeur.

King se retourna vers Morse, qui n'avait pas bougé d'un cil.

— Bon sang ! regarde ces marques sur son visage.

— Automutilation. Fréquent chez les cinglés.

King se releva en soupirant.

— Eh, est-ce que vous avez joué au jeu avec lui ? lança une voix haut perchée.

Ils se retournèrent et se retrouvèrent face à un petit homme décharné, un lapin en peluche à la main. Il ressemblait à un lutin, et était vêtu d'un peignoir miteux qui ne recouvrait que sa nudité. Joan détourna le regard.

— Le jeu, dit l'homme avec une expression de naïveté enfantine. Vous y avez déjà joué ?

— Avec lui ? demanda King en désignant Morse.

— Moi, c'est Buddy. Et lui il s'appelle aussi Buddy, dit l'homme en désignant son lapin en triste état.

— Ravi de vous rencontrer, Buddy, fit King. Et vous aussi, Buddy, ajouta-t-il à l'adresse du lapin. Vous connaissez Sid ?

Buddy hocha vigoureusement la tête.

— Et ce jeu, vous voulez bien me montrer comment ça marche ?

Buddy acquiesça en souriant. Il se précipita vers un coffre dans un coin de la pièce, en sortit une balle de tennis, revint vers eux en courant et se planta devant Morse.

— OK, je lance et...

Il se tenait là, bouche bée, le regard absent, la balle dans une main et le lapin dans l'autre.

— Lance, Buddy, l'encouragea King.

Buddy revint à la vie.

— Oui, oui.

Exposant pour ce faire une bonne partie de son anatomie, il exécuta solennellement les gestes d'un joueur de base-ball accompli et laissa échapper la balle par en dessous.

Elle filait droit sur la tête de Morse mais, juste avant qu'elle l'atteigne, Morse leva la main et l'arrêta. Puis il baissa la main, sans lâcher la balle. Buddy sautilla dans la pièce et fit la révérence.

— Le jeu, dit-il.

Ensuite, il voulut récupérer sa balle, mais Morse s'y opposait fermement et Buddy se tourna vers le couple avec une expression pathétique sur le visage.

— Il ne veut jamais la rendre. Il est méchant ! Méchant, méchant, méchant !

Carl passa la tête par l'entrebâillement de la porte.

— Tout va bien ? Salut, Buddy.

— Il veut pas rendre la balle ! hurla Buddy.

— Calme-toi, je vais arranger ça.

Carl récupéra la balle et la rendit au petit homme qui se tourna vers King et la lui tendit.

— À toi !

King haussa un sourcil interrogateur en direction de Carl, qui sourit.

— C'est juste une action réflexe. Les médecins ont un nom savant pour ça, Sid ne sait rien faire d'autre mais ça amuse beaucoup les pensionnaires.

King haussa les épaules et lança doucement la balle à Morse, qui l'attrapa à nouveau.

— Personne ne vient jamais rendre visite à Sid ? demanda Joan à Carl.

— Son frère, mais ça fait longtemps qu'il a renoncé. Sid était un type important, des journalistes se sont présentés ici quand il a été interné. Mais, vu son état, ils ont vite laissé tomber. Maintenant, il reste assis sur sa chaise.

— Et il attrape la balle, ajouta Joan.

— Voilà.

Alors qu'ils partaient, Buddy courut après Joan et King, sa balle de tennis à la main.

— Vous pouvez la prendre, je vous la donne, j'en ai plein d'autres.

King accepta le cadeau.

— Merci, Buddy.

Le petit homme tendit le lapin.

— Et Buddy.

— Merci, Buddy.

L'étrange lutin se tourna alors vers Joan et secoua la peluche.

— Tu embrasses Buddy ?

King donna un coup de coude à Joan.

— Vas-y, il est très mignon.

— Comme ça, à jeun ? dit Joan avant de déposer un baiser rapide sur le museau du lapin, puis elle demanda : Tu es bien copain avec Sidney, je veux dire Sid ?

Buddy hocha vigoureusement du chef et sa tête vint heurter sa poitrine.

— Sa chambre est à côté de la mienne. Tu veux voir ?

King posa la main sur le bras de Joan.

— Pendant qu'on y est…

— Oui, ça ne coûte rien, répliqua Joan en haussant les épaules.

Buddy prit Joan par la main et la conduisit le long d'un couloir. King et Joan n'étaient pas certains qu'ils avaient le droit de pénétrer dans cette partie de l'établissement sans être accompagnés par un surveillant mais personne ne les arrêta.

Buddy s'arrêta devant une porte et y donna un grand coup.

— Ça c'est ma chambre. Tu veux la voir ? C'est sympa.

— Bien sûr, dit Joan. Et puis tu as peut-être d'autres Buddy à l'intérieur.

Il ouvrit la porte et la referma aussitôt.

— J'aime pas que les gens voient mes affaires, déclara-t-il en les fixant avec anxiété.

King poussa un soupir d'exaspération.

— Très bien, Buddy, tu commandes dans ta maison.

— C'est la chambre de Sid ?

Joan pointait du doigt la porte de gauche.

— Non, celle-là, dit Buddy en désignant celle de droite.

— Ça t'embête si on y jette un coup d'œil, Buddy ? demanda King.

— Ça t'embête si on y jette un coup d'œil, Buddy ? répéta le petit homme avec un grand sourire.

Joan, qui surveillait le couloir, n'aperçut aucun surveillant.

— Je crois que ça ne pose pas de problème, Buddy. Pendant ce temps-là, tu feras le guet, chuchota-t-elle.

Elle se glissa à l'intérieur, suivie par King, qui referma la porte au nez d'un Buddy soudain très inquiet.

— La chute de Sidney Morse a été fracassante, commenta laconiquement Joan.

— Comme souvent, observa King, bouleversé par le cadre spartiate et la forte odeur d'urine.

Il se demanda tous les combien ils changeaient les draps. Sur une petite table, dans un coin, étaient posées des photographies sans cadre.

King les prit.

— Je suppose qu'il n'est pas autorisé à avoir des objets pointus dans la pièce, pas de verre ou de métal.

— Morse semble bien incapable de se suicider, ou de faire quoi que ce soit d'autre, d'ailleurs.

— On ne sait jamais, il pourrait avaler une balle de tennis et s'étouffer.

Sur un des clichés on voyait deux adolescents dont l'un tenait une batte de base-ball.

— Les frères Morse, dit King, à l'âge où ils allaient au lycée. Ah ! voilà leurs parents.

Joan le rejoignit.

— Plutôt ordinaire, la mère.

— Ordinaire mais riche. Certaines personnes attachent pas mal d'importance à ce genre de détail.

— Le père est impayable.

— Le portrait type du « grand avocat ».

— À l'époque, Sidney avait déjà quelques kilos de trop, mais quel charme ! Peter n'était pas mal non plus... bien fichu, avec les mêmes yeux que son frère, fit remarquer Joan.

Elle se pencha sur la photo et examina avec attention la façon dont il tenait sa batte de base-ball.

— Sans aucun doute un sportif qui a atteint le sommet de sa forme vers dix-huit ans et qui ensuite a dévalé la pente. La drogue et de mauvaises surprises.

— Il ne serait pas le premier.

— Quel âge aurait Peter, aujourd'hui ?

— Un peu plus jeune que Sidney, cinquante et quelques.

— Le genre Ted Bundy. Beau et charmant mais qui te couperait la gorge à l'instant où tu baisses la garde.

— Ça me rappelle certaines femmes que j'ai connues.

Dans un coin, King trouva une petite boîte, l'ouvrit et en inventoria le contenu : essentiellement des coupures de journaux jaunies dont la plupart se rapportaient à la carrière de Sidney Morse.

Joan regardait par-dessus son épaule.

— C'est gentil de la part de son frère de lui avoir apporté ces souvenirs. Même si Sidney ne peut pas les lire.

King ne répondit rien. Il parcourut les feuillets et en prit un, tout froissé.

— Celui-ci parle des premiers pas de Morse dans la mise en scène. Je me souviens qu'il m'en avait parlé. Il a produit des spectacles très raffinés. Malheureusement, s'ils ont récolté un succès d'estime, ils n'ont pas rapporté beaucoup d'argent.

— Je suppose qu'il s'en fichait, répondit Joan. Le fils d'une héritière peut se permettre de traîner en route.

— Toujours est-il qu'un beau jour il a tout abandonné pour s'intéresser au business. La campagne de Ritter était bel et bien planifiée comme une production théâtrale.

— Autre chose avant que nous tirions un trait sur Sidney Morse ?

— Regarder sous le lit ?

Joan le toisa d'un air dédaigneux.

— C'est un travail de garçon.

King soupira, se mit à genoux, se pencha et se redressa brusquement.

— Eh bien ? s'enquit Joan.

212

— Rien qui puisse t'intéresser. Sortons d'ici.

Dans le couloir, Buddy les attendait patiemment.

— Merci pour ton aide, Buddy, dit Joan. Tu as été un amour.

Il ouvrit de grands yeux.

— Tu veux embrasser Buddy ?

— C'est déjà fait, Buddy, lui rappela-t-elle poliment.

Buddy parut sur le point d'éclater en sanglots.

— Non, ce Buddy, dit-il en se désignant du doigt.

Décontenancée, Joan se tourna vers King.

— Désolé, c'est un travail de fille, lui répondit-il avec un grand sourire.

Confrontée au pitoyable Buddy, Joan jura à mi-voix, attrapa le petit homme et lui planta un gros baiser sur les lèvres.

Puis elle se détourna, s'essuya la bouche d'un air dégoûté et murmura à l'adresse de King :

— Ce qu'on ne ferait pas pour un million de dollars...

Puis elle s'éloigna.

— Salut, Buddy, lança King en lui emboîtant le pas.

— Salut, Buddy, cria un Buddy aux anges, en agitant la main.

39

L'avion privé atterrit à Philadelphie et, trente minutes plus tard, King et Joan se dirigeaient vers la maison de John et Catherine Bruno dans une banlieue chic, le long de la célèbre Main Line de la ville. Ils passèrent devant des demeures de brique couvertes de vigne vierge et entourées de vastes jardins.

— Vieille fortune ? demanda King à Joan.

— Seulement du côté de Madame. John Bruno est issu d'une famille pauvre, du Queens, puis sa famille a emménagé à Washington. Il a étudié le droit à Georgetown et commencé sa carrière de procureur dans l'État de Washington, juste après son diplôme.

— Tu as déjà rencontré Mme Bruno ?

— Non, je t'attendais. La première impression est importante.

Une domestique hispanique avec un tablier amidonné à volant et un comportement obséquieux les introduisit dans un grand salon et sortit de la pièce. Puis Catherine Bruno fit son entrée.

King songea qu'elle aurait fait une Première Dame formidable. Un peu plus de la quarantaine, petite, raffinée, digne, sophistiquée, un concentré de sang bleu et de bonnes manières. Au deuxième abord, sa prétention mettait mal à l'aise. Elle parlait à ses interlocuteurs en regardant par-dessus leur épaule, comme si elle n'accordait pas la moindre importance à tout ce qui n'était pas de son rang social. Et, pour ne rien arranger, elle ne demanda jamais à King pourquoi il avait la tête bandée.

En revanche, elle fut tout de suite intriguée par Joan, qui produisait souvent cet effet. King, qui appelait cela son côté « tornade de poche », réprima un sourire.

— Le temps ne joue pas pour nous, madame Bruno, commença Joan. La police et le FBI ont très bien accompli leur travail, mais ils n'ont obtenu que des résultats négligeables. Plus le temps passe, moins nous avons de chances de retrouver votre mari vivant.

Le regard hautain perdit de sa superbe et revint sur la terre ferme.

— C'est pourtant pour cela que les partisans de John vous ont engagée, non ? Pour le ramener ici sain et sauf.

— Justement. J'ai déjà lancé un certain nombre d'enquêtes mais j'ai besoin de votre aide.

— J'ai raconté à la police tout ce que je savais. Adressez-vous à elle.

— Je préfère les témoignages directs.

— Pourquoi ?

— Parce que, en fonction de vos réponses, je pourrais être amenée à vous poser des questions auxquelles la police n'a pas pensé.

« Et puis on aimerait bien vérifier par nous-mêmes si tu nous racontes pas des bobards, ma poule », songea King.

— Très bien, je vous écoute.

L'entretien semblait tellement l'ennuyer que King la soupçonna aussitôt d'avoir un amant et de ne pas vraiment souhaiter le retour de ce bon vieux John.

— Avez-vous financé la campagne de votre mari ? interrogea Joan.

— Quel genre de question est-ce là ?

— Le genre qui appelle une réponse, répondit-elle d'un ton aimable. Nous essayons de comprendre les motivations, de sérier les suspects et d'orienter au mieux les investigations.

— Quel rapport avec le financement de la campagne de John ?

— Si vous partagez les vues de votre mari et appuyez ses ambitions politiques, vous avez sans doute en mémoire des noms et des discussions privées qui pourraient nous servir. D'un autre côté, si vous n'étiez pas très concernée, il nous faudrait chercher ailleurs.

— Oh ! je ne peux pas dire que j'étais enchantée par la décision de John. Il n'avait aucune chance de gagner, nous le savions tous. Et ma famille...

— Désapprouvait ? intervint King.

— Ne s'est jamais intéressée à la politique. Nous avons une réputation sans tache. Ma mère a failli faire une attaque quand j'ai épousé un procureur de dix ans mon aîné, qui avait grandi du mauvais côté de la barrière. Mais j'aime John. Cela n'a cependant pas été facile. Les prises de position publiques ne sont pas très bien considérées dans mon milieu. Et je ne peux pas dire que John et moi entretenions des relations étroites d'un point de vue politique. Cependant, il avait une solide réputation en tant que procureur. Il a traité des procès très difficiles à Washington, et plus tard à Philadelphie, où nous nous sommes rencontrés, ce qui lui a valu une grande renommée au plan national. Je suppose que la fréquentation de tous ces politiciens à Washington lui a donné envie de se lancer dans la bagarre. Et notre emménagement à Philadelphie n'y a rien changé. Je ne partage pas ses ambitions mais je suis sa femme et je l'ai toujours soutenu à ma façon.

Joan et King posèrent les questions habituelles, auxquelles Catherine Bruno donna les réponses convenues.

— Vous ne voyez pas qui pourrait en vouloir à votre mari ? conclut Joan.

— En dehors de ceux qu'il a poursuivis, non, vraiment pas. Il a déjà été menacé de mort, mais pas récemment. Après avoir quitté le ministère public de Philadelphie, il a travaillé quelques années dans le privé avant de se lancer dans l'arène politique.

Joan, qui prenait des notes, s'interrompit.

— Il travaillait pour qui ?

— Dobson, Tyler et Reed, un cabinet de Washington. À Philadelphie, où mon mari travaillait, leurs bureaux sont situés dans Market Street. Il s'agit d'une firme très respectable.

— Spécialisée dans quoi ?

— John parlait rarement affaires avec moi. Cela ne m'intéressait pas.

— Des procès, sans doute ?

— Forcément. Mon mari aimait bien avoir une scène et un public.

— Il n'a jamais exprimé d'inquiétudes ?

— Il estimait que la campagne se déroulait plutôt bien mais il ne se faisait pas d'illusions. Il n'a jamais envisagé une victoire, il désirait simplement prendre position et exprimer ses idées.

— Après les élections, qu'avait-il l'intention de faire ?

— Nous n'avons pas abordé le sujet. J'ai toujours supposé qu'il retournerait chez Dobson et Tyler.

— Êtes-vous au courant du type de relations qu'il entretenait avec Bill Martin ?

— Il a parfois mentionné son nom, mais ils se fréquentaient avant que nous fassions connaissance.

— Vous n'avez aucune idée des raisons qui auraient poussé la veuve de Bill Martin à vouloir rencontrer votre mari ?

— Aucune. Comme je l'ai dit, tout cela se passait avant notre mariage.

— Un premier mariage pour tous les deux ?

— Pour lui, pas pour moi.

Elle ne donna aucun détail.

— Vous avez des enfants ?

— Trois. Pour eux, c'est très dur. Et moi, je ne souhaite qu'une chose : le retour de John.

Elle se mit à renifler, comme si elle en était arrivée à la réplique qui devait déclencher les pleurs, et Joan lui tendit un Kleenex.

— C'est notre désir à tous, dit Joan, qui pensait sans aucun doute aux millions de dollars que cela lui rapporterait. Et rien ne m'arrêtera avant que j'aie atteint mon but. Merci beaucoup, madame Bruno. Nous restons en contact.

Il était l'heure de rejoindre l'aéroport.

— Alors qu'en penses-tu ? demanda Joan dans la voiture. Un détail t'a-t-il mis la puce à l'oreille ?

— Première impression : une snob qui en sait plus qu'elle ne veut bien l'avouer. Mais ce qu'elle tait n'a peut-être rien à voir avec l'enlèvement de Bruno.

— D'accord, même si rien ne le prouve.

— Elle ne semble pas apprécier l'arène politique mais peu d'épouses y trouvent leur compte. Elle a trois enfants et rien ne permet de supposer qu'elle ne les aime pas. Même chose pour son mari. Elle a de l'argent, sauf que non seulement ce kidnapping ne lui rapportera rien mais il risque de lui coûter très cher.

— Oui, mais s'il n'y a pas de rançon, elle ne paiera rien et se retrouvera seule et libre d'épouser qui bon lui semble. Par exemple, quelqu'un de sa classe sociale, qui ne se mêlera pas de politique.

— Pourquoi pas... pour le moment, rien ne nous permet de l'affirmer.

— Il suffit d'attendre.

Joan ouvrit son dossier et le parcourut rapidement.

— Cette agression dont toi et Maxwell avez été les victimes s'est passée vers deux heures du matin. Moi qui croyais que tu m'accordais une faveur en m'invitant à dormir chez toi…

— Elle a dormi dans la chambre d'amis.

— Et toi ?

Il ne répondit rien.

— Qui est le prochain sur la liste ? demanda-t-il.

Joan referma son dossier.

— Pendant que nous sommes là, j'aimerais bien aller faire un tour dans ce cabinet d'avocats, Dobson et Tyler, mais il faut d'abord que je me renseigne. Nous allons donc nous rendre chez Mildred Martin.

— Que savons-nous sur elle ?

— Très dévouée à son mari, qui a travaillé avec Bruno à Washington. Certaines de mes recherches préliminaires laissent supposer que le jeune John Bruno, en tant que procureur à Washington, frappait fort et manquait de prudence, et que c'est Martin qui a payé les pots cassés.

— Conclusion : la veuve de Martin n'est pas une fan de Bruno.

— Voilà. Bill Martin souffrait d'un cancer incurable, les poumons et les os étaient atteints. Il lui restait tout au plus un mois à vivre. Mais cela ne convenait pas à l'emploi du temps de certains et on l'a aidé à mourir.

Elle ouvrit un nouveau dossier.

— Je me suis procuré les résultats de l'autopsie pratiquée sur Martin. Les produits utilisés s'étaient répandus dans tout le corps, jusqu'à l'humeur vitrée de l'œil.

— Le liquide dans le globe oculaire ?

Elle hocha la tête.

— On a trouvé une dose anormalement élevée de méthanol dans le mésencéphale.

— Si ce type était alcoolique, cela peut tout expliquer. Le méthanol est l'un des composants du whisky et du vin.

— Exact. La légiste l'a signalé. Cependant, le méthanol est également un des composants des fluides d'embaumement.

— Et s'ils savaient qu'il n'y aurait pas d'autopsie…

— L'embaumement pouvait masquer la présence du méthanol ou du moins semer le doute dans l'esprit de la légiste dans l'éventualité d'une autopsie tardive, conclut Joan.

— Le crime parfait ?

— Avec nous sur le coup ? Tu plaisantes, dit Joan avec un grand sourire.

— Alors qu'attends-tu de Mildred ?

— Si Bruno a changé son emploi du temps pour rencontrer quelqu'un qui se faisait passer pour Mildred Martin, cela signifie que la vraie Mildred Martin est détentrice d'un secret qui n'a pas été révélé : jusqu'à preuve du contraire, Bruno n'est pas du genre sentimental, et s'il s'est déplacé il avait ses raisons.

— Qu'est-ce qui te fait penser qu'elle va nous parler ?

— En me renseignant sur elle, j'ai appris qu'elle aussi buvait beaucoup trop et qu'elle ne résiste pas aux hommes séduisants qui lui prêtent un peu d'attention. J'espère que tu as compris. Et je préférerais que tu enlèves ce bandage – tu as des cheveux magnifiques.

— Et toi, dans tout ça, quel sera ton rôle ?

Elle lui adressa un sourire enjôleur.

— Celui de la garce sans cœur. Je joue ça à la perfection.

40

Après avoir atterri, King et Joan louèrent une voiture et se rendirent chez Mildred Martin, où ils arrivèrent en début de soirée. La maison, située à environ huit kilomètres du funérarium où Bruno avait été enlevé, se trouvait dans le genre de quartier où se retiraient les personnes qui disposaient de revenus modestes.

Ils sonnèrent et frappèrent à la porte mais personne ne répondit.

— Je ne comprends pas, j'avais pris rendez-vous, s'étonna Joan.

— Faisons le tour. Tu m'as dit qu'elle buvait, peut-être qu'elle s'est effondrée dans un coin.

Ils trouvèrent Mildred Martin à l'arrière de la maison, assise à une table de rotin dans un jardin entouré de murs de brique moussus. Elle prenait un verre tout en fumant une cigarette. Il soufflait une brise tiède. Âgée de soixante-quinze ans, le visage ridé d'une fumeuse invétérée et d'une adoratrice du soleil, elle portait une robe de coton imprimé et des sandales. Ses cheveux teints en roux laissaient apparaître des racines grises. Une substance qui dégageait une odeur de citronnelle brûlait dans un seau près de la table.

King et Joan se présentèrent.

— J'aime bien cet endroit, dit Mildred. Même avec ces satanés moustiques. À cette époque de l'année, le jardin resplendit.

— C'est très gentil de votre part d'avoir accepté de nous recevoir, dit poliment King, qui sur les conseils de Joan avait ôté son bandage.

Mildred leur fit signe de s'asseoir et leva son verre.

— J'adore le gin et je n'aime pas boire seule. Vous prendrez bien quelque chose ?

Elle avait la voix grave et éraillée d'une fumeuse doublée d'une buveuse.

— Une vodka-orange, demanda Joan en adressant un regard appuyé à son partenaire.

— Whisky-Perrier, dit King. Je peux vous aider ?

Elle éclata de rire.

— Si j'avais quarante ans de moins, ç'aurait été avec plaisir.

Sur ces mots, elle s'éloigna d'un pas mal assuré, un sourire espiègle sur les lèvres.

— On dirait que sa période de deuil est terminée, commenta King.

— Elle a été mariée pendant quarante-six ans avec Bill, ils avaient la réputation d'un couple qui s'entendait bien. Son mari, un peu plus âgé qu'elle, était en très mauvaise santé et souffrait le martyre. Sans doute avait-elle déjà épuisé son chagrin.

— À ton avis, qui a amené Bruno à prendre Bill Martin comme mentor ?

— Bruno a fait ses premières armes en tant que procureur à Washington et il travaillait pour Martin, qui lui a appris les ficelles du métier.

— Au Parquet fédéral ?

— Exact.

King regarda autour de lui.

— On dirait que les Martin ne roulaient pas sur l'or.

— La fonction publique paie assez mal, nous le savons tous. Et Bill Martin n'a pas épousé une héritière. Ils ont emménagé ici après leur mise à la retraite. Mildred a grandi dans la région.

— Nostalgie mise à part, ce n'est pas le genre d'endroit où je me précipiterais pour y passer mes vieux jours.

Mildred réapparut avec un plateau. Elle les servit et réintégra son fauteuil.

— Et maintenant, venons-en aux choses sérieuses, lança-t-elle. J'ai déjà parlé à la police et je n'ai aucune idée de ce qui a pu se passer.

King hocha la tête d'un air compatissant.

— Nous comprenons, madame Martin, mais nous tenions à vous rencontrer personnellement.

— J'en ai, de la chance ! Et je vous en prie, appelez-moi Millie. Pour moi, « madame Martin » restera toujours ma belle-mère et elle est morte depuis trente ans.

— Très bien, Millie. Nous savons qu'on a pratiqué une autopsie sur le corps de votre mari.

— Oui, quelle perte de temps !

— Pourquoi donc ? interrogea Joan.

Mildred lui jeta un regard pénétrant.

— Parce que personne ne l'a empoisonné. C'était un vieil homme en phase terminale souffrant d'un cancer incurable qui est mort paisiblement dans son lit. Si je ne tombe pas dans mon jardin, j'aimerais partir comme lui.

— Et cet appel téléphonique à Bruno ?

— Je leur ai déjà dit que je ne l'avais jamais appelé. Comme ils ne me croyaient pas, ils ont vérifié mes coups de fil.

Joan se pencha en avant.

— Oui, mais cet appel a plongé Bruno dans un état d'agitation extrême. Vous avez une explication ?

— Non. Si je savais lire dans les pensées, je serais riche.

— L'époque où Bruno et votre mari se fréquentaient remonte à loin, insista Joan. Pourtant, il reçoit un appel dont il pense que vous êtes l'auteur, ce qui le perturbe violemment. La personne qui s'est fait passer pour vous lui a certainement rappelé un événement réel, qu'en toute logique Bruno a associé avec vous ou votre mari.

— Et pourquoi l'annonce de la mort de Bill ne l'aurait-elle pas bouleversé ? Après tout, ils étaient amis.

Joan secoua la tête.

— Non. Bruno était déjà au courant. Cela a été confirmé. Avant ce coup de fil, il n'avait pas du tout l'intention de se rendre au funérarium.

Mildred leva les yeux au ciel.

— Cela ne me surprend pas.

— Pourquoi donc ? s'étonna King.

— Je ne vais pas y aller par quatre chemins. Bill avait beau le mettre sur un piédestal, personnellement, je n'étais pas une grande fan de Bruno. Bill avait vingt-cinq ans de plus que lui et il lui a servi de mentor. Soyons clairs, John Bruno était un homme brillant mais il ne servait que ses propres intérêts. Il se désintéressait totalement du reste de l'humanité. Ce type passe à proximité de l'endroit où va avoir lieu l'enterrement de son guide et conseiller, et il n'a même pas la décence d'interrompre brièvement sa campagne pour venir lui rendre un dernier hommage. Du moins, avant qu'il ne reçoive ce coup de fil. Franchement, il n'y a rien à ajouter.

— Je suppose que vous n'auriez pas voté pour lui aux élections ? dit King en souriant.

Mildred Martin laissa échapper un rire de gorge et posa sa main sur celle de King.

— Chéri, vous êtes tellement charmant que je pourrais vous mettre sur une étagère et passer ma vie à vous contempler.

Elle n'ôta pas sa main.

— Vous ne le connaissez pas, ironisa Joan.

— Non, et je le regrette.

— Votre aversion envers John Bruno a-t-elle été déclenchée par un événement précis ?

Mildred vida son verre et croqua un glaçon.

— Qu'entendez-vous par là ?

Joan consulta ses notes.

— À l'époque où votre mari dirigeait le Parquet fédéral de Washington, des irrégularités ont provoqué l'annulation de certaines condamnations et fait dérailler d'autres actions pénales. Cela a fait pas mal de bruit.

Mildred alluma une cigarette avec le mégot de la précédente.

— Cela se passait il y a bien longtemps. Je ne me souviens pas vraiment.

— Faites un effort, cela devrait vous revenir, insista Joan. N'avez-vous pas assez bu pour aujourd'hui ? C'est vraiment très important.

— Dis donc, intervint King, tu pourrais être polie. Je te rappelle que Mildred a eu la gentillesse de nous recevoir alors que rien ne l'y obligeait.

La main de Mildred chercha à nouveau celle de King.

— Merci, mon cher.

Joan se leva.

— Tu sais quoi ? Je te laisse finir l'entretien pendant que je fais le tour de ce *charmant* jardin.

Elle désigna le paquet de cigarettes de Mildred.

— Je peux ?

— Je vous en prie, chérie, je ne tiens pas particulièrement à être la seule à m'empoisonner.

— Très aimable à vous, chérie.

Joan s'éloigna et King jeta un coup d'œil embarrassé à Mildred.

— Elle est parfois un peu maladroite, s'excusa-t-il.

— Maladroite ? C'est un cobra avec des talons aiguilles et du rouge à lèvres. Vous travaillez pour elle ?

— Oui, un job plein d'enseignements.

Mildred jeta un regard courroucé à Joan, qui se servait d'un rosier comme cendrier.

— N'oubliez pas de garder la main sur la braguette quand elle est dans le coin, ou vous pourriez bien vous réveiller un matin avec un truc en moins.

— Je m'en souviendrai. Et maintenant, à propos de ces irrégularités qui se sont produites pendant que votre mari était en fonction, j'ai comme l'impression que vous en voulez à Bruno. Ces dysfonctionnements n'auraient-ils pas poussé votre mari à la démission ?

Mildred releva le menton et dit d'une voix qui tremblait :

— En tant que patron, il a assumé toutes les responsabilités. Cela s'appelle le sens de l'honneur. Aujourd'hui, il n'y a plus beaucoup d'hommes comme Bill Martin. Prenant exemple sur le vieux Harry Truman, il n'a pas bronché.

— Vous voulez dire qu'en réalité ce n'était pas vraiment sa faute ?

— Il faut que je boive quelque chose avant de me casser une couronne sur ces glaçons, répliqua-t-elle en se levant.

— Laissez-moi deviner. Bruno a quitté Washington avant que le couperet tombe, il a ruiné la carrière de votre mari et tranquillement poursuivi la sienne en prenant la tête du Parquet fédéral de Philadelphie, c'est ça ? Et là, il a engrangé un certain nombre de condamnations qui lui ont valu une excellente réputation, ce qui lui a permis de se constituer une lucrative clientèle privée et plus tard de se présenter à l'élection présidentielle.

— Je vois que vous avez bien fait vos devoirs.

— Mais si votre mari lui gardait son admiration, c'est qu'il ne partageait pas votre point de vue.

Elle se rassit.

— Bill, excellent juriste au demeurant, était incapable de sonder les âmes. Et je dois reconnaître que Bruno a fait preuve de beaucoup d'habileté. Il sait manipuler les gens. Savez-vous qu'il a appelé ici pour annoncer à Bill qu'il se présentait aux élections ?

King parut surpris.

— Cela remonte à quand ?

— Deux mois environ. C'est moi qui ai répondu. Entendre sa voix m'a causé un choc. Je voulais lui dire ce que je pensais de lui mais j'en ai été incapable. Nous avons bavardé un instant comme de vieux amis. Il m'a raconté ses exploits, la vie merveilleuse qu'il menait dans la haute société de Philadelphie, il n'arrêtait pas de s'envoyer des fleurs et j'avais envie de vomir. Puis j'ai passé le téléphone à Bill. Ce coup de fil ne visait qu'à une chose : parader devant son « vieil ami » et l'informer qu'il avait mieux réussi que lui.

— Je croyais que vous aviez coupé les ponts avec Bruno depuis des années.

— Effectivement. Quand il nous a appelés, nous l'avions complètement perdu de vue.

— Bill a-t-il mentionné quoi que ce soit qui aurait pu pousser Bruno à venir au funérarium ?

— Non. Bill était déjà très faible et la conversation a duré très peu de temps. Quant à moi, je n'ai rien dit à Bruno qui aurait pu contrarier Bill ou le plonger dans un état d'agitation. Mais ce n'est pas l'envie qui m'en manquait.

— Vous pensez à ces affaires douteuses au Parquet fédéral ?

— Entre autres.

— Aviez-vous des preuves ?

— Bruno était le type même du juriste qui savait brouiller les pistes. Sa merde ne puait jamais. Quand ses saloperies apparaissaient au grand jour, il était déjà loin.

— Je suppose que vous n'êtes pas vraiment bouleversée par sa disparition ?

— John Bruno peut bien aller au diable. Bon voyage et bon vent, la paille au cul et le feu dedans.

King se pencha et, cette fois, ce fut lui qui posa sa main sur celle de Mildred.

— Millie, ce que je vais vous confier est vraiment important. Malgré l'autopsie peu concluante de votre mari, les résultats laissent supposer qu'il aurait pu être empoisonné avec du méthanol, méthode d'intoxication particulièrement habile qui aurait été masquée par les liquides d'embaumement. Son décès et le transport de sa dépouille au dépôt mortuaire ont servi de déclencheur à toute l'affaire. Celui qui a kidnappé Bruno n'a rien laissé au hasard. Il fallait que le corps de votre mari soit transféré au dépôt, à une date précise.

— Oui, le FBI m'a exposé tout cela dans le détail, mais je vous affirme que personne n'aurait pu empoisonner Bill sans que je m'en aperçoive. Je ne l'ai pas quitté, je restais avec lui jour et nuit.

— Vous étiez seule à le soigner ? Votre mari était très malade. Avez-vous fait appel à quelqu'un ? Personne ne s'est présenté ? On a analysé ses médicaments ?

— Oui. Le FBI a tout emporté et ils n'ont rien trouvé. J'ai mangé la même nourriture que lui, bu la même eau, et je ne ressens aucun symptôme d'aucune sorte.

King se renversa sur son siège en soupirant.

— Quelqu'un a pris votre place au funérarium.

— C'est ce qu'on m'a dit. Le noir me va bien, remarquez, surtout avec ma nouvelle couleur de cheveux.

Elle regarda le verre à moitié vide de King.

— Je vous ressers ?

Il secoua la tête.

— Bill était lui aussi abonné au scotch, et ce jusqu'à la fin. Un des rares plaisirs qui lui restaient. Il avait sa réserve de Macallan vingt-cinq ans d'âge.

Elle gloussa.

— Tous les soirs, j'en injectais une dose dans sa sonde alimentaire avec une seringue. Il se fichait bien de manger mais il attendait son whisky avec impatience. Et avec ça il a tout de même atteint l'âge respectable de quatre-vingts ans ! Pas mal, hein ?

— Je suppose que vous gardiez quelques bouteilles à portée de main ?

Elle sourit.

— Les petits plaisirs de l'existence… à notre âge, il n'en reste pas beaucoup.

King contempla le verre de Mildred.

— Vous aussi, vous êtes une adepte du whisky ?

— Ah non ! Fidèle au gin. Le scotch vous laisse comme un arrière-goût de solvant. Pour dégager les sinus, à la limite.

— Merci encore, chère madame, et passez une bonne soirée.

King se leva et se dirigea vers Joan, qui se tenait en retrait, bayant aux corneilles. Puis il s'immobilisa brusquement. Un arrière-goût de solvant ?

Il fit demi-tour.

— Millie, pouvez-vous me montrer la réserve de scotch de Bill ?

41

Il s'agissait de la réserve secrète de Bill Martin, que Mildred Martin n'avait pas pensé à montrer à la police ni au FBI. Une rapide analyse au laboratoire de la police révéla que le whisky avait été enrichi de méthanol.

King et Joan attendaient au commissariat la fin de l'interrogatoire de Mildred.

Joan se tourna vers King.

— Tu as de la chance qu'elle t'ait servi du whisky ordinaire.

— Comme tu dis. Mais comment cette bouteille est-elle arrivée dans la maison ?

Un homme en costume marron s'avançait vers eux.

— Je crois que nous avons trouvé la réponse à cette question ! s'exclama-t-il.

Il s'agissait d'un des agents du FBI qui avaient été mis sur l'affaire. Joan le connaissait bien.

— Salut, Don. Je te présente Sean King. Don Reynolds.

Les deux hommes se serrèrent la main.

— On vous doit une fière chandelle sur ce coup-là, déclara Reynolds. On avait bien fait analyser les boissons alcoolisées de la maison, mais elle ne nous avait jamais parlé de cette réserve secrète.

— Remercie Sean car, même si ma vanité doit en souffrir, je n'y suis pour rien, répliqua Joan en souriant. Et alors, avez-vous découvert comment ce whisky « amélioré » est arrivé là ?

— Il y a deux mois, les Martin ont engagé une infirmière pour assister Bill, devenu pratiquement invalide.

— Mildred ne l'avait jamais mentionné auparavant ? s'étonna King.

— Elle pensait que ce n'était pas important. Elle affirme que cette femme ne donnait jamais ses médicaments à Bill. Mildred préférait s'en occuper elle-même. Et la femme est partie bien avant la mort de Martin, ce qui explique que Mildred n'ait pas pensé à nous le signaler.

— D'où venait cette dame ?

— Elle est arrivée un beau matin en leur demandant s'ils n'avaient pas besoin d'aide, vu la condition physique de Bill. Elle leur a raconté qu'elle était une infirmière diplômée prête à travailler au rabais parce qu'elle traversait une passe difficile. Elle a montré des papiers parfaitement en règle.

— Et où est passée cette charmante personne ?

— Elle aurait trouvé un emploi permanent dans une autre ville et n'est jamais réapparue.

— Évidemment, soupira Joan.

Reynolds hocha la tête.

— D'après nous, cette femme est revenue dans la maison la veille de la mort de Martin et elle a versé du méthanol dans la bouteille pour s'assurer que son prochain whisky serait le dernier. Le méthanol est assez lent à se métaboliser en doses toxiques. Normalement, il faut compter entre douze et vingt-quatre heures. Les Martin ne partageaient pas la même chambre et, après l'injection par Mildred de son dernier whisky dans sa sonde alimentaire, Bill a été emporté assez rapidement. N'oublions pas qu'il était en phase terminale et ne pesait que quarante-cinq kilos. Normalement, il faut compter cent ou deux cents millilitres de méthanol pour tuer un adulte mais, pour Martin, une faible quantité a suffi.

Reynolds eut un sourire las.

— L'ironie de l'histoire, c'est que le scotch contient de l'éthanol, qui est un antidote au méthanol, parce qu'ils cherchent tous les deux la même enzyme. Mais il y avait de telles concentrations de méthanol dans la bouteille que l'éthanol ne pouvait le neutraliser. Si Martin a appelé pendant son agonie, Mildred ne l'a pas entendu. C'est du moins ce qu'elle affirme. Il est donc resté là toute la nuit et a fini par s'éteindre. À cette époque, il ne pouvait plus descendre de son lit.

— Et puis réveiller Mildred ne doit pas être une mince affaire, fit remarquer King. Elle aussi apprécie les libations.

— Quant à cette infirmière, renchérit Joan, elle connaissait par cœur les habitudes du couple. Elle savait que Mildred détestait le scotch et que Bill disposait de sa réserve secrète. Le crime était presque parfait. Et l'assassin avait disparu bien avant qu'il soit commis.

Reynolds hocha la tête.

— Ceux qui ont ourdi ce plan machiavélique ne voulaient surtout pas d'autopsie, cela aurait contrarié leurs projets en retardant l'enterrement. Il fallait que Bill décède de mort « naturelle ». Malheureusement pour Bill, ce type d'empoisonnement entraîne des douleurs terribles et il ne s'est pas éteint paisiblement. Le méthanol se métabolise en formaldéhyde, qui à son tour s'oxyde en acide formique, six fois plus toxique que le méthanol.

— Martin était déjà embaumé avant d'arriver au dépôt mortuaire, conclut King.

— Exact. D'après l'état-major de Bruno, le programme prévoyait que leur patron serait présent dans la région ce jour-là et le suivant. Martin est décédé un lundi, on l'a emmené au dépôt le lundi soir. Son corps devait être exposé le mercredi et le jeudi, deux jours selon la coutume du funérarium. L'enterrement était donc prévu pour le vendredi et Bruno est arrivé le jeudi.

— Un peu juste, observa Joan.

— Ils ont fait de leur mieux, répondit Reynolds. Ils ne disposaient d'aucun autre moyen pour amener Bruno jusqu'au dépôt funéraire. Difficile de l'inviter au domicile de Bill Martin. D'accord, c'était risqué, mais ça a marché.

— Et l'infirmière ?

— Disparue sans laisser d'adresse, comme on dit dans les polars.

— Description ?

— Une bonne cinquantaine, de taille moyenne, assez forte. Elle avait des cheveux frisés grisonnants, mais ils ont pu être teints. Et tiens-toi bien : elle a dit à Mildred qu'elle s'appelait Elizabeth Borden.

— Elizabeth Borden, comme Lizzie Borden, qui a assassiné ses parents ? s'exclama King.

— Nous sommes confrontés à des gens qui ont un certain sens de l'humour, répliqua Reynolds.

— Des meurtriers lettrés qui connaissent le roman noir, ironisa Joan.

— En tout cas, je vous remercie pour votre aide. J'ignore où tout ça va nous mener, mais ça peut toujours servir.

— Qu'allez-vous faire de Mildred ? demanda King.

— Rien. On ne peut pas emprisonner quelqu'un pour stupidité, sinon on coffrerait la moitié de la population. Et puis, si elle était mêlée à ça, elle se serait débarrassée de cette bouteille.

Il se tourna vers Joan.

— J'ai appris que tu menais une enquête sur la disparition de Bruno, à la demande de sa famille et de son parti. Évidemment, ça m'intéresse. J'ai confiance en toi et tu viens de nous rendre un fier service. Si jamais je peux te donner un coup de main…

— Justement, je t'ai préparé une petite liste, répliqua Joan avec un grand sourire.

Tandis que Joan et Reynolds parlaient affaires, King vit Mildred qui sortait de la pièce où on l'avait interrogée. L'hôtesse drôle, sociable et pleine d'énergie qu'il avait rencontrée tout à l'heure avait cédé la place à une vieille femme qui ne tarderait sans doute pas à rejoindre son mari.

— Et maintenant, on fait quoi ? demanda-t-il à Joan quand elle le rejoignit.

— Direction le funérarium.

— Les Fédéraux ont déjà balayé le terrain.

— Oui, comme avec Mildred Martin. Et puis j'adore ce genre d'endroit. On y entend des commérages très instructifs sur les chers disparus. Leurs « amis » sont toujours les plus bavards.

— Joan, tu es cynique.

— Une de mes plus séduisantes qualités.

42

La police déposa Mildred Martin devant chez elle. En bas de la rue, une voiture noire se fondait dans l'obscurité. À l'intérieur, deux agents du FBI se tenaient aux aguets.

La vieille femme pénétra en titubant chez elle et referma la porte. Vite, un verre pour se remettre. Quelle idée d'aller se fourrer dans une situation pareille ! Tout s'était passé comme sur des roulettes et puis elle avait tout fichu par terre. Mais elle avait bien rétabli la situation. Heureusement. Elle tendit la main vers la bouteille de gin, s'en versa une bonne rasade et y ajouta une larme d'eau gazeuse.

Après avoir vidé la moitié de son verre, elle se sentit mieux. Tout irait bien. Elle était une inoffensive vieille dame et le FBI n'avait rien contre elle. Il fallait absolument qu'elle se calme.

— Mildred ? Comment allez-vous ?

Le verre lui échappa des mains, elle poussa un cri.

— Qui est là ?

Elle recula et heurta le petit meuble aux liqueurs.

Puis elle distingua un homme qui avança de quelques pas tout en restant dans l'ombre.

— Votre vieil ami.

Elle plissa les yeux.

— Je ne vous connais pas.

— Mais si. Celui qui vous a aidée à tuer votre mari.

Elle releva le menton.

— Je n'ai pas tué Bill.

— Sans doute, Mildred, mais le méthanol que vous lui avez administré, si. Et vous avez appelé Bruno, très exactement comme je vous l'avais demandé.

— Alors… c'était vous ? balbutia-t-elle.

Il apparut en pleine lumière.

— Je vous ai permis de vous venger de John Bruno, de devenir riche en touchant l'assurance et de mettre fin aux souffrances de votre mari. Je ne vous demandais qu'une seule chose en échange : respecter notre contrat. Vous m'avez beaucoup déçu.

— Je ne vois pas de quoi vous voulez parler, répliqua-t-elle d'une petite voix.

— Les clauses de ce contrat, Mildred, ne prévoyaient pas une expédition au poste de police et un interrogatoire du FBI.

— C'est la faute de ces gens qui sont venus me poser toutes ces questions.

— Oui, King et Dillinger, je les connais bien, et alors ? poursuivit-il d'un ton plaisant.

— Eh bien, nous avons bavardé et je leur ai répété mot pour mot ce que vous m'aviez demandé de dire sur Bruno.

— Vous vous êtes montrée très naïve. Racontez-moi tout.

Elle se mit à trembler.

— Calmez-vous et versez-vous un autre verre, Mildred.

Elle s'exécuta, but son gin d'un trait et reprit sa respiration avec difficulté.

— On... on parlait de whisky. Je lui ai dit que Bill aimait le whisky, voilà tout.

— Et vous aviez versé le méthanol dans la bouteille de scotch ?

— Oui, dans le Macallan de Bill.

— Pourquoi, Mildred ? Vous deviez utiliser une seringue pour l'injecter dans la sonde. Rien de plus simple. Il vous suffisait de suivre nos instructions.

— Je sais mais... ça m'était impossible. Je voulais que ça ait l'air normal, vous comprenez ? J'ai donc mis le méthanol dans la bouteille et je lui ai injecté le mélange.

— Parfait. Mais après, pourquoi n'avez-vous pas vidé la bouteille dans l'évier avant de la jeter ?

— J'en avais bien l'intention, mais j'avais peur que quelqu'un me voie. Je sais que des voisins me soupçonnaient d'avoir tué Bill pour l'assurance. Ils auraient très bien pu aller fouiller dans mes poubelles. Et même si je lavais la bouteille et que je la cassais, la police pouvait retrouver des tessons. À la télé, j'ai souvent vu comment procédaient les médecins légistes, dans les films, et j'ai pensé qu'il valait mieux ne toucher à rien. Et puis après je n'osais plus m'approcher de la cache secrète. Je... je me sentais coupable, à cause de Bill.

Elle pleura en silence.

— Mais vous en avez parlé à King et Dillinger. Pourquoi ne pas leur avoir montré le scotch ordinaire ?

— Ce n'était pas du Macallan. J'ai eu peur. J'avais laissé échapper que j'avais encore la bouteille. Tout allait si bien et puis il s'est mis à crier : Où est-elle ? Montrez-la-moi. Si j'avais refusé, il aurait eu des soupçons.

— Sans aucun doute. Et c'est votre mauvaise conscience qui vous a poussée à tout révéler à des inconnus.

— Il s'est comporté en vrai gentleman, protesta-t-elle.

— Je n'en doute pas. Donc ils ont pris la bouteille et ils l'on analysée. Qu'avez-vous raconté à la police ?

Mildred parut très contente d'elle.

— Qu'une infirmière s'était présentée chez nous et que je l'avais engagée pour s'occuper de Bill. Je leur ai même donné son nom.

Elle marqua une pause.

— Elizabeth Borden. Vous avez saisi ? Lizzie Borden.

Elle gloussa.

— Pas mal, hein ?

— Génial. Vous avez manigancé cette histoire sur le chemin du commissariat ?

Elle finit son verre, alluma une cigarette et souffla la fumée.

— J'ai toujours été très rapide. Je crois que j'aurais fait un meilleur juriste que mon mari.

— Quel était le montant du salaire de cette infirmière ?

— Hein ?

— Vous n'avez quand même pas prétendu qu'elle travaillait gratuitement ? Des bonnes âmes de ce genre se rencontrent assez rarement.

— Oh ! je suis restée très vague.

— Ils n'ont pas insisté ?

Elle fit tomber la cendre de sa cigarette sur le sol et haussa les épaules.

— Non. Ils me croient. Je suis une pauvre veuve éplorée. Et donc tout va bien.

— Mildred, vous rêvez. En ce moment même, ils sont branchés sur votre compte en banque, en train de l'éplucher pour savoir comment vous avez réglé les honoraires de « Lizzie ». Ils ne trouveront rien. Ensuite ils iront poser des questions à vos voisins, qui répondront qu'ils n'ont jamais vu cette femme, pour la bonne raison qu'elle n'a jamais existé. Pour finir, le FBI reviendra vous voir et je peux vous garantir que cette visite sera des plus déplaisantes.

Elle parut soudain très soucieuse.

— Vous croyez vraiment qu'ils vont se donner tout ce mal ?

— Nous parlons du FBI, Mildred, des gens intelligents, pas des imbéciles dans votre genre.

Quand il s'approcha d'elle, Mildred vit qu'il tenait une perche de métal.

Elle voulut crier mais il lui sauta dessus, lui fourra un chiffon dans la bouche, la bâillonna et lui attacha les poignets avec du ruban adhésif. Puis il la traîna par les cheveux tout le long du couloir et poussa une porte.

— J'ai pris la liberté de vous faire couler un bain, Mildred. Je veux que vous soyez bien propre quand on vous retrouvera.

Quand il la lâcha au-dessus de la baignoire, l'eau éclaboussa le carrelage. Elle se débattit mais il l'enfonça sous l'eau avec la perche. Grâce au bâillon et à ses poumons encrassés par la cigarette, elle s'asphyxia deux fois plus vite que Loretta Baldwin. Puis il alla prendre une bouteille de scotch dans le petit meuble à liqueurs, en versa le contenu dans la baignoire et la brisa sur la tête de sa victime. Enfin, il arracha le ruban adhésif de sa bouche, qu'il ouvrit, et il y enfonça une pleine poignée de dollars prise dans son portefeuille.

— Jusqu'où faut-il aller pour trouver une personne de confiance par les temps qui courent, je vous demande un peu ?

Puis, la toisant avec mépris, il s'écria :

— Vous avez de la chance d'avoir passé l'arme à gauche, Mildred. Vous pouvez vous féliciter de ne pas avoir à affronter ma colère *parce que ça dépasse les bornes* !

Au cours de l'élaboration de ses plans, il avait envisagé de tuer Mildred, puis renoncé par crainte d'éveiller les soupçons. À l'heure actuelle, si on découvrait la culpabilité de Mildred, la probabilité que l'on puisse remonter jusqu'à lui était nulle. On comprendrait néanmoins que c'était la même main qui avait frappé Loretta. Mais il y avait fort à parier que cela ne ferait qu'embrouiller les pistes. Enfin, tout cela le contrariait un peu mais il n'avait pas eu le choix... Il jeta un regard dégoûté à Mildred.

— Espèce d'imbécile !

Il quitta la maison par la porte de derrière et se tourna vers le haut de la rue, où il avait repéré les agents du FBI.

— Allez-y, les gars, grommela-t-il, je vous la laisse.

Deux minutes plus tard, la vieille Buick repartait en bringue-balant pour de nouvelles aventures.

43

Joan avait loué un avion privé. À l'intérieur, on se serait cru dans un club très sélect. Lambris d'acajou, sièges de cuir, télévision avec écran à plasma, restauration, bar, steward qui va avec, et même une petite chambre. Joan faisait la sieste pendant que King sommeillait sur son siège. L'avion les emmenait à Washington. Joan voulait vérifier quelques informations à son bureau avant de poursuivre son enquête.

L'avion amorçait sa descente quand Joan fit irruption dans l'allée. Le steward l'interpella :

— Madame, vous devez rester assise.

Elle le fusilla du regard sans tenir aucun compte de sa remarque et rejoignit King, qui dormait profondément. Quand elle le secoua sans ménagement, il poussa un grognement. Elle se mit alors à califourchon sur ses genoux et entreprit de le gifler.

— Réveille-toi, bon sang !

Sean finit par émerger. Quand il la vit assise sur lui, son visage à trois centimètres du sien, nu-pieds et la jupe relevée, il soupira :

— Nom de Dieu, Joan, ôte-toi de là ! Les exploits sexuels aériens, c'est pas du tout mon truc.

— Idiot, il s'agit de Mildred Martin.

Sean se redressa et elle alla prendre place sur le siège voisin du sien avant de boucler sa ceinture.

— Je t'écoute ! s'écria-t-il.

— Mildred a bien affirmé que Bruno avait appelé récemment pour informer Bill Martin qu'il se présentait à l'élection présidentielle ? Et à cette occasion, elle a même bavardé avec lui.

— Et alors ?

— Alors tu as entendu la voix de cette femme. Une vraie corne de brume. Si Bruno l'avait eue récemment au bout du fil, il me semble totalement impossible que quelqu'un ait pu se faire passer pour Mildred sans que Bruno s'en aperçoive.

King frappa l'accoudoir du plat de la main.

— Exact ! Impossible d'imiter cette voix à moins d'avoir bu et fumé pendant une cinquantaine d'années.

— Et d'avoir des amygdales de la taille de balles de ping-pong, ajouta-t-elle.

— Donc elle nous a menti. Elle a bel et bien appelé Bruno pour lui demander de venir au funérarium.

— Ce n'est pas tout. J'ai appelé l'agent Reynolds, du FBI. Il n'a pas joué franc jeu avec nous. Les types du Bureau pensent depuis le début que l'histoire de Mildred ne tient pas debout. Reynolds est en train de procéder à des vérifications qui nous éclaireront définitivement sur le sujet. Si les Martin étaient fauchés, comment pouvaient-ils se permettre d'engager une infirmière ?

— C'est tout de même envisageable, objecta King.

— D'accord, mais vu leur âge ils avaient droit à un remboursement partiel de la Sécurité sociale.

— La Sécurité sociale devrait donc garder des traces des actes médicaux de l'infirmière. Mais si Mildred n'est pas passée par la voie habituelle, si elle a payé la dame de sa poche...

— Alors le compte bancaire du couple devrait mettre ces paiements en évidence. C'est ce que Reynolds est en train de vérifier. Quand il lui a parlé du mode de rémunération de l'infirmière pour tenter d'établir son identité, Mildred s'est emmêlé les pinceaux. Il n'a pas insisté, pour ne pas éveiller sa méfiance. Des agents la surveillent à distance. Tu comprends, ça les ennuierait qu'elle bavarde sur notre compte.

— Si Reynolds a raison, elle connaît les ravisseurs de Bruno, conclut-il.

Le portable de Joan sonna alors que l'avion s'immobilisait.

— Oui ?

Elle écouta un instant, remercia, raccrocha et se tourna vers King avec un grand sourire.

— Le FBI fait parfois des miracles. Pas de traces à la Sécurité sociale, pas de chèques à l'infirmière et aucun retrait important en cash. Et la cerise sur le gâteau, c'est que Bill Martin avait une police d'assurance s'élevant à un demi-million de dollars, dont Mildred est la seule bénéficiaire. Le FBI le savait déjà, mais, comme Bill Martin était condamné à court terme et qu'il avait souscrit à cette police d'assurance il y a des années, ils ont estimé que c'était un mobile insuffisant pour le tuer. Maintenant, ils se préparent à arrêter Mildred. Elle a probablement téléphoné à Bruno depuis une cabine.

— Je n'arrive pas à croire qu'elle ait tué son mari pour de l'argent. Elle semblait lui être entièrement dévouée.

— Sean, mon chou, malgré toute ta culture et ton intelligence, tu ne connais strictement rien aux femmes.

44

Quand Michelle se présenta au bureau extérieur de l'US Secret Service de Washington, on lui annonça qu'elle passerait le mois suivant plongée dans les paperasses.

— J'ai deux semaines de vacances de retard. J'aimerais les prendre maintenant, je vous en prie, dit-elle à son supérieur.

Il secoua la tête.

— Mais pourquoi ? Je ne pense pas que je sois indispensable dans ce bureau.

— Désolé, Michelle, les ordres viennent d'en haut.

— Walter Bishop ?

— Je ne suis pas autorisé à vous en dire davantage.

Elle fila chez Bishop pour s'expliquer avec lui. Après tout, elle n'avait rien à perdre.

— Sortez d'ici ! furent ses premières paroles, ce qui n'était guère encourageant.

— On me doit deux semaines de vacances, Walter. Et je veux les prendre immédiatement, insista Michelle.

— Pas question. Vous resterez ici, compris ?

— Je ne suis pas une enfant et je n'ai pas besoin d'être surveillée.

— Jusqu'à présent vous avez eu beaucoup de chance. Et si je peux vous donner un conseil, tenez-vous à distance de Sean King.

— De quel droit vous en prenez-vous à mes amis ?

— Les gens autour de lui meurent comme des mouches et vous avez failli vous faire tuer !

— Et lui aussi, par la même occasion !

— Ce n'est pas ce qu'on m'a dit. Il a eu une bosse alors qu'on a failli vous étrangler.

— Vous ne parlez pas sérieusement ?

— Quand Ritter a été tué, des rumeurs ont circulé, elles accusaient King d'avoir été payé pour regarder de l'autre côté.

— Juste avant de descendre son assassin ? C'est ridicule.

— Qui sait ? Toujours est-il qu'aujourd'hui il vit dans un cadre magnifique et gagne un paquet de fric.

— Et donc, selon vous, il n'a eu de cesse de détruire ce qu'il avait mis des années à construire.

— Peut-être a-t-il éliminé quelqu'un qui lui faisait de l'ombre. Une personne avec laquelle il avait passé un accord il y a huit ans et qui exigeait aujourd'hui qu'il respecte son engagement.

— Voilà une hypothèse extrêmement hasardeuse, et c'est un euphémisme.

— Vraiment ? Le pouvoir de séduction de King n'est plus à démontrer mais il ne faut pas que votre jugement s'égare. Si vous pensiez en professionnelle, vous y verriez tout de suite plus clair. En attendant, vous allez attraper des échardes dans les fesses, assise sur une chaise dans un bureau.

Le téléphone sonna et Bishop décrocha.

— Oui ? s'écria-t-il avec humeur… Quoi ?… Mais qui… ?

Bishop s'empourpra, reposa violemment l'écouteur et grommela sans regarder Michelle :

— Vous pouvez partir en vacances.

— Hein ? Je ne comprends pas.

— Allez-y, puisque vous y tenez. Au passage, allez donc récupérer vos accréditations et, maintenant, fichez-moi le camp.

Michelle s'empressa de disparaître avant que les divinités occultes qui lui rendaient sa liberté, son insigne et son revolver ne changent d'avis.

Dans le bâtiment que Michelle venait de quitter, des hommes à la mine sombre avaient pris place dans une salle de conférences. Ils représentaient le FBI, l'US Secret Service et l'US Marshal Service. L'homme en bout de table venait de raccrocher son téléphone.

— Parfait, Maxwell est officiellement en vacances.

— C'est gentil de votre part de lui donner assez de corde pour aller se pendre, ironisa un agent du FBI.

— Ça dépend de quel point de vue on se place. Qu'en pensez-vous ? demanda l'autre à son vis-à-vis.

Jefferson Parks reposa son verre de soda d'un air pensif.

— Résumons la situation. Loretta Baldwin est sans doute liée à l'assassinat de Ritter. D'après le compte-rendu de King à la police, le revolver enterré dans son jardin serait celui qu'elle a subtilisé à un individu qui l'aurait caché dans la réserve du Fairmount. Elle faisait chanter cette personne qui a fini par la tuer.

L'homme en bout de table était le directeur du Service et cette théorie semblait le contrarier.

— Cela confirmerait qu'Arnold Ramsey n'a pas agi seul, soupira-t-il.

— Imaginons que King soit l'assassin de Loretta, intervint l'agent du FBI. Après tout, elle aurait très bien pu le faire chanter. Puis il découvre son identité grâce à Maxwell et il la tue. Enfin, il déterre l'arme et s'arrange pour la perdre.

Parks secoua la tête.

— King a un alibi pour l'assassinat de Loretta. Et pourquoi diable aurait-il dissimulé une arme dans une réserve de l'hôtel ? Il avait tué Arnold Ramsey. Et quand on lui a volé l'arme qu'il avait déterrée, il a été blessé et Maxwell a failli être étranglée. Sans compter que les derniers événements ont causé des ravages dans la tranquille existence qu'il s'était aménagée.

— Vous pensez qu'il est innocent ? questionna l'agent du FBI.

Parks se redressa. Il avait perdu son comportement placide de cow-boy et sa voix trahissait sa nervosité.

— Non, pas du tout. J'exerce ce boulot depuis trop longtemps pour ne pas reconnaître quelqu'un qui ne joue pas franc jeu avec moi. Il me cache quelque chose. Quoi, je l'ignore. Et je n'ai aucune théorie sur le sujet. Peut-être était-il impliqué dans l'assassinat de Ritter et a-t-il brouillé les pistes en tuant Ramsey.

— Où voulez-vous en venir ? questionna le directeur. Qu'aurait bien pu lui offrir Ramsey en échange de sa coopération ? Il s'agissait d'un professeur d'université de seconde zone, or je vois mal King acceptant de trahir pour ses beaux yeux ou au nom de principes politiques douteux.

— Nous ne savons rien des opinions politiques de King et tout le monde a vu cette vidéo tournée à l'hôtel, où il se détournait de Ritter.

— Il balayait la salle du regard.

Parks ne parut pas convaincu.

— C'est ce qu'il dit. Et si son attention avait été détournée exprès ?

— Dans ce cas, il nous en aurait informés.

— Pas s'il couvrait quelqu'un et était impliqué dans le complot. Et si vous voulez parler argent, allons-y. Ritter avait beaucoup d'ennemis. Des types puissants des deux bords, républicains ou démocrates, qui auraient donné cher pour se débarrasser de lui. Ils n'auraient pas hésité à payer King pour qu'il regarde de l'autre côté. Le blâme retombe sur lui pour sa "distraction", puis il file avec ses millions et mène la grande vie.

— D'accord, mais où sont passés ces millions ?

— Il vit dans une magnifique maison, conduit une voiture puissante et mène une vie confortable.

— Il a gagné un procès en diffamation qui lui a rapporté une jolie somme. Et je ne lui jetterai pas la pierre car il s'est fait traiter de tous les noms. D'autre part, il n'a rien d'un minable. Il a été décoré de toutes les médailles que le Service peut offrir et a été blessé deux fois au cours de ses missions.

— Il arrive que les bons agents tournent mal. Quant à ses revenus, rien ne l'empêchait de mêler l'argent du procès à celui qu'il a reçu de ses commanditaires. Avez-vous enquêté sur l'état de ses finances ?

Le directeur se rejeta en arrière sur son siège, soudain moins sûr de lui.

— Et l'enlèvement de Bruno ? reprit l'agent du FBI. Existe-t-il un lien, selon vous ?

— Je me demandais justement comment ça s'articulait avec l'affaire Howard Jennings, enchaîna Parks.

— Ne compliquons pas les choses inutilement, répliqua l'agent du FBI, il n'y a peut-être aucun rapport entre Ritter, Bruno et Jennings.

— Tout ce que je sais, c'est que King et Maxwell réapparaissent régulièrement au cœur de ce labyrinthe, intervint le directeur. Il y a huit ans, King commet une faute professionnelle ou nous trahit et nous perdons un candidat à la présidence. Maintenant, Maxwell dérape pour un résultat similaire.

— Pas exactement, précisa Parks. Ritter s'est fait descendre en pleine campagne et Bruno a été kidnappé.

Le directeur se pencha en avant, les deux coudes posés sur la table.

— Bien, le but de ce groupe spécial formé à la hâte est de démêler aussi rapidement que possible les fils de cet imbroglio, en espérant que cela ne va pas déboucher sur un énorme scandale. Quant à vous, Parks, vu votre position privilégiée pour collecter des renseignements, il ne vous reste plus qu'à poursuivre dans cette voie.

— L'autre inconnue est Joan Dillinger. Je n'arrive pas à déchiffrer cette femme.

Le directeur sourit.

— Vous n'êtes ni le premier ni le dernier.

— J'ai récemment eu une conversation avec elle, et elle a tenu des propos étranges. Par exemple, qu'elle était redevable à King. De quoi, elle n'a pas précisé. Mais elle s'est efforcée de me convaincre qu'il était innocent.

— Cela n'a rien d'étonnant. Ils étaient collègues.

— Et peut-être davantage. Ils appartenaient tous les deux au détachement Clyde Ritter, non ? souligna Parks en prenant un air faussement innocent.

Cette déclaration parut contrarier le directeur.

— Joan Dillinger est l'un des meilleurs agents que nous ayons jamais eus.

— Sans doute. Maintenant, elle loue ses services à une société privée très réputée et elle a investi dans l'enquête sur l'enlèvement de John Bruno. Si elle le retrouve, je parie qu'elle va toucher un paquet de fric. Et j'ai découvert qu'elle avait demandé à King de lui prêter main forte dans cette enquête.

Parks marqua une pause et ajouta :

— Bien entendu, il est beaucoup plus facile de retrouver quelqu'un si vous savez déjà où il est.

— Seriez-vous en train de sous-entendre que deux anciens agents du Service ont kidnappé un candidat à la présidence et s'emploient à l'heure actuelle à toucher une fortune pour le récupérer ?

— Exactement, répliqua Parks avec une nuance d'agressivité. Je ne suis pas ici pour vous dorer la pilule et vous raconter ce que vous avez envie d'entendre. Ce n'est pas mon genre. Mais, si vous le désirez, je peux très bien vous envoyer un autre marshal.

— Vous pensez vraiment que Howard Jennings a été tué par King ? s'emporta le directeur.

— Je l'ignore. Tout ce que je sais, c'est que la balistique a confirmé que Jennings a été descendu avec son arme alors qu'il était dans le coin et n'avait pas d'alibi.

— Plutôt maladroit pour un agent aguerri qui veut commettre un meurtre, non ?

— Ou très rusé, parce qu'un juge ou un jury pourrait bien partager votre incrédulité et estimer qu'il est tombé dans un piège.

— Vous oubliez le mobile.

— Imaginons que Jennings, alors qu'il travaillait pour King, ait eu vent que King et Dillinger préparaient l'enlèvement de Bruno…

Parks laissa sa phrase en suspens. Les hommes se turent un instant puis le directeur rompit le silence.

— Bien. Nous les avons maintenant tous les trois dans le collimateur : King, Maxwell et Dillinger, un triumvirat des plus invraisemblables quand on y réfléchit. Retournez sur le terrain et tenez-nous informés.

— Très bien, dit Parks en les regardant successivement droit dans les yeux. Mais il ne faut pas espérer des résultats rapides. Et mes conclusions risquent de ne pas vous plaire.

— Attendons que les pièces du puzzle s'assemblent, dit le directeur. Et, ajouta-t-il alors que Parks se préparait à franchir le seuil de la porte, quand il sera complet, ce qu'on découvrira pourrait bien vous déplaire.

Dans le parking, Parks aperçut une femme qui s'apprêtait à monter dans sa voiture.

— Agent Maxwell ? lança-t-il tandis que Michelle reculait d'un pas. On m'a dit que vous preniez des vacances bien méritées.

— Vous avez quelque chose à voir avec ma soudaine réhabilitation ? lâcha-t-elle en le reconnaissant.

— Vous allez où ? Wrightsburg ?

— En quoi cela vous regarde ?

— Comment va votre cou ?

— Bien, j'ai récupéré toute ma voix pour crier et vous n'avez pas répondu à ma question. C'est vous qui avez obtenu ma « relaxe » ?

— Je n'en suis pas certain. Et à propos d'autre chose, si vous allez à Wrightsburg, j'aimerais bien que vous m'emmeniez.

— Pourquoi ?

— Vous êtes une fille intelligente et je suis certain que vous connaissez la réponse.

Ils grimpèrent dans le véhicule.

— Vous et King semblez très bien vous entendre, enchaîna Parks.

— J'ai de l'amitié pour lui et je le respecte.

— Vous avez tout de même failli être tuée par sa faute.

— Il n'y est pour rien.

— Sans doute.

Michelle lui jeta un regard furibond mais le marshal s'abîmait déjà dans la contemplation du paysage.

45

Joan et King se trouvaient dans leur hôtel à Washington quand Joan apprit le meurtre de Mildred Martin. Elle appela la chambre de King pour l'informer.

— Encore un témoin qui disparaît ! s'exclama-t-il.

— Et tu sais ce que cela signifie, Sean.

— Oui. Celui qui a tué Loretta Baldwin a également tué Mildred Martin. Personne ne me fera croire que deux meurtriers ont assassiné leur victime en procédant exactement de la même façon, ajouta-t-il d'un ton sarcastique.

— Nous avons la confirmation qu'elle mentait. Elle a bel et bien appelé Bruno. Elle a empoisonné son mari et son histoire sur Elizabeth Borden était une pure invention. Mais alors, pourquoi a-t-elle été éliminée ?

Ils n'avaient pas de réponse à cette question.

Ils partirent en fin de matinée pour Wrightsburg, où ils avaient arrangé une rencontre avec Parks et Michelle chez King, pour le déjeuner.

Michelle et Parks avaient apporté des plats vietnamiens et ils s'installèrent sur la véranda à l'arrière de la maison pour faire le point.

— J'ai pensé que vous seriez affamés après tout le travail d'enquête que vous avez effectué, dit Parks en dégustant du porc aigre-doux. Le FBI m'a appris que vous aviez grillé pas mal de kilomètres sur l'affaire Bruno.

— Oui, et pour un résultat décevant, admit King.

Joan prit quelques minutes pour résumer leurs entretiens avec Mildred Martin et Catherine Bruno, ainsi que leur rencontre avec Sidney Morse.

— Apparemment, Peter Morse a gagné le gros lot, remarqua Michelle. Je me demande où il est passé.

— Cela m'étonnerait qu'il se soit retiré dans l'Ohio. Je parierais plutôt pour une petite île ensoleillée, ironisa King.

— C'est sûrement très chouette, renchérit Joan. J'aimerais bien essayer.

À son tour, Parks consulta ses notes.

— Bien. Michelle m'a rapporté votre conversation avec le copain de Ramsey à Atticus College. Retroit, c'est bien ça ?

— Detroit, corrigea Michelle.

— Oui. Apparemment, il n'a pas grand-chose à raconter.

— Pas d'accord. Il est évident que Ramsey avait un problème avec Clyde Ritter, intervint King.

— Seulement sur le plan politique ? questionna Parks.

— Ramsey, un opposant à la guerre du Viêt-nam, un pur produit contestataire de Berkeley, du moins dans sa jeunesse, était aussi libéral que Ritter, un ancien télé-évangéliste, était conservateur. Si Ritter avait eu un flingue, il aurait probablement descendu Ramsey le premier !

— Je crois que Joel Detroit vaut la peine qu'on s'y attarde, insista Michelle. Tout ce qu'il nous a raconté allait dans le même sens et semblait parfaitement cohérent, comme s'il cochait les cases à notre place et nous disait très exactement ce que nous avions envie d'entendre. Or quelque chose dans son comportement sonnait faux.

— Voilà une théorie intéressante, dit Joan en portant sa tasse de thé à ses lèvres.

— Nous prendrons rendez-vous avec Kate Ramsey dès qu'elle sera rentrée à Richmond, précisa Michelle.

— Qu'est-il arrivé à votre nouvelle affectation ?

— Elle a été commuée en congé.

— Étonnant. Le Service est bien accommodant, tout d'un coup.

— Je crois que notre bon marshal n'est pas étranger à ce brusque changement d'orientation.

Ils fixèrent tous les trois un Parks soudain très mal à l'aise, qui reposa ses baguettes et se servit un verre de vin.

— Excellent, lança-t-il.

— Il peut, déclara King.

— Cher ?

— Le prix n'a souvent pas grand-chose à voir avec la qualité. Cette bouteille vaut environ vingt-cinq dollars et il vous serait difficile de trouver un meilleur bordeaux, même en payant trois fois plus cher.

— Il faut vraiment que tu me donnes des cours, King, je suis très impressionnée, dit Joan avant de se tourner vers Parks.

— Merci d'avoir volé au secours de l'agent Maxwell, Jefferson. Qu'est-ce qui nous vaut ce geste magnanime ?

Parks s'éclaircit la voix.

— Eh bien, pour tout vous dire, je ne suis pas du genre à couvrir les saloperies.

— Excellente entrée en matière. Je suis tout ouïe.

— Joan, arrête, intervint King. Continuez, Parks.

— Nous avons formé un groupe de réflexion avec le FBI, le Service et le Marshal Service. Notre tâche est d'essayer de comprendre ce qui relie la disparition de Bruno, les meurtres de Howard Jennings, de Susan Whitehead, de Loretta Baldwin et, plus récemment, de Mildred Martin. En ce qui concerne Baldwin et Martin, nous savons qu'elles ont été tuées par la ou les mêmes personnes.

— Élémentaire, mon cher Watson, dit Michelle. Baldwin rime avec Ritter et Martin avec Bruno. Donc, si les décès de Baldwin et de Martin sont liés, les affaires Ritter et Bruno également.

— Peut-être, pour le moment j'attends de voir.

King s'absenta une minute et revint avec la copie du message qui avait été épinglé au corps de Susan Whitehead. Il tendit la note à Parks tout en jetant un coup d'œil à Joan, qui tressaillit, se leva, et entreprit de lire par-dessus l'épaule de Parks.

— J'ai entendu parler de ce document par le FBI. Qu'en déduisez-vous, King ? demanda Parks en relevant la tête.

— Que d'une manière ou d'une autre je suis peut-être au centre de tout ça.

— Cela ressemble fort à une vengeance, conclut Parks.

— Et cela concerne l'assassinat de Ritter, souligna Joan.

— Oui, mais Ramsey a atteint sa cible et Sean a tué Arnold Ramsey. Qui reste pour crier vengeance ? déclara Parks d'un air peu convaincu.

— Souvenez-vous du revolver dans le jardin de Loretta, rappela King. Et s'il y avait eu deux assassins ce jour-là ? J'en tue un et l'autre s'en tire, jusqu'à ce que Loretta commence à le faire chanter. Si je lis correctement dans le marc de café, ce type est toujours en activité, et Loretta a payé le prix fort pour ses machinations. De même que Mildred Martin quand elle a dérapé dans l'affaire Bruno.

— Mais alors, pourquoi ce type vous déteste-t-il ? objecta Parks. Pourquoi maintenant ? Ne le prenez pas mal, mais si ce cinglé avait voulu vous éliminer, il aurait pu vous tuer l'autre soir quand Michelle a failli être étranglée.

— Je ne pense pas qu'ils voulaient que Sean meure cette nuit-là, dit Joan.

Elle regarda Michelle.

— Toutefois, en ce qui vous concerne…

Michelle porta la main à son cou.

— Voilà qui est rassurant, murmura-t-elle.

— Ce n'est pas mon genre de réconforter les gens. Ça fait perdre du temps.

Parks se renversa sur sa chaise.

— Imaginons qu'il existe des passerelles entre l'enlèvement de Bruno et l'exécution de Ritter. Cela expliquerait les meurtres de Mildred et de Loretta. Quant à Susan Whitehead, c'était peut-être une manière pour le tueur de ponctuer la note qui vous était destinée par un point d'exclamation, Sean. Mais qu'est-ce que Howard Jennings a à voir là-dedans ?

— Il travaillait pour moi, rétorqua King, désormais persuadé que la mission de Parks s'étendait bien au-delà de la résolution du meurtre de Jennings. Cela peut suffire. Susan Whitehead a été exécutée pour la simple raison que l'assassin m'avait vu avec elle. Sans doute le matin même de ma découverte du corps de Jennings. Pour des raisons pathologiques, il a décidé de me faire parvenir un message sur le cadavre d'une femme de ma connaissance.

— Je me contenterais de cette explication si Jennings était l'un de vos voisins. Mais il appartenait à WITSEC.

— Très bien. Supposons que, pour une raison quelconque, Jennings pénètre dans mon bureau tard le soir. Il tombe sur ce cinglé qui est en train de fouiller mon bureau et il est exécuté.

Parks se frotta le menton d'un air dubitatif tandis que Joan hochait la tête.

— C'est plausible, dit-elle. Mais revenons à cette idée de vengeance. Pourquoi ce type veut-il se venger de Sean ? Parce qu'il n'a pas su protéger Ritter ?

— Peut-être notre tueur est-il un illuminé du parti de Ritter ? suggéra Michelle.

— Dans ce cas, il a attendu très longtemps pour passer à l'action, répliqua King.

— Réfléchis, Sean, il doit bien y avoir quelqu'un, le pressa Joan.

— Je connaissais très peu de partisans de Ritter en dehors de Sidney Morse, Doug Denby... et peut-être un ou deux autres.

— Morse est interné. Nous l'avons vu de nos propres yeux. Aujourd'hui, il se contente de rattraper des balles de tennis.

— D'autre part, ajouta King, si l'individu que nous recherchons est bien celui qui s'est caché dans la réserve avant que Loretta ne le fasse chanter, il pouvait difficilement travailler pour Ritter.

— Vous voulez dire qu'il n'allait pas tuer sa poule aux œufs d'or ? interrogea Parks.

— Exact. Et voilà pourquoi nous pouvons éliminer d'office Doug Denby, et Sidney Morse, même s'il n'était pas réduit à l'état de légume. Ils n'ont pas de mobile.

Michelle se redressa soudain.

— Et Bob Scott, le chef du détachement ?

— Dans quel but Bob Scott aurait-il dissimulé une arme ? En admettant qu'on le fouille, on aurait plutôt trouvé bizarre qu'il ne soit pas armé !

— Je parlais de sa carrière, stoppée net, tout comme la vôtre. Voilà un motif possible de vengeance. Quelqu'un sait-il ce qu'il est devenu ?

— On peut s'en occuper, dit Joan.

King fronça les sourcils.

— Cela n'explique pas le revolver trouvé dans le jardin de Loretta et les raisons de son assassinat. Elle a été tuée parce qu'elle faisait chanter quelqu'un. Et cette personne ne pouvait pas être Bobby Scott puisqu'il n'avait aucune raison de dissimuler une arme.

— Scott semble hors de cause, résuma Parks. Revenons à Denby. Qui était-ce ?

— Le chef d'état-major de Clyde Ritter, l'informa Joan.

— Quelqu'un sait où il est passé ?

— Non.

Joan se tourna vers King.

— Tu as une idée ?

— Je n'ai pas revu Denby depuis la mort de Ritter. Il a complètement disparu de la circulation. Aucune chance qu'un des deux principaux partis s'intéresse à lui : son association avec Ritter en faisait un paria.

— Vu leurs idéologies respectives, cela semble hautement improbable… mais serait-il tout de même envisageable que Denby et Arnold Ramsey aient pu se connaître ? s'enquit Michelle.

— On devrait vérifier, dit Parks.

— Notre liste de suspects s'accroît de façon exponentielle, soupira Joan. Et nous ne sommes même pas certains que ces multiples voies d'investigation soient liées.

King approuva :

— Pour résoudre ces mystères, il est indispensable de travailler ensemble. Je crois que je peux répondre de Parks et de Michelle, mais peut-on compter sur toi ?

Joan sourit.

— Bien sûr. Tant que vous n'oubliez pas que mon intérêt est mercenaire.

46

Ils mesurèrent avec précision les fils électriques et les connectèrent aux explosifs placés aux endroits stratégiques. Ils avançaient lentement et méthodiquement car, à ce stade des opérations, ils n'avaient pas droit à l'erreur.

— Ce serait plus facile de travailler avec des détonateurs sans fils, dit le vigile Simmons. Et on n'aurait pas besoin de trimballer tous ces câbles.

L'homme à la Buick s'interrompit dans sa tâche. Lui et son coéquipier étaient coiffés de casques en plastique équipés de lampes qui éclairaient une obscurité totale. Ils auraient aussi bien pu ramper à cent mètres sous terre.

— Tout comme les portables comparés aux téléphones fixes, ils ne sont pas fiables, surtout quand les signaux doivent pénétrer des milliers de tonnes de béton.

— Ce que j'en disais, grommela Simmons.

— Garde tes opinions pour toi. Tu m'as déjà causé assez d'ennuis. Je croyais que tu étais un professionnel.

— Mais je suis un professionnel.

— Alors comporte-toi comme tel. J'en ai soupé des amateurs lâchés dans la nature qui ne suivent pas mes instructions.

— Mildred Martin ne risque plus de divaguer. Tu y as mis bon ordre.

— Oui, et que cela te serve de leçon.

L'homme à la Buick entreprit de vérifier les réglages, les connexions et les réservoirs d'essence d'un générateur portable installé dans un coin.

— Tu es sûr que ce générateur est assez puissant ? fit observer Simmons. Pour tout ce que tu as prévu, il faut beaucoup de jus.

L'homme à la Buick poursuivit sa tâche sans lui accorder un seul regard.

— Plus que suffisant, lâcha-t-il. Contrairement à toi, je sais exactement ce que je fais.

Il désigna un gros rouleau de fil électrique.

— Assure-toi que les lignes sont raccordées proprement à chaque point que je t'ai précisé.

— Et, bien évidemment, tu vérifieras derrière moi.

— Cela va de soi, répliqua l'autre d'un ton sec.

Simmons alla étudier le tableau de contrôle installé à l'autre bout de la pièce.

— Impressionnant. Je n'ai jamais rien vu de mieux dans le genre.

— Fais les branchements selon le schéma que je t'ai indiqué, s'impatienta l'homme à la Buick.

— Il n'y a pas de belle fête sans son et lumière, hein ?

Ils se servirent de Fenwick pour déplacer des lourdes caisses et les décharger dans un autre coin de l'espace caverneux.

Simmons examina des objets contenus dans l'une des caisses.

— Bon travail.

— Il fallait un maximum de précision. J'apprécie la minutie.

— Je m'en suis aperçu.

Alors qu'il soulevait une caisse, Simmons fit soudain la grimace et porta la main à ses côtes.

— Voilà ce que c'est de vouloir étrangler Maxwell au lieu de la descendre, ironisa l'homme à la Buick. Il ne t'est jamais venu à l'idée qu'un agent du Service pouvait être armé ?

— J'aime que mes victimes soient conscientes de ma présence. C'est ma manière d'opérer.

— Tant que tu travailleras pour moi, tu adopteras mes méthodes. Tu as de la chance qu'elle t'ait raté.

— Je suppose que, si j'avais été sérieusement atteint, tu m'aurais laissé crever.

— Non, je t'aurais donné le coup de grâce pour t'empêcher de souffrir.

Simmons fixa longuement son compagnon.

— Je n'en doute pas un seul instant.

— Enfin, on a récupéré le revolver, c'est le plus important, dit l'homme à la Buick en se redressant.

Puis il ajouta :

— Maxwell te fiche la trouille, hein ?

— Je ne crains aucun homme et encore moins une femme.

— Elle a failli te tuer. Tu t'en es tiré de justesse.

— La prochaine fois, je ne la louperai pas.

— J'espère bien, sinon c'est moi qui ne te raterai pas.

47

Le lendemain matin, ils se séparèrent. Joan devait d'une part se rendre chez Dobson et Tyler, le cabinet juridique qui avait employé Bruno, et d'autre part interroger les collaborateurs du candidat à la présidence. Parks omit de préciser qu'il allait faire son rapport au groupe de Washington.

Avant qu'ils se quittent, Michelle prit Joan à part.

— Vous qui avez appartenu au détachement affecté à la protection de Ritter, que savez-vous de Scott ?

— Peu de chose. J'avais rejoint ce détachement depuis peu, et après l'assassinat nous avons très vite été affectés à d'autres postes.

— On vous a demandé où vous désiriez aller ?

— Non, mais j'ai pris les devants. Je n'attends jamais qu'on pense à moi.

Michelle jeta un coup d'œil involontaire à Sean, qui discutait avec Parks. Joan sourit.

— Je vois que nous suivons très précisément la même méthode. Un conseil, cependant, pendant que vous patrouillez avec Sean : il a un flair exceptionnel mais son impétuosité le dessert. Suivez la voie qu'il vous indique et surveillez-le par la même occasion.

Michelle s'apprêtait à partir quand Joan l'arrêta.

— Et j'étais très sérieuse quand je disais que ces types vous en veulent. Alors, pendant que vous couvrez les arrières de Sean, n'oubliez pas de vous protéger. Je ne voudrais pas qu'il vous arrive quelque chose car j'ai dans l'idée que Sean en serait très contrarié.

— Hum, fit Michelle avant de tourner les talons.

Alors que Joan s'éloignait au volant de sa voiture, elle appela son bureau :

— Constituez-moi au plus vite un dossier sur Robert C. Scott, ancien agent de l'US Secret Service. Je veux tout, ses antécédents, son parcours, ses activités actuelles. C'est pour avant-hier.

King et Maxwell se rendirent à Richmond afin d'y rencontrer Kate Ramsey, de retour à la Virginia Commonwealth University. Elle avait accepté de leur accorder une entrevue. Le Centre d'études de la politique des pouvoirs publics était situé dans la rue Franklin, au cœur du campus du centre-ville, dans un ancien bâtiment en pierre de taille magnifiquement restauré. La rue était remplie de ces demeures symbolisant une époque florissante et révolue de la capitale de la Virginie.

Kate Ramsey les accueillit à la réception et les mena dans un bureau privé rempli de livres et de documents ; aux murs, des affiches sur diverses manifestations, politiques ou culturelles, ainsi que des posters sur des groupes musicaux et des équipements sportifs, décor tout à fait adapté à une jeune universitaire.

King jeta un coup d'œil autour de lui et murmura à Michelle que ce genre d'endroit ne devait pas la dépayser, ce qui lui valut un coup de coude dans les côtes.

Kate Ramsey était une blonde de taille moyenne avec la musculature longue et sèche d'une coureuse. Cette impression fut confirmée par tout un assortiment de chaussures de jogging et une paire de pointes dans un coin du bureau. Kate, les cheveux noués en queue-de-cheval, arborait l'uniforme classique des étudiants : jean délavé, tennis, chemise à manches courtes Abercrombie & Finch. Plutôt mûre pour son âge, elle alla s'installer derrière son bureau et leur fit face d'un air franc et décidé.

— Joel m'a déjà appelée, alors oubliez votre histoire de documentaire sur les assassins politiques, précisa-t-elle d'emblée.

— Merci de nous simplifier les choses, rétorqua Michelle du tac au tac, la vérité est tellement plus simple, non ?

Le regard de Kate se fixa alors sur King, qui ne savait plus très bien quelle attitude adopter. Après tout, il avait tué son père. Devait-il s'excuser ?

— Vous vieillissez bien, dit la jeune femme. On dirait que les années vous ont épargné.

— Pas récemment, ce qui explique notre présence ici, Kate. Je peux vous appeler Kate ?

— Mais c'est mon nom, *Sean*.

— J'ai parfaitement conscience de l'étrangeté de la situation…

— Mon père a tué l'homme dont vous aviez la responsabilité et vous n'aviez pas le choix, le coupa Kate.

Elle prit une profonde inspiration.

— Cela s'est passé il y a huit ans. Je mentirais si je vous disais qu'à l'époque je ne vous ai pas haï. J'étais une gamine de quatorze ans et vous m'aviez enlevé mon père.

— Et maintenant ? intervint Michelle.

Le regard de Kate demeurait fixé sur King.

— Maintenant, je suis une adulte et mon point de vue a évolué. Vous n'avez fait que votre devoir et moi j'ai poursuivi ma route.

— Vous non plus, vous n'aviez pas le choix, commenta King.

Elle se pencha en avant et entreprit de changer de place divers objets sur son bureau. King remarqua qu'avec le crayon, la règle et le stylo elle formait des angles à quatre-vingt-dix degrés, puis les redressait et recommençait. Pendant que ses mains s'agitaient, elle ne quittait pas King et Michelle des yeux.

— D'après Joel, vous auriez des preuves que mon père n'a pas agi seul. Lesquelles ?

— Il nous est interdit de vous les communiquer, répondit Michelle.

— Génial. Vous ne pouvez rien me dire et je dois me confier à vous.

— Si quelqu'un d'autre est impliqué dans cette affaire, Kate, il faut le démasquer. N'est-ce pas une motivation suffisante ?

— Pour moi, cela ne changera rien. Mon père a tué Clyde Ritter, il y avait des centaines de témoins.

— Sans doute, dit Michelle, mais apparemment, ça n'est pas si simple.

Kate se renversa sur sa chaise.

— Qu'attendez-vous de moi exactement ?

— Que vous nous éclairiez sur les événements qui ont amené votre père à assassiner Clyde Ritter.

— Vous croyez vraiment qu'il est arrivé un beau matin en nous annonçant qu'il avait l'intention de devenir un assassin ? Je ne comprends pas très bien votre démarche parce que, à l'époque, et même si je n'étais qu'une enfant, j'en aurais forcément parlé à quelqu'un.

— Vous en êtes sûre ? interrogea King.

— Qu'insinuez-vous exactement ?

— Il était votre père et Detroit dit que vous lui étiez très attachée Peut-être avez-vous gardé des informations pour vous.

— Peut-être, répliqua Kate d'un ton désinvolte, puis elle entreprit à nouveau de former des angles droits avec le crayon et la règle.

— Bien. Supposons qu'il ne vous ait jamais fait part de ses intentions. Avez-vous autre chose à nous signaler ? Votre père a-t-il prononcé une phrase qui vous a semblé suspecte ou bizarre ?

— En dépit de son apparence de brillant professeur d'université, il demeurait un radical invétéré qui continuait de vivre dans les années soixante.

— Qu'entendez-vous par là ?

— Qu'il avait tendance à tenir des propos provocants que l'on pouvait considérer comme suspects.

— Venons-en à des choses plus tangibles. Avez-vous une idée sur la façon dont il s'est procuré le revolver qu'il a utilisé pour tuer Ritter ?

— On me l'a demandé il y a des années. Je l'ignorais et je ne suis pas plus avancée.

— Très bien, dit Michelle. Vous souvenez-vous d'une visite d'un inconnu dans les semaines précédant le drame ?

— Arnold avait peu d'amis.

King inclina la tête sur le côté.

— Maintenant, vous l'appelez Arnold ?

— Je l'appelle comme ça me plaît.

— Donc il avait peu d'amis. Parmi eux, aucun assassin potentiel ? demanda Michelle.

— Comment voulez-vous que je sache ? Les assassins se vantent rarement de leurs intentions, non ?

— Cela arrive, fit remarquer King. Detroit affirme que votre père venait le trouver dans son bureau pour tempêter contre Clyde Ritter, qui, selon lui, était en train de détruire le pays. Avez-vous assisté à des crises de ce genre ?

Pour toute réponse, Kate se leva et alla à la fenêtre qui donnait sur la rue Franklin, où passaient des voitures et des vélos. Sur les marches du bâtiment, des étudiants bavardaient avec animation.

— Quelle importance aujourd'hui ? Un, deux, trois, cent assassins ! Tout le monde s'en fout.

Elle se retourna vers eux et les fixa avec agressivité, les bras croisés sur la poitrine.

— Vous avez sans doute raison, dit King, mais là encore, cela pourrait expliquer l'acte de votre père.

— Il a agi ainsi parce qu'il détestait tout ce que Ritter représentait ! s'écria-t-elle avec véhémence. Il n'avait jamais perdu ce désir de bousculer les classes dirigeantes.

Michelle examina certains des posters d'inspiration politique sur les murs.

— À propos du désir de bousculer les classes dirigeantes, le professeur Detroit nous a appris que vous marchiez sur les traces de votre père.

— Il s'est livré à des activités utiles, qui en valaient la peine. Qui ne détesterait pas un homme comme Clyde Ritter ?

— Plus de gens que vous ne le pensez, intervint King.

— J'ai lu tous les reportages qui ont été publiés sur le sujet et je suis surprise qu'on n'en ait pas encore tiré un téléfilm. Je suppose que ce n'était pas assez intéressant.

— Un homme peut exécrer quelqu'un sans vouloir pour autant le tuer. Votre père, un homme passionné, croyait fermement en certaines causes, et pourtant il ne s'était jamais engagé dans des actions violentes auparavant.

King nota que Kate n'était pas insensible à ces paroles et il poursuivit son raisonnement.

— Même pendant la guerre du Viêt-nam, alors qu'il était jeune et que rien ne l'empêchait de prendre un revolver et de tirer sur quelqu'un, Arnold Ramsey n'est jamais passé à l'acte. Si on suit son parcours de professeur titulaire dans la force de l'âge, père d'une fille qu'il aimait tendrement, il aurait normalement dû renoncer à se lancer dans un activisme radical. Peut-être y a-t-il été poussé par un autre facteur ?

— À quoi pensez-vous ? demanda Kate avec humeur.

— À une personne lui inspirant une certaine admiration et qui l'aurait convaincu de lui accorder son soutien pour supprimer Ritter.

— Impossible. Mon père a agi seul.

— Et si l'autre avait eu peur et s'était abstenu de tirer ?

Kate s'assit à son bureau et recommença à jouer à ses jeux géométriques avec le crayon et la règle.

— Vous n'avez pas de preuves, dit-elle sans relever la tête.

— Si nous en avions, cela réveillerait-il votre mémoire ? Songez-vous à quelqu'un ?

Kate ouvrit la bouche et la referma.

King remarqua une photo sur l'étagère et alla l'examiner. Elle représentait Regina Ramsey et Kate. Sur ce cliché, Kate devait avoir une vingtaine d'années. Regina était encore très belle mais son regard trahissait une lassitude, due sans doute aux tragédies qu'elle avait traversées.

— Je suppose que votre mère vous manque beaucoup.

— Bien sûr. En voilà, une drôle de question.

Kate lui prit la photo des mains et la remit à sa place.

— Si j'ai bien compris, ils étaient séparés au moment de sa mort ?

— Et alors ? De nombreux couples se séparent.

— Une idée sur les raisons de leur mésentente ? demanda Michelle.

— Un éloignement progressif... Mon père était un socialiste caractériel et maman une républicaine. Cela explique peut-être leurs désaccords.

— Cela ne datait pas d'hier, objecta King.

— Ils abordaient rarement le sujet. Dans sa jeunesse, on avait prédit à ma mère une grande carrière d'actrice. Elle a tout laissé tomber pour épouser papa. Je ne sais pas vraiment ce qui s'est passé et aujourd'hui, à vrai dire, je m'en fiche un peu.

— Je suppose que la mort d'Arnold l'a beaucoup déprimée. Cela explique peut-être son suicide.

— Dans cette éventualité, elle n'aurait pas attendu des années avant de se décider.

— Vous pensez qu'il s'agit d'autre chose ?

— Je n'y ai pas beaucoup réfléchi, d'accord ?

— Je crois au contraire que vous y pensez tout le temps, Kate.

La jeune femme porta une main à ses yeux et cria :

— L'entrevue est terminée, fichez le camp !

— Elle nous cache quelque chose, dit King tandis qu'ils remontaient la rue Franklin.

— Oui, répondit Michelle, mais comment arriver à la convaincre de se confier à nous ?

— J'ai l'impression que ça tourne beaucoup dans sa petite tête.

— Je me demande si Kate Ramsey et Joel Detroit sont restés très proches. Apparemment, il s'est empressé de lui rapporter notre entrevue avec lui.

— Je me pose la même question. Et je ne pense pas à une relation romantique.

— Plutôt un substitut paternel ? suggéra-t-elle.

— Peut-être. Les papas ont tendance à protéger leur fille.

— Et maintenant, qu'est-ce qu'on fait ?

— Kate Ramsey est bouleversée par notre intervention. Voyons un peu où elle va nous mener.

48

Grâce aux employés du cabinet juridique de Philadelphie, Joan avait appris des choses intéressantes sur John Bruno. Mais ils n'avaient pas grand-chose à dire sur son épouse.

— Elle est tellement hautaine qu'on se demande comment elle arrive à lacer ses chaussures, dit une secrétaire à propos de la très aristocratique Mme Bruno.

Une femme du cabinet, qui avait également été l'une des collaboratrices de Bruno quand il travaillait comme procureur à Washington, se rappelait très bien Bill et Mildred Martin.

— Bill était un homme gentil et confiant, la dernière personne dont on aurait pu penser qu'il se ferait assassiner, dit-elle d'un air désolé.

— Peut-être trop candide ? enchaîna aussitôt Joan.

— Je n'aime pas beaucoup les commérages.

— Nous sommes deux, mais les gens responsables doivent se faire l'écho des rumeurs quand cela peut aider la justice.

La femme demeura silencieuse.

— Vous avez travaillé pour Bill Martin et John Bruno au Parquet fédéral de Washington ?

— Oui, tout à fait.

— Quels souvenirs en gardez-vous ?

— Nous pensions tous que Bill était un homme beaucoup trop sympathique pour la position qu'il occupait. Bien sûr, on ne le lui a jamais dit en face. Quant à John Bruno, sa personnalité convenait parfaitement à son emploi.

— Dur, impitoyable, prêt à trouver des arrangements avec la loi pour obtenir ce qu'il désirait ?

— Je ne dirais pas cela. Certes, il n'était pas commode mais je ne l'ai jamais vu franchir la ligne jaune.

— Je me souviens pourtant qu'à l'époque j'ai lu des reportages sur des affaires pas très claires.

— Si Bill Martin était la crème des hommes, certains procureurs, eux, n'hésitaient pas à enfreindre la loi et je connais des officiers de police qui ne se gênaient pas non plus. À l'époque des manifestations politiques de la fin des années soixante, début des années soixante-dix, je me rappelle des dizaines d'exemples de policiers montant des preuves de toutes pièces. Ils arrêtaient des gens pour des crimes inexistants, les intimidaient et les faisaient chanter, un vrai scandale.

— Et pourtant vous affirmez que Bruno n'était pas mêlé à tout cela ?

— En tout cas, je n'en ai jamais rien su.

— Connaissiez-vous Mildred, la femme de Bill Martin ?

— Un drôle de numéro, celle-là. Elle a toujours voulu vivre au-dessus de ses moyens. Et elle n'était pas une fan de Bruno, ça, je peux vous l'assurer.

— Donc cela ne vous surprendrait pas d'apprendre qu'elle a calomnié Bruno en faisant courir de fausses rumeurs ?

— Pas du tout. Elle était comme ça. Elle aurait aimé que son mari soit un juriste implacable pour en récolter les bénéfices. Ça lui aurait permis de mener la grande vie. Bill n'avait rien d'un procureur impitoyable, mais Bruno, si. Je crois qu'elle était simplement jalouse.

Dans ce cas, cela change tout, songea Joan tout en étudiant attentivement son interlocutrice, qui semblait sincère.

— Et si on vous disait que Mildred est impliquée dans la mort de son mari ou dans la disparition de Bruno ?

— En ce qui concerne Bill, elle l'aimait sincèrement. Mais Bruno ? Mildred pouvait se montrer vraiment mauvaise.

— Qu'entendez-vous par là ?

— Si elle en avait eu l'occasion, elle aurait très bien pu le descendre sans y réfléchir à deux fois.

Joan prit l'avion pour la Virginie et récupéra sa voiture. Alors qu'elle sortait de l'aéroport, sa secrétaire l'appela. Les résultats de l'enquête sur Bob Scott et Doug Denby se révélaient assez stupéfiants. La glorieuse Agence, avec ses moyens d'investigation dernier cri et ses contacts au plus haut niveau, n'était pas parvenue à mettre la main sur Bob Scott. L'ancien agent du Service avait apparemment disparu de la circulation environ un an auparavant. On avait retrouvé sa trace dans le Montana, où il tirait une partie de ses revenus de l'agriculture. Après ça, plus rien. Il était divorcé depuis des années, n'avait pas d'enfants, son ex-femme s'était remariée et ignorait ce qu'il était devenu. L'Agence avait également joint des employés du Service qui n'étaient pas mieux informés. Ils précisèrent qu'au cours de l'année qui venait de s'écouler, les chèques de sa retraite leur avaient été retournés.

Doug Denby était, lui, facilement repérable. De retour dans son Mississippi natal, après avoir touché un gros héritage, il menait la vie d'un gentleman farmer, très loin du monde cruel de la politique. Certainement pas le genre d'homme à perdre son temps à organiser des complots.

Joan raccrocha et s'apprêtait à démarrer quand son portable sonna de nouveau. C'était Jefferson Parks.

— Vous savez que vous avez encore beaucoup d'admirateurs au Service ? lança le marshal adjoint. On n'a pas arrêté de me chanter vos louanges. Écœurant.

Joan sourit.

— Je sais, je sais.

— Vous avez obtenu des résultats ?

— Jusqu'à présent, aucun. Le cabinet de Bruno et ses bureaux de campagne n'ont rien donné.

— Et maintenant, qu'allez-vous faire ?

— Je m'interroge. Bob Scott a disparu de la circulation depuis un an.

— Écoutez, je sais bien que nous ne sommes qu'une vieille agence chargée du maintien de l'ordre, nous ne bénéficions pas de tous ces dispositifs sophistiqués dont vous autres, dans le privé, faites une grande consommation, mais si j'essayais de retrouver ce type par mes propres moyens ?

— Tout ce que vous ferez sera très apprécié, dit Joan d'un ton rieur.

— King ne semble pas croire à l'implication de ce type. Il est possible que Scott en veuille à King, mais il n'avait aucune raison de tuer Ritter et de ruiner sa propre carrière. Sans compter cette histoire de revolver.

— J'y ai réfléchi. Sean m'a dit que l'arme découverte dans le jardin de Loretta était un 38 à canon court.

— Alors ?

— Alors ce n'est pas un modèle standard du Service. Et s'il était tout naturel pour Scott d'être armé, c'était embarrassant pour lui s'il était fouillé de se faire prendre avec deux armes, dont un canon court.

Parks ne semblait pas convaincu.

— Mais pourquoi deux armes ? S'il prévoyait lui aussi de descendre Ritter, pourquoi ne pas utiliser son propre revolver ?

— Et si un autre assassin en puissance, le complice de Ramsey, avait eu la trouille et refilé son arme à Bob Scott en pensant que personne ne le suspecterait ? Bob Scott, qui se retrouvait maintenant avec deux armes, a lui aussi pris peur et en a caché une dans la réserve. Et il est tombé sur Loretta.

— Qui a lancé son opération de chantage. Pas mal. Cela donnait à Scott une motivation pour la tuer. Mais la mort de Ritter a liquidé la carrière de Scott. Où est le mobile ?

Joan soupira.

— L'argent, bien sûr, soupira Joan. Comme d'habitude. Et le fait qu'il a disparu ne plaide pas vraiment en sa faveur.

— Autre chose ?

— Avant de rejoindre le Service, il avait fait la guerre du Viêtnam. Peut-être en est-il revenu avec des comptes à régler. D'autre part, il aimait les armes et avait la gâchette facile. Il a pu basculer du mauvais côté. Ces aspects de la question n'ont jamais été sérieusement étudiés. La conclusion officielle, c'est que Ramsey a agi seul. Nous sommes les premiers à considérer les choses sous un autre angle.

— Eh bien, je pense qu'il est grand temps de se mettre au boulot. Je vous appelle si j'ai du nouveau. Vous retournez chez King ?

— Oui, ou alors près de chez lui, je suis descendue à l'hôtel des Cèdres.

— Je vous y rejoindrai plus tard, conclut Parks.

Joan démarra et, tout en roulant, elle réfléchissait, perdue dans ses pensées.

Elle ne remarqua pas la voiture qui la suivait, ni le chauffeur qui ne la quittait pas des yeux

49

Kate Ramsey, qui avait passé un survêtement, quitta son bureau en fin d'après-midi, grimpa dans sa Coccinelle Volkswagen et s'éloigna au volant de sa voiture, suivie à une distance raisonnable par King et Michelle. La VW prit la direction de Bryan Parks dans les environs de Richmond. Arrivée dans le parc, elle ôta son survêtement et se retrouva en short et en tee-shirt à manches longues. Elle s'échauffa pendant une dizaine de minutes, stretching et assouplissements, puis entama son jogging.

— Formidable, dit King. Si elle a rendez-vous avec quelqu'un, on ne verra rien.

— Détrompez-vous, rétorqua Michelle en grimpant à l'arrière du 4 × 4.

— Que faites-vous ?

Elle le força manu militari à se retourner puis entreprit de se changer.

— Je garde toujours des vêtements de sport dans un sac sous le siège arrière. Au cas où il me prendrait l'envie de courir.

Le regard de King s'attarda sur le rétroviseur, où apparut une longue jambe nue, puis une autre, tandis que Michelle ôtait son slip et qu'un short venait le remplacer, glissant sur des mollets musclés et des cuisses sculpturales.

— Comme vous dites, soupira-t-il en détournant les yeux quand elle enleva sa chemise, on ne sait jamais quand ça vous prend.

Pendant ce temps, Kate Ramsey s'éloignait à petites foulées rapides. Elle avait quasiment disparu de leur champ de vision.

— Michelle ? Vous feriez bien de vous dépêcher, ou vous ne pourrez jamais la…

La portière du 4 × 4 s'ouvrit, Michelle apparut vêtue d'une brassière moulante de jogging, d'un short et de chaussures à pointes. Elle s'élança sur l'herbe, ses longues jambes et ses bras souples entrant en action comme une machine bien huilée. À la stupéfaction de King elle remonta avec une aisance déconcertante la distance qui la séparait de Kate.

— Bon Dieu d'athlètes olympiques ! grommela-t-il.

Tout d'abord, Michelle prit bien soin de ne pas se faire remarquer. Quand elle fut certaine que Kate était vraiment sortie pour courir, elle décida de tenter à nouveau sa chance. Quand elle arriva à sa hauteur, Kate ralentit, lui jeta un coup d'œil surpris et accéléra. Michelle la suivit sans effort et Kate reprit un rythme normal.

— Que voulez-vous ? demanda Kate d'un ton irrité.

— Parler.

— Où est votre ami ?

— Il n'apprécie pas le jogging.

— Je vous ai dit tout ce que je savais.

— Vraiment ? Écoutez, Kate, je veux juste essayer de vous comprendre. Et de vous aider.

— Vous perdez votre temps. Vous vous croyez où ? Dans un vulgaire polar télévisé où la fille d'un criminel va se lier d'amitié avec un flic dans votre genre ?

— Vous avez raison, nous sommes dans la vraie vie et un certain nombre de gens ont été tués ou kidnappés. Nous menons une enquête afin d'arrêter les criminels et je suis convaincue que vous pouvez nous donner un coup de main.

— Vous faites erreur.

— Vous n'avez même pas essayé.

Kate s'arrêta, les mains sur les hanches, peinant à reprendre sa respiration.

— Qu'est-ce que vous savez de moi, hein ? Rien du tout, lança-t-elle d'une voix entrecoupée.

— Justement, j'aimerais en connaître davantage. Dans quelle mesure êtes-vous prête à parler ? Voilà ce qui m'intéresse.

— Mettez-vous bien dans la tête que cette histoire est derrière moi. Je m'efforce d'oublier pour aller de l'avant.

Elles repartirent à travers bois.

— Sans compter que je ne peux vous être d'aucune utilité.

— D'où tenez-vous cette certitude ? Pour en juger, il faudrait que vous reveniez sur les plus petits détails, répondiez à nos questions, satisfaisiez aux exigences d'une investigation approfondie.

— Le passé m'est indifférent.

— Donc vous refusez.

— Pensez-vous que vous passeriez votre temps à ressasser de vieux griefs si vous étiez à ma place ?

— J'essaierais d'affronter la vérité. Vous êtes-vous jamais confiée à quelqu'un ? Si la réponse est non, pourquoi ne pas tenter le coup avec moi ?

Quand les larmes commencèrent à rouler sur les joues de la jeune femme, Michelle posa une main sur son épaule et la conduisit jusqu'à un banc où elle la força à s'asseoir. Kate s'essuya les yeux puis, penchée en avant, elle resta là à fixer obstinément le sol. Michelle attendait patiemment.

Kate commença son récit d'une petite voix hésitante :

— Quand ils sont venus me chercher, j'étais en classe d'algèbre, en train d'essayer de résoudre une équation, et puis, tout d'un coup, le scandale a éclaté dans tous les médias. Pouvez-vous comprendre ce que j'ai ressenti ?

— Votre monde s'est écroulé.

— Oui, répondit simplement Kate.

— Avez-vous pu partager votre douleur avec votre mère ?

Kate eut un geste agacé.

— Non, elle avait déjà quitté mon père. C'était son choix.

— C'est ainsi que vous voyez les choses ?

— Il n'y a pas d'autre point de vue.

— Vous avez bien une opinion sur ce qui a provoqué leur séparation ?

— En tout cas, la décision ne venait pas de mon père.

— Votre mère estimait qu'elle avait gâché sa vie avec lui ?

— Elle ne s'est jamais plainte mais, quand elle est partie, la vie de mon père s'est arrêtée. Il l'adorait. Je n'aurais pas été autrement surprise qu'il se suicide.

— Peut-être l'a-t-il fait.

Kate la dévisagea.

— En entraînant Clyde Ritter avec lui ?

— Une pierre deux coups.

Kate se tordait les mains.

— Cela avait commencé comme un conte de fées. À l'université, mon père était un activiste. Il participait aux sit-in, aux manifestations contre la guerre ou pour les droits civiques… Ma mère, une ravissante actrice en passe de devenir célèbre, n'a pas résisté à mon père, un homme très beau et très intelligent, inspiré par un idéal. Il formait un sérieux contraste avec les acteurs que fréquentait ma mère, des gens extravertis, infantiles, superficiels. Arnold représentait un autre monde. Il ne jouait pas un rôle, il agissait, risquait sa vie pour rendre le monde meilleur.

— Difficile pour une femme de lui résister.

— Ma mère l'aimait. Ce que je viens de vous raconter, je le tiens d'elle et de ses amis. Et j'ai aussi retrouvé certains de ses journaux intimes, datant de l'époque où elle était étudiante. Ils étaient profondément épris l'un de l'autre. J'ignore pourquoi ça n'a pas marché. Mais si on considère à quel point ils étaient différents, cela a peut-être duré plus longtemps que les circonstances ne le laissaient espérer. Peut-être que, si elle ne l'avait pas quitté, il n'aurait pas commis cet acte absurde.

— Et s'il n'avait pas agi seul, Kate ? C'est ce que nous essayons de démontrer.

— Ah oui, vos preuves mystérieuses ! lança-t-elle avec mépris.

— Nous avons trouvé un revolver, dit brusquement Michelle.

Kate eut un mouvement de surprise mais ne répondit rien.

— Nous croyons que l'arme a été cachée à l'hôtel Fairmount le jour de l'assassinat de Ritter. Nous pensons qu'il y avait un deuxième assassin dans le bâtiment mais que cet individu n'a pas tiré.

— Pourquoi ?

— Nous l'ignorons. A-t-il eu peur ? Notre hypothèse, c'est que lui et votre père avaient passé un accord pour tirer ensemble, puis cet homme a renoncé, laissant votre père assumer seul la responsabilité de son acte.

Michelle resta silencieuse un instant et ajouta d'une voix très calme :

— S'il a entraîné votre père dans cette aventure, vous avez peut-être entendu ou vu quelque chose qui pourrait nous aider.

Kate se concentra sur les ongles de ses pouces, qu'elle faisait cliqueter l'un contre l'autre.

— Mon père recevait peu et n'avait pas beaucoup d'amis.

— Donc, si quelqu'un lui a rendu visite, vous devez nécessairement vous en souvenir.

Kate resta si longtemps silencieuse que Michelle faillit se lever.

— Cela s'est passé environ un mois avant l'assassinat de Ritter, murmura Kate et Michelle se figea.

— Oui ?

— Il devait être environ deux heures du matin… ou plus tard. Des bruits m'ont réveillée. Chez mon père, je dormais au premier. Il lui arrivait souvent d'errer dans la maison en pleine nuit et j'ai d'abord cru qu'il parlait tout seul. Je me suis postée en haut de l'escalier, j'ai vu de la lumière dans son bureau et j'ai compris qu'il discutait avec quelqu'un. Ou plutôt qu'il écoutait son interlocuteur, qu'il interrompait par de brefs commentaires.

— Que disait le visiteur ? Attendez, c'était un homme ?

— Oui. Je n'ai pas entendu grand-chose. À un moment donné, ce type a dit : « Qu'en penserait Regina ? » ou quelque chose dans ce genre. Mon père a répliqué : « Les temps ont changé et les gens aussi. » Je n'ai pas saisi la réponse.

— Vous avez vu le visiteur ?

— Non. Le bureau de mon père avait une porte qui donnait sur l'extérieur. Il est sûrement sorti par là.

— C'est tout ?

— Oui. Ils avaient baissé la voix, sans doute de crainte de me réveiller. J'ai failli descendre les rejoindre et puis j'ai eu peur.

— Votre père a-t-il mentionné cette visite ?

— Non. Quant à moi, je ne voulais pas qu'il sache que je l'avais espionné et je n'y ai jamais fait allusion.

— Il s'agissait de quelqu'un qui travaillait à l'université ?

— Non, je pense que je l'aurais reconnu.

Michelle se dit que quelque chose sonnait faux.

— Auriez-vous entendu le nom de Ritter prononcé par cet homme ?

— Mais non ! Je l'aurais indiqué à la police ! À l'époque… j'étais effrayée. Mon père était mort, j'ignorais que quelqu'un d'autre était impliqué et cette scène me semblait hors sujet.

272

— Cet homme qui a mentionné Regina... avez-vous pensé que cela pourrait nuire à la réputation de votre mère ?

Kate lui adressa un regard lourd de reproches.

— Les gens écrivent et disent n'importe quoi. Et ils ne se gênent pas pour détruire la vie des autres.

Michelle lui prit la main.

— Je ferai tout mon possible pour résoudre cette affaire sans blesser personne. Vous avez ma parole.

— Allez savoir pourquoi, mais j'ai confiance en vous. Vous pensez vraiment découvrir la vérité, après tout ce temps ?

— Je vais m'y efforcer.

Michelle se leva.

— J'aimais mon père, dit Kate. Et je l'aime toujours. C'était un homme bon. Il a eu une triste fin, et depuis ces événements la vie me semble assez absurde.

Pour Michelle, Kate présentait de sérieuses tendances suicidaires. Elle se rassit et passa un bras autour des épaules de la jeune femme.

— Écoutez-moi. Votre père a vécu comme il l'entendait. Et pour vous qui avez déjà tellement souffert et accompli tant de choses... tous les espoirs sont permis. Je parle très sérieusement, Kate.

Un petit sourire crispé apparut sur ses lèvres.

— Merci, murmura-t-elle.

Michelle rejoignit la voiture, King prit le volant et elle lui rapporta son entrevue avec Kate.

— Il y avait bien quelqu'un ! s'exclama-t-il. Et la probabilité est forte pour que l'interlocuteur de son père soit l'homme au revolver caché dans la réserve.

— Résumons. Nous avons deux assassins virtuels dont un seul va jusqu'au bout. L'autre a-t-il eu peur ou avait-il prévu son coup ? S'agissait-il d'un piège tendu à l'intention de Ramsey ?

King secoua la tête.

— S'il n'avait pas l'intention d'utiliser cette arme, pourquoi l'apporter à l'hôtel ?

— Peut-être que lui et Ramsey s'étaient donné rendez-vous juste avant et qu'il a joué la comédie. Sinon, cela aurait éveillé les soupçons de Ramsey.

— Possible, Maintenant, il nous faut examiner à la loupe le parcours de Ramsey, tout particulièrement la période précédant son arrivée à l'université. Si le mystérieux visiteur connaissait Regina Ramsey et qu'Arnold lui a déclaré « les temps changent », il faut chercher la réponse dans des événements qui se seraient déroulés dans un passé éloigné.

— Et qui expliqueraient pourquoi une superstar de Berkeley enseignait dans une petite université de province.

Michelle se glissa à l'arrière du véhicule.

— Regardez la route, je vais me changer.

King obéit tout en prêtant l'oreille aux bruissements de vêtements derrière lui.

— À propos, ça vous arrive souvent de vous retrouver dans le plus simple appareil en compagnie d'hommes bizarres ?

— Vous n'êtes pas vraiment bizarre, Sean, et puis je dois vous avouer que je suis assez flattée.

— Ah bon ? Et pourquoi donc ?

— Vous avez lorgné dans le rétroviseur.

50

Ils se retrouvèrent tous les quatre chez King en fin d'après-midi. En arrivant, Parks posa une grande boîte en carton sur la table de la cuisine.

— Voilà le résultat de mon enquête sur Bob Scott.

— Quelle efficacité ! s'exclama Joan.

— Vous me preniez pour un guignol ?

King se tourna vers Joan.

— Tu as travaillé sur Scott ? Je t'avais pourtant dit qu'il était hors de cause.

Joan lui adressa un regard appuyé.

— Je préfère vérifier par moi-même. Aucun de nous n'est infaillible.

— Malheureusement, la raison de ma rapidité tient surtout à la négligence de mes collègues, qui m'ont refilé de la doc sur à peu près tous les Bob Scott de la terre, dit Parks d'un air penaud. Il n'y a plus qu'à faire le tri.

Il remit son chapeau.

— Je vous appelle si j'ai une idée. Et contactez-moi si une hypothèse mirobolante vous vient à l'esprit.

Après son départ, ils dînèrent rapidement sur la terrasse et Joan relata les résultats de son enquête sur Doug Denby.

— Alors il est hors de cause ? demanda Michelle.

— Apparemment, oui.

King parut surpris.

— D'après la femme qui t'a parlé au cabinet d'avocats de Philadelphie, John Bruno n'avait pas pour habitude de tricher quand il était procureur au Parquet fédéral de Washington ?

— Si elle dit la vérité. Et elle m'a semblé être une personne de confiance, confirma Joan.

— Conclusion : Mildred nous a peut-être raconté des salades.

— Ça, je suis prête à le croire.

Joan jeta un coup d'œil à la boîte que Parks avait laissée sur la table.

— Il va falloir étudier ce dossier.

— Je m'y mets tout de suite, dit Michelle. Comme je ne connaissais pas Bob Scott, cela m'obligera à entrer dans les détails.

Elle disparut dans la maison.

Joan regardait au loin.

— C'est vraiment beau, ici, Sean. Tu as bien choisi ton endroit.

Il finit sa bière et se renversa sur son siège.

— Si ça continue comme ça, il se pourrait que je sois obligé de déménager.

— J'espère que non. Recommencer à zéro une fois, c'est amusant, mais après ça devient pénible.

— Et toi ? Tu m'as bien dit que tu voulais te retirer sur une île ?

— Oui, avec mes millions…

Elle eut un sourire résigné.

— Ce genre de rêve se réalise rarement. Surtout à mon âge.

— N'empêche que, si tu retrouves Bruno, tu toucheras le pactole.

— L'argent n'était qu'un des aspects de mon rêve.

Leurs regards se croisèrent et elle détourna la tête.

— Tu navigues beaucoup sur le lac ? demanda-t-elle.

— À l'automne, quand les bateaux à moteur sont sous les hangars et qu'il y a du vent.

— Eh bien, il y a du vent. Qu'est-ce qu'on attend ?

King leva les yeux vers le ciel clair, offrant son visage à la brise. Il leur restait deux heures avant que le soleil se couche. Il fixa intensément Joan pendant quelques instants.

— Oui, le moment est bien choisi.

King montra à Joan comment manœuvrer la barre du voilier. Un moteur de cinq chevaux à la poupe permettait de regagner le port si le vent tombait. Ils sortirent du petit chenal et prirent le large.

Joan admira les montagnes encerclant le lac, le vert de la végétation toujours vibrant malgré les teintes automnales qui pointaient çà et là.

— Après toutes ces années passées dans des hôtels et des avions à travailler jusqu'à l'aube, avais-tu jamais pensé finir tes jours dans un endroit de ce genre ?

King haussa les épaules.

— Pour te dire la vérité, je n'avais jamais réfléchi à mon avenir. J'ai toujours vécu dans l'instant présent… enfin, maintenant, j'envisage les choses à plus long terme, ajouta-t-il pensivement.

— Et où te mènent ces réflexions sur le long terme ?

— Nulle part, tant que cette enquête n'est pas résolue. Et, même si tout rentre dans l'ordre, rien ne sera plus jamais comme avant. Le mal est fait. Sans doute serai-je obligé de quitter cet endroit.

— T'enfuir ? Voilà qui ne te ressemble guère, Sean.

— Il est parfois préférable de plier bagage. Franchement, j'en ai assez de me battre.

Il s'assit près d'elle et prit la barre.

— Le vent a changé de direction. Je vais tirer un bord. Le bout-dehors va passer de l'autre côté, tu te baisseras quand je te le dirai.

La manœuvre terminée, il lui confia de nouveau la barre et resta près d'elle. Elle avait ôté ses chaussures et remonté son pantalon jusqu'aux genoux, dévoilant ses petits pieds aux ongles rouge vif.

— Si ma mémoire est bonne, il y a huit ans, tu préférais le vernis violet.

Elle rit.

— Le rouge est toujours d'actualité mais le violet plutôt passé de mode. Je suis flattée que tu t'en souviennes.

— Ongles violets et sandales à talons très découpées.

— Allez, avoue que c'était une combinaison irrésistible.

Il se renversa en arrière et regarda au loin.

Ils restèrent un instant silencieux. Joan lui jetait des coups d'œil anxieux et King fuyait son regard.

— As-tu jamais songé à me demander en mariage ? demanda-t-elle brusquement.

La stupeur se peignit sur le visage de son compagnon.

— À l'époque, j'étais marié, Joan.

— Tu ne vivais plus avec ta femme et ton mariage était cuit.

Il baissa les yeux.

— Oui, mais je n'étais pas vraiment certain d'avoir envie de remettre le couvert. Sans compter que l'union de deux agents de l'US Secret Service me paraissait assez risquée. Nous menions une vie de dingues.

— Moi, j'y ai pensé.

— À quoi ?

— À te demander en mariage.

— Sans blague ? Tu ne doutais de rien.

— Aucune règle ne stipule que c'est à l'homme de poser la question.

— Sans compter qu'une femme comme toi contourne les règles avec une désinvolture déconcertante.

— Je suis sérieuse, Sean. J'étais amoureuse de toi. Je me souviens que je me réveillais la nuit, terrifiée à l'idée que tu te réconcilies avec ta femme.

— Première nouvelle, répondit King d'une voix blanche.

— Qu'éprouvais-tu pour moi ? Je veux dire, sincèrement ?

Il parut mal à l'aise.

— Honnêtement ? J'étais stupéfait que tu cèdes à mes avances. Je te mettais sur un piédestal, tant sur le plan professionnel que personnel.

— Tu me voyais comme un trophée à poser sur la tablette de ta cheminée ?

— Non, c'est à toi que je prêtais cet état d'esprit.

— On ne me connaissait pas beaucoup d'amants, Sean.

— Non, on te voyait plutôt comme la Dame de Fer. Tu intimidais tous les agents, sans exception. Et tu fichais la trouille à tous les durs du métier.

Joan baissa les yeux.

— Ignores-tu la solitude des stars ? Souviens-toi, au Service, on considérait encore les femmes comme des oiseaux rares. Pour réussir, je devais me montrer plus « virile » que les mecs. J'inventais mes propres règles au fur et à mesure de mon ascension. Maintenant, c'est un peu différent mais, à l'époque, ça se passait comme ça.

Il lui effleura la joue et l'obligea à tourner son visage vers lui.

— Pourquoi as-tu reculé ?

— De quoi parles-tu ?

— Pourquoi ne m'as-tu pas demandé en mariage ?

— J'en avais l'intention quand un événement imprévu est survenu.

— Quoi donc ?

— L'assassinat de Clyde Ritter.

Cette fois, ce fut King qui se détourna.

— J'avais perdu de ma valeur à tes yeux ?

Elle posa la main sur son bras.

— Décidément, tu me connais mal.

— Alors de quoi s'agissait-il ?

King ne l'avait encore jamais vue aussi nerveuse. Sauf le matin de la mort de Ritter. À 10 h 32. Elle glissa la main dans sa poche et tendit une feuille de papier à King, qui la déplia.

La nuit dernière a été merveilleuse. Et maintenant, surprends-moi, coquine. Dans l'ascenseur. Love, Sean.

Ces mots étaient griffonnés sur du papier à l'en-tête de l'hôtel Fairmount. Leurs regards se croisèrent.

— D'où ça vient ? demanda King.

— Cette feuille a été glissée sous la porte de ma chambre au Fairmount, à neuf heures du matin.

Il ouvrit de grands yeux.

— Le jour de l'assassinat de Ritter ?

Elle hocha la tête.

— Et tu as cru que c'était moi qui avais écrit ça ?

Nouveau signe affirmatif.

— Pendant toutes ces années, tu m'as soupçonné d'être implique dans la mort de Ritter ?

— Mets-toi à ma place, Sean, je ne savais plus quoi penser.

— Et tu n'en as jamais parlé à personne ?

— Je me suis tue. Tout comme toi, qui as passé sous silence ma présence dans l'ascenseur. Tu croyais que j'étais mêlée au meurtre de Ritter, n'est-ce pas ? ajouta-t-elle d'une voix douce.

Il passa la langue sur ses lèvres sèches et se détourna, le visage crispé par la colère.

— On s'est bien fait baiser.

— Quand j'ai vu la note épinglée sur le corps de Susan White-head, j'ai su qu'on s'était fait manipuler tous les deux. La personne qui m'avait fait passer ce message nous a dressés l'un contre l'autre, s'assurant ainsi notre silence. Si nous parlions, nous tombions automatiquement dans la catégorie des suspects. En ce qui me concerne, si j'expliquais l'histoire de l'ascenseur, je pouvais faire une croix sur ma carrière. Contrairement aux tiennes, mes motivations étaient purement égoïstes.

Elle posa une main sur la manche de son blouson.

— Je suppose que tu m'as soupçonnée d'avoir été payée pour te distraire. Et tu as assumé seul la responsabilité du drame. Pourquoi as-tu gardé le silence ?

Elle poussa un grand soupir tremblé.

— J'ai vraiment besoin de savoir.

La sonnerie du téléphone portable de King les fit sursauter. C'était Michelle.

— Kate Ramsey a appelé. Elle a quelque chose d'important à nous communiquer mais refuse de parler au téléphone. Elle nous a donné rendez-vous à Charlottesville.

— Très bien, dites-lui que nous arrivons.

Il raccrocha, prit la barre et ramena en silence le bateau à bon port. Occupé par ses manœuvres, il n'adressa pas un seul regard à Joan, concentrée sur la ligne d'horizon.

51

Ils retrouvèrent Kate Ramsey au Greenberry, dans le grand centre commercial de Charlottesville. Ils s'installèrent à une table au fond de la salle, où les clients étaient rares à cette heure de la nuit, et commandèrent trois cafés.

Les manières de Kate, très calme, les yeux gonflés, s'étaient considérablement adoucies. Ses doigts s'agitaient nerveusement autour de sa tasse et elle gardait les yeux baissés. Quand King poussa trois pailles devant elle, elle redressa la tête d'un air surpris.

— Si ça peut vous apaiser, faites donc des angles droits, lui dit-il d'un air gentiment amusé.

Kate se détendit et prit les pailles.

— C'est une manie qui remonte à mon enfance. Je pense que ça vaut mieux que d'allumer une cigarette.

— Vous aviez quelque chose d'important à nous confier ? intervint Michelle.

Kate regarda brièvement la personne la plus proche d'eux, un jeune homme qui lisait un livre en prenant des notes. À l'évidence, un étudiant préparant fébrilement un examen.

— C'est au sujet de l'homme qui a rencontré mon père lors de cette fameuse nuit dont j'ai parlé à Michelle, dit-elle en jetant un bref coup d'œil à King.

— Elle m'a raconté, allez-y.

— Je ne vous ai pas signalé ce que je considérais comme un détail, parce que je croyais avoir mal compris, mais je me suis peut-être trompée.

— Oui ? l'encouragea King.

— J'ai entendu citer un nom.

— King croisa le regard de Michelle.

— Pourquoi ne pas en avoir parlé auparavant ? s'étonna cette dernière.

— J'avais du mal à y croire. Et je ne voulais pas lui causer d'ennuis. Mon père rencontre en secret un inconnu, la nuit, et ce nom surgit dans la conversation – inquiétant pour une gamine de treize ans. D'autant plus que j'étais persuadée que cet homme n'aurait jamais pu commettre un acte contraire à la loi.

— Qui est-ce ? la pressa King.

Kate prit une profonde inspiration et King remarqua qu'elle faisait maintenant des nœuds avec les pailles.

— Joel Detroit.

— Vous êtes sûre ? s'écria Michelle.

— Pas à cent pour cent, mais enfin c'est un nom très particulier, difficile à confondre avec John Smith.

— Comment a réagi votre père ?

— Il a dit quelque chose comme « C'est risqué, c'est très risqué pour tous les deux ».

King réfléchit et effleura l'épaule de Kate.

— Racontez-nous ce que vous savez sur la relation que Detroit entretenait avec Arnold.

— Ils étaient collègues et amis.

— Se connaissaient-ils avant Atticus ? demanda Michelle.

— Je ne le pense pas. En tout cas, ils ne l'ont jamais mentionné. Mais ils étaient étudiants dans les années soixante. Les gens se baladaient dans tout le pays pour organiser des actions assez téméraires. C'est bizarre...

— Quoi donc ? questionna King.

— Eh bien, il me semblait parfois que Joel était plus intime avec ma mère qu'avec mon père. Comme s'ils se connaissaient d'avant.

— Votre mère a-t-elle fait des allusions dans ce sens ?

— Non. Joel est arrivé à Atticus après mes parents. Il était célibataire et je ne lui ai jamais connu de petite amie. Mes parents lui témoignaient beaucoup d'affection. Maman lui cuisinait des petits plats qu'elle allait lui porter. Je crois qu'elle se sentait désolée pour lui. C'étaient d'excellents amis. Je l'aimais beaucoup. Je le considérais un peu comme un oncle.

— Kate... croyez-vous que votre mère... ? commença Michelle.

Elle l'interrompit.

— Non, ils n'entretenaient pas de liaison. Je sais bien que j'étais très jeune à l'époque mais je m'en serais aperçue.

King ne paraissait pas convaincu :

— L'homme qui avait rendez-vous avec votre père a bien mentionné Regina, votre mère ?

— Oui. J'imagine qu'il connaissait l'un ou l'autre de mes parents mais, très franchement, je n'arrive pas à croire que Joel soit mêlé à tout ça. Il n'est pas du genre à s'acoquiner avec des types qui préparent des assassinats. Sans avoir le génie de mon père, ni le même parcours universitaire, c'est un homme tranquille et un bon prof.

— Il n'avait pas l'intelligence de votre père, ni de doctorat de Berkeley, reprit King et pourtant ils enseignaient dans la même université. Comment expliquez-vous cela ?

— Que voulez-vous dire ? lança Kate, sur la défensive.

— Pourquoi votre père n'enseignait-il pas à Harvard ou à Yale ? précisa Michelle. En plus de son brillant parcours à Berkeley, il a signé quatre livres qui comptent parmi les dix meilleurs ouvrages de sa spécialité. On le considérait comme un intellectuel de premier plan.

— Peut-être préférait-il le calme d'une petite université.

— À moins que quelque chose dans son passé ne l'ait empêché d'accéder aux postes les plus convoités, fit remarquer King.

— Cela m'étonnerait. Tout le monde serait au courant.

— Pas nécessairement, si cet épisode a été rayé de son dossier officiel. Néanmoins, certaines personnes appartenant au monde universitaire, très formaliste par nature, étaient peut-être au courant et bien décidées à le lui faire payer, ce qui expliquerait sa présence à Atticus.

— Ça ne vous rappelle rien ? demanda Michelle.

Kate demeura silencieuse.

— Écoutez, dit King, nous n'avons nullement l'intention de salir la mémoire de votre père. Qu'il repose en paix. Mais si son mystérieux interlocuteur l'a poussé à tuer Ritter, j'estime qu'il doit payer pour sa mauvaise action. Et éclairer le passé d'Arnold Ramsey peut nous aider à l'identifier. Parce que, si j'ai bien compris, ce type connaissait votre père depuis longtemps. Et, selon toute probabilité, il était informé de l'affaire qui l'avait définitivement écarté de tous les Harvard de ce monde. Du moins si notre hypothèse se vérifie.

— Kate, renchérit Michelle, vous êtes notre seul espoir. Si vous taisez ce que vous savez, nous aurons beaucoup de mal à établir la vérité. Or elle vous tient à cœur, sinon vous ne nous auriez pas téléphoné.

Kate soupira.

— Très bien. Ma mère m'a fait quelques confidences peu de temps avant son suicide. Elle m'a appris que mon père avait été arrêté au cours d'une manifestation. Contre la guerre du Viêt-nam, je crois.

— Il avait causé du scandale ? interrogea King.

— Non, il s'agissait d'un meurtre.

— De qui et dans quelles circonstances ? Tout ce que vous vous rappelez, Kate.

— Les propos de ma mère n'étaient pas très clairs. Vers la fin de sa vie, elle buvait beaucoup.

Elle prit un Kleenex et s'essuya les yeux.

— Je sais que ce sont des souvenirs pénibles, Kate, mais cela vous fera du bien d'en parler.

— D'après ce que j'ai pu comprendre, il s'agissait d'un policier, ou en tout cas d'un fonctionnaire de police, tué au cours d'une manifestation qui a dérapé. À Los Angeles, il me semble. Mon père a été arrêté et, apparemment, ça se présentait très mal pour lui, et puis des avocats ont pris l'affaire en main et les poursuites ont été abandonnées. Ma mère affirmait que la police avait fabriqué des preuves. Ils cherchaient un bouc émissaire et c'était tombé sur mon père. Elle jurait ses grands dieux qu'il n'avait rien fait.

— N'y a-t-il pas eu des articles dans les journaux, des commentaires sur ces allégations ? insista Michelle.

— J'ignore si les médias en ont parlé mais, en tout cas, c'était consigné dans le dossier de mon père et cela a brisé sa carrière. J'ai mené ma propre enquête. Berkeley lui a accordé son doctorat avec beaucoup de réticences. D'un autre côté, ils n'avaient pas vraiment le choix, il avait terminé sa thèse et ses examens. L'affaire est intervenue peu de temps avant qu'on lui remette son diplôme. D'après ce que j'ai compris, la rumeur des accusations dont il était l'objet s'est répandue dans les cercles universitaires et toutes les portes se sont fermées devant lui. Mon père a donné quelques cours ici et là et il s'en sortait très mal jusqu'à ce qu'on lui offre ce poste à Atticus. Au cours de ses années de désœuvrement, il a écrit les livres qui ont assuré sa réputation. En y repensant, je crois qu'il ressentait une telle amertume devant l'ostracisme des grandes universités que, même si elles lui avaient fait des avances, il les aurait refusées. C'était un homme loyal et Atticus lui avait sauvé la mise à l'époque où il était rejeté de tous.

— Avez-vous une idée de la façon dont vos parents ont survécu pendant leurs années de vaches maigres ? demanda King. Votre mère exerçait une profession ?

— Non, des boulots temporaires, rien de fixe. Elle servait de secrétaire et de documentaliste à mon père. J'ignore comment ils s'en sont sortis.

Elle s'épongea les yeux.

— Pourquoi me demandez-vous cela ?

— Ces avocats qui ont défendu votre père, qui les a payés ? Il venait d'une famille fortunée ?

— Non, mon père avait grandi dans une ferme du Wisconsin et ma mère était née en Floride. Ils étaient pauvres tous les deux.

— Voilà qui est surprenant. Pourquoi des avocats auraient-ils volé au secours de votre père ? D'autre part, je me demande si vos parents n'ont pas bénéficié d'une aide financière pendant les années difficiles.

— C'est possible, admit Kate, mais je n'ai aucune idée sur la provenance de ces fonds.

Michelle se tourna vers King.

— Vous croyez que le mystérieux interlocuteur pourrait être lié à l'échauffourée de Los Angeles ?

— Il se produit un drame lors d'une manifestation à Los Angeles. Arnold Ramsey est arrêté. Et s'il n'était pas seul dans cette histoire ? Si une personne possédant des relations était elle aussi impliquée dans l'affaire ? Cela expliquerait l'intervention des avocats providentiels. Je connais ces gens-là : ils ne travaillent jamais pour rien.

Michelle hocha la tête.

— Quand l'homme a mentionné Regina Ramsey, peut-être ravivait-il des souvenirs de lutte commune pour convaincre Arnold de reprendre du service... et un revolver pour la bonne cause.

— J'ai du mal à suivre, dit Kate.

Elle semblait sur le point d'éclater en sanglots.

— Mon père, un homme en tous points remarquable, aurait dû enseigner à Harvard, à Yale ou à Berkeley. Puis la police monte un guet-apens et l'oblige à tirer un trait sur sa carrière. Pas étonnant qu'il se soit rebellé contre l'autorité. Où est la justice dans tout ça ?

— Il n'y en a pas, répondit King.

— Je me souviens comme si j'y étais de l'instant où j'ai appris la nouvelle.

— En classe de maths ? s'enquit Michelle.

— Oui. Je suis sortie dans le hall où se tenaient Joel et ma mère. J'ai tout de suite compris qu'il se passait quelque chose de grave.

King sursauta.

— Joel Detroit accompagnait votre mère ?

— C'est lui qui était allé annoncer la nouvelle à maman. Il ne vous l'a pas raconté ?

— Non, fit Michelle d'un ton brusque.

— Comment se fait-il qu'il ait été informé du meurtre de Ritter avant votre mère ? lâcha King, perplexe.

Troublée, Kate leva les yeux vers lui.

— Je l'ignore... Sans doute regardait-il la télévision ?

— À quelle heure sont-ils venus vous chercher en classe ?

— Eh bien... je n'en sais rien. Ça s'est passé il y a des années.

— Réfléchissez, Kate, c'est vraiment important.

Elle resta silencieuse un instant.

— Le matin, dit-elle enfin, bien avant le déjeuner. Disons autour de onze heures.

— Ritter a été tué à 10 h 32. Il est impossible que la télévision ait présenté un reportage précis donnant l'identité de l'assassin une demi-heure plus tard.

— Et Detroit avait eu le temps de passer prendre votre mère ? s'enquit Michelle.

— Elle vivait non loin du lycée. Atticus et Bowlington sont à une demi-heure en voiture. Ma mère habitait sur le chemin.

King et Kate échangèrent des regards anxieux.

— Vous croyez que c'est possible ? dit Michelle.

— De quoi parlez-vous ? s'écria Kate.

King se leva sans répondre.

— Où allez-vous ? demanda Kate.

— Rendre une petite visite au professeur Detroit.

— S'il n'a pas mentionné qu'il était venu me chercher à l'école ce jour-là, peut-être ne vous a-t-il rien dit non plus sur ses relations avec ma mère.

King ouvrit de grands yeux.

— Pardon ?

— Avant son suicide, elle et Joel se voyaient beaucoup.

— Ah bon ? Je croyais que votre mère était amoureuse de votre père.

— Elle l'avait été, mais le décès d'Arnold remontait à environ sept ans. L'amitié de ma mère et de Joël avait évolué.

— Dans quel sens ?

— Ils allaient se marier.

52

Quand Kate l'avait appelée, Michelle n'avait parcouru que la moitié du dossier Bob Scott. Comme la jeune femme ne serait pas en mesure d'y revenir dans l'immédiat, Joan avait emporté le carton à son hôtel afin de prendre la relève. Elle avait besoin de s'occuper pour surmonter sa douloureuse conversation avec King sur le voilier.

Quand elle ouvrit la boîte, elle comprit que Parks ne plaisantait pas : une chatte n'y aurait pas retrouvé ses petits. Joan s'attela néanmoins consciencieusement à la tâche. Deux heures plus tard, elle commanda un repas et du café. Elle était là pour un bon moment et n'avait aucune idée de l'heure de retour de King et de Michelle. Elle pensa téléphoner à King puis renonça.

Alors qu'elle arrivait au bout, son attention fut attirée par un document qu'elle étala sur son lit : un mandat d'arrêt destiné à un certain Robert C. Scott, habitant le Tennessee, dans une ville dont Joan ignorait le nom. Il était accusé de détenir illégalement des armes. Or le Bob Scott qu'elle connaissait adorait les armes.

Plus elle avançait, plus elle était intriguée. Le Marshal Service, selon une habitude courante, avait été mobilisé pour notifier le mandat au nom du Bureau de l'alcool, du tabac et des armes à feu, l'ATF. Cela expliquait que Parks ait pu mettre la main sur ce document. Bob Scott était peut-être lié à l'enlèvement de Bruno, mais son implication devait nécessairement partir de l'affaire Ritter. Cependant, comment expliquer que l'on retrouve les mêmes personnes dans des complots aussi distincts ? Quel était le dénominateur commun ? La réponse les frôlait, les narguait sans qu'ils parviennent à la saisir et cela la rendait folle.

Son portable sonna.

— Où êtes-vous ? lui demanda Parks.

— Aux Cèdres. J'ai parcouru le dossier que vous nous avez apporté. Et je crois que je suis tombée sur un document intéressant.

Elle lui décrivit sa trouvaille.

— Bon sang ! Et il a été arrêté ?

— Je l'ignore mais cela m'étonnerait parce que, dans ce cas, nous saurions où il se trouve.

— Si on a lancé un mandat d'arrêt contre ce type pour infractions sur les armes, c'est peut-être le cinglé que nous recherchons.

— Mais qu'a-t-il à voir là-dedans ? Ça n'a pas de sens.

— Je vous l'accorde. Où sont King et Maxwell ?

— Partis rencontrer Kate Ramsey. Elle avait des révélations à leur faire et leur a donné rendez-vous à Charlottesville.

— Et si le mystérieux interlocuteur de son père était Bob Scott ? On ne pouvait rêver meilleur complice pour organiser le meurtre. Un vrai cheval de Troie.

— Comment désirez-vous procéder ?

— Le mieux serait de mettre une équipe sur le coup pour vérifier tout ça. Jolie trouvaille, Joan. Finalement, vous êtes peut-être aussi douée qu'on le prétend.

— Beaucoup plus, marshal.

Joan n'avait pas plus tôt raccroché qu'elle sautait sur ses pieds, comme mue par une décharge électrique.

— Oh, mon Dieu ! s'exclama-t-elle en fixant le téléphone. Ce n'est pas possible !

Elle prononça les trois mots suivants en détachant les syllabes :

— Cheval de Troie.

Quelqu'un frappa à la porte. Elle ouvrit et s'effaça pour laisser passer une femme de chambre qui poussa une table roulante jusqu'à la table.

— Ici, madame ? Cela vous convient ?

— Oui, dit distraitement Joan.

— Vous voulez que je verse le café ?

— Non, ça ira.

Elle signa la note.

— Merci.

Joan s'apprêtait à téléphoner quand elle perçut une présence derrière elle. Elle se retourna et n'eut pas le temps de crier... tout s'obscurcit. Tasha, qui dominait de toute sa taille Joan gisant à ses pieds, se baissa et se mit au travail.

53

Il était près de neuf heures du soir quand King et Michelle arrivèrent à Atticus College. Le bâtiment abritant le bureau de Detroit était fermé. À l'administration, Michelle persuada un jeune stagiaire de garde de leur donner l'adresse personnelle du professeur. Celui-ci habitait à environ deux kilomètres du campus, dans une avenue bordée d'arbres et de maisons de brique appréciée par les enseignants. Quand King arrêta sa Lexus au bord du trottoir, il n'aperçut aucune voiture dans l'allée qui menait chez Detroit, où tout était éteint. Ils allèrent sonner à la porte d'entrée mais personne ne répondit. Le jardin, derrière la maison, était désert.

— Detroit assistait au meeting de l'hôtel Fairmount quand Ritter a été tué ! dit Michelle. Il n'y a pas d'autre explication, à moins que quelqu'un ne l'ait appelé depuis l'hôtel pour lui apprendre ce qui s'était passé.

— On va lui poser la question. S'il était là-bas, il a dû s'enfuir avant que le périmètre ne soit bouclé. Sinon, il ne pouvait pas annoncer aussi rapidement la nouvelle à Kate et à Regina.

— Vous croyez qu'il avouera sa présence au Fairmount ?

— On le saura dès qu'on le lui aura demandé. Et je meurs d'envie de l'interroger sur Regina Ramsey.

— Normalement, il aurait dû nous signaler qu'il avait l'intention de l'épouser.

— S'il nous l'a caché, il avait une raison. Ce qui accroît mes soupçons.

King se tourna vers Michelle.

— Vous êtes armée ?

— Oui, et j'ai ma carte, on est parés, pourquoi ?

— Au cas où. Je me demande si les gens ferment leur porte, dans ce quartier.

— Dans l'éventualité où vous envisageriez de pénétrer chez lui, je vous rappelle qu'il s'agirait d'une effraction.

— Pas si on ne casse rien.

— Vraiment ? Dans quelle université avez-vous eu votre licence en droit, déjà ?

— Je disais juste que ce serait sympa de jeter un coup d'œil chez Detroit en son absence.

— Et s'il dort dans son lit, du sommeil du juste ? À moins qu'il ne réapparaisse quand nous serons à l'intérieur.

— J'irai seul. Vous êtes un membre assermenté des forces de l'ordre.

— Et vous appartenez au barreau. Ce qui techniquement fait de vous un agent des tribunaux.

— Nous, les juristes, sommes très doués pour contourner ce genre de détail technique. Vous ne regardez jamais la télévision ?

Il retourna à sa voiture et y prit une lampe torche. Quand il rejoignit Michelle, elle le saisit par le bras.

— Sean, vous êtes fou ! Et si un voisin vous voyait et appelait la police ?

— Quelqu'un appelait à l'aide chez Detroit et nous nous sommes précipités.

— Ça ne tient pas la route une seconde.

Elle suivit King, qui s'employait déjà à faire tourner la poignée de la porte de derrière.

— Zut.

Michelle poussa un soupir de soulagement.

— C'est fermé ? Dieu merci.

King poussa le battant de la porte avec un regard malicieux.

— Je plaisantais. J'en ai pour une minute, vous faites le guet.

— Sean, je vous en prie...

Il avait déjà disparu. Michelle entreprit de surveiller les alentours, les mains dans les poches et l'air décontracté, alors qu'elle commençait déjà à avoir des brûlures d'estomac. Elle essaya même de siffloter mais en vain, tellement ses lèvres étaient sèches.

— Le diable t'emporte, Sean King, grommela-t-elle.

King pénétra dans la cuisine et balaya la petite pièce du faisceau de sa lampe. Elle ne servait pas souvent. La plupart du temps, Detroit devait manger dehors. King gagna le salon, à l'ameublement très ordinaire, bien rangé, avec des étagères où trônaient les œuvres complètes de Goethe, Francis Bacon, John Locke et, bien entendu, Machiavel, toujours d'actualité. Pas près de passer de mode, celui-là.

Le salon communiquait avec le bureau de Detroit, qui reflétait davantage la personnalité de son propriétaire. Livres et papiers s'empilaient sur le secrétaire, des documents recouvraient le sol et le canapé était pareillement encombré. Une odeur de tabac froid flottait dans la pièce et King avisa un cendrier posé par terre, rempli à ras bord de mégots de cigarettes et de cigarillos. Les murs étaient couverts d'étagères bon marché qui pliaient sous le poids des bouquins. King ouvrit les tiroirs du secrétaire, cherchant une éventuelle cache secrète, sans résultat. Peu de chances qu'en retirant un livre il fasse pivoter sur lui-même un pan de la « bibliothèque », révélant un couloir. Mais il tenta tout de même le coup avec un ou deux livres, à tout hasard. Bien entendu, il ne se passa rien.

Detroit avait précisé qu'il travaillait à un essai et l'état des lieux semblait confirmer ses déclarations. Des notes, des brouillons et des plans préliminaires traînaient un peu partout. L'occupant des lieux était assez peu organisé ; King jeta un regard réprobateur sur le désordre environnant. Il n'aurait pas pu vivre dix minutes dans pareil décor et pourtant, dans sa jeunesse, il avait habité un appartement qui présentait toutes les apparences d'un fouillis indescriptible. Il se félicita d'avoir renoncé à ses mauvaises habitudes, contrairement à Detroit, rétif à toute évolution dans ce domaine, et envisagea un instant d'inviter Michelle à l'intérieur afin de la déculpabiliser.

En glissant la main sous les piles de documents sur le secrétaire, il trouva un carnet de rendez-vous qui se révéla singulièrement inintéressant. Ensuite, il grimpa à l'étage et visita deux chambres, dont une seule était utilisée. Dans celle de Detroit, surprise : ses vêtements étaient bien pliés dans un placard, ses souliers et ses tennis sagement rangés sur un porte-chaussures, ses vestes et ses manteaux suspendus dans une penderie. King regarda sous le lit, où il ne trouva que des moutons de poussière. Dans la salle de bains adjacente, une serviette humide traînait par terre. Les objets et flacons habituels dans ce genre d'endroit remplissaient une petite armoire. Il se dirigea vers la chambre d'amis inoccupée, communiquant avec un cabinet de toilette vide. Sur une étagère, il remarqua des photos. On y voyait Detroit avec différentes personnes qui ne lui disaient rien, jusqu'à ce qu'il éclaire le dernier visage.

— Sean, maniez-vous, Detroit est de retour.

En entendant la voix de Michelle qui venait du rez-de-chaussée, King courut à la fenêtre, juste à temps pour voir la grosse bagnole de Detroit, un vieux modèle, s'arrêter dans l'allée. Il éteignit sa lampe et redescendit à tâtons dans la cuisine, où Michelle l'attendait. Ils ressortirent comme ils étaient venus, contournèrent la maison, attendirent que Detroit soit rentré chez lui et sonnèrent à la porte.

Le professeur leur ouvrit, sursauta en les voyant et jeta un coup d'œil méfiant en direction de leur voiture.

— C'est bien votre Lexus qui est garée dans la rue ?

King hocha la tête.

— Quand je suis passé, elle était vide. Et je ne vous ai pas vus sur le trottoir.

— J'étais allongé sur la banquette arrière, prétendit King. Et Michelle s'était mise en quête d'un voisin qui pourrait nous informer de l'heure de votre retour.

Detroit parut sceptique mais il les fit entrer et ils s'installèrent dans le salon.

— Vous avez parlé à Kate ? attaqua Detroit.

— Oui, elle nous a informés que vous l'aviez prévenue de notre visite.

— Et alors ?

— Vous semblez assez liés.

Detroit dévisagea King avec animosité.

— Elle était la fille d'un collègue et je l'ai eue comme étudiante. Inutile d'extrapoler.

— Comme vous deviez épouser sa mère, peut-être la considérez-vous aussi un peu comme votre belle-fille ? Et nous qui ne savions même pas que vous sortiez avec Regina...

Detroit parut très mal à l'aise.

— En quoi est-ce que cela vous regarde ? Et maintenant, si vous voulez bien m'excuser, j'ai du travail.

— Ah oui ! votre essai. Sur quel sujet, déjà ?

— Vous vous intéressez aux sciences politiques, monsieur King ?

— Mes investigations recouvrent un champ très étendu.

— Je vois. Il s'agit d'une étude sur l'évolution des votes dans le Sud, de la Seconde Guerre mondiale à nos jours. Le sujet est abordé sous l'angle des élections nationales. Selon ma théorie, le Sud tel que nous le connaissons aujourd'hui s'écarte radicalement du « Vieux Sud ». Il est en réalité composé d'une vaste population où les immigrés ont une large part, la plus hétérogène que ce pays ait connue depuis le début du siècle dernier. Ni progressiste ni extrémiste, il ne correspond plus au Sud d'*Autant en emporte le vent* ou d'*Alouette, je te plumerai*. Figurez-vous qu'à l'heure actuelle, la communauté qui bénéficie de la croissance la plus rapide en Géorgie vient du Proche-Orient.

— Voir les hindouistes et les musulmans coexister avec les bouddhistes et les baptistes doit être absolument fascinant, s'extasia King.

— Les bouddhistes et les baptistes… vous permettez que j'utilise cette expression pour une tête de chapitre ? répliqua Detroit.

— Je vous en prie. Vous confirmez n'avoir jamais rencontré les Ramsey avant Atticus ?

— Oui. Arnold Ramsey était en poste depuis deux ans quand je suis arrivé ici. Avant cela, j'enseignais dans un collège du Kentucky.

— Quand je dis les Ramsey, je veux parler de Regina et d'Arnold.

— J'avais bien compris. Je ne les connaissais ni l'un ni l'autre. Kate aurait-elle prétendu le contraire ?

— Non, intervint Michelle. Mais elle nous a appris que vous étiez très ami avec sa mère.

— Et avec Arnold. Je pense que Regina me voyait comme un célibataire endurci et désirait m'adoucir un peu l'existence. Elle était en tous points une femme admirable. Au College, elle travaillait avec le département d'art dramatique et elle jouait même de temps à autre dans les productions des étudiants. C'était une comédienne étonnante. Très douée. J'avais entendu Arnold parler de son talent remarquable, elle faisait sensation dans sa jeunesse, et je croyais qu'il exagérait. Mais non. Sur une scène, elle exerçait une véritable fascination. Et elle possédait toutes les qualités d'un être humain exceptionnel. Les gens l'aimaient beaucoup.

— Je n'en doute pas, dit King. Et après la mort d'Arnold, vous avez tous les deux…

— Vous vous trompez, l'interrompit Detroit. Arnold était mort depuis longtemps quand nous avons commencé à nous fréquenter.

— Et vous en êtes venus à parler mariage.

— Je lui avais fait ma demande et elle l'avait acceptée, répliqua-t-il d'un ton glacial.

— Puis elle est morte ?

Le visage de Detroit se crispa de douleur.

— Oui.

— Elle s'est bien suicidée ?

— À ce qu'il paraît.

— Vous n'êtes pas de cet avis ? demanda aussitôt Michelle.

— Elle était heureuse. Nous allions nous marier. Je ne pense pas faire preuve de vanité si je vous dis qu'il me semble hautement improbable que la perspective de m'épouser l'ait conduite au suicide.

— Vous pensez qu'elle a été assassinée ?

— Je vous pose la question ! lança-t-il avec humeur. Puisque votre profession consiste à fouiner, à vous de jouer. Ce n'est pas mon domaine.

— Comment Kate a-t-elle pris la nouvelle de votre mariage ?

— Bien. Kate aimait son père. Elle m'appréciait. Elle savait que je ne le remplacerais pas. Et je crois qu'elle désirait sincèrement le bonheur de sa mère.

— Avez-vous été un opposant à la guerre du Viêt-nam ?

Detroit sembla enchaîner sur ce nouveau sujet sans problème apparent.

— Oui, ainsi que des millions de gens.

— En Californie ?

— Où voulez-vous en venir ?

— Un homme a rendu visite à Arnold Ramsey afin de solliciter son aide pour tuer Clyde Ritter, intervint King. Cette personne a mentionné votre nom.

Detroit le prit très calmement.

— Celui qui vous a raconté ça s'est lourdement trompé. Mais, là encore, en imaginant que ce soit vrai, je ne peux empêcher les gens d'utiliser mon nom dans la conversation.

— Tout à fait. Vous croyez qu'Arnold Ramsey a agi seul ?

— Jusqu'à preuve du contraire, oui.

— Le plus surprenant, c'est qu'il n'avait rien d'un homme violent et qu'il a accompli l'acte le plus brutal qui soit, un meurtre.

— Qui peut se vanter de savoir sonder les âmes ? lança Detroit.

— C'est juste. Dans sa jeunesse, Arnold Ramsey s'est joint à des manifestations où l'on ne plaisantait pas. L'une d'elles aurait même conduit à la mort violente d'un homme.

Detroit le dévisagea.

— De quoi parlez-vous ?

King n'avait révélé cette information que pour juger de la réaction du professeur.

— Une dernière chose. Le matin de l'assassinat de Ritter, vous êtes-vous rendu seul au Fairmount ou étiez-vous accompagné d'Arnold Ramsey ?

Detroit leur opposa un visage impassible.

— Vous me demandez si j'étais au Fairmount ce matin-là ?

King l'observait avec attention.

— Exactement.

— Oui, j'y étais. Avec des centaines d'autres personnes. Et alors ?

— Et alors, non seulement vous oubliez de nous informer de vos relations privilégiées avec Regina Ramsey, mais aussi vous passez sous silence votre présence au meeting ce matin-là. Un détail.

— Pourquoi l'aurais-je mentionné ? Je n'ai rien fait de répréhensible. Et, pour répondre à votre question, nous nous y sommes rendus séparément.

— Vous êtes sorti en courant de la salle à l'instant même où Ramsey a tiré, sinon vous n'auriez pas eu le temps de passer prendre Regina pour aller prévenir Kate, qui était en cours de mathématiques.

Detroit affichait un air détaché mais la sueur perlait à son front.

— Les gens couraient dans tous les sens. J'étais aussi terrifié que n'importe qui, et je ne voulais pas que Regina et Kate apprennent par les médias ce qui s'était passé. J'ai roulé aussi vite que j'ai pu afin de les avertir. En somme, je me suis montré prévenant. Et je n'apprécie guère que vous en tiriez des conclusions négatives.

King s'approcha de Detroit jusqu'à le toucher.

— Aviez-vous, vous aussi, un compte à régler avec Ritter ?

— Jamais de la vie.

— Alors, pourquoi assister à ce meeting ?

— Il s'agissait d'un candidat à la présidence et je vous rappelle que je suis professeur de sciences politiques.

— Et si je vous disais que tout ça c'est des conneries ?

— À votre aise. Vous oubliez que je ne vous dois aucune explication.

— Exact. Vous vous expliquerez avec le FBI et l'US Secret Service. Où est votre téléphone ?

— Attendez une minute.

King et Michelle étaient maintenant suspendus à ses lèvres. Detroit avala sa salive avec difficulté. Son regard allait de l'un à l'autre.

— Comprenez-moi, je m'inquiétais pour Arnold. Ritter le rendait cinglé et j'avais peur qu'il ne fasse des bêtises. Mais je n'ai jamais envisagé une seconde qu'il projetait de tuer Ritter. Je vous jure que j'ignorais qu'il possédait une arme jusqu'à ce qu'il tire.

— Continuez, fit King.

— Je l'ai suivi. La veille au soir, il m'avait appris qu'il assisterait au meeting. Je suis resté au fond de la salle et, comme j'étais perdu dans la foule, il ne m'a pas vu. Il se tenait à distance de Ritter et j'étais à ce moment persuadé que je m'étais affolé pour rien. J'ai alors décidé de m'en aller, et je me dirigeais vers la sortie à l'instant où, dans mon dos, il se mettait en marche vers Ritter. Arrivé devant la porte, je me suis retourné juste à temps pour voir Arnold extraire son revolver de sa poche et tirer. Ritter est tombé, puis vous avez riposté et la mort d'Arnold ne faisait aucun doute. C'est alors que tout a explosé autour de moi. J'ai couru aussi vite que j'ai pu, ce qui n'était pas très difficile, vu l'endroit où je me trouvais. Je me souviens que j'ai failli renverser une femme de chambre de l'hôtel qui se tenait elle aussi près de la porte.

Michelle et King échangèrent un regard : Loretta Baldwin.

Le teint terreux, Detroit poursuivit son récit.

— Je ne parvenais pas à croire à la scène qui s'était déroulée devant mes yeux. Cela ressemblait à un cauchemar. J'ai grimpé dans ma voiture et je suis parti aussi vite que j'ai pu. Les gens s'enfuyaient dans tous les sens.

— Vous n'en avez jamais parlé à la police ?

— Pour leur dire quoi ? J'étais là, j'ai vu ce qui s'était passé et j'ai fui comme des centaines d'autres. Mon témoignage n'aurait servi à rien.

— Pourquoi êtes-vous allé prévenir Regina ?

— Son mari venait de descendre un candidat à la présidence avant d'être lui-même abattu ! Mes motivations ne sont quand même pas difficiles à comprendre…

King sortit de sa poche la photo qu'il avait subtilisée dans la chambre d'amis et la tendit à Detroit. Ce dernier l'accepta d'une main tremblante et s'absorba dans la contemplation du visage souriant de Regina Ramsey.

— Elles s'expliquent très facilement, en effet. Surtout si à l'époque vous étiez déjà amoureux d'elle, dit tranquillement King.

54

— Alors, qu'en pensez-vous ? s'enquit Michelle tandis qu'ils roulaient en direction de Wrightsburg. Detroit peut très bien dire la vérité. Il voulait sans doute arriver le premier pour mieux réconforter la veuve. Il capitalisait sur la mort de son ami tout en jouant les bons Samaritains.

— C'est donc un sale type, mais pas un meurtrier.

— Allez savoir. De toute façon, il faut le garder à l'œil. Je n'apprécie guère qu'il ait caché pendant des années sa présence au Fairmount et ses projets de mariage avec Regina. Cela le place en haut de la liste des suspects.

Michelle sursauta comme si on l'avait piquée.

— Attendez une minute, Sean. Ça peut paraître tiré par les cheveux mais...

Il attendait avec impatience ce qui allait suivre.

— Detroit reconnaît qu'il se trouvait au Fairmount. Il est amoureux de Regina Ramsey. Et s'il était l'homme qui a convaincu Ramsey de tuer Ritter ? Il savait parfaitement que Ramsey détestait Ritter. En tant que collègue et ami, Ramsey lui prêtait une oreille attentive.

— Mais Kate a affirmé que l'homme qu'elle avait entendu n'était pas Detroit.

— D'où tirait-elle cette certitude ? Et si Detroit avait légèrement modifié sa voix, sachant qu'elle se trouvait dans la maison ? Bon, alors, Detroit passe un accord avec Ramsey. Ils vont tous les deux à l'hôtel et ils sont armés...

— Ramsey tire mais Detroit s'abstient. Il sort de la pièce, cache le revolver dans la réserve où Loretta le voit, puis il se précipite chez Regina.

— Avec l'arrière-pensée d'épouser la veuve à plus ou moins long terme.

— Il a quand même attendu très longtemps, commenta King.

— Imaginons qu'il lui ait déjà fait sa demande et qu'elle l'ait éconduit. Ou alors il a laissé s'écouler un laps de temps raisonnable, de crainte d'être soupçonné. À moins qu'il ne lui ait fallu des années pour amener Regina à tomber amoureuse de lui.

Elle regarda King avec anxiété.

— Qu'en pensez-vous ?

— Ça pourrait coller, Michelle. Sauf que Regina est morte et que Detroit n'y est pour rien.

— Vous croyez qu'elle a été assassinée ?

— Si Detroit s'apprêtait à l'épouser, quelle raison avait-elle de se tuer ? Kate savait qu'ils envisageaient de se marier... et Detroit a affirmé que cela ne semblait pas la déranger.

— C'est ce qu'elle prétend.

— Pardon ?

— Kate aimait son père. Elle m'a confié que, si sa mère ne l'avait pas quitté, il n'aurait sans doute pas tué Ritter. Sauf qu'elle l'a quitté et que, d'après sa fille, il en est mort. Puis sa mère s'apprête à épouser un collègue de son père. Et elle meurt.

— Soupçonneriez-vous Kate d'avoir tué sa mère ?

Michelle leva les mains au ciel.

— Cette hypothèse me trouble autant que vous. J'aime bien Kate.

— Cette histoire est comme un gros ballon en caoutchouc. On l'enfonce d'un côté, une bosse apparaît de l'autre, et ça peut durer des heures.

Il lui jeta un coup d'œil.

— Avez-vous retracé le parcours de la famille Ramsey, comme je vous l'avais demandé ?

Michelle hocha la tête et sortit un carnet de notes de son sac.

— Arnold Ramsey, né en 1949, passe son bac en 1967, étudie à Berkeley de 1967 à 1974. Il a été reçu à son doctorat et il s'est marié cette même année. Puis itinéraire chaotique d'Arnold et Regina jusqu'à leur arrivée à Atticus, en 1982. À l'époque, Kate avait environ un an.

Le visage de King exprimait maintenant un certain désarroi.

— Quelque chose vous gêne ? reprit-elle.

— Eh bien, d'après ce que Kate nous a raconté, Ramsey a été impliqué dans une manifestation contre la guerre du Viêt-nam où un policier a trouvé la mort. Elle a précisé que Berkeley s'était vu contraint de lui accorder son doctorat parce qu'il avait déjà réussi tous ses examens. Donc l'accident a dû concorder à peu de chose près avec l'obtention de son diplôme.

— Et alors ?

— En 1974, expliqua-t-il, il n'y avait pas de manifestations contre la guerre au Viêt-nam. Nixon a signé un cessez-le-feu début 1973 et, malgré des violations permanentes de l'accord, les combats n'ont pas repris avant 1975. Si le drame entraînant la mort d'un officier de police était intervenu avant que Ramsey ne décroche son doctorat, il y a fort à parier que Berkeley l'aurait viré.

Michelle se renversa sur son siège.

— Vous avez sans doute raison, reconnut-elle.

— Si Ramsey et sa femme ne manifestaient pas contre la guerre du Viêt-nam en 1974, quand un policier a été tué, que dénonçaient-ils ?

Michelle claqua des doigts.

— Nixon ! Le Watergate !

King hocha pensivement la tête et poursuivit :

— Cela correspond bien à des gens comme les Ramsey d'aller manifester contre un type comme Nixon, qui a finalement donné sa démission en août de cette année-là.

— Sauf que Kate a parlé d'une manifestation contre la guerre du Viêt-nam à Los Angeles.

— Elle s'appuie sur le récit de sa mère. Or, à cette époque, Regina buvait beaucoup. Elle a très bien pu se tromper de date, d'événement et même d'endroit.

— Cette échauffourée qui a provoqué la mort d'un officier aurait très bien pu se dérouler à Washington, dans le cadre du Watergate et non du Viêt-nam ? questionna Michelle.

— Auquel cas nous devrions pouvoir retrouver les détails de l'affaire.

— Du coup, le cabinet d'avocats qui a intercédé en faveur de Ramsey se trouve sûrement à Washington.

— Il ne nous reste plus qu'à vérifier, conclut King.

Il prit son téléphone et composa un numéro.

— J'appelle Joan. Pour ce genre d'investigation, elle est imbattable.

302

Comme elle ne répondait pas, il laissa un message.

— Si quelqu'un l'a sorti de là, poursuivit King, et si un cabinet d'avocats était impliqué, il devrait être assez simple de retrouver des témoins.

— Pas nécessairement. Difficile de retracer les allées et venues des uns et des autres après tant d'années. Si Detroit balançait des pavés sur l'hôtel de ville de Los Angeles, comment le prouver ? Quant à retrouver un témoin, autant chercher une aiguille dans une meule de foin. Et si nous ne découvrons rien dans les archives nationales, on pourra toujours se brosser.

— Oui, votre logique est imparable, acquiesça-t-il. Mais il faut quand même tenter le coup. Ça nous prendra un peu de temps, c'est tout.

— J'ai justement le pressentiment qu'il nous est compté, soupira Michelle.

55

Après une nuit passée dans un motel près d'Atticus, King et Michelle arrivèrent le lendemain matin à Wrightsburg. Parks les attendait devant le chalet.

— Joan vous a appelé ? lui demanda King. J'ai essayé de la joindre hier soir mais sans succès.

— Oui, je lui ai parlé. Elle avait découvert un truc intéressant dans les documents que je lui avais apportés.

Il leur raconta l'histoire du mandat d'arrestation lancé contre un certain Bob Scott, dans le Tennessee.

— Si c'est le même Bob Scott, peut-être pourra-t-il nous éclairer et fournir des réponses à certaines questions, dit King.

— Rappelez Joan, on va voir avec elle comment s'organiser.

King composa le numéro de Joan. Toujours pas de réponse. Du coup, il appela la réception de son l'hôtel, échangea quelques mots avec la personne de l'accueil, puis tomba dans un profond silence, pâlit et raccrocha brusquement en hurlant :

— Et merde !

Parks et Michelle le fixaient d'un air ahuri.

— Joan, dit-il d'une voix méconnaissable... elle a été enlevée.

Aux Cèdres, Joan logeait dans l'un des bungalows disséminés dans les jardins. On avait retrouvé son sac et son téléphone portable sur le plancher de sa chambre. Elle n'avait pas touché à son repas. La paire de chaussures à talons qu'elle portait la veille gisait sur le sol, un des hauts talons cassé. Une porte de la maisonnette ouvrait sur un espace où l'on pouvait facilement garer une voiture ; personne n'avait été le témoin du kidnapping. Quand King,

Michelle et Parks arrivèrent, Todd Williams était déjà là. Avec ses hommes, il recueillait des déclarations et tentait de rassembler quelques indices.

On avait longuement questionné l'employé chargé d'apporter son repas à Joan, un jeune homme très ébranlé par les événements et qui travaillait à l'hôtel depuis environ deux ans. Il expliqua qu'une jeune femme l'avait abordé. Elle s'était présentée comme la sœur de la cliente, qui attendait sa visite. Elle voulait la surprendre en lui apportant elle-même la commande. Tout cela semblait assez innocent. La jeune femme, très jolie, lui avait donné un billet de vingt dollars, s'était emparée de la table roulante et il était retourné à l'hôtel. La description qu'il donna de la pseudo-sœur, trop vague, ne serait pas d'un grand secours.

Williams se précipita vers le trio.

— Bon Dieu, je n'arrête pas de courir, je suis pris sous une avalanche de meurtres et de kidnappings. Et dire qu'il n'y a pas si longtemps cet endroit était le plus paisible de la terre !

Avec la permission du policier, ils récupérèrent la boîte contenant les documents sur les différents Bob Scott et tinrent un rapide conciliabule sur le parking. Parks répéta mot pour mot sa conversation avec Joan.

— Elle a été enlevée très peu de temps après que j'ai raccroché. Elle m'a fait un rapide compte-rendu de sa lecture du dossier Bob Scott et je lui ai dit qu'effectivement Scott avait très bien pu mal tourner. Il aurait été la taupe parfaite pour un individu projetant de tuer Ritter. Je connais vos objections sur le sujet. Nous attendions que vous reveniez de votre rendez-vous avec Kate Ramsey pour décider d'une stratégie.

King décida d'inspecter la BMW de Joan pendant que Parks rejoignait Williams à l'intérieur du bungalow. La police avait déjà fouillé la voiture, en pure perte.

Sentant une main se poser sur son épaule, King se retourna.

— Vous êtes sûr que ça va ? dit Michelle.

— J'aurais dû m'en douter, grommela-t-il.

— Comment cela ? Vous n'êtes pas voyant.

— Mildred Martin a été tuée juste après que nous l'avons rencontrée. Ce n'est pas étonnant qu'ils s'en soient pris à Joan.

— Ç'aurait très bien pu tomber sur vous ! Et vous n'étiez pas chargé de la surveiller. Je la connaissais mal mais je ne pense pas qu'elle approuverait votre analyse.

— Je n'ai même pas essayé de la protéger, Michelle. Je n'ai pas accordé une seule pensée à sa sécurité et maintenant…

— Maintenant il nous faut la retrouver. Vivante.

— Je ne voudrais pas vous contredire mais, de ce côté-là, notre score est assez médiocre.

— Je suis désolée, dit Michelle.

— Pas autant que moi.

Parks revint vers eux.

— Je me charge du problème Bob Scott. Je descends dans le Tennessee avec quelques types. Vous pouvez vous joindre à nous si vous le désirez.

— On ne veut pas manquer ça, répondit Michelle, et King hocha la tête.

56

Pendant que Parks poursuivait son enquête sur Bob Scott, Michelle et King retournèrent au chalet. Michelle prépara le déjeuner mais, au moment de se mettre à table, elle s'aperçut que Sean avait disparu. Elle le retrouva sur la terrasse qui donnait sur le lac.

— Le repas est prêt. Soupe et sandwichs. Je ne suis pas une grande cuisinière mais je pense que c'est mangeable.

— Merci, dit-il d'un air absent. Je vous rejoins tout de suite.

Michelle s'assit près de lui.

— Vous pensez à Joan ?

Il haussa les épaules.

— Je croyais que vous vous étiez perdus de vue.

— Vous avez raison. Mais, il y a longtemps, nous avons vécu une grande passion.

— Je sais que c'est difficile, Sean.

Ils restèrent silencieux un instant.

— Elle m'a fait une scène d'exhibitionnisme, lança-t-il brusquement.

— Pardon ?

— Dans l'ascenseur. Elle a ouvert son imperméable et dessous elle était nue. Allez, admettez que vous pensiez à un truc de ce genre quand vous avez découvert l'histoire du slip accroché au lustre.

— Sans doute. Mais pourquoi diable a-t-elle fait ça ? Vous étiez en service.

— Sous sa porte, on lui avait glissé une note qu'elle croyait de ma main et qui lui demandait de me surprendre. Dans ce putain d'ascenseur. Et, après la nuit que nous venions de passer, elle a jugé qu'il s'agissait d'une prolongation intéressante.

— Qui, selon vous, a écrit cette note ? S'ils voulaient vous distraire en manipulant Joan, comment pouvaient-ils savoir quand elle descendrait ?

— Le meeting devait se dérouler entre dix heures et 10 h 35. Bien entendu, elle était au courant. Tout comme ceux qui projetaient de tuer Ritter. Mais, si elle n'avait pas réagi, je suis certain qu'ils n'auraient pas reculé pour autant.

— Plutôt risqué pour Joan. Rien ne l'obligeait…

— Parfois l'amour vous pousse à faire des bêtises.

— Cette explication vous convient ?

— Oui, je la crois. Et pendant toutes ces années elle m'a soupçonné d'être impliqué dans la mort de Ritter, elle pensait que je l'avais plus ou moins piégée, mais elle n'a pas parlé pour préserver sa carrière. Quand elle a vu la note accrochée au corps de Susan Whitehead, elle a compris qu'on s'était fait avoir tous les deux.

Il marqua une pause.

— Elle m'a demandé si je la soupçonnais et pourquoi j'avais passé cet épisode sous silence.

— Que lui avez-vous répondu ?

— Rien. Peut-être que j'ignore moi-même la réponse.

— Je crois que vous ne l'avez jamais soupçonnée d'autre chose que de légèreté.

— J'ai croisé son regard quand le coup est parti. Je n'ai jamais vu quelqu'un de plus effaré. Non, elle n'avait rien à voir dans cette histoire… Et puis, de toute façon, quelle importance, maintenant ?

— Effectivement, l'amour amène parfois à des comportements bizarres. Il semblerait que la personne responsable de cet imbroglio connaissait vos sentiments pour Joan et savait que vous n'alliez pas la trahir. Du coup, vous étiez tous les deux neutralisés.

Elle lui adressa un regard inquiet.

— Ce n'est pas un crime d'aimer quelqu'un, Sean.

— On a parfois l'impression du contraire. C'est un peu perturbant de voir réapparaître dans votre vie une personne qui pour vous appartenait au passé.

— Surtout s'il s'avère que vous l'aviez mal jugée.

— Je ne suis pas amoureux de Joan, mais très inquiet à son sujet. Je veux la retrouver saine et sauve.

— Nous allons faire tout notre possible.

— Ce ne sera peut-être pas suffisant, dit-il d'un air sombre, puis il se leva et se dirigea vers la maison.

Alors qu'ils finissaient de déjeuner, le téléphone sonna. King répondit et se tourna vers Michelle d'un air perplexe.

— C'est pour vous. Votre père.

— Merci. Je lui ai donné votre numéro, j'espère que cela ne vous dérange pas, ici sur mon portable, les communications passent mal.

— Je vous en prie.

Il lui tendit le combiné.

Michelle et son père parlèrent pendant environ cinq minutes. Elle nota quelques informations sur une feuille de papier, remercia et raccrocha.

King rinçait la vaisselle du déjeuner avant de la ranger dans le lave-vaisselle.

— De quoi s'agit-il ? demanda-t-il.

— Je vous ai dit que la plupart des hommes de ma famille étaient flics. Mon père, le chef de la police de Nashville, appartient à toutes les confréries nationales de sa corporation, et il est bien placé dans bon nombre d'entre elles. Je lui ai demandé de mener une petite enquête sur cette échauffourée, à Washington, où un policier a trouvé la mort vers 1974, pendant une manifestation.

King s'essuya les mains à un torchon et la rejoignit.

— Ça donne quoi ?

— Un nom. Paul Summers.

Elle consulta ses notes.

— À l'époque, il appartenait à la police de Washington. Papa le connaît et il accepte de nous parler. Il aurait des infos pour nous.

King enfila sa veste.

— Allons-y.

— À votre place, je n'aurais pas gardé pour moi le strip-tease de Joan, dit Michelle alors qu'ils sortaient de la maison. Mais je vous admire pour votre loyauté.

— Moi, je ne partage pas votre opinion. Parfois, la loyauté, c'est un tas de conneries ! s'exclama King.

57

Paul Summers vivait à Manassas, en Virginie, dans un quartier de maisons individuelles cerné de toutes parts par des lotissements. Il vint leur ouvrir, vêtu d'un jean et d'un tee-shirt bordeaux de l'équipe de football des Redskins. Il les reçut dans un petit salon et leur proposa quelque chose à boire, mais ils refusèrent. Summers, soixante-cinq ans environ, arborait de beaux cheveux blancs, un large sourire, des bras musclés et un gros ventre.

— Alors c'est vous, la fille à Frank Maxwell ? lança-t-il à Michelle. Votre père ne se privait pas de vanter vos exploits aux conventions nationales ! Si je vous racontais tout ce qu'il nous a dit, vous deviendriez plus rouge que mon tee-shirt.

Michelle sourit.

— Vous avez devant vous la fifille à son papa. C'est parfois embarrassant.

— À sa place, moi aussi je l'aurais crié sur les toits.

— Pour tout vous avouer, elle me donne parfois des complexes d'infériorité, dit King avec un regard malicieux en direction de Michelle. Mais, quand on apprend à la connaître, elle n'est qu'un être humain comme les autres, je vous assure.

Le visage de Summers s'assombrit.

— À propos de ce qui vous amène, j'ai suivi l'affaire Bruno. Ça pue. J'ai souvent travaillé avec le Service et j'en ai entendu, des histoires sur les protégés intenables. Après, évidemment, ça retombe sur les agents. Vous vous êtes fait avoir, Michelle, c'est aussi simple que ça.

— Merci de me remonter le moral. Mon père m'a signalé que vous déteniez des informations susceptibles de nous aider.

— Oui, quand j'appartenais à la police, j'aimais bien fouiner dans la documentation pendant mes heures de loisir. Laissez-moi vous dire que l'époque était plutôt mouvementée. Les gens pensent que l'Amérique va à vau-l'eau : dommage qu'ils n'aient pas connu les années soixante, soixante-dix.

Tout en parlant, il sortit un dossier d'un tiroir.

— J'ai là des documents intéressants.

Il chaussa des lunettes.

— En 1974, le scandale du Watergate faisait rage. Je n'aurais pas aimé être à la place de Nixon. Les gens criaient vengeance.

— Je suppose que certaines manifestations ont dérapé, dit King.

— Forcément. La police de Washington avait une certaine expérience des manifestations, mais on n'est jamais sûr de rien.

Il ajusta ses lunettes et se plongea dans ses notes.

— Tout a commencé à l'été 1972, un an environ après que le pays a été informé des enregistrements de Nixon. Il refusait de remettre les bandes, invoquant le privilège de l'exécutif. En octobre 1973, il congédie le procureur et tout s'accélère. On commence à parler de destitution. En juillet 1974, la Cour suprême se prononce contre Nixon et il présente sa démission en août. Mais, avant que la Cour rende son verdict, ça chauffait à Washington – je parle du mois de mai 1974. Il se préparait une énorme manifestation sur l'avenue de Pennsylvanie, avec des centaines de milliers de participants. Les brigades antiémeute, des policiers à cheval, la Garde nationale, des centaines d'agents de l'US Secret Service, des équipes des SWAT et même un tank... Enfin bref, la totale. J'avais une dizaine d'années de métier derrière moi et pas mal de manifestations de ce genre à mon actif, mais je n'étais quand même pas rassuré. J'avais brusquement l'impression de me retrouver dans un pays du tiers-monde, pas aux États-Unis d'Amérique.

— Un officier de police a été tué ?

— Non, un garçon de la Garde nationale. On l'a retrouvé dans une allée, la tête fracassée.

— Ils ont arrêté un suspect, mais comment pouvaient-ils être sûrs qu'ils tenaient l'auteur de ce meurtre ? Vous me décrivez une situation très chaotique.

— Justement, l'accusé allait passer en jugement et, pouf ! l'affaire s'enlise en on n'entend plus jamais parler de rien, j'ignore pourquoi.

Le gamin de la Garde nationale était mort, aucun doute là-dessus, et quelqu'un l'avait bel et bien assassiné. L'histoire a fait les gros titres des journaux mais, quand la Cour suprême s'est prononcée contre le Président et que Nixon a présenté sa démission en août 1974, cette nouvelle a naturellement supplanté toutes les autres, les gens avaient oublié la mort du garde et l'affaire n'a plus jamais refait surface. Après Robert Kennedy, Martin Luther King, le Viêt-nam et le Watergate, je crois que le pays en avait assez.

— Vous avez les noms des accusés, des procureurs et de ceux qui ont procédé aux arrestations ? interrogea King.

— Non, je suis désolé. Ça remonte à trente ans et je n'étais pas du tout concerné par ce procès. Ce n'est qu'après que je me suis posé des questions. Les noms que vous avez en tête ne me diront rien.

— Et les articles ? Ils ne donnaient pas de détails ?

— Non, je ne crois pas que les acteurs du procès étaient cités. Plutôt bizarre quand on y réfléchit. En vérité, à cette époque les médias ne faisaient pas confiance au gouvernement. Certaines procédures allaient contre la morale la plus élémentaire. En tant que membre de la police, cela me coûte de le reconnaître, mais certains hommes en uniforme sont allés trop loin, ils ont parfois dépassé les bornes, surtout avec les hippies aux cheveux longs qui venaient en ville. Mes collègues montraient souvent une grande hostilité à leur égard. Une mentalité pénible.

— Et si les accusations avaient été trafiquées ? intervint Michelle. Elles ne sont pas parties en fumée pour rien.

— Peut-être, mais je n'ai aucune certitude.

King se leva.

— Merci pour tout. Nous apprécions l'aide que vous nous avez apportée.

Summers sourit.

— Je n'ai pas fini.

Il leur tendit une feuille de papier.

— Donald Holmgren, lut Michelle. Qui est-ce ?

— À l'époque, il travaillait comme avocat commis d'office auprès des tribunaux. Ce jour-là, des protestataires très jeunes s'étaient déplacés en masse, et une bonne partie d'entre eux avait pris des « substances illicites ». En d'autres termes, ils planaient. Tous les opposants à la guerre – les hippies et les jeunes de tout poil –

semblaient s'être donné rendez-vous pour renverser Nixon. Il y a donc de bonnes chances que l'accusé ait appartenu à cette mouvance. Quand ces jeunes n'avaient pas d'argent pour se payer un avocat, ils étaient représentés par le Bureau de la défense publique. Holmgren pourra sans doute vous en dire davantage. Il est à la retraite mais il vit dans le Maryland. Je ne lui ai pas parlé, mais, si vous savez vous y prendre, il se montrera sûrement coopératif.

— Merci, Paul, vous nous avez rendu un fier service.

Michelle l'embrassa.

— Et dites à votre paternel que tout ce qu'il m'avait raconté sur vous est parfaitement exact. Dommage que mes gamins n'aient pas réussi aussi brillamment que vous ! lança Summers en riant.

58

Donald Holmgren vivait à la lisière de Rockville, dans le Maryland. Sa maison était remplie de bouquins, de magazines et de chats. Veuf, âgé d'environ soixante-dix ans, il portait un sweater et un pantalon de toile. Ses yeux bleus brillaient sous une masse de cheveux gris. Il chassa deux chats et ôta quelques livres du canapé du salon pour permettre à King et à Michelle de s'y installer.

— Merci de nous recevoir aussi rapidement, dit King.

— Vous êtes les bienvenus, mon emploi du temps n'est plus aussi chargé qu'autrefois.

— Quand vous travailliez comme avocat commis d'office, je suppose que vous étiez débordé, commenta Michelle.

— Sans aucun doute. Et j'ai occupé des fonctions importantes à une époque très intéressante.

— Comme je vous l'ai dit au téléphone, enchaîna King, nous enquêtons sur la mort d'un garde national, ça s'est passé autour de mai 1974.

— Je me souviens très bien de cette affaire. Des gardes nationaux ne sont pas tués tous les jours, Dieu merci. Je plaidais devant la Cour fédérale quand la manifestation a commencé. Le procès a été suspendu et tout le monde s'est précipité devant les postes de télévision. Un spectacle pour le moins inhabituel. J'avais l'impression d'assister à la prise de la Bastille.

— Pour le meurtre du garde national, il semblerait que vous teniez un suspect.

— En effet. Le type était accusé de meurtre au premier degré mais, après enquête, il a fallu changer de chef d'accusation.

— Vous savez qui a traité cette affaire ?

— Oui.

King et Michelle échangèrent un regard.

— Cela faisait seize ans que je travaillais au Bureau de la défense publique, à mes débuts ça s'appelait l'Agence de l'aide juridique. Et j'avais plaidé dans des affaires de premier plan. Mais pour vous dire la vérité, sur ce coup-là, personne ne risquait de me faire concurrence.

— Vous voulez dire qu'avec des preuves aussi accablantes c'était jugé d'avance ?

— Non, au contraire. Si je me souviens bien, l'accusé avait été arrêté alors qu'il sortait d'une ruelle où le crime avait eu lieu. Un cadavre, surtout s'il s'agit d'un homme en uniforme, plus des hippies qui courent dans tous les sens en balançant des pierres, c'est une excellente recette pour un désastre annoncé. Je crois qu'ils ont arrêté la première personne qui leur est tombée sous la main. Comprenez-moi, la ville était assiégée, la tension extrême. Si je me souviens bien, je n'étais pas persuadé de la culpabilité de l'accusé, un étudiant. Je penchais plutôt pour un malencontreux accident. Il suffit d'une bousculade, le soldat tombe… et se fracture le crâne. À l'époque, le bureau du procureur avait la réputation de fabriquer des accusations de toutes pièces. Oui, nous avions des moutons noirs, des officiers de police qui mentaient sous serment, rédigeaient de faux rapports, falsifiaient des preuves, etc.

— Vous vous souvenez du nom de l'accusé ?

— Depuis votre appel, je ne cesse de me creuser la tête mais je ne me rappelle pas. Il s'agissait d'un jeune homme particulièrement brillant. Mais j'ai traité tellement de dossiers, et je n'ai pas travaillé sur celui-là très longtemps… désolé. Je me souviens plus facilement des plaidoiries et des chefs d'accusation que des noms. Et cela remonte à trente ans.

King décida de jouer le tout pour le tout.

— Arnold Ramsey, ça vous dit quelque chose ?

Holmgren en resta la bouche ouverte.

— Je ne pourrais pas en jurer mais il me semble bien que c'est ce nom-là. Comment avez-vous fait ?

— Trop long à vous expliquer. Il y a huit ans, ce même Arnold Ramsey a descendu Clyde Ritter, le candidat à la présidence.

— Il s'agit du même type, vous êtes sûr ?

— Oui.

— Ça alors ! Je suis franchement désolé qu'il s'en soit sorti la première fois.

— Mais à l'époque, vous étiez plutôt soulagé ?

— Absolument. Et je vous confirme que certaines personnes s'intéressaient assez peu à la vérité, leur seule préoccupation étant d'obtenir un maximum de condamnations.

— En ce qui concerne Ramsey, ils ont échoué.

— Oui. C'était pourtant mal parti pour lui. L'affaire se présentait mal, le gouvernement exigeait la plus grande fermeté. Ils voulaient faire un exemple, je les comprends un peu, remarquez. Et puis on m'a retiré le dossier.

— Pourquoi ?

— Un cabinet de la côte est a pris le relais, il me semble. Je suppose que Ramsey était originaire de cette région. En comprenant ce qui se passait, sa famille a dû voler à son secours.

— Vous vous rappelez le nom du cabinet ? demanda Michelle.

Il réfléchit un instant.

— Non, désolé. Depuis, il a coulé beaucoup d'eau sous les ponts.

— Ce cabinet d'avocats a obtenu un non-lieu ?

— Bien mieux. J'ai appris qu'ils avaient obtenu de rayer le procès du casier judiciaire de l'accusé. Je leur tire mon chapeau parce que, avec le gouvernement de l'époque, je connais peu d'exemples de ce genre.

— Si, comme vous le dites, des procureurs prenaient des libertés avec la morale la plus élémentaire, on peut très bien imaginer que des juristes et des flics ont été payés, suggéra King.

— Pourquoi pas ? admit Holmgren. Si vous êtes prêt à trafiquer des dossiers, vous ne voyez pas beaucoup d'inconvénients à vous faire graisser la patte. Le procureur en charge de cette affaire était jeune, d'une ambition démesurée, et je n'aimais pas son côté à la fois brillant et retors. Il avait parfaitement compris les règles du jeu : toujours prêt à profiter de la moindre occasion pour grimper les échelons. Je ne l'ai jamais vu franchir la ligne jaune, remarquez, contrairement à certaines personnes de son bureau. En tous les cas, j'ai été désolé pour son patron, qui a payé pour tout le monde, quelques années plus tard, quand les cadavres sont sortis du placard. Ils se sont retrouvés avec plus d'une sale affaire sur les bras. Un brave type, ce Billy Martin, il ne méritait pas ça.

King et Michelle dévisageaient Holmgren, cloués sur place. Enfin, King retrouva sa voix.

— Le nom du procureur qui avait engagé des poursuites contre Arnold Ramsey ?

— Oh ! celui-là, je risque pas de l'oublier. Il s'agit du candidat à la présidence qui s'est fait enlever. John Bruno.

59

King et Michelle se rendirent directement de chez Holmgren à l'université de Virginie, à Richmond. Kate Ramsey ne se trouvait pas au Centre d'études de la politique des pouvoirs publics. Ils réussirent à obtenir de la réceptionniste qu'elle leur donne le numéro personnel de la jeune femme. La personne qui leur répondit était sa colocataire. Elle ignorait où se trouvait Kate, elle ne l'avait pas vue depuis le matin. Quand Michelle lui demanda s'ils pouvaient lui rendre visite, elle se montra réticente mais finit par se laisser convaincre.

— Vous croyez que Kate est au courant pour Bruno et son père ? questionna Michelle en chemin. Ne me dites pas oui. C'est impossible.

— Moi aussi, cette idée me serre le coeur.

Tout d'abord, Sharon, la colocataire de Kate, parut mal à l'aise mais, quand Michelle lui présenta sa carte, elle se montra tout de suite plus coopérative. Avec sa permission, ils examinèrent la petite chambre de la jeune femme mais n'y découvrirent aucun indice intéressant. Kate, une lectrice assidue, collectionnait des ouvrages que la plupart des universitaires auraient trouvés rébarbatifs. Puis King découvrit une boîte sur l'étagère du haut d'un placard, contenant un kit de nettoyage pour arme à feu et une boîte de balles 9 millimètres. Michelle poussa un profond soupir.

— Savez-vous pourquoi Kate possède une arme ? demanda King à Sharon.

— Elle a été attaquée. C'est du moins ce qu'elle prétend. Elle a acheté ce revolver il y a environ huit mois. Ça ne me plaît pas

318

beaucoup d'avoir ce truc à la maison mais elle a un permis et elle prend des leçons de tir. Elle a atteint un très bon niveau.

— Ça me rassure. Elle l'avait avec elle quand elle est sortie ce matin ?

— Je l'ignore.

— Quelqu'un qui n'appartiendrait pas au milieu universitaire est-il venu rendre visite à Kate ? Un homme ?

— Autant que je sache, elle n'a pas de petit ami. Elle est toujours en train d'organiser des manifestations, des marches, des comités, ou alors elle assiste à des réunions du conseil municipal pour contester certains projets. Elle brasse tellement de trucs qu'elle me donne le vertige. Moi, j'ai déjà du mal à passer mes examens et à satisfaire mon fiancé, alors le sort des déshérités... hein... ça m'intéresse assez peu.

— Je pensais à un type plus vieux, la cinquantaine.

Il décrivit Joel Detroit mais Sharon secoua la tête.

— Non, ça ne me dit rien. Bien qu'une fois ou deux je l'aie vue sortir d'une voiture devant l'immeuble. Le chauffeur ne s'est pas montré et, lorsque je lui ai demandé qui l'avait raccompagnée, Kate est restée vague.

— Pouvez-vous nous décrire le véhicule ?

— Une grosse Mercedes.

— Donc un type riche. Quand l'avez-vous remarquée pour la première fois ? demanda Michelle.

— Il y a peut-être neuf ou dix mois. Je m'en souviens parce que Kate venait de commencer son doctorat à Richmond et elle n'avait pas beaucoup d'amis. Si elle rencontre quelqu'un régulièrement, ça ne se passe pas ici. Mais elle n'est pratiquement jamais là.

Tandis qu'elles bavardaient, Michelle agita la boîte près de son oreille. En entendant un cliquetis, elle enfonça les doigts sous la doublure en satin et découvrit une petite clé qu'elle montra à Sharon.

— Ça vous dit quelque chose ?

— C'est la clé d'un coffre de rangement. Il y en a plusieurs à la cave. J'ignorais que Kate en avait loué un.

Michelle et King descendirent à la cave, trouvèrent le coffre dont le numéro correspondait à celui inscrit sur la clé, l'ouvrirent et se retrouvèrent devant des piles de boîtes.

King prit une profonde inspiration.

— Soit il s'agit d'une perquisition ordinaire, soit on est tombés sur une mine d'or.

Quatre boîtes plus tard, ils tenaient la réponse : il ne s'agissait pas d'une mine d'or mais de cahiers avec des articles consacrés à deux sujets, Ritter et Bruno. Ils commencèrent par l'assassinat de Ritter. King et Michelle parcoururent des dizaines d'articles et de photos de l'événement, dont plusieurs clichés de King, deux d'une Kate beaucoup plus jeune qui semblait triste et solitaire, et un de Regina Ramsey. Le texte était abondamment surligné.

— On peut comprendre qu'elle ait collectionné tout ça, dit Michelle. Après tout, il s'agissait de son père.

Cependant, l'autre dossier, entièrement consacré à John Bruno, depuis ses débuts de procureur jusqu'à sa candidature à la présidence, était beaucoup plus inquiétant. King repéra deux articles jaunis qui rendaient compte des enquêtes pour corruption au Parquet fédéral de Washington. Le nom de Bill Martin était fréquemment cité mais, en haut de chaque page, Kate avait écrit : « John Bruno ».

— Et merde ! dit King. Notre petite activiste semble s'être fourrée dans une affaire sérieuse. Que Bruno l'ait ou non mérité, elle l'a définitivement classé dans la catégorie des magistrats véreux et elle estime qu'il a ruiné la vie de son père.

— Une chose me tracasse : ces articles sont sortis avant que Kate soit née. D'où les tient-elle ?

— Du type à la Mercedes qui l'a amenée à détester Bruno pour ce qu'il avait fait subir à son père. Sans doute l'estime-t-elle, à tort ou à raison, responsable de la mort d'Arnold. Si Ramsey avait enseigné à Harvard ou à Stanford, il se serait pleinement réalisé et sa femme ne l'aurait pas quitté. Et il n'aurait jamais eu l'idée de descendre quelqu'un comme Ritter.

— Mais quels buts poursuit-elle ? s'étonna Michelle.

— La vengeance ?

— Comment rattacher tout ça à Ritter, Loretta Baldwin et tout le reste ?

— Si je le savais ! En tout cas, Kate n'est que la partie émergée de l'iceberg. Et maintenant, je commence à comprendre...

Michelle le regarda.

— Elle a insisté pour nous rencontrer afin de nous orienter sur Joel Detroit.

— Vous croyez qu'elle agissait en service commandé et cherchait à nous mettre sur une fausse piste ?

— Peut-être. À moins qu'elle ne travaille pour son propre compte, pour une raison qui nous échappe.

— Et si elle disait la vérité ? suggéra timidement Michelle.

— Vous plaisantez ? Jusqu'à présent tout le monde a menti. Pourquoi les règles de cet imbroglio changeraient-elles ?

— En tout cas, je dois admettre que Kate est une actrice de premier ordre. Je n'aurais jamais soupçonné qu'elle était mêlée à tout ça.

— Peut-être a-t-elle hérité des gènes du théâtre ? Je pense à sa mère, cette admirable artiste.

King resta songeur un instant.

— Prévenez Parks, dit-il brusquement. Et voyez où il en est avec Bob Scott. Mon ex-chef de détachement commence à beaucoup m'intéresser.

Au cours des dernières heures, Parks n'avait pas chômé : l'adresse dans le Tennessee était bien celle de Bob Scott et il expliqua à Michelle que la propriété de Bob présentait des particularités pour le moins surprenantes. Il s'agissait d'une parcelle d'une trentaine d'hectares à l'est de l'État, dans la partie montagneuse et rurale. Pendant la Seconde Guerre mondiale et jusqu'au milieu des années soixante, la propriété avait servi de camp d'entraînement à l'armée avant d'être vendue à des particuliers. Depuis lors, elle avait changé de main à plusieurs reprises.

— Quand j'ai découvert qu'elle avait appartenu à l'armée des États-Unis, dit Parks, je me suis demandé pourquoi Scott s'était rendu acquéreur d'un terrain aussi étendu. Pourquoi un type qui vivait dans le Montana, par amour de la Garde nationale je suppose, avait-il emménagé dans ce trou perdu ? J'ai donc examiné une tonne de cartes, de plans et de graphiques, et j'ai découvert que cette propriété possède un bunker enterré, construit à flanc de colline. Le gouvernement et les militaires en ont fait construire des milliers pendant la guerre froide, des petits, des gros et un gigantesque à Greenbrier Resort, en Virginie-Occidentale, pour abriter le

Congrès des États-Unis en cas de conflit nucléaire. Celui de Scott est assez sophistiqué, avec de grandes pièces, une cuisine, des salles de bains, un champ de tir, l'eau courante et l'air conditionné. Bon Dieu, l'armée a probablement oublié cette installation quand elle a vendu le terrain. Autre détail intéressant : cet endroit comporte des cellules pour y loger des prisonniers de guerre. En cas d'invasion, je suppose.

— Une prison, dit Michelle. Assez commode pour y enfermer des candidats présidentiels kidnappés.

— C'est justement ce que je pensais. Et, par-dessus le marché, cette place forte dans le Tennessee est à deux heures à peine en voiture de l'endroit où Ritter a été tué et Bruno enlevé. Ces trois points forment un triangle.

— Vous êtes certain qu'il s'agit du même Bob Scott ?

— Absolument. Quant à ce vieux mandat d'arrêt, il est difficile à exécuter si notre homme est retenu sous terre.

— Vous avez toujours l'intention de vous y rendre ?

— Un juge accommodant dans le Tennessee nous a délivré un mandat de perquisition. Nous allons donc y jeter un coup d'œil mais sous un faux prétexte, parce que je ne veux pas de fusillade. Une fois à l'intérieur, nous verrons bien. D'un point de vue légal, c'est un peu tangent, mais si nous coffrons Scott et sortons Bruno de là vivant, on nous pardonnera. Ensuite nous laisserons les juristes accomplir leur tâche.

— Quand partez-vous ?

— La préparation de l'expédition va nous demander un peu de temps, et il faudra opérer en plein jour. Je ne veux pas que ce cinglé de Scott ouvre le feu sous prétexte qu'on a violé sa propriété. Le bunker est à quatre ou cinq heures et on n'y sera pas avant demain matin à l'aube. Vous êtes toujours des nôtres ?

— Mais oui, dit Michelle en regardant King. Et une fois là-bas, il se pourrait bien qu'on capture quelqu'un d'autre.

— Qui donc ? s'inquiéta Parks.

— Une étudiante qui nourrit depuis longtemps des désirs de vengeance.

Elle raccrocha, mit King au courant des derniers développements, puis elle prit une feuille de papier et s'apprêta à prendre quelques notes.

— Alors voici ma brillante théorie numéro deux, qui part du principe que Detroit n'est pas impliqué. Procédons point par point. Scott organise l'assassinat de Ritter avec Ramsey, il occupe la place de la taupe. Ses motivations ? Je les ignore. Peut-être l'argent, peut-être ruminait-il une vengeance secrète contre Ritter…

Elle claqua des doigts.

— Attendez une minute, je sais que ça peut paraître fou… et si les parents de Scott avaient donné leurs biens à Ritter quand il était prédicateur ? Vous vous souvenez de ce que Detroit a raconté ? Et, quand j'ai effectué des recherches sur Ritter, j'ai obtenu confirmation que sa fortune provenait essentiellement de ces « donations » à son église, dont il était à peu de chose près le seul et unique bénéficiaire, comme on aurait pu s'en douter.

— Malheureusement, cette théorie ne tient pas. J'ai travaillé avec Scott pendant des années et je connais bien son histoire. Ses parents sont morts quand il était gamin. Et ils n'avaient pas le sou.

Dépitée, Michelle se renversa sur son siège.

— Dommage. C'était pourtant un excellent mobile. Eh ! Et Sidney Morse ? Ses parents ont peut-être légué leur fortune à Ritter ? Du coup, Morse serait impliqué dans son assassinat.

— Non. Morse a très normalement hérité de sa mère. Je m'en souviens parce qu'elle est décédée juste avant qu'il ne s'engage dans la campagne de Ritter. D'autre part, nous savons que les affaires Bruno et Ritter sont liées. Imaginons que Sidney ne soit pas étranger à la mort de Ritter, il demeure impossible qu'il ait trempé dans l'enlèvement de Bruno. À moins de l'avoir assommé d'une balle de tennis.

— D'accord. Très bien. Pour l'instant, on suppose que Bob Scott est l'instigateur de la machination et qu'il a été payé pour orchestrer l'assassinat. Ça lui coûte sa carrière mais il s'en fiche et part vivre dans le fin fond du Montana.

— Quel est le lien avec Bruno ?

— Il a accepté d'éliminer Ritter parce que lui et Ramsey étaient amis, il y a longtemps. Bon, c'est un peu tiré par les cheveux : Scott s'est battu au Viêt-nam et Ramsey militait contre la guerre. Ils se rencontrent dans une manifestation. Scott en avait marre de la guerre et il adopte le point de vue de Ramsey. En complotant avec Arnold pour assassiner Clyde, il rencontre Kate. Quand il prend conscience que Bruno a ruiné la carrière d'Arnold avec des chefs d'accusation montés de toutes pièces, il en informe Kate. Elle grandit dans la haine de Bruno, Scott réapparaît, et ils unissent leurs forces pour kidnapper l'ex-procureur et lui faire payer ses crimes.

— L'homme qui a rendu visite à Arnold Ramsey, celui que Kate a entendu prononcer le nom de Joel Detroit, serait Scott ?

— Si Kate est réellement partie prenante dans cette machination, elle a très bien pu mentir pour nous lancer sur une fausse piste, comme nous l'avions déjà envisagé. Alors, qu'en pensez-vous ?

— Ça se tient.

— Je crois que nous formons une bonne équipe, tous les deux.

King poussa un profond soupir.

— Voyons ce que l'avenir nous réserve.

60

Le lendemain matin, ils prenaient la route à l'aube dans trois véhicules séparés. Parks en conduisait un avec King et Michelle comme passagers et les deux autres, des minibus, transportaient des agents fédéraux au visage fermé, revêtus de gilets pare-balles et armés jusqu'aux dents.

King et Michelle avaient résumé à Parks les derniers développements de l'enquête concernant Kate Ramsey, ainsi que la théorie de Michelle qui tentait plus ou moins maladroitement de relier les différentes informations dont ils disposaient.

Parks semblait sceptique.

— Vu comment ça se présente, je m'attends à tout moment à de nouveaux coups de théâtre.

Sur le chemin, alors qu'ils buvaient du café et mangeaient des biscuits qu'ils avaient emportés en guise de petit déjeuner, Parks passa en revue le plan d'attaque :

— Un des minibus se gare devant la maison une fois que nous l'aurons maquillé en véhicule d'inspection du comté pour un relevé topographique. Un de nos types va frapper à la porte avec sa planchette à pince tandis qu'un autre sort l'équipement nécessaire aux relevés. Certains de nos hommes attendront dans le minibus. D'autres auront cerné la baraque. Notre type frappe à la porte et, quand on vient lui ouvrir, tout le monde passe à l'attaque. Si personne ne répond, on enfonce la porte et on perquisitionne. Avec un peu de chance, ça se passe sans échange de coups de feu et on rentre soulagés à la maison.

King, qui se trouvait à l'arrière, tapa sur l'épaule de Parks.

— Vous savez, Bob Scott est non seulement un spécialiste des armes à feu, mais il a une certaine expérience du close-combat.

Il s'est même évadé de chez les Viêt-cong. On raconte qu'il a passé six mois à transformer une boucle de ceinturon en lame de rasoir avant d'égorger deux de ses geôliers. Pas le genre de type auquel on a envie de se frotter.

— J'entends bien, dit Parks, mais la surprise et la supériorité en hommes jouent en notre faveur. D'après tous les manuels militaires, c'est encore la meilleure manière d'opérer. Vous croyez vraiment que nous allons retrouver Bruno et Joan ?

— Peut-être, répondit King. Tout le problème est de savoir s'ils respirent encore.

L'homme à la Buick et son acolyte Simmons complétaient leurs préparatifs. Les générateurs étaient réglés, les fils posés, les explosifs placés aux endroits stratégiques et les détonateurs branchés. Les éléments de mise en scène que l'homme à la Buick avait créée avec tant de minutie étaient en place, les équipements essayés et vérifiés une dizaine de fois. Il ne leur restait plus qu'à livrer la dernière bataille. La victoire leur tendait les bras.

Tandis que l'homme à la Buick inspectait son œuvre, fruit de tant de travail et de planification, il ne s'autorisa aucun mouvement de joie ou de satisfaction. Simmons le remarqua et posa l'objet qu'il tenait à la main.

— L'heure du grand show approche. On touche au but. Tu devrais être content.

— Termine ce que tu es en train de faire, répliqua l'homme à la Buick d'un ton sec.

Puis il s'assit sur une chaise et repassa chaque détail de l'opération dans sa tête.

Simmons se rendit auprès des prisonniers, qu'il observa par le judas des portes de leurs cellules. Pour le moment, ils restaient inconscients, des narcotiques ayant été mélangés à leur nourriture. Ils avaient bien le temps de se réveiller. Il retourna auprès de l'homme à la Buick, toujours assis, immobile, la tête baissée.

— Tu crois que ça va prendre combien de temps avant qu'ils arrivent ici ? demanda timidement Simmons.

— Pas très longtemps. Ils devraient débarquer au bunker du Tennessee d'un moment à l'autre.

— Ils vont être surpris.

L'autre lui jeta un regard dédaigneux.

— C'est le but d'une opération comme celle-là. As-tu la moindre idée des efforts que ça exige ? Tu ne crois tout de même pas que je me suis décarcassé pour ton plaisir personnel ?

Simmons ne parvenait pas à dissimuler sa nervosité.

— Quand reviendra-t-elle ?

— Ne t'inquiète pas pour elle. Elle ne voudrait pour rien au monde manquer le spectacle. Moi-même, je me réjouis à l'avance.

Cette fois, il regarda son compagnon droit dans les yeux.

— Tu es prêt ?

Simmons bomba le torse, l'air très sûr de lui.

— Je suis né pour cette aventure.

L'homme à la Buick le fixa avec intensité, puis il se désintéressa de lui et ferma les yeux.

61

Michelle et King observaient la scène avec des jumelles depuis leur véhicule tandis qu'un minibus avec six hommes à bord roulait sur le chemin de terre vers le chalet. King jeta un regard autour de lui. Ils se retrouvaient dans un endroit perdu, sur une crête des montagnes Great Smoky, et, pour épouser la topographie tourmentée du paysage, le moteur du 4 × 4 avait été poussé au maximum. Au coucher du soleil, les pins, les frênes et les sorbiers plongeraient cette zone dans l'ombre deux heures plus tôt que sur un terrain dégagé. Même maintenant, à onze heures du matin, la lumière semblait crépusculaire et, à l'intérieur du véhicule, tous deux demeuraient paralysés par l'humidité et le froid.

Le minibus freina devant le chalet. Le conducteur en sortit. Aucune voiture à l'horizon, pas de panache de fumée s'échappant de la cheminée de la maisonnette, pas même un chien, un chat ou des poulets pour animer un peu le jardin en friche. À l'intérieur du minibus, les agents fédéraux armés jusqu'aux dents disparaissaient derrière les vitres fumées. La tactique du cheval de Troie, songea King, avait fonctionné pendant des millénaires, et il espérait bien qu'ici elle prouverait une fois de plus son efficacité. Alors qu'il surveillait les agents attendant d'entrer en action, une pensée commença à lui trotter dans la tête... Cheval de Troie... Il la repoussa afin de mieux se concentrer sur le siège qui s'annonçait.

Le chalet était encerclé par des agents qui se terraient dans l'herbe et la poussière ou derrière la multitude de rochers qui surgissaient de toutes parts, fusils pointés sur les portes, les fenêtres et autres points stratégiques. King songea que l'occupant des lieux avait peu de chances d'en réchapper, à moins d'être un prestidigitateur de génie. Mais le bunker demeurait problématique. Il en avait discuté avec Parks. Les plans obtenus par le marshal manquaient d'éléments essentiels, par exemple la localisation des portes et des bouches d'aération. Pour pallier cet inconvénient, Parks avait posté des hommes aux endroits où il semblait logique que le bunker donne sur l'extérieur.

Un des agents s'avança vers l'entrée tandis qu'un autre émergeait du camion, dont il tirait un tripode de géomètre. Des pancartes « Travaux publics du comté » avaient été accrochées de chaque côté de la porte. Sous leurs vestes, les deux hommes portaient des gilets pare-balles et des revolvers prêts à être dégainés. Quant aux hommes dans le minibus, ils disposaient d'une puissance de feu suffisante pour attaquer un régiment.

King et Michelle retinrent leur souffle tandis que l'agent frappait au battant. Trente secondes s'écoulèrent, puis une minute. Il frappa de nouveau, appela. Rien. Il contourna la maison, réapparut de l'autre côté environ une minute plus tard. Tandis qu'il se dirigeait vers le minibus, il semblait parler tout seul. King savait qu'il demandait à Parks l'autorisation de tirer sur la cible. Elle avait dû lui être accordée car les portières du minibus s'ouvrirent d'un coup, des hommes en sortirent et coururent jusqu'à la porte, qui céda sous l'impact d'une balle de fusil tirée par celui qui en avait reçu la mission. Sept hommes s'engouffrèrent à l'intérieur. Puis King et Michelle virent des hommes surgir des bois et encercler le chalet, fusils pointés.

Tendus, ils attendaient les coups de feu qui confirmeraient la présence de l'ennemi. Mais ils n'entendaient que la brise soufflant dans les feuilles et le chant des oiseaux. Une demi-heure plus tard, on donnait le feu vert à Michelle et à King pour rejoindre Parks et ses hommes à l'intérieur. Ils avancèrent leur véhicule jusqu'à la cible.

L'espace confiné du chalet ne présentait aucun intérêt : quelques meubles rustiques, une cheminée remplie de cendres froides, de la nourriture moisie dans les placards et un frigo pratiquement vide. Dans la cave, on avait repéré l'entrée du bunker.

Il occupait un espace impressionnant. Propre et bien éclairé, il avait à l'évidence été récemment utilisé. Dans les réserves, les étagères étaient vides mais l'agencement des traces de poussière révélait qu'on avait dernièrement déménagé des objets. Quant à la salle de tir, on devinait tout de suite à l'odeur de poudre qu'elle avait servi peu de temps auparavant. Lorsqu'ils parvinrent aux cellules de la prison, Parks fit signe à King et Michelle de le suivre et il ouvrit d'un coup de pied l'un des réduits, à la porte entrebâillée.

— Voyez par vous-mêmes, elles sont toutes vides, grommela Parks. On a fait chou blanc, ils nous ont pris de vitesse mais je vais passer cet endroit au peigne fin.

Il partit à grandes enjambées organiser l'arrivée des équipes techniques. King balaya le cachot avec le faisceau de sa lampe torche, éclairant chaque lézarde, et il se figea en repérant un reflet. Pénétrant à l'intérieur du petit espace, il se pencha, regarda sous la couchette et dit à Michelle :

— Vous avez un mouchoir ?

Elle lui tendit un Kleenex qu'il utilisa pour récupérer l'objet brillant. Une boucle d'oreille que Michelle examina.

— Elle appartient à Joan.

King lui jeta un regard sceptique.

— Comment le savez-vous ? Elle n'a pourtant rien de très original.

— Sean, les femmes remarquent les vêtements, la coiffure, les bijoux, les ongles et les chaussures, enfin bref, presque tout ce qu'une autre porte sur elle. Les hommes remarquent les nichons et le cul, généralement dans cet ordre, et, avec un peu de chance, la couleur des cheveux. Joan portait cette boucle la dernière fois que je l'ai vue.

— Donc elle était ici.

— J'en suis persuadée, et nous avons toutes les chances de la retrouver en vie, commenta Michelle.

— Elle l'a peut-être laissée tomber exprès.

— Oui, pour nous prévenir de son passage.

Pendant que Michelle allait porter le bijou à Parks, King se rendit dans la cellule suivante. Il procéda à un examen en règle mais ne trouva rien d'intéressant. Il fouilla sous le lit et, en voulant se redresser, il se cogna la tête. Il se releva puis, tout en se frottant l'occiput, il remarqua qu'il avait déplacé le petit matelas. Il voulut le remettre en place mais se rappela juste à temps qu'on ne devait jamais toucher à la scène d'un crime.

C'est alors que, là, dans le coin, il vit l'inscription découverte par le matelas. Il se pencha et y dirigea le faisceau de sa lampe. Cela avait dû être particulièrement difficile de graver ce nom dans du béton, probablement avec un ongle.

Tandis que King lisait le message, il se produisit un déclic dans sa tête et il repensa au minibus roulant vers le chalet. Kate avait alors dit quelque chose qui brusquement prenait tout son sens. Et si cela se vérifiait, ils avaient commis une très lourde erreur.

— Que faites-vous ?

Il se retourna brusquement. Michelle le fixait avec de grands yeux.

— Je me prends pour Sherlock Holmes et ça ne marche pas du tout, lança-t-il d'un ton faussement découragé.

Il jeta un coup d'œil par-dessus son épaule.

— Comment ça se passe, là-bas ?

— Les équipes techniques vont arriver et elles n'apprécieront pas notre présence.

— Allez dire à Parks qu'on se retrouve chez moi, à Wrightsburg.

Michelle jeta un regard circulaire autour d'elle.

— Et moi qui espérais qu'aujourd'hui nous aurions toutes les réponses à nos questions… au lieu de quoi l'affaire se complique encore un peu plus.

Après le départ de Michelle, King retourna au mur, relut le message et l'apprit par cœur. Il se demanda s'il devait en parler aux équipes scientifiques, puis il décida de les laisser découvrir l'inscription par elles-mêmes, en admettant qu'elles la remarquent. Si son hypothèse se vérifiait, cela changeait tout.

62

Sur le chemin du retour vers Wrightsburg, King garda obstinément le silence. Au bout d'un moment, Michelle renonça à le tirer de son humeur maussade.

— Je retourne à l'hôtel, lui lança-t-elle en le déposant devant chez lui, j'ai une ou deux choses à vérifier. Et puis il faut que j'appelle le Service, après tout, j'appartiens toujours à l'agence.

— Excellente idée, répondit King en évitant son regard.

— Si vous refusez de me livrer vos pensées pour un dollar, je suis prête à aller jusqu'à deux, dit-elle en souriant.

Elle lui posa légèrement la main sur le bras.

— Allez, Sean, racontez-moi tout.

— Je ne suis pas certain que mes pensées puissent valoir une telle somme.

— Vous avez vu quelque chose au bunker, c'est ça ?

— Pas maintenant, Michelle, il faut que je réfléchisse.

— D'accord, c'est vous le chef.

Elle semblait dépitée par son manque de confiance.

— Attendez une minute, lui dit-il. Vous pouvez m'aider. Avez-vous toujours accès aux données du Service ?

— Je crois, oui. Un de mes amis a ralenti ma procédure de licenciement. À l'heure actuelle, j'ignore complètement quel est mon statut mais j'ai un ordinateur portable à l'hôtel, je vais vérifier. Et maintenant je vous écoute.

Quand il lui expliqua ce qu'il attendait d'elle, elle parut très surprise.

— Vous êtes sûr que cela concerne notre affaire ?

— Je ne peux le garantir mais c'est fort possible.

— Je doute que la base de données du Service me donne accès à de tels renseignements.

— Alors, cherchez ailleurs. Vous êtes un excellent détective.

— Vous croyez ? Jusqu'à présent, mes belles théories se sont révélées complètement fausses.

— Si vous trouvez ce que je vous ai demandé, il ne subsistera plus aucun doute dans mon esprit quant à vos qualités d'enquêtrice.

Elle se remit au volant.

— À propos, vous avez une arme ?

— Ils ne me l'ont jamais rendue.

— Tenez, prenez celle-là. Si j'étais vous, je dormirais avec.

— Et vous ?

— Les agents de l'US Secret Service en possèdent toujours deux. L'auriez-vous oublié ?

Vingt minutes après le départ de Michelle, King grimpait dans sa Lexus et se rendait à son bureau. Il y avait travaillé au moins cinq jours par semaine pendant des années, jusqu'à ce qu'on découvre Howard Jennings sans vie sur le tapis. Maintenant, il s'y sentait étranger, il avait l'impression de pénétrer dans cet endroit pour la première fois. Il frissonna, alluma la lumière et brancha le chauffage. Le décor témoignait du chemin parcouru depuis l'assassinat de Ritter, qui l'avait jeté au fond de l'abîme. Mais, tandis qu'il contemplait sur le mur une toile d'art contemporain aux couleurs et aux formes harmonieuses, parcourait d'une main distraite un lambris en acajou, s'imprégnait de l'ordre et du calme que respirait cet endroit, tout comme sa maison, d'ailleurs, qui n'aurait pas déparé dans un magazine de décoration, il comprit que cela ne lui apportait plus aucun apaisement. King avait épuisé les agréments de la réussite et se sentait désespérément vide. Que lui avait dit Michelle, déjà ? Elle lui avait reproché la froideur de son chalet et elle aurait parié qu'il n'avait pas toujours eu des goûts de ce genre. Avait-il changé à ce point ? Oui, sans doute, mais n'y avait-il pas été contraint ? La route du destin vous réserve des virages très serrés, qu'il faut bien négocier si on ne veut pas verser dans le ravin et finir en épave.

Il se rendit dans une petite pièce du rez-de-chaussée qui lui servait de bibliothèque. La plupart des documents dont il avait besoin étaient maintenant disponibles en CD, mais King aimait bien garder un certain nombre d'ouvrages à portée de la main. Par exemple le

Martindale-Hubbell, le répertoire en dix volumes de tous les avocats et conseillers juridiques du pays. Il prit celui qui correspondait à la Californie, malheureusement le plus épais car cet État comportait un nombre impressionnant de juristes inscrits au barreau. Il ne trouva pas ce qu'il cherchait mais comprit brusquement pourquoi. L'édition était trop récente.

King sortit précipitamment de son bureau avec une date précise en tête et, une demi-heure plus tard, il se garait sur le parking de l'impressionnante faculté de droit de l'université de Virginie, située au nord du campus. Il se rendit directement à la bibliothèque et s'adressa à la bibliothécaire qu'il consultait régulièrement quand il recherchait des documents précis. Il lui expliqua ce qu'il désirait et elle hocha la tête.

— Nous avons souscrit à un service en ligne. Venez avec moi, Sean. Je mettrai ça sur votre note, comme d'habitude.

Elle le conduisit dans une petite pièce où des jeunes gens assis devant des ordinateurs apprenaient sagement combien le droit est à la fois excitant et mortellement ennuyeux.

— J'aimerais tellement être à nouveau étudiant, dit brusquement King.

— Vous n'êtes pas le premier à me faire cette réflexion. Si le statut d'étudiant perpétuel permettait de toucher un salaire, on ne saurait plus où mettre les candidats.

Elle le connecta au site et King s'attela aussitôt au travail. Il s'émerveilla de la vitesse du PC et de la facilité d'utilisation du service en ligne. Il ne lui fallut pas longtemps pour trouver ce qu'il désirait : le nom d'un juriste en Californie. Après quelques entrées décevantes, il était désormais pratiquement certain de tenir son homme. L'avocat en question était décédé, mais, dans l'édition 1974 de l'annuaire, il occupait tout un pavé.

À présent, il lui fallait opérer quelques vérifications que cette base de données ne pouvait lui fournir. Pour cela, il appela Donald Holmgren, l'avocat commis d'office pour assurer la défense d'Arnold Ramsey. Lorsque King prononça le nom du juriste et du cabinet d'avocats, son interlocuteur poussa une exclamation de surprise et lui donna la confirmation qu'il attendait.

King faillit laisser échapper un cri de victoire.

— Absolument, disait Holmgren. Maintenant, je me souviens parfaitement de cet avocat qui m'a remplacé auprès d'Arnold Ramsey.

Quand King éteignit son ordinateur, tout s'ordonnait dans sa tête. Enfin presque. Il subsistait encore quelques zones d'ombre.

Si Michelle lui rapportait une réponse corroborant l'inscription gravée sur le mur de la cellule, tout devenait lumineux. Et s'il se confirmait que son hypothèse était juste ? Cette seule pensée lui donnait des sueurs froides parce que la conclusion logique de ses déductions voulait que, à un moment donné, ils s'en prennent directement à lui.

63

En retournant à son hôtel, Michelle jeta un coup d'œil à la boîte, sur le siège arrière de sa voiture, qui contenait les dossiers sur Bob Scott récupérés dans la chambre de Joan, aux Cèdres. Elle l'emporta dans sa chambre afin de vérifier qu'aucun élément ne lui avait échappé. C'est alors qu'elle tomba sur les notes de Joan.

Le temps s'étant refroidi, elle mit des bûches et du petit bois dans la cheminée, qu'elle alluma avec une feuille de papier journal, puis elle commanda du thé et un repas. Après ce qui était arrivé à Joan, elle surveilla attentivement l'employé du coin de l'œil quand il la servit, gardant son revolver à portée de la main. La pièce meublée « grand style » aurait fait sourire Thomas Jefferson. La flambée dans la cheminée ajoutait à la sérénité du lieu, et Michelle se dit que, l'un dans l'autre, cet endroit était vraiment très agréable. Cependant, son coût prohibitif l'aurait obligée à aller dormir ailleurs si le Service n'avait proposé de la défrayer. Elle avait acquis la certitude qu'ils espéraient qu'elle parviendrait à démêler cette affaire de plus en plus explosive. Et ils se rendaient sans doute compte que, avec l'aide de King, elle était parvenue à faire bouger les choses dans le bon sens. Mais elle n'était pas naïve au point de n'avoir pas compris que le Service en profitait pour la surveiller. La jeune femme s'assit en tailleur sur le tapis, brancha son ordinateur sur la prise téléphonique toute neuve derrière le secrétaire imitation XVIIIᵉ, et s'employa à travailler sur l'étrange requête de King. Comme elle l'avait craint, la réponse ne se trouvait pas dans la base de données du Service. Elle passa donc quelques coups de fil à des collègues et le cinquième fut en mesure de la renseigner.

— Oh oui ! dit l'agent. Je m'en souviens bien parce que mon cousin a été incarcéré dans le même camp. Il en est sorti à l'état de squelette.

Michelle le remercia, raccrocha et composa aussitôt le numéro de King, qui venait de rentrer chez lui.

— Sean, dit-elle en retenant son excitation à grand-peine, préparez-vous à me sacrer meilleur détective depuis Jane Marple !

— Marple ? J'aurais cru que vous vous seriez mesurée à des pointures comme Holmes ou Poirot...

— Pour des hommes, ils se débrouillaient pas mal, mais Jane les dépasse d'une tête. Les femmes sont supérieures.

— Très bien, je rampe à vos pieds, vous êtes la meilleure. Alors ?

— Vous aviez raison. Le nom que vous m'avez donné est celui d'un village du Viêt-nam où il a été retenu prisonnier et dont il s'est échappé. Et maintenant, expliquez-moi ce qui se passe. D'où tenez-vous ce nom ?

King hésita un instant.

— Il était inscrit sur le mur d'une des cellules du bunker.

— Mon Dieu ! Sean...

— Et il était suivi d'un deux en chiffres romains parce qu'il le considérait comme son deuxième camp. D'abord le Viêt-nam, maintenant le Tennessee.

— Donc Bob Scott voulait en quelque sorte marquer son passage ?

— Sans doute. Mais n'oubliez pas qu'on a pu laisser ce message pour nous induire en erreur.

— Un peu trop obscur pour un tel objectif, objecta-t-elle.

— Je suis de votre avis. Et ce n'est pas tout.

— Je vous écoute !

— La note « Sir Kingman » épinglée au corps de Susan White-head.

— Vous doutez que Scott ait pu l'écrire ?

— Oui, à cause de raisons impossibles à vous expliquer pour l'instant.

— Mais enfin, bon Dieu ! en supposant que Scott ne soit pas mêlé à cette affaire, qui d'autre tire les ficelles ?

— J'y travaille en ce moment même, répondit-il.

— Je crains le pire.

— Calmez-vous, j'ai juste effectué quelques recherches à la bibliothèque de droit de l'université de Virginie.

— Vous avez trouvé ce que vous vouliez ?

— Oui.

— Cela vous dérangerait de me mettre au courant ?

— Patience ! Il faut que je réfléchisse. Mais je vous remercie pour votre efficacité. On reste en contact... miss Marple.

Il éteignit son portable et Michelle reposa le sien, furieuse qu'il refuse une fois de plus de la mettre dans la confidence.

— Vous vous décarcassez pour aider un type et il vous plante là comme une idiote ! se plaignit-elle en prenant la pièce vide à témoin.

Elle alla remettre une bûche dans le feu et retourna vers la boîte de documents et les notes de Joan.

Étrange, de lire les commentaires personnels d'une personne dont on se demandait si elle était encore en vie. Devant l'intelligence et la précision de ses remarques, la jeune femme ne put s'empêcher d'admirer les qualités d'enquêtrice de Joan. Michelle songea à ce que King lui avait raconté sur ce billet remis à Joan le matin même de l'assassinat de Ritter. Elle avait dû ressentir une sacrée culpabilité en voyant l'homme qu'elle aimait balayé de la profession alors qu'elle-même connaissait une ascension vertigineuse. Mais que valaient ses sentiments ? Après tout, elle avait choisi le silence et préféré sa carrière à son amour pour Sean King. Et qu'avait donc ressenti le principal intéressé ?

Les hommes... étaient-ils dotés d'un gène dominant qui les forçait à une attitude chevaleresque quand une femme les plaquait ou les humiliait ? Bien sûr, les chagrins d'amour n'étaient pas l'apanage des hommes. Les femmes souffraient tout autant, elles avaient même tendance à tomber amoureuses du sale type qui leur briserait le cœur... ou les frapperait ! Mais elles savaient regarder la réalité en face, rompre et poursuivre leur chemin. Pas les garçons, ces têtes de mule. Ils ne pouvaient s'empêcher d'aller se cogner la tête contre le cœur de pierre qui se cachait sous la poitrine voluptueuse et le corsage en dentelle. Quelle frustration que King soit tellement attaché à une femme comme Joan !

Elle se demanda soudain pourquoi King l'obsédait à ce point. Ils travaillaient ensemble sur une affaire, King n'avait rien d'un homme fascinant, bien sûr il était intelligent, raffiné, beau, il possédait un grand sens de l'humour mais il avait aussi quelques années de plus qu'elle. Sans compter qu'il se montrait souvent condescendant, mal élevé, peu communicatif, pour ne rien dire de son obsession de l'ordre ! Quand on songeait qu'elle avait récuré son 4 × 4 juste pour lui faire plaisir...

La jeune femme, rougissant de s'avouer clairement à elle-même ses sentiments pour Sean, se replongea aussitôt dans ses papiers. Elle étudia le mandat d'arrestation lancé contre Bob Scott et repéré par Joan, qui à lui seul avait permis de découvrir le chalet et le bunker vide. Pourtant, d'après ce que King venait de lui raconter, la probabilité que Scott soit derrière cette machination s'était considérablement réduite.

Il n'en demeurait pas moins qu'il s'agissait de son chalet et qu'un mandat d'arrestation avait bien été lancé contre lui pour infraction à la loi sur les armes. Elle examina le document de plus près. Que signifiait exactement « infraction à la loi sur les armes » ? Et pourquoi ce mandat n'avait-il pas été exécuté ? Les réponses n'apparaissaient nulle part.

Déçue, elle abandonna la partie et se tourna vers les notes de Joan. Elle tomba sur un nom barré d'un trait rouge. Apparemment, Joan avait éliminé cette personne en tant que suspect. Tout en refusant de l'admettre, Michelle avait, de même que King, une haute opinion de ses talents d'investigatrice.

Elle prononça lentement le nom à voix haute. Doug Denby. Le chef d'état-major de Ritter. D'après les notes de Joan, après la mort de Ritter, Denby avait opéré une reconversion spectaculaire grâce à un héritage. Il s'était installé dans le Mississippi et Joan l'avait donc écarté, mais pouvait-on se satisfaire des quelques informations rassemblées par les amis de Joan ? Celle-ci ne s'était pas rendue dans le Mississippi pour en avoir le cœur net. Elle n'avait jamais vu Doug Denby. Se trouvait-il vraiment dans le Mississippi à jouer au gentleman farmer ? À moins qu'il ne soit embusqué quelque part, attendant de tuer ou de kidnapper sa prochaine victime ? King disait que Sidney Morse avait détrôné Denby pendant la campagne de Ritter. En conséquence, Denby vouait une certaine hostilité à Sidney. Et s'il en était venu à haïr Ritter par la même occasion ? Quel rapport pouvait-il entretenir avec un homme comme Arnold Ramsey ? Ou avec Kate Ramsey ? Et s'il avait utilisé sa fortune pour orchestrer une sorte de vengeance ? Jusqu'ici, les enquêtes de Joan ne répondaient pas à ces questions.

Michelle prit un stylo et récrivit « Denby » au-dessus du nom rayé par Joan. Elle avait bien envie de téléphoner à King pour lui demander de plus amples renseignements sur cet homme. Et si elle lui apportait ces notes pour l'obliger à les parcourir avec elle ? Elle se versa une tasse de thé et regarda par la fenêtre. La pluie menaçait. La sonnerie du téléphone la fit sursauter.

—Je suis toujours dans le Tennessee, dit la voix de Parks.

Il n'avait pas l'air content.

—Quoi de neuf ? s'enquit Michelle.

—Eh bien, nous avons parlé aux gens des environs mais sans résultat. Ils ne connaissent pas Bob Scott et n'ont jamais entendu parler de lui. Bon Dieu ! la moitié de ces types ressemblent eux-mêmes à des criminels en fuite. Bob Scott a acheté la propriété à un vieux bonhomme qui a vécu là pendant cinq ans mais qui, d'après sa famille, n'avait jamais entendu parler du bunker. Et l'endroit a été proprement nettoyé. Aucun indice en dehors de la boucle d'oreille que vous avez trouvée.

—C'est Sean qui l'a trouvée, pas moi.

Elle marqua un temps d'hésitation.

—Je crois qu'il a découvert un autre élément intéressant.

Elle lui donna le texte du message gravé sur le mur. Parks était furieux.

—Et pourquoi diable ne m'a-t-il pas prévenu pendant la perquisition ?

—Je l'ignore.

Puis elle réfléchit à l'attitude de King.

—Peut-être ne fait-il plus confiance à personne.

—Donc vous avez la confirmation que Scott a été prisonnier de guerre au Viêt-nam ?

—Oui. J'ai parlé à un agent qui connaissait toute l'histoire.

—Êtes-vous en train de me dire que quelqu'un s'est amené chez Scott et l'a fait prisonnier dans son propre domaine ?

—D'après Sean, c'est peut-être un piège pour nous mettre sur une fausse piste.

—Où est notre brillant détective ?

— Chez lui. Il poursuit son idée. Pour le moment, il n'est pas très communicatif et il veut qu'on le laisse seul.

— Je me fous de ce qu'il veut ! hurla Parks. Si ça se trouve, il a déjà résolu toute l'affaire et il nous laisse dans la merde !

— Écoutez, Jefferson, il fait de son mieux pour découvrir la vérité. À chacun sa manière de procéder.

— Oui, eh bien, sa manière de procéder commence à me chauffer.

— Je lui parlerai. On pourrait sans doute arranger un rendez-vous pour plus tard ?

— J'ignore combien de temps je vais rester ici. On n'aura pas fini avant demain. Parlez à King et faites-lui comprendre qu'il a tort de nous maintenir hors du coup. Cela me déplairait d'apprendre qu'il est tombé sur d'autres indices. Rien ne m'empêche de le faire coffrer dans une cellule en tous points semblable à celles que vous avez vues aujourd'hui. Vous m'avez bien compris ?

— Parfaitement.

Michelle éteignit son portable, débrancha la ligne de téléphone de son ordinateur, relié à la prise du mur, et les rangea dans son sac. Puis elle se leva et traversa la pièce pour aller chercher quelque chose dans sa valise. Elle était tellement préoccupée qu'elle la vit avec un temps de retard, trébucha et tomba de tout son long. En se relevant, elle fixa la rame d'un air furieux. Elle l'avait fourrée sous le lit, avec tout le bazar de sa voiture, mais des objets dépassaient et c'était la troisième fois qu'elle se cognait. Du coup, elle décida de régler rapidement le problème.

Pendant que Michelle déclarait la guerre à son matériel, elle ignorait que sa conversation avec Jefferson Parks avait été intégralement enregistrée grâce à un petit labyrinthe de circuits et de fils. À l'insu des propriétaires de l'hôtel, un dispositif avait été récemment glissé à l'intérieur de la prise. Un appareil d'espionnage à distance, sans fil, et si extraordinairement sensible qu'il captait non seulement les conversations dans une pièce mais aussi les échanges téléphoniques des deux côtés de la ligne.

À un kilomètre de l'hôtel, une camionnette fermée était garée au bord d'une route. À l'intérieur, l'homme à la Buick écoutait la conversation pour la troisième fois. Ensuite, il éteignit son magnétophone, prit son téléphone, composa un numéro, parla quelques minutes et termina son entretien par ces mots :

— Je suis terriblement déçu.

En entendant cela, la personne à qui il s'adressait sentit un frisson lui parcourir l'échine.

— C'est pour ce soir, déclara l'homme à la Buick.

Il raccrocha et regarda en direction de l'hôtel. Michelle Maxwell était enfin arrivée au sommet de la liste. Il la congratula en silence.

64

En plus de ses multiples activités, King avait trouvé le temps de prendre rendez-vous avec une société de surveillance de Lynchburg. Depuis la fenêtre de son salon, il vit arriver une camionnette « A-1 Sécurité » qui se gara devant chez lui.

Il reçut les employés devant la porte d'entrée et leur expliqua ce qu'il désirait. L'homme fit le tour de la maison puis le dévisagea avec insistance.

— Je vous ai déjà vu quelque part. Vous ne seriez pas le type qui a découvert un cadavre ?

— Si. Et je pense que vous comprendrez qu'un système d'alarme perfectionné m'est indispensable.

— D'accord, mais soyons clairs, en admettant qu'on trouve un nouveau cadavre à votre domicile, vous ne serez pas remboursé. On n'est pas responsables des catastrophes en tous genres, hein.

— Parfait.

Ils se mirent d'accord sur les travaux à effectuer.

— Quand pouvez-vous commencer ? demanda King.

— Eh bien, on est complets pour le moment, mais si quelqu'un annule la commande de son installation, on vous fait signe.

King signa le contrat, ils se serrèrent la main et l'homme s'en alla.

La nuit tombait et King songea à appeler Michelle pour lui suggérer de le rejoindre. Il l'avait tenue à l'écart assez longtemps et, d'une certaine façon, il s'était comporté comme un rustre. Il fonctionnait comme ça. Il avait toujours joué « perso ». Pour mieux se protéger.

Il appela chez Kate Ramsey, à Richmond. Sharon, sa colocataire, lui annonça que Kate n'avait toujours pas réapparu.

— Très bien, lui dit-il, surtout ne sortez pas. Je vous avertirai si elle me contacte et faites la même chose de votre côté.

Il raccrocha et regarda en direction du lac. Quand il se sentait perdu, il allait y faire un tour, cela l'aidait à se recueillir et à mieux affronter les problèmes, mais le vent s'était levé et la température avait baissé. King alluma l'appareil à gaz dans la cheminée, et se prépara un repas qu'il mangea devant le feu. Le temps qu'il se persuade d'appeler Michelle, il était trop tard.

Il réfléchit à l'enlèvement de John Bruno. Il avait la quasi-certitude que celui-ci avait été kidnappé pour avoir prétendument détruit la vie d'Arnold Ramsey avec des chefs d'inculpation inventés de toutes pièces. Les poursuites n'avaient été abandonnées qu'après l'intervention d'un juriste dont l'identité n'avait plus de secret pour King. Impatient d'apprendre la nouvelle à Michelle, il jeta un coup d'œil au téléphone, hésitant à l'appeler à cause de l'heure tardive. Finalement, il décida que cela attendrait. Ensuite, il songea à Kate et à la conversation qu'elle avait surprise en pleine nuit. Ce nom qu'elle avait entendu ou cru entendre prononcer par le mystérieux visiteur. King était convaincu que l'homme ne parlait pas de « Joel Detroit » mais de « cheval de Troie ».

Cependant, dans le récit de Kate, quelque chose clochait. D'après elle, Regina Ramsey aurait raconté qu'un officier de police avait été tué au cours d'une manifestation contre la guerre du Viêt-nam, et ce drame aurait détruit la carrière universitaire d'Arnold. Or, toujours selon Kate, l'université de Berkeley avait accordé son doctorat à son père parce qu'il l'avait déjà passé avec succès. Kate aurait dû savoir que Ramsey avait été reçu à son doctorat en 1974, et en conclure qu'il ne manifestait pas contre la guerre. King ne s'expliquait pas cette contradiction.

Il consulta sa montre. Minuit passé. Après s'être assuré que toutes les issues étaient bien fermées, il monta à l'étage avec l'arme que Michelle lui avait donnée. Pour plus de sécurité, il poussa un bureau contre la porte de sa chambre, vérifia que son revolver était bien chargé, le posa sur sa table de chevet, se déshabilla et se glissa dans son lit, où il ne tarda pas à s'endormir.

65

À deux heures du matin, un homme levait son arme, visait la silhouette allongée et tirait à travers la vitre. Les balles s'enfoncèrent dans le lit et des plumes s'envolèrent de l'édredon.

Réveillée par les balles, Michelle tomba du canapé et se retrouva sur le tapis. Elle s'était endormie en feuilletant les notes de Joan et comprit aussitôt qu'elle venait d'être victime d'une tentative d'assassinat. Saisissant son revolver, elle fit feu en direction de la fenêtre, entendit des pas qui s'éloignaient et courut en se baissant pour aller regarder. Dans sa fuite, l'individu émettait une respiration sifflante. À l'oreille experte de Michelle, les pas trahissaient un dysfonctionnement. On aurait dit des glissements irréguliers. Soit elle l'avait blessé, soit il était déjà dans un sale état en arrivant. Et s'il s'agissait de l'homme qui avait voulu l'étrangler ? Peut-être ce type qui se faisait appeler Simmons ?

Elle entendit une voiture démarrer et, ignorant ce qui l'attendait dehors, elle renonça à poursuivre son assaillant. Avec King, ils s'étaient déjà précipités la tête la première dans une embuscade · elle n'avait aucune envie de répéter cette erreur.

La jeune femme se retourna vers le lit pour évaluer les dégâts. Les épaisses couvertures et les gros oreillers – elle avait fait la sieste un peu plus tôt – étaient agencés de telle façon que le meurtrier avait cru l'entrevoir.

Mais pourquoi l'exécuter maintenant ? Approchait-elle de la vérité ? Elle n'avait pourtant pas fait grand-chose, comparé à Sean.

Michelle se figea. King ! Attrapant son téléphone, elle composa son numéro. Elle laissa sonner longtemps mais personne ne répondit. Devait-elle alerter la police ? Parks ? Peut-être King avait-il simplement le sommeil un peu lourd ? Non, au fond d'elle-même, elle n'y croyait pas une seconde : elle se précipita dehors.

L'avertisseur d'incendie réveilla King. Complètement groggy, il mit un moment à émerger. La pièce était remplie de fumée. Il sauta sur ses pieds, puis rampa sur le sol pour essayer de respirer un peu d'oxygène. Arrivé dans la salle de bains, il mouilla une serviette, se l'enroula autour du visage, alla s'appuyer au mur et, avec ses pieds, repoussa le bureau devant la porte, qu'il toucha pour s'assurer qu'elle n'était pas brûlante. Il l'ouvrit avec précaution.

La loggia disparaissait dans la fumée, et le signal d'alarme qui lui vrillait les tympans n'était malheureusement pas relié à une caserne centrale. Celle qui desservait cette zone, et fonctionnait grâce à des volontaires, se situait à des kilomètres de distance. Et, vu l'isolement du chalet, les probabilités pour qu'on s'aperçoive qu'il flambait étaient minces. King voulut retourner dans sa chambre pour tenter de téléphoner mais la pièce était tellement enfumée qu'il perdit ses repères et n'osa pas s'aventurer plus avant. Il rejoignit la loggia, la longea, et pria pour que l'escalier soit accessible : des étincelles et des flammes rouges s'élevaient de toutes parts. L'idée de sauter dans le vide ne l'enchantait guère.

Entendant des bruits au rez-de-chaussée, il pensa aussitôt qu'il s'agissait d'un piège. Toussant et crachant, et malgré son envie de se retrouver à l'air libre, il serra la crosse de son revolver et cria :

— Qui est là ? Je suis armé et je vais tirer.

Pas de réponse. Ses soupçons grandirent. Allongé sur le parquet, il vit alors par la grande baie vitrée des lumières rouges clignotantes, et il entendit des sirènes de voitures de pompiers. Contre toute attente, les secours étaient arrivés ! En bas, il distingua des hommes revêtus de casques et de vêtements ignifugés, avec des réservoirs sur le dos et des masques sur le visage.

— Je suis là ! cria King.

— Pouvez-vous descendre ? hurla un des hommes.

— Je ne pense pas, je ne vois plus rien.

— Ne bougez pas, on vient vous chercher. Nous sortons les tuyaux et les lances.

Il entendit le bruit des extincteurs qu'actionnaient les pompiers tandis qu'ils fonçaient dans l'escalier. Aveuglé, nauséeux, King ne pouvait plus respirer. Il sentit qu'on le soulevait et qu'on le descendait rapidement à l'étage inférieur. Une minute plus tard, il se retrouvait dehors. Des gens s'agitaient autour de lui.

— Ça va mieux ? lui demanda une personne.

— Donnez-lui de l'oxygène, grouillez-vous, dit une voix. Il a respiré une tonne de monoxyde de carbone.

Un masque fut appliqué sur le visage de King, qui comprit à ce moment qu'on le transportait dans une ambulance. Pendant un court instant, il crut entendre la voix de Michelle qui l'appelait, puis il perdit connaissance.

Les sirènes, les lumières clignotantes, les grésillements et les voix entrecoupées des talkies-walkies et autres effets sonores s'arrêtèrent tandis que le « pompier » coupait le contact de l'appareil de contrôle d'une main, et prenait le revolver de King de l'autre. Le silence se fit. Le malfaiteur se dirigea vers la maison où la fumée commençait déjà à se dissiper : il s'agissait d'un brasier contrôlé avec soin et dont tous les éléments avaient été créés artificiellement. Puis il se rendit dans la cave, appuya sur le bouton d'un petit appareil près des tuyaux à gaz, quitta précipitamment la maison, grimpa à l'arrière de la voiture à incendie, qui démarra aussitôt. Dès qu'il atteignit la route, le véhicule fonça vers le sud. Deux minutes plus tard, le dispositif mettait le feu aux tuyauteries et l'explosion qui s'ensuivit réduisit la magnifique demeure de King en poussière. Cette fois, ce n'était pas du cinéma.

Le pompier ôta son casque, son masque et s'essuya le visage.

Maintenant, l'homme à la Buick toisait King, toujours inconscient. On lui avait fait inhaler de l'oxygène mêlé à un sédatif.

— Quel plaisir de vous revoir, agent King ! J'ai longtemps attendu cet instant.

La voiture accéléra dans l'obscurité.

66

Michelle s'engageait dans la longue allée qui menait chez King quand une explosion ébranla le paysage. Elle appuya sur l'accélérateur, chassant de la boue et des graviers tout le long du chemin, et arrêta brusquement son véhicule. Des planches, du verre, et toutes sortes de matériaux bloquaient le passage. Elle se précipita dehors, composa le 911 sur son mobile et hurla à la standardiste d'envoyer du secours tout en lui expliquant ce qui était arrivé.

Puis la jeune femme courut au milieu des projectiles et de la fumée en appelant désespérément « Sean ! Sean ! », retourna à la voiture pour y prendre une couverture dont elle se couvrit avant de franchir un trou béant, là où s'était élevée la porte. L'atmosphère empoisonnée l'obligea à reculer et elle tomba à genoux sur la véranda, saisie de quintes de toux. Une fois calmée, elle décida de tenter sa chance par une autre ouverture. Lorsqu'elle voulut rejoindre l'escalier pour grimper jusqu'à la chambre de Sean, elle ne put que constater sa disparition, et, quand elle retourna dehors pour reprendre sa respiration, une nouvelle déflagration secoua la structure.

Michelle eut juste le temps de sauter de la véranda quelques secondes avant qu'elle s'effondre. La force de cette deuxième explosion souleva de terre la jeune femme, qui heurta brutalement le sol, le souffle coupé. Les objets volaient autour d'elle et elle avait l'impression d'être prise sous un tir de mortier. Allongée par terre, les poumons remplis de vapeurs toxiques, elle porta la main à sa tête, avec l'impression d'avoir été rouée de coups. Enfin, elle entendit des sirènes et des bruits d'équipements lourds déployés autour d'elle. Un homme en uniforme de pompier s'agenouilla près d'elle, lui mit un masque à oxygène sur le visage et lui demanda comment elle se sentait.

Elle ne put articuler un mot tandis que des véhicules en tous genres sortaient de l'allée et que des équipes de volontaires s'attaquaient au brasier. Alors que Michelle était étendue là, la maison de Sean, ou plutôt ce qu'il en restait, s'effondra sur elle-même. Seule la cheminée en pierre avait résisté et se dressait ironiquement sur les décombres. Michelle s'évanouit sur cette image maléfique.

Quand elle ouvrit les yeux, il lui fallut plusieurs minutes pour comprendre qu'elle reposait dans un lit d'hôpital. Un homme apparut, une tasse de café à la main, et en la voyant réveillée il ne put dissimuler son soulagement.

— Bon Dieu, Michelle, on a bien failli vous perdre ! s'exclama Jefferson Parks. Les pompiers nous ont dit qu'une poutre d'acier était tombée à cinq centimètres de votre tête.

Elle essaya de s'asseoir mais il l'en empêcha en posant une main sur son épaule.

— Restez tranquille. Vous venez de frôler la mort. Vous n'espérez tout de même pas aller vous balader après un choc pareil.

Elle regarda autour d'elle, affolée.

— Sean ? Où est Sean ?

Parks ne répondit pas tout de suite, et Michelle sentit les larmes couler sur son visage.

— Jefferson... il n'est pas...

Sa voix se brisa.

— Je l'ignore. Personne ne sait rien. Ils n'ont pas trouvé de corps, Michelle. Aucune trace de Sean. Mais ils n'ont pas encore fini de fouiller les décombres. Dans l'éventualité où... enfin, il n'est pas certain qu'il reste grand-chose.

— J'ai appelé chez lui hier soir et ça ne répondait pas. Peut-être était-il sorti ?

— Ou alors tout était déjà terminé.

— Non, j'ai entendu l'explosion quand je suis arrivée devant chez lui.

Parks prit une chaise et vint s'asseoir à son chevet.

— Très bien. Et maintenant, dites-moi exactement ce qui s'est passé.

Elle le lui raconta avec tous les détails dont elle se souvenait, puis il lui revint en mémoire un événement qu'elle avait momentanément oublié dans le feu de l'action.

— Quelqu'un a essayé de me tuer à mon hôtel hier soir, juste avant que je me rende chez Sean. On a tiré sur mon lit par la fenêtre de ma chambre. Par chance, je m'étais endormie sur le canapé.

Parks s'empourpra.

— Mais pourquoi ne m'avez-vous pas appelé ? Non, vous vous précipitez dans une baraque qui explose. Vous voulez vous suicider ou quoi ?

Elle prit les couvertures et les ramena à elle. Sa tête lui faisait mal, et elle remarqua pour la première fois que ses bras étaient bandés.

— J'ai été brûlée ? demanda-t-elle d'une voix lasse.

— Non, juste quelques écorchures qui cicatriseront très bien. Quant à votre crâne... vous continuerez sans doute à vous comporter comme une tête brûlée jusqu'à ce que la chance vous abandonne.

— Je voulais simplement m'assurer qu'il n'était rien arrivé à Sean. J'ai pensé que, s'ils en avaient après moi, ils ne manqueraient pas de s'attaquer à lui. Et j'avais raison. Cela m'étonnerait que ces explosions soient accidentelles.

— Les pompiers ont découvert le dispositif utilisé, dans les décombres. Il paraît que c'est un truc assez sophistiqué. Placé juste à côté du tuyau à gaz dans la cave. Le chalet a été soulevé de terre.

— Mais pourquoi ? Surtout en l'absence de Sean.

— Malheureusement, je n'ai pas de réponse.

— Des hommes sont à sa recherche ?

— Tout le monde est sur le coup : FBI, Marshals Service, United States Secret Service, police fédérale de Virginie, sans oublier la police locale. Pour le moment, aucune nouvelle.

— Et pour Joan ?

— Même chose, répliqua Parks d'un air découragé.

— Très bien. Allons-y, déclara Michelle, qui avait déjà un pied hors du lit.

— Restez couchée !

— Vous me demandez l'impossible !

— Soyez raisonnable. Imaginez que vous filiez d'ici, choquée et désorientée, et que vous provoquiez un accident. Non seulement vous risqueriez votre vie mais aussi celle des autres. Souvenez-vous que c'est votre deuxième hospitalisation en quelques jours. La troisième pourrait bien s'achever à la morgue.

Michelle faillit laisser éclater sa colère puis elle se laissa retomber sur les oreillers.

— Très bien, vous avez gagné. Mais, dès que vous apprendrez quelque chose, je vous ordonne de m'appeler. Sinon, je vous retrouverai et vous me le paierez.

Parks leva une main apaisante.

— D'accord, d'accord. Cela m'ennuierait de vous compter parmi mes ennemis, j'en ai déjà suffisamment sur le dos.

Avant de sortir de la pièce, il se retourna.

— Les chances de retrouver Sean King sont assez faibles, Michelle. Mais, tant qu'il y aura de l'espoir, je vous jure de ne pas dormir.

Elle grimaça.

— Merci.

Cinq minutes après son départ, elle était rhabillée, échappait à la vigilance des infirmières et sortait de l'hôpital par la porte de secours.

67

King se réveilla dans une totale obscurité. Il grelottait. Il ignorait où il se trouvait exactement mais il en avait tout de même une idée. Prenant une profonde inspiration, il tenta de se redresser. Comme il l'avait pressenti, cela se révéla impossible. Des liens en cuir, vu la sensation. Il tourna la tête, laissant ses yeux s'accoutumer à l'obscurité, mais il n'y avait aucune source de lumière. Il aurait aussi bien pu flotter au milieu de l'océan. Des murmures lui parvinrent, si faibles qu'il ne savait même pas s'il s'agissait d'êtres humains. Il se raidit. Quelques secondes plus tard, il sentit une présence près de lui. Quelqu'un lui toucha l'épaule, une main douce, pas du tout menaçante. Puis la caresse se transforma en une étreinte de fer. King se mordit la lèvre, déterminé à ne pas crier.

Il finit par articuler d'une voix très calme :

— Cela m'étonnerait que vous ayez l'intention de me tuer en me broyant l'épaule, alors arrêtez cette comédie.

La pression se relâcha immédiatement et les pas s'éloignèrent. King sentit la sueur couler sur son front. Ils venaient de lui injecter une drogue. Détournant la tête, il vomit.

— Désolé pour le tapis, murmura-t-il.

Puis il ferma les yeux et glissa dans le sommeil.

Le premier arrêt de Michelle fut pour la maison détruite de King. Au milieu des décombres, des pompiers, des policiers et des hommes en civil inspectaient les dégâts ou éteignaient des flammèches. Elle parla avec certains d'entre eux, et ils confirmèrent qu'ils n'avaient retrouvé aucun reste de corps humain. Son regard erra sur ce qui avait été le refuge « idéal » de King et le désespoir l'envahit. À quoi bon traîner ici ? Elle n'apprendrait rien de plus. Elle se rendit au quai couvert et s'assit sur l'un des bateaux de Sean, s'absorbant un instant dans la contemplation du lac, essayant de tirer force et inspiration de la proximité de ce paysage et de ces embarcations qu'il aimait tant.

Deux choses la contrariaient : le mandat lancé contre Bob Scott, et les allées et venues non vérifiées de Doug Denby. Elle décida de passer à l'action. Pour commencer, elle retourna à son hôtel et appela son père en chemin. En tant que chef de la police, tenu en haute estime par tous les membres de sa profession, Frank Maxwell connaissait tout ce qui comptait dans le Tennessee. Elle lui expliqua ce dont elle avait besoin.

— Tout va bien ? Tu n'as pas l'air en grande forme, lui fit-il remarquer.

— Ils ont fait exploser la maison de King, papa. Et il a disparu de la circulation.

— Oh, mon Dieu ! Fais attention à toi !

— Je te le promets.

Elle omit de lui raconter la tentative d'assassinat dont elle avait fait l'objet. D'une manière générale, quand elle avait des ennuis professionnels, elle s'arrangeait pour dire le minimum à son père. Si ses fils prenaient des risques, il considérait que cela faisait partie de leur travail mais il aurait été très fâché d'apprendre que sa fille unique avait échappé de justesse à la mort, et cela à deux reprises.

— Papa, j'ai besoin de cette information le plus rapidement possible. J'attends ton coup de fil.

— Ça ne prendra pas longtemps.

Sur ces mots, il raccrocha.

Une fois à l'hôtel, elle récupéra les notes de Joan et passa une série de coups de fil pour se renseigner sur Denby. Elle réussit enfin à joindre son domicile à Jackson, dans le Mississippi. La femme qui lui répondit refusa de donner la moindre information. Michelle ne parvint même pas à obtenir confirmation que Denby habitait bien là. Cela pouvait se comprendre dans la mesure où cette femme ne connaissait pas du tout Michelle. Et puis, évidemment, s'il avait de l'argent, et aucune obligation professionnelle, libre à lui de se déplacer où bon lui semblait. Cependant, aucune des personnes auxquelles elle avait parlé n'était en mesure de fournir des alibis à Denby. Son rôle dans la campagne de Ritter en faisait automatiquement un suspect, mais Michelle s'interrogeait toujours sur ses éventuelles motivations.

La sonnerie du téléphone la fit sursauter. Son père lui donna des informations succinctes qu'elle nota aussitôt.

— Papa, tu es un amour. Merci encore.

— De rien, mais ce serait gentil de venir nous voir plus souvent. Tu comprends... ta mère ne cesse de me harceler à ce sujet, ajouta-t-il très vite.

— Tope là, quand tout sera terminé je te promets de passer quelques jours avec vous.

Ce problème réglé, elle composa aussitôt le numéro du cabinet qui s'était occupé de la vente de la propriété du Tennessee à Bob Scott. Son père avait déjà appelé le notaire pour prévenir que Michelle le contacterait.

— Je ne connais pas personnellement votre père mais nous avons des amis communs, lui annonça-t-il, et je serai ravi de vous rendre service. Il s'agit donc...

— D'une transaction pour la vente d'une propriété d'une personne récemment décédée. L'acheteur s'appelait Robert Scott.

— Oui, je viens justement de sortir le dossier. Scott a payé en argent liquide. Le montant de la vente était d'ailleurs assez modeste. Il s'agissait d'un vieux chalet sans valeur, de plusieurs hectares de bois et de terrains montagneux dans une région très reculée.

— Si j'ai bien compris, le précédent propriétaire ignorait tout du bunker situé sur sa propriété.

— Votre père a lui aussi mentionné ce bunker, et je dois vous avouer que moi-même je n'étais pas au courant. Cet édifice n'était pas répertorié dans le titre de propriété. Et je n'avais aucune raison de suspecter quoi que ce soit, sinon je me serais adressé directement à l'armée. D'un autre côté... à quoi peut bien servir un bunker ?

— Vous êtes-vous rendu sur place ?

— Non.

— Moi, si. On y accède par une porte de la cave du chalet.

— Impossible !

— Pourquoi ?

— J'ai le plan de cette cabane sous les yeux. Il n'y avait pas de cave.

— Du temps de votre client, Bob Scott a certainement eu connaissance de l'existence du bunker. Ensuite, il a fait installer la cave pour y accéder.

— Pourquoi pas ? J'ai consulté la liste des précédents pro-priétaires et je me suis aperçu que, du temps de l'armée, le chalet n'existait pas. Il a été édifié par la suite.

— Vous n'auriez pas des photos de Bob Scott, par hasard ? C'est vraiment très important.

— Normalement, nous faisons une photocopie du permis de conduire des deux parties, pour vérifier les identités des signataires de la transaction.

Michelle faillit battre des mains.

— Formidable. Pouvez-vous m'envoyer le document par fax ?

— Impossible.

— Mais pourquoi ? Ce n'est pas une information protégée.

— Non, en effet, admit-il.

Il poussa un soupir.

— Seulement, quand j'ai ouvert le dossier ce matin, et c'était la première fois que je le consultais depuis la signature de l'acte de vente, je n'ai pas trouvé de photocopie du permis de conduire de M. Scott.

— Peut-être un oubli de la part de votre secrétaire ?

— Cela fait trente ans qu'elle travaille avec moi et elle n'a jamais commis ce genre d'erreur auparavant.

— Alors quelqu'un a subtilisé ce document.

— Je n'arrive pas à comprendre ce qui s'est passé.

— Vous souvenez-vous du physique de Bob Scott ?

— Je ne l'ai vu qu'une seule fois, l'entrevue a duré quelques minutes et je traite des centaines d'affaires de ce genre dans l'année.

— Essayez tout de même de vous rappeler.

Le notaire s'exécuta, Michelle le remercia et raccrocha.

La description que le notaire avait donnée était trop vague, sans compter qu'en huit ans les gens changent, surtout ceux qui se sont éloignés de la vie ordinaire, comme Scott. Quant à Denby, elle n'avait aucune idée de ce à quoi il ressemblait. Bon Dieu ! elle tournait en rond. Elle respira profondément pendant quelques minutes pour se calmer. Surtout pas d'affolement, cela n'aiderait pas Sean.

Comme ses pistes personnelles ne donnaient rien, elle songea aux recherches de Sean. Il avait dit qu'il travaillait sur un sujet précis qu'il n'avait pas encore éclairci. Ah oui ! il devait se rendre quelque part.

Et puis brusquement elle se rappela, attrapa ses clés et courut jusqu'à sa voiture.

68

Michelle entra en coup de vent dans la bibliothèque juridique de l'université de Virginie et se dirigea vers le bureau de la réception. La femme qui la reçut n'était pas celle qui s'était occupée de King mais on lui indiqua où elle pourrait la trouver.

Michelle montra son badge et demanda à la préposée de lui expliquer sur quel sujet travaillait son ami.

— Ils ont annoncé au journal télévisé que son chalet avait brûlé ! Il va bien ? Ils n'ont pas précisé.

— Nous n'en savons rien, et cela explique ma démarche.

La bibliothécaire renseigna Michelle, l'emmena dans la salle où Sean avait travaillé, et la brancha sur le service en ligne.

— Il a consulté l'annuaire *Martindale-Hubbell*.

— Excusez-moi mais je ne suis pas juriste. De quoi s'agit-il exactement ?

— D'un répertoire de tous les avocats et conseillers juridiques des États-Unis. Celui de Sean était trop récent pour ses recherches.

— Il était intéressé par quelle période ?

— Le début des années soixante-dix.

— Il a mentionné autre chose ?

Michelle se voyait mal éplucher la liste de tous les juristes de ces années-là.

— Désolée, je ne peux rien vous dire de plus.

Elle s'en alla et Michelle s'installa devant l'écran. Le catalogue comportait environ un million d'entrées. Donc les États-Unis comptaient plus d'un million de juristes. Pas étonnant que le monde aille si mal...

Ne sachant par où commencer, elle fixait la page d'accueil avec désespoir quand une rubrique la fit brusquement se redresser sur son siège. « Recherches récentes ». C'était la liste des documents que le dernier utilisateur de cet annuaire, fort peu consulté, avait ouverts.

Un clic de souris lui révéla le nom d'un certain avocat ainsi que la ville dont il était originaire. Aussitôt, elle bondit sur ses pieds et sortit de la pièce en courant. Un certain nombre d'aspirants avocats relevèrent la tête et la suivirent du regard d'un air perplexe.

Elle était au téléphone avant même d'avoir atteint sa voiture, remplissant les blancs à toute allure. Cela allait si vite dans sa tête que la personne qu'elle appelait répéta trois fois « allô » sans qu'elle s'en rende compte.

— Parks, hurla-t-elle dans son portable, c'est Michelle Maxwell. Je sais où est Sean. J'ai enfin compris qui tirait les ficelles de cette saloperie de complot.

— Parlez moins vite. Je ne vous suis pas.

— Rendez-vous devant le café Greenberry, au centre commercial de Barracks Road. Et appelez la cavalerie. Il faut faire vite.

— Mais… vous n'êtes pas à l'hôpital ?

Elle raccrocha sans répondre.

Tout en fonçant à travers la ville, elle priait pour qu'ils n'arrivent pas trop tard.

Parks la retrouva à l'endroit indiqué. Il était seul, et semblait contrarié.

— Qu'est-ce que vous fichez ici au lieu d'être dans votre lit ?

— Où sont vos hommes ? demanda-t-elle.

Le marshal crispa les poings.

— Vous vous imaginiez peut-être que moi et la cavalerie attendions près d'un feu de camp que vous sonniez le clairon ? Vous m'appelez, me hurlez dans l'oreille de convoquer l'armée sans me donner aucune précision. Je travaille pour le gouvernement fédéral, tout comme vous, avec des hommes et des budgets limités. Je ne suis pas James Bond.

— Désolée, j'étais surexcitée et nous disposons de très peu de temps.

— D'accord, respirez, concentrez-vous et expliquez-moi ce qui se passe exactement. Si ça vaut le coup, je n'aurai qu'à passer un coup de fil.

Maintenant il était suspendu à ses lèvres, partagé entre l'espoir et le scepticisme.

Elle se força à recouvrer son calme.

— Sean s'est rendu à la bibliothèque de droit et a effectué des recherches sur l'avocat dont il pensait qu'il représentait Arnold Ramsey quand il a été arrêté pendant les années soixante-dix.

— Ramsey a été arrêté ? D'où vous vient cette information ?

— Je suis tombée dessus avec Sean.

Parks ouvrit de grands yeux.

— Et cet avocat s'appelle... ?

— Roland Morse, un juriste de Californie. Je suis certaine qu'il est le père de Sidney Morse. Sidney a dû rencontrer Arnold Ramsey dans sa jeunesse. Au lycée ou à l'université. Mais le point important, c'est que, dans le cas qui nous intéresse, il ne s'agit pas de Sidney mais de Peter Morse. Le jeune frère. C'est lui qui est derrière tout ça. Je sais que ça peut sembler tiré par les cheveux, mais j'en suis pratiquement certaine. Sean a détourné un instant les yeux, Clyde Ritter a été tué, et la vie de Sidney détruite. Peter a de l'argent et un passé de délinquant qui lui permettent de monter cette affaire. Il venge son frère, qui est enfermé dans un asile psychiatrique où il passe son temps à attraper des balles de tennis. Il n'est jamais apparu sur notre liste de suspects mais Sean, Joan et Bruno sont en son pouvoir. Et je sais où.

Quand elle lui donna le nom de l'endroit, Parks s'écria :

— Eh bien, qu'est-ce qu'on attend ? Allons-y.

Ils grimpèrent dans le véhicule de Michelle, qui démarra sur les chapeaux de roue, laissant des traces noires sur le parking. Pendant ce temps, Parks prenait son mobile et appelait la cavalerie.

69

Lorsque King se réveilla, l'esprit embrumé, il comprit qu'on l'avait drogué. Reprenant lentement connaissance, il réalisa à sa grande surprise qu'il pouvait bouger. Il n'était plus entravé. Il se leva avec lenteur, tout en se préparant à une attaque. Quelque chose lui frottait le cou et il sentit un poids à sa ceinture.

Des lumières s'allumèrent et il se retrouva face à son reflet dans un grand miroir sur le mur, vêtu d'un costume sombre et d'une cravate à motifs. Il portait des chaussures noires à semelles de caoutchouc. Et sa main tâtonnante venait de sortir un 357 de son holster d'épaule. Même ses cheveux étaient coiffés différemment. Exactement comme en... bon Dieu ! Il essaya de vérifier le chargeur de son arme, mais on l'avait scellé et il ne put l'ouvrir. Il savait, d'après le poids du revolver, que le chargeur était plein, mais il aurait parié qu'il s'agissait de cartouches à blanc. En 1996, il possédait le même modèle.

King rengaina son arme, dans son étui de ceinture cette fois. L'homme dans la glace semblait... de huit ans plus jeune. En s'approchant, il remarqua l'insigne du Service, rouge, de la couleur de celui qu'il avait épinglé le 26 septembre 1996 sur le revers de sa veste. Et il retrouva ses lunettes de soleil dans la poche de poitrine.

Quand il tourna la tête, il vit le cordon de son oreillette. Pas d'erreur : il était redevenu l'agent de l'US Secret Service Sean Ignatius King. Incroyable que tout cela ait commencé avec l'assassinat de Howard Jennings dans son bureau. Une simple coïnci...

Il fixa intensément son reflet pétrifié. Les chefs d'accusation fabriqués de toutes pièces contre Ramsey... ce n'était pas Bruno. Le dernier morceau du puzzle venait de se mettre en place. Juste au moment où il était neutralisé et où les chances qu'il parvienne à redresser la situation étaient nulles.

Il entendit alors, venant de très loin, les murmures de centaines, de milliers de voix étouffées. La porte à l'autre bout de la pièce s'ouvrit. Il hésita, y porta ses pas, la franchit et pénétra dans le couloir avec la désagréable impression d'être un rat dans un labyrinthe. Plus il avançait, plus le malaise s'accentuait. Mais reculer n'aurait servi à rien. Il n'avait pas le choix. Au bout du couloir, un panneau coulissa, révélant un portail de lumière et les murmures s'amplifièrent. Il redressa les épaules et pénétra dans la salle.

Le salon Stonewall Jackson de l'hôtel Fairmount avait beaucoup changé depuis le drame. Et pourtant, il s'en dégageait une impression intimement familière. Dans la pièce brillamment éclairée, les cordons de velours délimitaient le même espace que huit ans plus tôt. La foule, représentée par des centaines de personnages en carton peint, fixés sur des pieds de métal, agitait, immobile, des banderoles et des pancartes « Votez pour Clyde Ritter ». Le vacarme des voix enregistrées sortait de haut-parleurs invisibles. Toute une mise en scène.

Tandis qu'il regardait autour de lui, les souvenirs affluèrent. Il aperçut les visages de ses collègues du Service, positionnés exactement là où ils s'étaient tenus lors de cette tragique journée. Stratégie très néfaste, comme le prouveraient les événements. Il reconnut d'autres visages. Des personnages de carton tendaient des enfants à bout de bras pour que le candidat les embrasse, d'autres des stylos et des blocs-notes pour qu'il signe des autographes, la majorité souriait béatement. Sur le mur derrière lui, on avait accroché une pendule qui marquait 10 h 15. Si elle marchait, il restait encore dix-sept minutes avant le début de la représentation.

Il jeta un coup d'œil à la rangée d'ascenseurs derrière lui et fronça les sourcils. Comment allaient-ils jouer la pièce, cette fois-ci ? Aller jusqu'au bout de la reconstitution abolirait le suspense. Mais s'ils avaient enlevé Joan, il devait y avoir une raison. Il sentit son pouls s'accélérer et ses mains trembler. Depuis son licenciement du Service, il avait passé des années à compulser et à rédiger des documents juridiques, routine qui ne le préparait guère à l'action. Et pourtant, dans seize minutes il serait forcé d'endosser le rôle de l'agent d'élite qu'il avait été autrefois. En observant les silhouettes figées derrière la ligne pourpre, il se demanda où se dissimulait l'assassin.

Les lumières baissèrent et le bruit de fond s'arrêta. Des pas approchaient. L'homme paraissait tellement différent que, si King n'avait attendu son arrivée, il ne l'aurait pas reconnu.

— Bonjour, agent King, dit l'homme à la Buick. J'espère que vous êtes prêt pour le grand jour.

70

Une fois sur place, Parks et Michelle parlèrent avec l'officier qui dirigeait le contingent de la police locale que le marshal avait convoqué. Parks avait également contacté des collègues et d'autres services de police de Caroline du Nord.

— Ils arriveront là-bas avant nous, avait-il précisé à Michelle tandis qu'ils roulaient vers le Fairmount.

— Dites-leur d'encercler l'hôtel et de se planquer dans la forêt, avait répondu la jeune femme.

Michelle et Parks se dissimulèrent au milieu des arbres à l'orée du bois, derrière l'hôtel. L'allée qui y menait était bloquée par une voiture de police qu'on ne pouvait distinguer depuis le Fairmount. Michelle remarqua un tireur embusqué qui pointait un fusil longue portée sur la grande bâtisse, d'un aspect encore plus sinistre qu'à l'accoutumée.

— Vous êtes sûr d'avoir assez d'hommes ? demanda-t-elle à Parks.

Il désigna plusieurs points dans l'obscurité, indiquant les positions des forces de l'ordre. Michelle ne les voyait pas mais elle percevait leur présence rassurante.

— Nous en avons bien plus qu'il n'en faut pour mener à bien notre mission, répliqua le marshal. Et je souhaite de tout cœur retrouver vivants Sean et les autres.

Il reposa son revolver et prit son talkie-walkie.

— Bien, vous avez déjà pénétré dans cet hôtel et vous connaissez le plan. Selon vous, par où faut-il frapper ? demanda-t-il à Michelle.

— La dernière fois que nous sommes venus ici, quand nous avons neutralisé ces évadés, Sean et moi avons pratiqué une ouverture dans la clôture en repartant. C'était plus facile que de grimper par-dessus. Nous allons emprunter le même chemin. Les portes principales sont verrouillées avec des chaînes, mais une fenêtre juste à côté a été brisée. Si on passe par là, on sera dans le hall d'entrée en un rien de temps.

— Vous avez une idée de l'endroit où ils se trouvent ? C'est immense.

— Selon moi, ils devraient être réunis dans le salon Stonewall Jackson. Juste à droite de l'entrée. À l'intérieur, il y a une rangée d'ascenseurs.

— Pourquoi, d'après vous, auraient-ils choisi ce salon ?

— Dans ce vieil hôtel, on entend des craquements, des courses précipitées de petits animaux, des bruits bizarres, mais, quand je me suis trouvée dans cette pièce, j'ai brusquement été plongée dans un silence inquiétant. Je n'entendais plus rien. Et quand j'ai ouvert la porte, le bruit de fond a repris.

— Et alors ?

— Cette pièce a été isolée du monde extérieur, Jefferson.

— Je commence à comprendre où vous voulez en venir.

— Vos hommes sont en position ?

— Oui.

Michelle jeta un coup d'œil à sa montre.

— Il sera bientôt minuit et la pleine lune nous éclaire. Avant d'atteindre la clôture, nous devons parcourir un terrain dégagé. Si nous dirigeons l'assaut depuis l'intérieur, sauf accident nous ne compterons aucune perte.

— Voilà un plan d'attaque ou je ne m'y connais pas. Je préfère vous suivre, je ne connais pas le coin.

Il parla dans son talkie-walkie et ordonna à ses hommes de se rapprocher.

Elle partit à vive allure mais il l'attrapa par le bras.

— J'étais un assez bon athlète dans ma jeunesse mais je n'ai pas fait les jeux Olympiques. Et maintenant, mes genoux sont très esquintés. Ça vous dérangerait de ralentir ? Sinon je risque de vous perdre.

Elle sourit.

— Pas de problème. Vous êtes en de bonnes mains.

Ils filèrent à travers les arbres et arrivèrent devant l'espace à découvert qu'ils devaient traverser. Ils s'arrêtèrent un instant. Parks respirait avec difficulté.

— Prêt ? interrogea Michelle.

Il hocha la tête en levant le pouce.

Elle fonça en direction de la clôture. Parks l'imita tant bien que mal. Tout en avançant, elle se concentrait sur son objectif quand, soudain, son attention se porta sur ce qui se passait derrière elle. Et cela lui fit froid dans le dos.

Les pas de son partenaire manquaient de naturel. Ils ressemblaient étrangement aux glissements qu'elle avait entendus devant sa chambre d'hôtel le soir où quelqu'un avait essayé de la tuer. Elle s'était trompée. Il ne s'agissait pas de la progression laborieuse d'un homme blessé mais de la course arthritique d'un homme aux genoux abîmés. Désormais, elle reconnaissait également la respiration sifflante.

Elle bondit derrière un arbre déraciné, une fraction de seconde après le coup de feu. La balle passa juste à l'endroit où elle se tenait. Accomplissant une roulade latérale, elle dégaina son arme et riposta, plaçant les balles dans un arc de cercle.

Parks jura et se jeta à terre, évitant les projectiles de justesse. Il tira de nouveau.

— Que le diable vous emporte, agent Maxwell ! hurla-t-il. Cette fois-ci, vous ne vous en sortirez pas.

— Espèce de salaud ! répliqua-t-elle tout en balayant la zone du regard, essayant de repérer les complices de Parks.

Elle tira deux fois, faisant voler des éclats du rocher derrière lequel Parks s'était abrité.

Il lui retourna la politesse.

— Désolé, ma jolie, mais je n'avais pas le choix.

Elle lança un regard désespéré vers la forêt et se demanda comment l'atteindre sans y laisser sa peau.

— Sans doute que le Marshal Service ne vous payait pas suffisamment. Dans ce cas, c'est tout naturel.

— Vous avez tout compris. Il y a longtemps, quand j'étais flic à Washington, j'ai fait une connerie et je continue de payer.

— Cela vous dérangerait d'éclairer ma lanterne avant de me liquider ?

Michelle s'efforçait de le faire parler pour trouver une échappatoire à cette situation apparemment sans issue.

Parks hésita.

— L'année 1974, ça vous rappelle quelque chose ?

— La manifestation contre Nixon ?

Michelle se creusa la cervelle et comprit brusquement.

— Quand vous étiez flic, vous avez arrêté Arnold Ramsey !

Parks ne répondit pas.

— Il était innocent, reprit-elle. Il n'avait pas tué ce garde national…

Et la vérité la gifla au visage.

— Vous avez tué ce garde et fait porter le chapeau à Ramsey. On vous a payé pour ça.

— Drôle d'époque, hein ? Les choses ont dérapé. J'ai sans doute frappé le gamin un peu fort. Oui, j'ai bien été payé, mais un tarif dérisoire si on considère la suite des événements.

— Et maintenant, vos commanditaires vous font chanter ?

— Eh oui. Ce n'était pas une bonne affaire, pas de prescription pour les meurtres.

Michelle ne l'écoutait plus car elle avait deviné qu'ils employaient tous deux la même stratégie. Il la faisait parler pendant qu'il appelait des renforts. Elle essaya de se souvenir de l'arme dont il disposait. Un Remington à cinq coups ! Du moins elle l'espérait. Il avait tiré quatre fois et n'avait pas rechargé. Dans un endroit aussi tranquille, elle l'aurait entendu.

— Michelle ? Vous êtes toujours là ?

Pour toute réponse, elle tira à trois reprises en direction du rocher et il riposta une fois, par réflexe. Aussitôt, elle bondit sur ses pieds et courut vers les bois.

Parks jura comme un charretier. Le temps qu'il recharge, elle était déjà hors d'atteinte. Elle accéléra pendant qu'il hurlait dans son talkie-walkie.

Michelle le vit arriver. Elle coupa sur la gauche, sauta par-dessus une souche et s'aplatit sur le sol juste avant qu'une balle ne vienne se ficher dans l'écorce.

L'homme qu'elle avait pris pour un sniper appartenant à la police s'était lui aussi lancé à ses trousses. Elle fit feu dans sa direction et rampa sur dix mètres avant de se redresser.

Comment avait-elle pu être aussi stupide ? Une balle heurta un arbre près de sa tête et elle plongea de nouveau. Tout en reprenant son souffle, elle évalua les options qui s'offraient à elle. Toutes lui promettaient une mort violente. En quadrillant le terrain, ils étaient sûrs de l'attraper. Son téléphone ! Elle porta fébrilement la main à sa ceinture pour constater qu'il s'était décroché. Coupée de tout secours, avec au moins deux tueurs qui l'avaient prise en chasse dans une forêt plongée dans l'obscurité, elle se dit qu'en horreur cela surpassait ses pires cauchemars d'enfant.

Elle tira au hasard, en direction des endroits où elle pensait les avoir repérés, et se mit à courir de toutes ses forces. La pleine lune était à la fois une chance et une malédiction. Elle voyait où elle allait… tout comme ses poursuivants.

En sortant du bois, Michelle s'arrêta juste à temps au bord du précipice qu'elle avait repéré lors de sa première visite. Un pas de plus et c'était la chute. Parks et son partenaire étaient sur ses talons. Elle vérifia son chargeur : il lui restait cinq balles et elle en avait cinq de plus sur elle. Dans quelques secondes, ils émergeraient à leur tour de la forêt et elle offrirait une cible parfaite. Il fallait à tout prix qu'elle se cache et les descende la première. Mais, en admettant qu'elle en touche un, l'autre connaîtrait alors sa position, ce qui lui laissait peu de chances de survie. Elle jeta un regard désespéré autour d'elle, mesura la profondeur de la dénivellation qui plongeait vers la rivière. Elle prit sa décision en quelques secondes. La plupart des gens l'auraient traitée de folle. Qu'importe, dans la vie, elle avait toujours choisi les extrêmes. Rengainant son arme, elle attendit.

Elle avait soigneusement choisi l'endroit. Environ six mètres plus bas se dressait une petite saillie ; dès qu'elle les entendit, elle se laissa glisser le long de la paroi, embrassant la falaise juste avant qu'ils ne débouchent dans la clairière. À un moment donné, en voulant se retourner, elle glissa et faillit basculer dans le vide. Elle se retint par miracle à un arbuste.

Parks et son partenaire se tenaient juste au-dessus d'elle. Une corniche sur sa gauche la dissimulait à la vue de ses ennemis. La lune découpait leurs silhouettes et Michelle fut un instant tentée de les abattre. Mais elle avait un autre plan. Elle avança un pied vers le tronc d'arbre mort qui s'était effondré sur le promontoire où elle s'était réfugiée. La jeune femme poussa doucement le tronc jusqu'au bord du précipice tout en surveillant les agissements des deux hommes. Les faisceaux de leurs lampes fouillaient les environs. Dès qu'elle se fut assurée qu'ils regardaient ailleurs, elle donna un coup de pied au tronc tout en poussant un terrible hurlement.

Le tronc ricocha sur la falaise et plongea dans la rivière. Maintenant les hommes pointaient leurs lampes vers le précipice. Michelle retint son souffle. Les secondes s'écoulaient et ils ne bougeaient toujours pas. Michelle se préparait à tirer sur eux quand, après une brève discussion, ils estimèrent qu'elle avait eu son compte et repartirent comme ils étaient venus.

Par mesure de précaution, elle attendit encore une dizaine de minutes, après quoi elle escalada la falaise, s'accrochant aux rochers et aux arbrisseaux. Si Parks et son complice avaient pu voir l'expression du visage de cette femme quand elle remonta du gouffre, ils auraient craint pour leur vie, malgré leur supériorité en armes et en nombre.

71

— Vous avez beaucoup changé, Sidney, dit King. Perdu du poids. Pratiquement méconnaissable. Et en grande forme. Votre frère n'a pas vieilli aussi bien.

Sidney Morse, le brillant directeur de campagne de Clyde Ritter, que l'on croyait enfermé dans un asile psychiatrique dans l'Ohio, fixait King d'un air amusé. Il tenait un revolver qu'il pointait sur sa poitrine. Vêtu d'un costume de prix, rasé de frais, ses cheveux gris bien coupés, Morse était maintenant un homme mince et élégant.

— Je suis impressionné. Qu'est-ce qui vous a amené à comprendre que le malheureux Scott n'était pas derrière tout ça ?

— Cette note que vous avez laissée sur la porte de ma salle de bains. Un agent du Service n'aurait jamais écrit « poussé au poste » mais « poussé », tout simplement. Et Bob Scott, un ancien soldat, utilisait toujours l'heure militaire et n'aurait pas précisé AM, ante meridiem. Et puis j'ai commencé à me poser la question : pourquoi Bowlington ? Pourquoi l'hôtel Fairmount ? Parce que l'endroit était situé à trente minutes de chez Arnold Ramsey. En tant que directeur de campagne, vous pouviez facilement arranger le coup.

— Tout comme Doug Denby et Ritter lui-même. Et pour le reste du monde, je ne suis qu'un zombie dans l'Ohio.

— Pas pour un agent du Service. J'avoue qu'il m'a fallu un certain temps mais j'ai fini par comprendre.

Il désigna l'arme de Sidney d'un geste du menton.

— Pour finir, je me suis rappelé que vous étiez gaucher. Dans le Service, nous avons tendance à nous concentrer sur les petits détails. Or il se trouve que le zombie dans l'Ohio attrape les balles de la main droite. Et sur la photo à l'hôpital, Peter Morse tenait également sa batte de base-ball de la main droite.

— Mon cher frère n'a jamais été particulièrement brillant, dans quelque domaine que ce soit, d'ailleurs.

— Ne faisait-il pas partie intégrante de votre plan ?

Morse sourit.

— Je vois qu'il vous manque encore quelques éléments et vous voulez que je remplisse les cases manquantes. Très bien, comme je vous imagine mal témoignant plus tard contre moi... Mon frère, avec ses bonnes fréquentations, nous avait procuré des armes « propres », à Arnold et à moi, pour la petite fête du Fairmount.

— Et vous avez caché votre revolver dans la réserve après le meurtre de Ritter.

— La femme de chambre qui m'a aperçu a passé sept années à me faire chanter. Elle s'est arrêtée quand elle a cru que j'avais été interné. Votre amie Maxwell m'a involontairement révélé son identité. Et je l'ai remboursée. Avec intérêts, bien sûr.

— Même chose avec Mildred.

— Elle s'était montrée incapable de suivre mes instructions. Je ne supporte pas la stupidité.

— Je suppose que ce jugement inclut votre frère.

— C'était probablement une erreur de le mouiller dans cette affaire mais, après tout, il appartenait à ma famille et s'était montré très désireux de m'aider. Cependant, avec le temps, il continuait à abuser de la drogue et je craignais qu'il ne parle. De plus, je possédais beaucoup d'argent et il y avait toujours la possibilité qu'il me fasse chanter. La meilleure façon de traiter les problèmes est de les mettre en évidence. Donc on ne se quittait pas et je l'entretenais. Le moment venu, nous avons échangé nos identités et je l'ai fait enfermer.

— Pourquoi échanger vos identités ?

— Quand j'ai mis mon plan au point, je me suis arrangé pour que tout le monde me croie ailleurs. Sinon, les gens auraient commencé à fouiner.

Morse ouvrit les bras.

— Réfléchissez deux secondes. Plusieurs acteurs mêlés à l'imbroglio Ritter rassemblés sur un plateau aussi sophistiqué que celui-ci ! On allait automatiquement penser à moi. L'enfermement dans un asile présente de sérieux avantages. On peut toujours imaginer que des gens montent des escroqueries pour faire croire à leur décès mais j'étais tout à fait sûr que personne ne se douterait que Peter avait pris ma place.

L'homme n'avait qu'une envie : se vanter de ses réalisations grandioses, ce qui laissait du temps à King pour mettre au point un plan afin de s'évader de cette souricière.

— Vous auriez pu le faire enfermer, puis le tuer : stratégie encore plus sûre.

— Le tuer comportait un risque d'autopsie. En revanche, si aujourd'hui il s'éteint naturellement, je ne risque rien. De plus, nous nous ressemblons beaucoup, et j'ai fignolé quelques petits détails qui suffiraient à tromper n'importe qui. Mon génie réside dans les détails. Par exemple, j'ai fait isoler cette pièce. Quelle importance dans un hôtel désert, me direz-vous ? Eh bien, avec le son, on n'est jamais trop prudent : il porte de façon imprévisible, et les interruptions incontrôlables me sont intolérables. Cela peut gâcher une représentation, or je n'ai jamais déçu mon public. Et puis je calcule mes effets, je les amène toujours avec une touche d'originalité. Par exemple, cette note que vous avez mentionnée, j'aurais tout aussi bien pu la glisser dans votre boîte aux lettres. Mais un corps pendu à une porte, ça a de l'allure, du style, tout en restant néanmoins assez classique.

— Pourquoi impliquer Bob Scott ? Comme vous le disiez si bien, personne ne vous aurait soupçonné.

— Réfléchissez, agent King. Pas d'œuvre dramatique sans un héros et un méchant. De plus, l'agent Scott ne m'a jamais traité avec le respect que je méritais quand je travaillais pour Ritter. Il l'a amèrement regretté.

— Très bien, donc vous causez des dommages irréversibles au cerveau de votre frère, mutilez son visage pour masquer encore un peu plus son identité, sous l'effet des drogues il grossit pendant que vous maigrissez, puis vous emménagez dans l'Ohio, où personne ne vous connaît, enfin vous procédez à l'échange d'identités. Ni vu ni connu. Jolie production. Qui présente des similarités avec la campagne de Ritter.

— Clyde Ritter n'était qu'un moyen pour atteindre mes fins.

— En effet. Cela n'a rien à voir avec Clyde Ritter… et tout avec Arnold Ramsey. Il possédait quelque chose que vous brûliez d'obtenir. Vous le désiriez si fort que vous l'avez habilement conduit à la mort pour le lui dérober.

— Je lui ai rendu service. Je savais qu'Arnold détestait Ritter. Sa carrière universitaire allait nécessairement stagner. Il végétait au fond du trou, il était mûr pour ma proposition. Je lui ai rappelé sa gloire passée en tant que contestataire radical. Je l'ai aidé à entrer dans l'histoire en lui offrant le rôle de l'assassin d'un homme répugnant, immoral. Que rêver de mieux ? Maintenant c'est le martyr d'une bonne cause.

— Votre sort était plus enviable puisque vous alliez remporter le gros lot ! Celui que vous convoitiez trente ans auparavant quand vous avez fait tomber Ramsey dans une souricière pour le meurtre d'un garde national. Or cette tentative a échoué, ainsi que le plan Ritter. Arnold disparu, l'objet du désir allait quand même vous échapper.

Morse parut amusé.

— Continuez, vous vous débrouillez très bien. Quel est ce prix qui m'est passé sous le nez ?

— La femme que vous aimiez. Regina Ramsey, l'actrice au brillant avenir. Je parierais qu'elle a joué dans certaines de vos productions, autrefois. Et il ne s'agissait pas d'une simple relation professionnelle. Vous étiez fou d'elle. Manque de chance, elle aimait Arnold Ramsey.

— Pour ajouter au comique de l'affaire, c'est moi qui les ai présentés. J'avais rencontré Arnold en préparant une pièce sur les manifestations pour les droits des minorités et je cherchais de la documentation. Je n'avais jamais imaginé que deux personnes aussi différentes… Bien sûr, il ne la méritait pas. Regina et moi nous formions une équipe, un merveilleux tandem, la gloire nous attendait. Nous nous apprêtions à devenir célèbres. La présence magnétique qu'elle exerçait sur une scène aurait fait d'elle une des plus grandes stars de Broadway.

— Et la gloire serait retombée sur vous.

— Tout créateur a besoin d'une muse. Et ne vous méprenez pas, je tirais le meilleur d'elle-même. Rien n'aurait pu nous arrêter.

Malheureusement, mes pouvoirs artistiques se sont évanouis quand elle a épousé Arnold. Ma carrière était détruite tandis qu'Arnold gâchait la vie de Regina dans ce misérable petit monde des universités minables.

— Bien sûr, vous aviez veillé à ce que la carrière d'Arnold soit bloquée.

— Vous posez beaucoup de questions, agent King. À mon tour, maintenant. Qu'est-ce qui vous a amené jusqu'à moi ?

— Une ou deux informations m'ont orienté vers vous. J'ai d'abord fouillé dans votre passé familial. Là, j'ai découvert que votre père était l'avocat qui avait sauvé Ramsey, accusé de meurtre à Washington. Vous aviez dans l'idée de déshonorer Ramsey en le rendant coupable aux yeux de Regina, afin qu'elle se détache de lui. Puis vous arriviez sur votre cheval blanc, vous sauviez Arnold et vous partiez avec Regina. Un vrai scénario de cinéma.

Morse pinça les lèvres.

— Sauf que le scénario ne s'est pas déroulé comme prévu.

— Exact. Vous avez donc attendu une autre occasion.

— Je suis un homme très patient. Quand Ritter a annoncé qu'il se présentait à la présidence, j'ai su que le moment était venu.

— Pourquoi ne pas simplement tuer votre rival ?

— Ça manque de sel. Où est le drame, l'art de la mise en scène ? Je vous ai déjà dit que ce genre de méthode ne me ressemblait guère. Et puis, si je m'en étais débarrassé, elle ne l'en aurait aimé que davantage. Oui, il fallait que je tue Arnold Ramsey, à condition que Regina ne le pleure pas mais le déteste. Alors nous pourrions reformer notre tandem de rêve. Bien sûr, Regina avait vieilli, mais elle possédait un talent rare, inimaginable... irremplaçable. La magie opérait toujours. Je le savais.

— Et donc l'assassinat de Ritter fut votre production suivante.

— En vérité, il m'a été assez facile de convaincre Arnold. Regina et lui avaient fini par se séparer, mais elle n'avait jamais cessé de l'aimer. Maintenant, il fallait le lui montrer sous le jour d'un tueur détraqué : adieu, le noble et brillant activiste qu'elle croyait avoir épousé. J'ai rencontré Arnold en secret à plusieurs reprises. Du temps des vaches maigres, je l'ai aidé financièrement. Il me voyait comme un ami. Je lui rappelais sa jeunesse, l'époque où il voulait changer le monde. Je l'ai mis au défi d'être un nouveau héros. Et quand je lui ai proposé de s'associer à moi et lui ai fait miroiter qu'il remonterait dans l'estime de Regina, je savais que je le tenais. Le plan a d'ailleurs magnifiquement marché.

— Sauf que la veuve éplorée vous a une fois de plus rejeté. Cette fois-ci, vous deviez vous rendre à l'évidence, elle ne vous aimait pas et ne vous aimerait jamais. Un choc pour votre amour-propre.

— Mais l'histoire n'est pas terminée et voilà pourquoi nous sommes ici.

King le scruta d'un air interrogateur.

— Ensuite, elle s'est suicidée… S'est-elle vraiment suicidée ?

— Elle allait se remarier. À un homme remarquablement similaire à Arnold Ramsey.

— Joel Detroit.

— Cette femme souffrait d'un gène défectueux qui la portait vers les types de ce genre. Et je commençais à comprendre que ma « star » n'était pas aussi parfaite que je me l'étais imaginé. Il était néanmoins hors de question, après toutes ces années, qu'elle m'échappe à nouveau : personne ne prendrait ma place.

— Vous l'avez tuée, elle aussi…

— Je le formulerais différemment : disons que je lui ai permis de rejoindre son misérable mari.

— Ce qui nous amène à Bruno.

— Voyez-vous, agent King, une bonne pièce de théâtre se déroule toujours en trois actes. Le premier, c'était le garde national. Le deuxième, l'assassinat de Ritter.

— Le troisième, Bruno et moi, rideau. Mais pourquoi ? Regina est morte. Qu'avez-vous à y gagner ?

— Agent King, vous manquez de finesse et de sensibilité, vous ne pouvez pas comprendre ce que j'ai créé ici.

— Désolé pour ma grossièreté, Sid. Et, si je puis me permettre, je n'appartiens plus au Service, alors laissez tomber l'« agent ».

— Détrompez-vous : aujourd'hui, vous êtes un agent de l'US Secret Service, déclara Morse d'un ton ferme.

— D'accord. Et vous, vous êtes un psychopathe. Quand tout cela sera terminé, je veillerai à ce que vous rejoigniez votre frère. Vous pourrez lui lancer des balles de tennis.

Sidney Morse pointa son arme sur la tête de King.

— Assez bavardé. Maintenant, vous allez suivre mes instructions. Quand l'horloge marquera 10 h 30, vous prendrez position derrière les cordons. Je me suis occupé du moindre détail. Dans cette pièce, mon chef-d'œuvre à ce jour, vous avez un rôle très important à jouer. Et je suis certain que vous le connaissez par cœur. Bonne chance pour la suite.

— Cette représentation reprendra exactement celle de 1996 ?

— Bien sûr que non. Sinon, vous vous ennuieriez.

— Ne craignez-vous pas que je vous réserve quelques surprises ?

Morse éclata de rire.

— Nous ne jouons pas dans la même division, agent King. À présent, souvenez-vous, il ne s'agit pas d'une générale mais d'un événement unique. Prenez bien vos marques. Ce spectacle ne sera donné qu'une seule fois.

Morse disparut dans l'ombre et King respira profondément pour tenter de se ressaisir. Ce cinglé l'impressionnait. Il était tout aussi intimidant et sûr de lui qu'autrefois, et King, seul contre une bande de fous furieux, sentit le désespoir l'envahir. Son revolver était très certainement chargé à blanc. Il jeta un coup d'œil à la pendule. Plus que dix minutes avant que le mécanisme se déclenche. Sa montre marquait 12 h 30. Il s'interrogea. Midi et demi ? Minuit et demi ? Sans compter que Morse avait très bien pu trafiquer l'heure de sa montre.

Il regarda autour de lui. Tout dans ce décor lui disait qu'il allait revivre un événement abominable qu'il avait refoulé au plus profond de lui-même. Rien, aucun élément auquel se raccrocher pour retrouver un peu d'espoir.

Puis une idée le frappa : qui reprendrait le rôle de Ramsey ? La réponse lui sauta au visage. Tel père telle fille ! Ce fils de pute allait remettre ça.

Derrière les arbres, Michelle surveillait l'hôtel pour repérer celui ou ceux qui montaient la garde. Elle vit Jefferson Parks grimper dans sa voiture, ses pneus chassant des graviers tandis qu'il démarrait en trombe. Parfait, un de moins, songea-t-elle. Elle s'avança alors vers la clôture, courbée en deux pour éviter de se faire remarquer. Elle allait l'escalader quand un bourdonnement l'intrigua. Puis elle vit le fil électrique. Elle recula de quelques pas, ramassa un bout de bois et le jeta. En heurtant le fil, il fit des étincelles. Génial. La barrière était électrifiée. Impossible d'utiliser le trou dans la clôture ; elle en avait parlé à Parks, qui avait très bien pu donner des ordres pour que l'on surveille l'endroit, dans l'éventualité où elle ne se serait pas noyée. Et l'espace pratiqué était trop étroit pour qu'on ne touche pas la barrière au passage.

Michelle battit en retraite dans la forêt pour réfléchir. En se rappelant sa première visite, elle se dit qu'il n'existait qu'une seule solution. Contournant le bâtiment, la jeune femme s'arrêta là où la pente formait un genre de surface d'appel avec la palissade. Voilà longtemps, elle avait été championne de saut en hauteur junior. Elle mesura la distance, se concentra quelques minutes, ôta ses chaussures, qu'elle balança par-dessus l'obstacle, pria en silence, prit une grande inspiration, expira, remplit à nouveau ses poumons et se lança, comptant ses pas comme on le lui avait appris. Elle connut un instant d'hésitation tandis que la balustrade électrifiée se rapprochait. Si elle échouait, sa défaite ne se résumerait pas à quelques larmes allongée sur le gazon, comme cela lui était arrivé lors de certains championnats. Là, elle jouait sa vie.

Le mouvement de ses jambes et de ses bras bien synchronisés, elle aborda l'obstacle de face, décolla et se retourna juste à temps pour effectuer un saut dorsal qui lui permit de franchir l'obstacle haut la main. Au moins six centimètres au-dessus. Malheureusement, il n'y avait pas de mousse pour amortir sa chute. Quand elle se releva, tout son corps lui faisait mal. Encore une chance qu'elle ne se soit rien cassé. Elle remit ses chaussures et se dirigea vers le bâtiment. Là, elle découvrit une fenêtre brisée et se glissa à l'intérieur.

72

Quand l'horloge marqua 10 h 26, un homme arriva par la porte que King avait franchie quelques minutes auparavant. John Bruno, perdu, hébété, effrayé, semblait sur le point de vomir. King souffrait lui aussi de terribles nausées. Il songea aux chrétiens attendant les lions tandis que la foule assoiffée de sang anticipait avec des frissons de joie le massacre à venir. Quand King s'approcha de lui, Bruno se rétracta.

— Je vous en prie, ne me faites pas de mal.

— Je ne vous toucherai pas. Je suis ici pour vous aider.

Bruno le fixa d'un air stupéfait.

— Qui êtes-vous ?

King ouvrit la bouche pour essayer de lui expliquer la situation et renonça aussitôt devant l'inanité d'une telle tentative.

— Agent King, du Service, assigné à votre sécurité, proféra-t-il enfin.

Le plus bizarre, ce fut que Bruno accepta cette déclaration sans broncher.

— Que se passe-t-il ? demanda Bruno. Où sommes-nous ?

— Dans un hôtel. Il va se passer quelque chose mais j'ignore exactement quoi.

— Où sont vos hommes ?

King le fixa d'un air interdit.

— J'aimerais bien le savoir... monsieur.

Cela dépassait l'entendement, on nageait en plein délire mais il devait admettre que son comportement d'agent lui était revenu plus vite qu'il ne l'aurait pensé.

— On ne peut pas juste s'en aller en passant par la porte ? demanda naïvement Bruno.

— Euh… non. Ce ne serait pas une très bonne idée.

King regarda l'horloge, qui indiquait maintenant 10 h 29. Huit ans auparavant, Ritter était devant lui, établissant des contacts avec la foule en adoration. King n'allait pas recommencer la même bêtise avec Bruno. Il le conduisit jusqu'aux cordons.

— Vous allez rester derrière moi. Quoi qu'il arrive, vous vous abritez derrière moi, d'accord ?

— Évidemment.

En réalité, King avait bien envie de se planquer derrière lui. Après toutes ces années, redevenir un bouclier humain l'accablait d'un poids terrifiant.

Il sortit le revolver de sa poche. Si l'arme était chargée à blanc, il ne donnait pas cher de sa peau. Il s'avança vers les cordons de velours et s'arrêta à quelques centimètres, pratiquement à l'endroit même où se tenait Ritter quand Ramsey l'avait tué. Tandis que l'aiguille de l'horloge s'ébranlait vers 10 h 30, King engagea une balle dans le chargeur.

— Et maintenant on amène des bébés grassouillets pour que le candidat les embrasse, grommela King. En avant.

Michelle longea le mur et, parvenue au coin, elle aperçut un homme devant la porte donnant sur le salon Stonewall Jackson. Il était armé d'un revolver et d'un fusil, et elle le reconnut comme le tireur embusqué dans l'arbre, qui avait ensuite rejoint Parks pour l'éliminer. Dans l'ombre, elle ne distinguait pas son visage mais elle crut reconnaître Simmons. Devait-elle se montrer et lui ordonner de ne plus bouger ? Attaque d'autant plus risquée qu'elle ignorait où se trouvait Parks, qui montait peut-être la garde dans le coin… Puis elle vit l'homme sourire en regardant sa montre. Cela signifiait…

Elle s'avança et le visa tout en lui criant de ne pas bouger. Les balles l'atteignirent en pleine poitrine. Michelle se précipita vers lui, écarta prestement ses armes, s'agenouilla et lui tâta le pouls. Le pied botté l'atteignit à l'épaule. Michelle tomba à la renverse et lâcha son revolver.

Maintenant l'homme titubait en se tenant le thorax. Il portait un gilet pare-balles ! Michelle se précipita pour récupérer son revolver mais il l'avait devancée. Ils s'empoignèrent et tombèrent à terre. Elle sentit ses mains se resserrer autour de son cou.

— Cette fois, siffla-t-il à son oreille, tu vas crever, salope !

Pas de doute, il s'agissait du type qui avait essayé de l'étrangler dans sa voiture.

Elle lui donna un coup de coude dans le flanc gauche, là où elle pensait l'avoir touché la première fois. Poussant un gémissement, il la relâcha et tomba à genoux. Elle se dégagea, glissa sur le plancher et tâtonna pour retrouver son revolver. Tandis qu'elle se relevait, Simmons se redressait à son tour et tirait un couteau de sa ceinture.

La balle de Michelle l'atteignit en plein front. Maintenant, la jeune femme avait un plan. Qui pouvait très bien marcher.

73

À 10 h 31 précises, King était en proie à un dilemme insoluble. Il jeta un coup d'œil aux ascenseurs. Si la « représentation » actuelle s'inspirait de la précédente, le « ding » de l'ascenseur allait tout déclencher. Si King se forçait à ne pas se retourner, lui et Bruno risquaient une attaque par-derrière. Mais se laisser consciemment distraire pour rejouer la scène qui s'était déroulée huit ans auparavant pouvait leur être fatal. Il imagina Sidney Morse l'observant depuis une cabine technique dont il ignorait la localisation, riant comme un malade en le voyant confronté à ce problème absurde.

Tandis que l'aiguille bondissait vers la minute fatale, King se retourna, attrapa Bruno par la manche et lui murmura d'une voix rauque :

— Quand je vous dirai « à terre », vous plongerez.

L'aiguille allait marquer 10 h 32. Il faillit tirer une fois, pour vérifier que son revolver était chargé à blanc, sauf que, si Morse lui avait accordé une seule balle réelle, il l'aurait gâchée. En ce moment même, Morse suivait pas à pas son raisonnement et jouissait de son abominable « mise en scène ».

King décrivit des arcs de cercle avec son arme tout en tenant Bruno par son manteau. La respiration du candidat s'accéléra et, un instant, King crut qu'il allait s'évanouir. Puis il comprit que les battements de cœur qu'il prenait pour ceux de Bruno étaient les siens.

L'aiguille pointa sur l'heure fatidique. Il était maintenant 10 h 32 exactement. L'arc de cercle décrit par King s'accéléra pour couvrir chaque recoin de la pièce quand, brusquement, les lumières s'éteignirent, les plongeant dans l'obscurité. Au noir succédèrent des éclairages très sophistiqués, kaléidoscopes et stroboscopes comme dans une discothèque survoltée, les voix montèrent en un tumulte assourdissant. Aveuglé, King porta une main à ses yeux, se rappela ses lunettes de soleil, les prit dans sa poche de poitrine et les chaussa. Le dernier élément de sa panoplie vestimentaire était en place.

Puis le « ding » retentit.

— Morse, espèce de salaud ! hurla King.

Les portes s'ouvrirent... Torturé par l'indécision, King cria « à terre » à l'adresse de Bruno, qui s'aplatit aussitôt sur le sol, puis King amorça le geste de se retourner, bien décidé à ne pas s'attarder plus d'une fraction de seconde sur l'ascenseur, mais il n'eut pas le loisir d'aller jusqu'au bout de sa volte-face.

Joan Dillinger se tenait devant lui, pendue à moins de trois mètres au-dessus du sol, les bras en croix, les jambes écartées, le visage livide et les yeux clos. Ignorant si elle était réelle ou s'il s'agissait d'effets spéciaux, King fit deux pas en avant... et sa main la traversa. Pivotant vers l'ascenseur, il l'aperçut en chair et en os, attachée par des filins. L'image de Joan avait été projetée en trois dimensions. Elle semblait sans vie.

King ressentit une rage meurtrière, et c'était probablement là-dessus que comptait Morse. Cette pensée le calma d'un coup.

En revenant vers la salle, il se raidit. Juste devant lui, entre deux personnages de carton, se dressait Kate Ramsey. Elle tenait un revolver qu'elle braquait dans sa direction.

— Posez votre arme, ordonna-t-elle.

King hésita, puis lui obéit. Les lumières revinrent à la normale et les effets sonores s'arrêtèrent.

— Levez-vous ! hurla-t-elle à l'adresse de Bruno. Debout, espèce de salaud !

Bruno se leva sur des jambes flageolantes, mais King se tenait entre le candidat et la jeune femme.

— Kate ! Je ne parviens pas à croire que vous vouliez de votre plein gré accomplir ce geste.

Une voix tonna, répercutée par une sono dantesque. C'était Morse, dans son rôle de démiurge.

381

— Vas-y, Kate. Je te les ai livrés tous les deux, comme je te l'avais promis. L'homme qui a détruit la carrière de ton père et l'homme qui lui a pris la vie. Tes balles sont blindées. Tu peux faire d'une pierre deux coups. En souvenir de ton pauvre père, que ces hommes ont anéanti sans le moindre état d'âme.

Les doigts de Kate se crispèrent sur la détente.

— Ne l'écoutez pas, Kate ! dit King. C'est lui qui a attiré votre père dans un guet-apens. C'est lui qui l'a amené à tuer Ritter. Bruno est totalement étranger à cette affaire.

— Vous mentez.

— La nuit de cette étrange visite, l'homme qui discutait avec votre père, c'était Sidney Morse.

— Vous vous trompez. Je n'ai entendu que le nom de Joel Detroit.

— Faux. En réalité, vous avez confondu avec « cheval de Troie ».

Kate sembla ébranlée et King poursuivit avec l'énergie du désespoir :

— Morse vous avait fourni les éléments de votre discours pour nous lancer sur une fausse piste mais cette partie de votre récit était vraie. Osez prétendre le contraire. Et vous n'en avez pas mesuré la portée.

Maintenant, le visage de Kate exprimait le désarroi, et son doigt se relâcha sur la détente.

King parlait de plus en plus vite.

— Pendant la campagne de Ritter, Morse, le « cheval de Troie », se trouvait dans la place, et c'est ce qu'il a fait valoir auprès de votre père. Morse, qui se fichait éperdument des opinions politiques du candidat à la présidence, savait qu'Arnold détestait tout ce que Ritter représentait. Pourquoi a-t-il accepté le poste de directeur de campagne ? Parce que Morse aimait votre mère, qu'il considérait comme sa créature, la future star de Broadway. S'il éliminait votre père, elle serait à lui. Comme cela n'a pas marché, il a tué votre mère. Et maintenant, il vous utilise, exactement comme il a utilisé Arnold.

— Vous inventez n'importe quoi. Si vous dites vrai, pourquoi a-t-il organisé tout ça ?

— Dieu seul le sait. Il est cinglé. Seul un fou peut imaginer un bazar pareil.

— Il ment, Kate, intervint la voix divine de Morse. Je fais tout cela pour toi. Pour que la justice triomphe. Et maintenant, tire !

Kate semblait hypnotisée par King.

— Si votre père a tué, reprit Sean, c'était pour le bien de son pays. Du moins le croyait-il. Cet homme, Sidney Morse...

King pointa un doigt vers le plafond d'où semblait sortir la voix.

— ... a agi poussé par la jalousie.

— Vous avez tué mon père, dit-elle d'une voix blanche.

— Je faisais mon travail. Je n'avais pas le choix. Ce jour-là, vous n'avez pas vu le visage de votre père. Moi, si. Vous voulez savoir ce qu'il exprimait ?

Elle hocha la tête, les yeux pleins de larmes.

— La stupeur, Kate. Il semblait abasourdi. J'ai d'abord pensé que c'était le choc d'avoir tué un homme. Depuis, j'ai compris qu'il était stupéfait parce que Morse n'avait pas tiré en même temps que lui. Il n'avait pas respecté leur pacte. Morse se tenait tout près de moi et, en réalité, c'était lui que votre père regardait. Il a alors compris, mais trop tard, qu'on l'avait manipulé.

— Ta dernière chance, Kate, tonna Morse. Soit tu les descends, soit je m'en charge.

King adressa un regard implorant à la jeune femme.

— Kate, je vous dis la vérité et vous le savez. Quels que soient les mensonges qu'il vous a racontés, vous n'êtes pas un assassin.

— Maintenant ! hurla Morse.

Kate commençait déjà à abaisser son revolver. Soudain, la porte de la pièce s'ouvrit et Kate relâcha son attention. Saisissant sa chance, King attrapa un cordon et l'envoya contre l'arme de la jeune femme. Elle cria et tomba en arrière, laissant échapper son revolver.

— Courez ! cria King à l'adresse de Bruno. La porte !

Bruno se précipita vers la sortie... par où Michelle venait de faire son entrée.

Les lumières furent poussées à leur maximum, les aveuglant momentanément. Michelle fut la première à le voir. Elle hurla :

— Bruno, à terre !

Michelle plongea devant le candidat, le coup partit et la balle atteignit la jeune femme en pleine poitrine.

King riposta, pour découvrir que Morse n'avait jamais eu l'intention de lui laisser une chance. Son revolver était chargé à blanc.

— Michelle ! rugit King.

Elle ne bougeait plus mais Bruno était parvenu à s'enfuir. Puis les lumières s'éteignirent.

74

Accroupi dans l'obscurité, King cherchait quelque chose. Quand les lumières se rallumèrent à un niveau de luminosité plus raisonnable, il sentit une présence dans son dos. Sidney Morse. Armé, bien sûr.

— Je savais qu'elle n'aurait pas le cran de passer à l'acte, dit-il en agitant son revolver en direction de Kate, assise sur le sol. Pas comme ton père !

Il eut un grand geste circulaire.

— Pour ta première, Kate, je t'ai offert une scène grandiose. Je t'ai dirigée avec le plus grand soin. Ta mère aurait accompli une performance admirable et toi tu as échoué lamentablement.

King aida Kate à se relever et se tint entre elle et Morse.

— Ce vieux Sean, dit Morse en souriant, condamné à vie au rôle de bouclier humain.

— Bruno s'en est sorti, et vous, je vous tuerai pour avoir touché à Michelle.

Morse le contemplait avec mépris et suffisance.

— Bruno ne quittera jamais le Fairmount vivant. Quant à Maxwell, sa bonne étoile l'a abandonnée mais elle est néanmoins partie en allant au feu. Une fin idéale pour un agent du Service.

Il se tourna vers Kate.

— Je crois que tu as posé une question. Pourquoi cette mise en scène ? Eh bien, en réalité, il ne s'agit pas davantage de John Bruno que de Clyde Ritter.

Il pointa son revolver sur Kate.

— Mais de ton père il y a huit ans, et aujourd'hui, de toi, ma charmante.

Les larmes ruisselaient sur le visage de Kate.

— De moi ? dit-elle d'une voix entrecoupée.

— Quelle imbécile ! Tout comme son père. King, vous pensez que Regina m'a rejeté parce qu'elle ne m'aimait pas et ne s'intéressait plus aux planches ? Ce n'est que partiellement vrai. Elle ne voulait pas redevenir ma star après la mort d'Arnold car elle estimait de son devoir de se consacrer à une tierce personne.

Il revint à Kate.

— Toi. Ta mère refusait de t'abandonner. Tu avais besoin d'elle. Tu étais sa vie. Quel égarement ! Que représente une adolescente pathétique comparée à une carrière légendaire à Broadway, à une vie avec moi, je vous demande un peu ?

— Un homme comme vous est incapable de comprendre quoi que ce soit à l'amour, intervint King. Et comment osez-vous blâmer Kate, qui n'était au courant de rien ?

— Je blâme qui je veux pour les raisons qui me chantent ! hurla Morse. Et, pour couronner le tout, Regina allait épouser cet imbécile de Detroit. Kate était enchantée ! Oh ! mais j'avais mes espions. Rien que pour ça, elle mérite la mort. Mais ce n'est pas tout. J'ai suivi ta carrière, Kate. Tu as grandi pour ressembler comme deux gouttes d'eau à ton imbécile de père, une vraie donneuse de leçons avec tes manifestations ridicules, ton militantisme de bazar, en avant marche les pleurnicheries et les nobles causes. Un vrai cauchemar. J'avais tué Arnold, mais il était revenu à la vie, comme l'Hydre de Lerne.

Morse plissa les yeux.

— Ton père a détruit ma vie en me volant la femme qui m'était essentielle et me revenait de droit. Et puis, à sa mort, tu as repris le flambeau. Sans toi, Regina serait auprès de moi.

— Ma mère n'aurait jamais pu aimer quelqu'un dans votre genre, lança Kate sur un ton de défi. Quant à moi, je n'arrive pas à croire que je vous aie fait confiance.

— Figure-toi que je suis moi-même un assez bon comédien, ma chère Kate. Et tu étais si crédule… Quand Bruno a annoncé sa candidature, j'ai tout de suite pensé à toi. Quel coup de chance ! J'avais à ma disposition l'homme même qui avait engagé des poursuites contre ton père pour un crime qu'il n'avait pas commis et dont je lui avais fait porter le chapeau. Ce procureur entrait dans la course à la présidence exactement comme le télé-évangéliste que ton père avait assassiné. Un vrai cadeau du ciel. L'idée d'une reconstitution m'est venue instantanément. Je t'ai donc contactée pour te conter la triste histoire de ton pauvre papa, et tu as tout gobé.

Kate fit un pas dans sa direction mais King la retint.

— Vous prétendiez être l'ami qui avait volé à son secours quand il avait été arrêté pour meurtre. Et vous affirmiez que John Bruno avait détruit sa carrière, s'écria Kate.

Elle se tourna vers King.

— Il m'a apporté des articles de journaux affirmant qu'il connaissait mes parents et qu'il les avait aidés bien avant ma naissance. Pourtant, ils ne m'avaient jamais parlé de lui. Et puis il m'a raconté qu'il se trouvait au Fairmount ce jour-là et que vous n'aviez pas besoin de tuer mon père. Il abaissait son revolver quand vous avez tiré. Pour lui, vous n'étiez qu'un meurtrier. Et tout ça n'était qu'un tissu de mensonges ?

Morse sourit.

— Évidemment. Cela faisait partie de la pièce.

— Il ne faut pas croire les malades mentaux, Kate, dit Sean.

— Pas un malade mental, agent King, un visionnaire. Mais je vous accorde que la ligne de partage entre les deux n'est pas toujours facile à distinguer. Et maintenant, lança Morse avec un grand geste de la main, voici le troisième et dernier acte. La mort tragique de Kate Ramsey alors que, par l'entremise du pauvre Bob Scott devenu dément, elle venge son père adoré, entraînant avec elle John Bruno et Sean King. Bien sûr, grâce à ma diligence, toutes les preuves nécessaires seront fournies par la suite à qui de droit. Quand on y pense, la symétrie est réellement époustouflante : le père et la fille, assassins de deux candidats à la présidence, tombant exactement au même endroit. C'est vraiment une des meilleures pièces que j'aie jamais écrites.

— Vous êtes malade, soupira King.

— Le médiocre jette toujours des pierres au génie, déclara Morse d'un ton suffisant. Et maintenant, le dernier membre de la famille Ramsey – cette chère et aimante famille Ramsey – va enfin disparaître de la surface de cette terre. Tu vas mourir magnifiquement, Kate. Et je pourrai enfin reprendre le fil de mon existence. Mes pouvoirs artistiques seront restaurés, et une nouvelle identité me fait déjà signe en Europe. Il s'ouvre à moi de magnifiques perspectives.

387

Il pointa son revolver sur Kate et King leva le sien.

— Malheureusement pour vous, mon cher Sid, vos options vont être brutalement ramenées à une seule.

— Ce ne sont que des cartouches à blanc, ricana Morse, vous l'avez découvert par vous-même tout à l'heure.

— Voilà pourquoi j'ai pris le revolver de Kate. Je l'ai ramassé quand les lumières se sont éteintes.

— Vous bluffez.

— Vraiment ? Mon revolver est sur le sol. Mais si vous essayez d'aller vérifier, je vous descends. Vous vous souvenez du jeu de l'ascenseur ? Eh bien, ici le principe est le même. Les deux revolvers sont exactement semblables. Impossible de savoir. Mais je vous en prie, allez donc jeter un coup d'œil. Et quand la balle traversera votre crâne, vous saurez que j'avais raison. Vous n'avez pas assuré, Sid. Sur un plateau, il ne faut jamais perdre de vue les accessoires. Un remarquable metteur en scène comme vous devrait le savoir.

Morse perdit soudain de sa superbe et King et profita pour enfoncer le clou.

— Que se passe-t-il, Sid ? Un peu nerveux ? Il ne faut pas beaucoup de courage pour tuer un homme désarmé ou noyer les vieilles dames dans une baignoire. Mais maintenant, nous allons vérifier ce que vous avez dans le ventre. Vous n'êtes plus dans les coulisses mais sur scène. La star du spectacle. Votre public attend.

— Vous êtes un acteur exécrable. Votre numéro n'est guère convaincant, répliqua Morse, sans parvenir à dissimuler la tension qui s'était emparée de lui.

— En effet, je ne suis pas un acteur, ce qui ne me serait d'ailleurs d'aucune utilité puisque nous sommes maintenant dans la vraie vie. Les balles sont réelles et l'un de nous deux va mourir. Il n'y aura pas de rappel. Vous savez quoi ? Le duel est un numéro de bravoure particulièrement apprécié au théâtre et donc nous allons nous livrer à un duel, Sid. Juste vous et moi.

King posa le doigt sur la détente.

— Je compte jusqu'à trois.

Il plongea son regard dans celui de Morse, maintenant très pâle.

— Allons allons, je ne suis qu'un ex-agent du Service. Bien sûr, j'ai riposté quand on me tirait dessus mais, comme vous me l'avez si bien expliqué, nous ne jouons pas dans la même division. Un...

La main de Morse se mit à trembler et il recula d'un pas.

La main de King se crispa sur le revolver.

— Cela fait huit ans que je n'ai pas tiré. Vous vous souvenez certainement de la dernière fois où j'ai utilisé mon arme ? Je suis tellement rouillé. Dans cette lumière et à une distance aussi proche, il me sera tout de même difficile de vous rater.

La respiration de Morse s'accéléra et il recula d'un autre pas.

— Deux.

King gardait les yeux rivés sur ceux de Morse.

— Prenez bien soin de ne pas vous louper, Sid, et n'oubliez pas de saluer le public quand vous tomberez avec un gros trou dans la poitrine. Détendez-vous, votre mort sera instantanée.

Quand King ouvrit la bouche pour prononcer « trois », Morse poussa un cri. Les lumières s'éteignirent et King se baissa tandis que la balle passait juste au-dessus sa tête. Il poussa un soupir de soulagement. Sa ruse avait fonctionné.

Une minute plus tard, la femme qui avait tiré sur Michelle se faufilait au milieu des silhouettes de carton pour rejoindre King. À l'extinction des feux, Tasha avait chaussé une paire de lunettes qui permettaient de voir dans l'obscurité. Elle passa près du corps de Michelle, se glissa entre deux personnages. King s'était retiré avec Kate dans un coin, mais, d'où elle se tenait, Tasha ne les manquerait pas. Les ordres qu'elle venait de recevoir étaient clairs. Première priorité : éliminer Sean King et Kate Ramsey.

Tasha visa en souriant. Elle existait pour tuer. Et son cœur se dilata à l'idée d'ajouter deux nouvelles cibles à sa liste.

Un léger bruit derrière elle la fit sursauter. Le rayon d'une lampe torche l'aveugla et la balle qui lui traversa le crâne mit brutalement un point final à sa carrière criminelle.

Michelle se redressa sur des jambes tremblantes. Elle se frotta sa poitrine à l'endroit où la balle avait déchiré le gilet qu'elle avait pris à Simmons. L'impact l'avait jetée à terre. Cela la brûlait terriblement mais elle était vivante. Et, Dieu merci, elle était intervenue juste à temps.

Sa lampe à la main, elle retrouva King et Kate.

— Désolée de ne pas vous avoir mieux secondés, j'ai eu un petit problème. Tout va bien, dit-elle.

— Vous avez vu Sidney Morse ? demanda aussitôt King d'un ton pressant.

— Sidney est derrière cette machination ?

King hocha la tête.

— Mais je croyais que nous avions affaire à Peter Morse ?

— Je n'ai moi-même découvert la vérité que depuis peu. Auriez-vous un couteau par hasard ?

Elle lui en tendit un.

— Je l'ai pris à Simmons avec cette lampe torche. Qu'allez-vous faire ?

— Attendez-moi avec Kate à l'extérieur de la pièce.

Les deux jeunes femmes obtempérèrent pendant que King rejoignait Joan et lui prenait le pouls. Grâce au ciel, elle était vivante. Il coupa ses liens, la prit sur son épaule et alla retrouver Kate et Michelle.

Brusquement, il reposa Joan, se plia en deux et vomit – le contrecoup de son face à face avec Morse.

— Ça va ? demanda Michelle.

— Vous bluffiez pour le revolver, n'est-ce pas ? Ce n'était pas le mien, dit Kate.

— Exact.

Il peinait pour reprendre sa respiration et Michelle posa une main sur son épaule.

— Tout va bien se passer.

— Je suis décidément trop vieux pour ces conneries de machos.

Il avança de quelques pas.

— Vous ne sentez pas la fumée ? demanda-t-il soudain.

Ils se précipitèrent vers la sortie et tombèrent sur un Bruno horrifié ; il pointa du doigt le mur de flammes dans le couloir qui leur interdisait toute fuite. Un autre brasier bloquait l'escalier qui montait à l'étage.

Ce fut alors que Michelle remarqua un câble noir sur le sol, qu'elle montra à King.

— Qu'est-ce que c'est ?

Il l'examina.

— Ce fumier a truffé le bâtiment d'explosifs, articula-t-il en se redressant.

Il jeta un coup d'œil circulaire.

— On est piégés. Attendez... si mes souvenirs sont bons, la première porte à droite dans le couloir donne sur les caves, qui ne comportent aucune sortie vers l'extérieur.

— Une minute, dit Michelle. Je crois que je connais une issue.

75

La fumée avait déjà pénétré dans les caves mais les lumières marchaient et ils voyaient correctement.

— Et maintenant ? dit King en regardant le long corridor encombré à mi-chemin par des gravats. Par ici, il n'y a pas d'évacuation possible. On a vérifié en préparant l'arrivée de Ritter.

— Regardez !

Michelle ouvrit la porte du grand monte-charge qu'elle avait repéré lors de sa première visite.

— Ce truc va nous amener au troisième étage.

— Le troisième ! s'exclama Bruno hors de lui. Pour quoi faire ? Sauter ? Brillante idée, agent Maxwell. Encore bravo !

— Cette fois, vous allez la fermer et faire très exactement ce que je vous dis... monsieur, répliqua Michelle, les mains sur les hanches.

Elle poussa brutalement Bruno dans le monte-charge et se tourna vers Kate mais King s'interposa.

— Vous partez avec Bruno et je vous rejoins avec Joan et Kate.

Michelle hocha la tête et lui tendit son revolver.

— Il est chargé. Attention à vous.

Tandis que King essayait de ramener Joan à la vie, Kate s'effondra sur le sol.

— Laissez-moi ici, murmura-t-elle.

Il s'agenouilla près d'elle.

— Morse a joué avec votre tête et votre cœur, et il s'y connaît mieux que personne pour ce genre de saloperie. Mais vous avez tout de même été incapable d'appuyer sur la détente.

— Je me suis comportée comme la dernière des imbéciles. Je veux mourir.

— Mais non. Votre vie ne fait que commencer.

— En prison ? Joyeuse perspective.

— Qu'avez-vous fait de mal ? Vous n'avez tué personne. Morse vous a kidnappée et vous a retenue ici. Pour moi, ça s'arrête là.

— Pourquoi m'aidez-vous ?

— Parce que je vous ai arraché votre père. Je ne faisais que mon travail mais, quand on retire la vie à un homme, l'explication n'est jamais totalement satisfaisante.

Il marqua une pause.

— Et puis vous avez essayé de nous aider. Vous saviez que l'histoire que vous nous aviez racontée sur la manifestation contre la guerre en 1974 ne passerait pas. Vous saviez que vous étiez plongée dans une aventure qui vous dépassait complètement. Je me trompe ?

Ils entendirent le monte-charge redescendre.

— Allez, on se tire d'ici, conclut-il.

Alors qu'il l'aidait à se redresser, le cri de Kate le fit se retourner.

Émergeant du rideau de fumée, Sidney Morse s'avançait vers eux. Il abattit sa perche de métal en direction de King, qui se jeta à terre. Il l'avait manqué.

Étendu sur le dos, King dégaina le revolver de Michelle et le pointa sur Morse.

— Plus de bluff, dit Morse avec un rire méprisant.

— Plus de bluff, répondit King.

La balle frappa Morse en pleine poitrine. Stupéfait, Morse tomba à genoux et la perche lui échappa. Il baissa les yeux, vit le sang qui coulait de sa blessure et regarda King d'un air idiot.

King se déplia lentement et pointa son arme à l'endroit du cœur.

— Le premier coup était pour moi. Celui-là est pour Arnold Ramsey.

King tira et Morse tomba en arrière, mort.

— Vous auriez dû montrer un peu plus de respect pour l'US Secret Service, commenta King d'une voix très calme.

Quand il vit le sang sur la perche, il se figea. Derrière lui, Kate avait glissé le long du mur, un côté de la tête enfoncé. Si Morse l'avait manqué, il n'en était pas de même pour Kate. Les yeux éteints de la jeune femme fixaient le vide. Morse avait réussi à tuer le père et la fille. King s'agenouilla et lui ferma les yeux.

Il entendit Michelle l'appeler mais il ne pouvait s'arracher à la contemplation de la jeune femme.

— Je suis désolé, Kate. Affreusement désolé.

King porta Joan jusqu'au monte-charge et, une fois à l'intérieur, tira de toutes ses forces sur la corde.

Dans une pièce du sous-sol, le dispositif enclenché par Morse avant son attaque meurtrière cliqua sur trente secondes et poursuivit son compte à rebours.

Au troisième étage, King, Joan dans les bras, raconta l'épisode de l'assassinat de Kate.

— Nous perdons du temps, maugréa Bruno, qui à l'évidence se fichait éperdument du destin tragique de la jeune femme. Comment va-t-on sortir de là ?

— Par ici, dit Michelle en les entraînant dans un couloir.

Elle désigna de l'index le toboggan destiné à évacuer les gravats.

— Il y a une benne à ordures à l'autre bout.

— Je refuse de sauter dans une benne à ordures, déclara Bruno avec indignation.

— Sans blague ?

Bruno ouvrit la bouche, vit la lueur meurtrière dans les yeux de Michelle, grimpa dans le toboggan et, avec une bonne poussée de son garde du corps, glissa en hurlant jusqu'en bas.

— Allez-y, fit King.

Elle disparut à son tour.

Quand Sean, portant Joan, prit place sur le toboggan, le compteur marquait moins cinq secondes.

L'hôtel Fairmount commença à exploser alors que King et Joan atterrissaient dans la benne. Le souffle de l'explosion la fit basculer vers l'avant, et l'abri de métal les protégea des débris et de la poussière tandis que la benne était traînée sur trois ou quatre mètres et s'arrêtait à faible distance de la clôture électrifiée.

Lorsque la poussière se dissipa, Joan, qu'ils avaient étendue sur le sol, n'avait toujours pas repris connaissance. Le trio contemplait un tas de gravats. Il ne restait plus rien de l'hôtel Fairmount. Disparus, les fantômes d'Arnold Ramsey et de Clyde Ritter, ainsi que le spectre de la culpabilité qui avait hanté King pendant toutes ces années.

Ce fut à cet instant que Joan grogna, puis s'assit lentement, l'air hébété. Quand elle aperçut John Bruno, tout lui revint à l'esprit, puis son regard tomba sur King et son visage exprima l'ahurissement le plus complet.

— Je crois que tu peux commencer à prendre des leçons de catamaran, dit-il avant de chercher le regard de Michelle, qui esquissa un sourire.

— C'est fini, Sean.

Il contempla les décombres fumants, les bras ballants.

— Oui, je crois que, cette fois, c'est bel et bien terminé.

Épilogue

Quelques jours plus tard, Sean King, assis sur un amas de bois carbonisé, tout ce qui restait de sa belle cuisine, contemplait les ruines de sa demeure idéale quand il entendit une voiture.

Joan sortit de sa BMW.

— Tu as l'air complètement remise, lui dit-il.

— En apparence.

Elle s'assit à côté de lui.

— Écoute, Sean, pourquoi ne prends-tu pas l'argent qui te revient ? Un contrat est un contrat. Tu l'as gagné.

— Avec tout ce que tu as souffert, tu le mérites plus que moi.

— Tout ce que j'ai souffert ? On rêve ! J'étais droguée alors que tu as traversé ce cauchemar totalement éveillé.

— Va profiter de ton capital, Joan.

Elle lui prit la main.

— Tu ne veux pas venir avec moi ? Maintenant je peux t'entretenir dans le style de vie auquel tu t'étais habitué, lança-t-elle en souriant.

— Merci, répliqua-t-il, mais je crois que je vais rester ici.

Elle regarda autour d'elle.

— Ici ? Qu'est-ce que c'est, ici, Sean ?

— Ma vie, tout simplement, dit-il en lui retirant doucement sa main.

Elle se leva, embarrassée.

— Pendant un court instant, j'ai cru au conte de fées, des sottises du genre ils se marièrent et eurent beaucoup d'enfants.

— On se serait bagarrés sans arrêt.

— Pourquoi pas ? Ce n'est pas nécessairement une mauvaise chose.

— N'oublie pas de me donner de tes nouvelles, dit-il. Je tiens à savoir ce que tu deviens.

Elle prit une grande inspiration, s'essuya les yeux, se tourna vers les montagnes.

— Je n'ai pas eu le temps de te remercier de m'avoir sauvé la vie.

— Mais si, tu l'as fait. Et tu aurais agi de même avec moi.

— Oui, dit-elle simplement.

Elle avait l'air si triste que King se leva, la prit dans ses bras et l'embrassa sur la joue.

— Prends soin de toi et sois heureux, murmura-t-elle.

Elle s'éloignait quand il la rappela.

— Joan ? Si je n'ai dit à personne que tu te trouvais dans cet ascenseur, c'est parce que tu avais une grande importance pour moi. Je t'aimais.

King resta seul un moment jusqu'à ce que Michelle le rejoigne.

— Je ne te demanderai pas comment tu te sens, je crois que je connais la réponse, lui dit-elle.

Elle prit un morceau de plâtre.

— Tu peux rebâtir, Sean, et ce sera encore plus beau qu'avant.

— D'accord, mais en plus petit. J'aborde une phase de mon existence qui me pousse vers la simplicité. Des lignes nettes, avec un peu de confusion ou de désordre ici et là, peut-être.

— Arrête de me faire marcher. Où as-tu l'intention d'emménager, en attendant ?

— Je vais louer une péniche à la marina du lac et je l'amènerai ici. Je passerai l'hiver et le printemps à quai pendant que je reconstruirai.

— Cela me semble un bon plan.

Elle se balança nerveusement d'un pied sur l'autre.

— Et comment va Joan ?

— En route pour de nouvelles aventures.

— Avec ses nouveaux millions. Tu n'as pas accepté ta part ?

— Non, je n'aime pas les contrats de servitude... C'est une personne bien, si on va au-delà de sa façade. Et je crois qu'elle m'aime sincèrement. Dans d'autres circonstances, ç'aurait sans doute pu marcher.

Michelle préféra ne pas poser de questions sur ce qu'il entendait par d'« autres circonstances ».

— Et toi, d'où arrives-tu ? lui demanda-t-il. De Washington ?

— Oui, j'ai réglé un ou deux problèmes. Bruno s'est retiré des élections, une bonne chose pour l'Amérique. Ah ! ils ont rattrapé Jefferson Parks à la frontière canadienne. À ce propos, qu'est-ce qui t'a amené à le soupçonner ?

— Vers la fin, j'ai brusquement compris que tout avait commencé avec le placement de Howard Jennings dans mon cabinet. Parks le parrainait et il était le seul à pouvoir arranger le coup.

— J'avais le nez dessus et je ne m'en suis pas doutée.

Elle secoua la tête.

— Parks a recruté Simmons et Tasha Reed, la femme que j'ai descendue à l'hôtel. Ils venaient tous les deux de WITSEC. Morse les a payés. Le mandat d'arrestation contre Bob Scott était un faux. Parks l'avait glissé dans la boîte pour nous amener au bunker que Morse avait acheté au nom de Scott. On a découvert le corps de Scott dans les décombres.

— Tout ça au nom de l'amour, dit King d'une voix lasse.

— Oui, Sidney Morse en est une version malade et déformée.

Michelle s'assit près de lui.

— Et maintenant, que vas-tu faire ?

— Redevenir juriste.

— La rédaction de contrats et de testaments ne va pas te paraître un peu fade après tous ces événements ?

— Que veux-tu, c'est une profession comme une autre.

— Mais pas une vie.

— Et toi ? Je suppose que tu vas retourner au Service.

— J'ai démissionné ce matin. Voilà pourquoi je me suis rendue à Washington.

— Michelle, tu es folle, tu réduis à néant des années d'efforts.

— Non, je m'épargne la corvée de poursuivre dans une voie qui ne me convient pas.

Elle se frotta la poitrine, là où la balle destinée à Bruno l'avait frappée.

— La profession de bouclier humain est assez malsaine. Je crois bien que j'ai un poumon esquinté.

— Alors que vas-tu faire ?

— Figure-toi que j'ai une proposition à te soumettre.

— Encore une proposition de la part d'une jolie femme, quel succès !

Avant que Michelle ait eu le temps de répondre, une camionnette « A1 Sécurité » déboucha sur le terre-plein et deux hommes en bleu de travail en descendirent.

— Jésus Marie Joseph ! dit le plus âgé en fixant les ruines carbonisées. Qu'est-ce qui s'est passé ?

— En l'état, le système d'alarme n'est plus une priorité, répliqua King.

— Effectivement, je pense que vous n'aurez pas besoin de nous aujourd'hui !

— Mais dès que j'aurai pendu la crémaillère de ma nouvelle demeure, je vous fais signe.

— Le feu a pris dans la cuisine ?

— Non, une bombe a explosé dans la cave.

Le vieux type ouvrit de grands yeux, fit un signe à son apprenti et ils réintégrèrent vite fait leur véhicule, qui démarra sur les chapeaux de roue.

King se tourna vers Michelle.

— Alors, ta proposition ?

Elle marqua une pause théâtrale et annonça sur un ton emphatique :

— Nous allons créer une société d'investigation privée.

— Tu veux bien répéter ?

— On va créer une SIP, Sean.

— Nous ne sommes pas détectives.

— L'affaire que nous venons de résoudre aurait laissé tous les privés sur le carreau.

— Nous n'avons pas de clients.

— Mon téléphone n'arrête pas de sonner. Même la société de Joan m'a appelée. Ils voulaient que je prenne sa place mais je les ai envoyés promener. Je préfère travailler à mon compte.

— C'est sérieux ?

— J'ai déjà payé la caution d'un petit cottage à environ deux kilomètres d'ici. Il donne sur le lac. Je pourrai faire de l'aviron et j'ai l'intention d'acheter un bateau et une moto nautique. Je t'inviterai et on fera la course.

Il éclata de rire.

— Apparemment, tu n'es pas du genre à traîner en route.

— Si on réfléchit trop, on loupe des tas d'opportunités. Et j'ai toujours pris mes meilleures décisions sur un coup de tête. Alors qu'en dis-tu ?

Elle lui tendit la main.

— D'accord ?

— Te me donnes combien de temps ?

— Dix secondes me semble un délai raisonnable.

— Eh bien, si tu insistes pour avoir la réponse immédiatement...

Elle lui sourit, une petite étincelle au fond de ses yeux, et il songea aux trente années qui l'attendaient à manier un jargon juridique stérilisant s'il refusait son offre.

— Alors c'est oui.

Ils échangèrent une poignée de main.

— Génial, dit-elle en sautillant sur place. Ne bouge pas, on va fêter ça.

Elle courut vers son 4 × 4, ouvrit le coffre, et une paire de bâtons de ski et une planche de surf lui tombèrent sur les pieds.

— J'espère que ton bureau sera mieux rangé que ta bagnole, observa King.

— Sean, dans ma vie professionnelle, je suis très ordonnée.

Il n'avait pas l'air convaincu.

Elle repoussa vivement les équipements sportifs à l'intérieur de son véhicule et revint avec une bouteille de champagne et deux coupes.

— À toi l'honneur, lança-t-elle en lui tendant la bouteille.

Il regarda l'étiquette et fit sauter le bouchon.

— Excellent choix.

— Il peut, vu ce que je l'ai payé !

— Tu as oublié de me préciser comment nous allions baptiser cette agence privée toute neuve, dit-il en versant le champagne.

— King et Maxwell ?

Sean sourit.

— L'âge avant la beauté ?
— Tu le mérites.
Il lui tendit une coupe.
— À King et Maxwell ! s'écria Michelle.
Et ils trinquèrent pour sceller leur pacte.

Remerciements

À Michelle, mon supporter numéro un, ma meilleure amie et l'amour de ma vie. Je ne serais pas ici sans toi.

À Rick Horgan, pour un grand travail éditorial. On se doit mutuellement une bière.

À Maureen, Jamie et Larry, pour votre soutien sans faille.

À Tina, Martha, Bob, Tom, Conan, Judy, Jackie, Emi, Jerry, Karen, Katharine, Michele, Candace et toute la famille de Warner Books, pour votre écoute attentive.

À Aaron Priest, mon guide dans plus d'un domaine.

À Maria Rejt, pour ses commentaires éclairés.

À Lucy Childs et Lisa Erbach Vance, pour tout ce que vous accomplissez en coulisse.

À Donna, Robert, Ike, Bob et Rick, pour votre soutien et votre précieuse contribution.

À Neal Schiff, pour votre sagesse et votre soutien.

Au Dr Monica Smiddy, pour vos connaissances et votre formidable enthousiasme.

Au Dr Marina Stajic, pour votre aide. C'était fascinant de parler avec vous.

À Jennifer Steinberg, qui une fois de plus a trouvé bien des réponses.

À ma merveilleuse amie le Dr Catherine Broome, qui a patiemment répondu à toutes mes questions.

À Bob Schule, un ami et un consultant extrêmement compétent, qui a lu mes premiers brouillons et m'a donné des conseils avisés.

À Lynette et Deborah, qui ont gardé le cap de l'« entreprise ».

Et, pour finir, mes excuses aux passagers du train Amtrak Acela qui m'ont entendu discuter avec différents experts de techniques d'empoisonnement pour le roman et qui ont probablement eu la peur de leur vie en surprenant mes intentions diaboliques.

DÉJÀ PARUS

Robert Daley
Trafic d'influence, 1994
En plein cœur, 1995
La Fuite en avant, 1997

Daniel Easterman
Le Septième Sanctuaire, 1993
Le Nom de la bête, 1994
Le Testament de Judas, 1995
La Nuit de l'Apocalypse, 1996

Allan Folsom
L'Empire du mal, 1994

Dick Francis
L'Amour du mal, 1998

James Grippando
Le Pardon, 1995
L'Informateur, 1997

Colin Harrison
Corruptions, 1995
Manhattan nocturne, 1997

A. J. Holt
Meurtres en réseau, 1997

John Lescroart
Justice sauvage, 1996

Judy Mercer
Amnesia, 1995

Iain Pears
L'Affaire Raphaël, 2000
Le Comité Tiziano, 2000
L'Affaire Bernini, 2001
Le Jugement dernier, 2003
Le Mystère Giotto, 2004

Junius Podrug
Un hiver meurtrier, 1997

John Sandford
Le Jeu du chien-loup, 1993
Une proie en hiver, 1994
La Proie de l'ombre, 1995
La Proie de la nuit, 1996

Rosamond Smith
Une troublante identité, 1999
Double délice, 2000

Tom Topor
Le Codicille, 1996

Michael Weaver
Obsession mortelle, 1994
La Part du mensonge, 1995

Impression réalisée sur CAMERON par

BUSSIÈRE CAMEDAN IMPRIMERIES
GROUPE CPI

à Saint-Amand-Montrond (Cher)
en février 2004
pour les Éditions Belfond
12, avenue d'Italie
75013 Paris

Composé par Nord Compo
à Villeneuve-d'Ascq

N° d'édition : 4063. — N° d'impression : 040670/1.
Dépôt légal : mars 2004.

Imprimé en France